Dennis Gastmann, geboren 1978, reiste jahrelang als Auslandsreporter um den Globus. 2011 erschien sein viel gelobter Band «Mit 80.000 Fragen um die Welt», danach wanderte er von Deutschland über die Alpen nach Italien, um seine Sünden zu büßen («Gang nach Canossa», 2012). Zuletzt erschienen der «Atlas der unentdeckten Länder» (2016) und eine Reisereportage über Japan, «Der vorletzte Samurai» (2018). All seine Bücher wurden zu «Spiegel»-Bestsellern. Dennis Gastmann lebt in Hamburg und arbeitet in der ganzen Welt – «Dalee» ist sein erster Roman.

«Ein phantastischer Abenteuerroman, eine phantastische Parabel auf das Leben.» *ARD, ttt*

Dennis Gastmann
Dalee Roman

Rowohlt Taschenbuch Verlag

Veröffentlicht im Rowohlt Taschenbuch Verlag,
Kirchenallee 19, 20099 Hamburg, Februar 2025
Copyright © 2023 by Rowohlt · Berlin Verlag GmbH, Berlin
Die Nutzung unserer Werke für Text- und Data-Mining
im Sinne von § 44b UrhG behalten wir uns explizit vor.
Covergestaltung any.way, Barbara Hanke,
nach einem Entwurf von Anzinger und Rasp, München
Coverabbildung Andy Bridge
Satz aus der Arnhem Blond
bei Pinkuin Satz und Datentechnik, Berlin
Druck und Bindung GGP Media GmbH, Pößneck
ISBN 978-3-499-00248-9

Kontaktadresse nach EU-Produktsicherheitsverordnung:
produktsicherheit@rowohlt.de

Für meinen Sohn

«Seit sechzig Jahren durchquere ich die Meere, doch heute traue ich meinen Augen nicht.»

Jacques Cousteau
über die schwimmenden Elefanten
in der Andamanensee

Als ich Kind war, ließ ich mich auf den Grund des Meeres sinken und faltete die Hände hinter dem Kopf. Ich lag im Seegras wie einer, der in die Sterne schaut, Locken zwischen den Fingern, Halme zwischen den Zehen, und über mir, im Licht, das in den Ozean fiel, schwebte Dalee.

An jenem Morgen schimmerte die Lagune, als würde der Himmel darin treiben, und Dalee war eine Wolke in den Wellen, so leicht zog er dahin. Streckte ich eine Hand nach ihm aus, kam er näher und berührte sie mit einer Fußspitze. Weißer Sand wirbelte in die Höhe und rieselte wie Schnee auf mich herab. Oder so, wie ich mir Schneeflocken vorstellte. Und immer wenn sich Dalee neigte und nach mir sah, mit seinen honigfarbenen Augen, dann vergaß ich, dass ich nicht schwimmen konnte.

Die erwachende Sonne mäanderte über den Bauch meines Gefährten wie über den Kiel eines sich wiegenden Fischerboots und bemalte ihn mit ihren Strahlen. Ich lächelte vor Glück. Doch ein Junge, der die Luft anhält, sollte nicht zu viele Zähne zeigen. Erst recht, wenn ihm hier und da ein Zähnchen fehlt. Und so schlüpfte eine Blase aus meinem Mund, die sich bald darauf in drei Bläschen teilte.

«Bellini», sagte ich mir. «Los, fang sie ein!»

Da sausten die Bläschen davon, jedes auf seinen eigenen Wegen. Das erste strich Dalee um die Beine. Es war blind und taub, aber wenn es denken und fühlen konnte, dann meinte es wohl: «Das müssen Ruder sein, so wie sie durch die Strömung ziehen!» Das zweite Bläschen erkundete sein großes, wehendes Ohr und hielt es bestimmt für eine Flosse. Das dritte schien zu zweifeln: «Habe ich es mit einer Seeschlange zu tun oder doch mit einem Schnorchel?» Es tänzelte das Atemrohr entlang, das Dalee hin und wieder über Wasser hob. Sonst ragten nur seine hohe Stirn und sein haariger, rund gewölbter Buckel aus dem Indischen Ozean hervor, in dem er schwerelos spazieren ging. Dalee genoss das erhabene Vergnügen, Dalee zu sein, und ich fragte mich voller Erstaunen, welche wunderbaren Dinge er wohl heute vollbringen würde, dieser Dalee.

Wie er durch die Wellen glitt, wie er segelte, wie er seine Kreise im Wasser zog, Runde um Runde über mich hinweg. Dalee paddelte nicht wie ein Hündchen, zappelte nicht wie ein Kind und strampelte nicht mit den Beinen wie eine streunende Katze, die man in den Fluss geworfen hatte. Er strich mit der Anmut eines Rochens über die Riffe, leicht wie eine Seefeder, königlich wie eine Karettschildkröte, von Seepocken gefleckt, von mümmelnden Kaninchenfischen über die Algenfelder begleitet, von den Jahren und Jahrzehnten gegerbt. Dalee fühlte sich im Meer so geborgen wie an Land. Oder hatte er mit dem Wasser sogar sein wahres Element gefunden?

Ich sollte erwähnen, wie groß Dalee war. Von seinen siebzehn Zehen bis zum Scheitel seines Rückens, auf dem fünfhundertdreiundzwanzig feine zimtbraune Härchen wuchsen, maß er neun Komma neun Fuß. Mein Vater, der zwar ein wenig dürr, aber für einen Inder gewiss nicht klein geraten war, konnte unter ihm hindurchwandern und brauchte dabei kaum den Kopf einzuziehen. Die ganze Familie hätte Platz in seinem Schatten gefunden. Meine Mutter, mein Vater, mein kleiner Bruder und meine Großeltern, die ich so vermisste, Tante Uma, Onkel Kishor und ich.

Doch diese Größe hatte ihren Preis. Dalee musste jeden Schritt bedachtsam gehen. Sein stolzes Gewicht zog ihn zu Boden wie ein böser Fluch. Und wenn die Nacht über die Inseln kam, ließ er sich kaum länger als zwei, drei Stunden nieder, sonst erdrückte ihn die eigene Last, das Herz, die Lunge, die Leber, der nimmersatte Magen und die Knochen. Ein Elefant ist verletzlicher, als man denkt. Man nennt ihn Dickhäuter, aber um sein Maul, seine Augen und seinen Anus herum ist die Elefantenhaut dünn wie der Flügel einer Libelle. Und wer sie berührt, der stellt fest, wie kitzlig er ist. Ein Elefant schwitzt nicht, außer an einer winzigen Stelle oberhalb der Zehennägel, daher fächeln seine Ohren immerzu im Wind. Er kann den tiefsten Kummer fühlen, das weiß ich genau, aber für eine echte Träne der Trauer fehlen ihm die Drüsen. Und wenn er doch einmal weint, dann nur, weil ihm Sand in den Augen juckt. Ein Elefant ist albern wie ein Kind, trotzdem wird er seine große, fleischige rosarote Zunge nicht herausstrecken, wenn er seine Späße treibt. Seinen Knochen fehlt das Mark, dem Skelett das Schlüsselbein, und wer den Elefanten in einen Röntgenkasten steckt, der stellt fest, dass er in Wahrheit auf Zehenspitzen geht wie eine Tänzerin. Dennoch kann er sich nicht einmal mit dem Fuß an der Schläfe kratzen, ohne sofort der Länge nach hinzuschlagen.

«Der Elefant ist ein Schwächling!», sagte Großvater einmal. «Der jämmerlichste Schwächling unter den Tieren. Jeder Floh von seiner Größe würde mit einem einfachen Satz über das Gateway of India springen! Und wer hat je einen Elefanten hüpfen sehen?»

Aber derselbe Leib, der an Land so schwer war, ließ Dalee im Ozean schweben und im Rhythmus der Dünung tanzen, umschwärmt von silbrig glänzenden Blaumakrelen, umrankt von Gärten aus Seenelken, Gorgonien und Montiporen. Und irgendwo dort, unter den schwingenden Elefantenfüßen, lag ein Junge im Meeresbett, kniff die Augen zusammen und träumte wie ein Kind der See.

Ich hatte Kiesel gesammelt, bei den Kasuarinenbäumen am Ufer der Lagune, und die bunten, rund gewaschenen Steine in den Saum meines Wickelrocks geknotet. Als der Dhoti so schwer war, dass ich kaum mehr gehen konnte, hob mich Dalee auf seinen Rücken und ritt in die Wellen, dorthin, wo die Seegraswiesen wuchsen. Schon stand ich auf dem Kopf des Elefanten, aufrecht wie ein Sepoysoldat mit seiner Muskete. Ich legte die Arme an und schloss die Lider, sog den Wind ein, der warm von der Küste her wehte, schnürte ihn zu Bündeln und verstaute ihn in jedem Winkel, den ich fand. In der Mundhöhle, im Rachen, in den verzweigten Ästen der Lunge, im Magen und tief in meinem Bauch. Ich holte noch einmal Luft, nun durch die Nase, und verschloss sie mit einem weichen Stück Horn, wie es die Perlenfischer taten.

Ob ich bis drei zählte? Sprach ich ein letztes Gebet? Damals waren meine Beine schneller als der Geist. Ich konnte nicht länger warten, ich musste einfach wissen, wie die Welt von unten aussah und ob es dort die wundersamen schwimmenden Makaken gab, von denen man uns Kindern erzählte. Darum hob ich die Zehen und ließ mich rücklings fallen, hinein in die See.

Nicht lange, da musste ich erkennen, wie fremd ich doch war unter dem Meer. So tollpatschig, plump und träge, während Dalee das Wasser mit allen Sinnen genoss. Er fühlte sich frei – ohne laute Befehle, ohne lästiges Geschirr, ohne Sattel, Riemen und rasselnde Ketten.

«Ein schwimmender Arbeitselefant? Onkel, für wen hältst du uns?», fragen die Touristen aus Bengalen, die heutzutage in Jumbojets auf den Inseln meiner Kindheit landen.

Ich begegne ihnen, mit ihren Armbanduhren, Fotoapparaten und den übergroßen schwarzen Sonnenbrillen, am Strand von Corbyn's Cove, wenn ich Fliegenfischen gehe. Dann werfe ich meine Schnur ins Wasser, verdiene hier und da eine Rupie mit den Skizzen, die ich zeichne, und erzähle ihnen von meiner Jugend mit Dalee, mögen sie mich auch einen Schwindler nennen.

«Verschone uns mit deinen Geschichten, Bellini! Ein tonnenschwerer Bulle im Ozean, der versinkt doch wie ein Stein.»

Aber Dalee war kein Stein. Er badete für sein Leben gern in Tümpeln und Teichen, in Bächen, Flüssen und Sommerseen. Stunde um Stunde konnte er im Wasser sein, während ich auf seinem Rücken saß, Wind in den Haaren, und die Gedanken treiben ließ wie die Seerosen auf einem Weiher. Ich dachte an die Sonntagsschule auf dem Hügel, an die Mistress, unsere weiße Lehrerin, an ihren rollenden Globus aus Nussbaumholz und die fremden Länder, von denen wir Kinder erfuhren, wenn sie mit ihren langen, schlanken Pianofingern auf die Weltkugel wies. Ich dachte auch an *Mathemagics*, die Magie der Zahlen, und besonders an ihren Malunterricht, den ich so liebte.

Versank ich zu tief in Gedanken, hob Dalee den Rüssel und spritzte mir Wasser ins Gesicht. Elefanten sind geborene Schwimmer. Sie scheuen jedoch das Salz. Und nichts fürchten sie mehr als die Brandung, den endlosen Mahlstrom der Wellen, die sich schäumend vor der Küste brechen.

Genauso erging es dem Großen Grauen, als Vater ihn das erste Mal an den Ozean führte. Dalee spreizte die Ohren in der Gischt, die der Seewind ans Ufer trug. Er stemmte die Beine in den Meeressand und wollte keinen Fuß mehr weiter. Für einen ungewissen Moment standen sich die beiden reglos gegenüber. Vater und der Elefant, sie betrachteten sich wie im Spiegel.

«Was verlangt er von mir?», schien sich der Bulle zu fragen. «Muss ich ihm wohl zeigen, dass ich kein Fisch bin?»

«Was hat er vor?», dachte Vater. «Muss ich ihm erst noch beweisen, dass ich kein Feigling bin?»

Ein Hieb mit dem Rüssel, ein Schädelstoß oder ein einziger gezielter Tritt hätte genügt, um meinen Vater zu erschlagen. Es gab Ernteelefanten, die sich kurzerhand mit dem Hintern auf ihren Bauern gesetzt hatten, um die Schinderei in der prallen indischen Sonne ein für alle Mal zu beenden. Das wusste Papaji, und so stürzte er auf den Großen Grauen zu. Ehe der Bulle nach ihm schwingen konnte, kniff er ihn in die Vene zwischen Rumpf und Bein, so beherzt, als wollte er einen Schlafenden wecken. Vater verletzte Dalee nicht, er verwirrte ihn bloß für eine Weile. Aber in die Wellen wagte sich der Elefant noch immer nicht.

Mein Vater hätte Dalee ins Wasser prügeln können. Tak, tak, tak mit dem nagelspitzen, eisernen Elefantenhaken, den er an der Hüfte trug. Doch was für ein elender Treiber wäre er dann gewesen? Wer weiß, vielleicht hätte sich der störrische Bulle auch mit Gur besänftigen lassen, einem zähen Klumpen aus Palmzucker, der Zähne in Höhlen und Kiefer in Meeresgrotten verwandelt.

Aber was tat er?

Vater setzte ihm Hühner auf den Kopf, zwei lebendige Hennen mit gestutzten Krallen, und schnürte sie wie Scheuklappen neben den Augen des Elefanten fest. Der Allmächtige sei ihm gnädig! Das arme Geflügel flatterte und gackerte, schrie auf und verstand nicht, wie ihm geschah.

Und Dalee?

Es war, als lüftete sich der Vorhang eines Theaters. Der Große Graue schob das, was ihm eben noch so viel Angst einjagte, restlos beiseite. Das Zischen, das Brausen, das Peitschen, das Gurgeln, den Donner in den Wellen, die draußen vor der Bucht in Schaumgarben über die Riffe sprangen. Alles verflog mit den schwirrenden Federn auf seinem Haupt. Dalee wandelte an der Hand meines Vaters in die See, langsam, leise und verträumt wie ein Schlafender, und so wurde aus einem Indischen Elefanten nach und nach ein Meerestier.

Vater bewies Geduld. Er führte Dalee nur so weit in die Strömung, dass seine Beine noch den Boden berührten, und ließ ihn nicht länger dort verharren, als es nötig war. Dann brachte er den Elefanten an den Fluss, wusch das Salz von seiner Haut und verabschiedete ihn für die Nacht in den Dschungel. Auch die Hühner, die wie im Fieber waren, durften rasten.

Am Morgen kehrte Vater mit dem Elefanten an den Strand zurück. Diesmal stellte er sich mit den Füßen auf seine Stoßzähne. Er blickte über die See wie ein Schiffskapitän, ließ unsichtbare Segel setzen, und Dalee trug ihn bis zu den Korallenbänken, dorthin, wo die Farbe des Wassers von Mondstein zu Mitternachtsblau verschwimmt.

Eines Abends blies Vater in eine Muschel. Er rief uns in die Lagune, meine Mutter, meinen Bruder und mich, so laut und triumphal, dass es bis ins Dorf zu hören war. Nichts lag ihm ferner als Prahlerei, doch als er uns kommen sah, war ein zufriedener Glanz in seinem Gesicht. Vater presste seine Zehen hinter die Ohren des Elefanten und trieb ihn geradewegs in die See. Dort ließ er ihn über die Riffe steigen und ritt auf seinem Rücken hinaus ins offene Meer wie Brahma auf seinem himmlischen Schwan. Die beiden schrumpften in der Ferne, wurden kleiner und kleiner, bis sie so winzig wirkten, dass sie mühelos zwischen zwei Fingerkuppen passten wie der Kern einer Kirsche. Als sie nach einiger Zeit wieder wuchsen, lehnte Vater im geschwungenen Elfenbein. Er betete, dem Elefanten zugewandt. Vater und Dalee waren Stirn an Stirn.

Papaji war kein Gott und kein Zauberer, obwohl es in meinen jungen, weit offenen Augen so schien. Er hatte nie einen Zirkuskünstler in der Manege erlebt, und was ein Zoologe war, konnte er nur erahnen. Vater war Mahut, ein indischer Elefantenführer. Er tat nichts weiter, als unter Elefanten zu essen, zu atmen und zu träumen. Und wer hätte besser um die wahre Natur dieser wundersamen Tiere wissen sollen als er?

Vater sah, wie Dalee den Waldboden säuberte, wenn die Nacht sich neigte. Wie er die Blätter der Fischschwanzpalme kaute, um seine Zähne zu reinigen, und ein Kissen aus Reisig aufhäufte, um darauf für eine kurze Zeit zu ruhen. Andere Elefanten stützten sich im Schlaf gegen einen

Baum oder lehnten bequem auf ihrem Rüssel. Im Laufe der Jahre bemerkte Vater, dass sich die Tiere über Meilen hinweg verständigten, mit dumpfen, pulsierenden Tönen, die für das Ohr eines Mannes kaum zu hören waren. «Elefantenschauder» nannte er die Laute.

«Sie reden mit den Füßen», sagte er. «Das ist ihre Sprache. Und wer eine Sprache hat, mein Sohn, der hat auch eine Seele.»

Mein Vater spürte, wie sehr Dalee unter dem kleinsten Kratzer litt, er wusste, wie gefährlich ein Vipernbiss für ihn war und wie rasend schnell ein stattlicher Bulle von Treiberameisen aufgefressen werden konnte. Er fand sogar heraus, dass es Linksrüssler und Rechtsrüssler gab. Rupfte Dalee eine Grassode aus der Erde, drehte er seinen Rüssel rechtsherum, andere wie Mahakali, die Leitkuh, drehten ihn ausschließlich nach links.

«Elefanten sind wie wir», glaubte Vater. «Sie denken, sie fühlen und sie lernen.»

Er war so innig vertraut mit den Tieren, dass ihn die Leute bloß Elefantenmann nannten.

«Du sprichst ihre Sprache», sagten sie. «Du siehst in ihr Herz. Lakshman, ob du willst oder nicht, du bist ein Indischer Elefant in einem Menschenkostüm. Das Einzige, was dir noch fehlt, sind die beiden Stoßzähne.»

Ich wünschte, Vater hätte jemals «Dynastie der Abu» lesen können. Das Buch fiel mir Jahre später in die Hände, als ich längst ein erwachsener Mann war. Es hatte einen grauen, von feinen Spuren gemaserten Einband, marmoriert wie eine Elefantenhaut, und ehe ich es aufschlug, las ich mir den Untertitel laut vor: «Geschichte und Entwicklung der Elefanten und ihrer Verwandten».

Obwohl die Ausgabe einen leichten, süßwarmen Tabakgeruch verströmte, konnte ich nicht aufhören, darin zu blättern. Ich rutschte hinab auf den Linoleumboden der State Library von Port Blair, in dem sich die Strahlen der Sonne spiegelten, blieb dort knien, bis das Licht warm und schräg durch die Schwingfenster auf die Wände fiel, und saß auch noch da, als es sich flammend rot färbte und ein *Chaukidar* Schlüssel schwenkend über die Flure schlenderte.

Der Autor des Buchs trug einen Tropenanzug. Auf seinem Kopf hockte ein Lemur, ein Ara hatte sich auf seiner Schulter niedergelassen, und auf seinem angewinkelten Bein saß ein Streifenhörnchen, während er über das Fell einer ausgestopften Bisamratte strich. So war er auf einer Photographie abgebildet, die ich im Einband fand: Ivan T. Sanderson, der schelmisch lächelnde, spitzbärtige Schotte. Säugetieranatomiker und Anomalistiker, wie es in seiner Biographie hieß. Er hatte an der Universität von Cambridge studiert, trat Woche für Woche im amerikanischen Radio auf, und ausgerechnet dieser berühmte Mann, der mich an einen Zackenbarsch erinnerte, gab meinem Vater so recht.

Elefanten sind nicht wie Menschen, schreibt Sanderson, aber er bringt es genauso wenig übers Herz, sie als gewöhnliche Tiere zu bezeichnen. Unter den Elefanten dieser Welt gebe es nun mal Heilige und Luftikusse, Helden und Feiglinge, Spaßmacher und Philosophen, genial veranlagte Kerle und ausgesprochene Idioten. Und so wählt er eine längst vergessene Bezeichnung aus der altägyptischen Sprache.

Sanderson zählt die Elefanten zu den Abu. Ein wenig

gebräuchliches Wort, das sich vermutlich aus dem frühzeitlichen *Aab* für hart und dem koptischen *Ebur* für Elfenbein zusammensetzt. Ganz sicher ist er sich da nicht.

Die Familie der Abu ist wie das Haus eines Rajas, reich an Tradition, aber von Trauer geplagt. Nur zwei elefantische Geburtslinien haben den Lauf der Jahrhunderte bis zum heutigen Tage überdauert, die afrikanische und die asiatische, und beide sind sich, biologisch gesehen, fremder als Mensch und Schimpanse. Was ist aus all den lieben Tanten und Onkeln geworden? Dem Mammut, dem Mastodon, Trilophodon aus dem Miozän? Platybelodon, dem Schaufelzähner mit den löffelförmigen Kiefern? Den Schraubenzähnern, den Schnabelschnauzen? Sie alle blickten mir skelettiert und zu Tode betrübt aus den Seiten des Buchs entgegen, und ich zeichnete sie mit Kohle in meinen Skizzenblock. Anancus, den Geradezähner, dessen Elfenbein bis ins wilde Gras reichte, Arsinoitherium, den Schwerfüßigen, der seine Stoßzähne auf dem Nasenbein balancierte, Deinotherium, der sie wie einen Ziegenbart unter dem Kinn trug.

Verschwunden bis auf zwei letzte lebende Verwandte aus dem Tierreich, über die Sanderson in seinem Buch genüsslich orakelte. Na schön, Mister Ivan, sagte ich mir, dann wird der heutige Elefant wohl mit dem Rhinozeros verschwägert sein. Oder ist er etwa mit dem Nilpferd verschwistert?

«Blödsinn!», schien der bärtige Schotte zu rufen. Dabei schlug er sich vor Lachen auf den kakifarbenen Schenkel, dorthin, wo eben noch das Streifenhörnchen gesessen hatte. Als ich die Zeilen las, musste ich schmunzeln und dachte zurück an Dalee.

Tatsächlich wohnt einer der Verwandten des Elefanten im Wasser, der andere in der Wüste. Der Wüstenbewohner lugte knurrig aus einem Felsspalt auf Seite siebenunddreißig und sah aus wie ein molliges Murmeltier mit Saugnäpfen an den Füßen. «Himmelherr!», schreibt Sanderson. «Diese eigenartigen Kreaturen haben den Zoologen mehr Kopfzerbrechen bereitet als irgendein anderes Tier auf der Welt. Ihre Anatomie ist von Grund auf falsch.»

Der Schliefer, so heißt er, knarzt wie eine Tür. Sein Gesäß ist rund, sein Schwanz verkümmert, seine Beine sind viel zu kurz, um zu jagen oder vor einem Räuber zu fliehen, und dennoch wetzt er die Klippen der afrikanischen Felswüsten senkrecht hinauf. Er besitzt den Schädel eines Nagers, während sein Gebiss wiederum eindeutig zu einem Säuger gehört. Aus seiner Schurkenschnauze ragen zwei längliche, spitze Hauer hervor, und diese Zähne schlägt er am liebsten in lästige Zoologenhände.

Der zweite Verwandte des Elefanten ist das Staatstier der Andamaneninseln, ein scheues Wesen, so schüchtern, blässlich und geisterhaft, als wäre es gar nicht da. Gelegentlich verliert es seine Scheu jedoch. Der Dugong schwimmt an ein Boot heran, stellt sich lotrecht ins Wasser wie eine Boje und blinzelt mit treuen Augen aus den Meeresfluten. Und würde er dabei sein Maul öffnen, wäre der Schneidezahn zu sehen, der sich darin versteckt und mit den Lebensjahren zu einem heimlichen Stoßzahn reift.

Man kennt ihn als Seekuh oder Seeschwein, obwohl er Kühen und Schweinen nicht ähnlicher sieht als eine Ananas. Es soll Seefahrer geben, die ihn «Sirene der Morgenröte» nennen, aber wie lange muss ein liebeskranker Matrose allein unter Männern sein, um einen Dugong mit seinem Gabelschwanz und dem borstigen Bart für eine Meerjungfrau zu halten? Ha!

Der Dugong ist ein Zauderer, er kann sich einfach nicht entscheiden. Der Bursche wurde vor langer Zeit im Wasser geboren, wo er sich träge, aber durchaus mit gewisser Eleganz bewegt. Irgendwann jedoch, im Laufe der Evolution, robbte er an Land, ihm wuchsen Beine, weil er ja nun welche brauchte, und so sah er sich einige Millionen Jahre um. Nur um danach wieder im Wasser zu verschwinden. Seine Beine gab er nie zurück. Noch immer trägt er die Knochen der Hinterläufe im Leib. Er könnte es sich ja früher oder später wieder anders überlegen.

Und wenn dieses Geschöpf zu den Vettern des Elefanten gehört, verwundert es dann noch, dass sich Dalee in das Meer verliebte wie die gute Sati in den Gott Shiva?

Mein Vater hegte keine romantischen Gedanken, als er die See auf dem Großen Grauen erkundete.

«Wer einen schwimmenden Elefanten besitzt», sagte er, «der kann auf ein Boot verzichten.»

Und wer einen schwimmenden Elefanten von einer Insel zur nächsten bewegt, der braucht kein Floß, keine Fähre und keinen Kran, keinen Steuermann und kein einziges Kohlebrikett, um eine Dampfmaschine zu befeuern.

Schon bald meisterte Dalee zehn Seemeilen an einem Tag. Und je älter ich wurde, umso öfter durfte ich allein auf seinem Rücken zu den Inseln vor der Küste ziehen, um Früchte für das Dorf zu ernten. Auf der einen wuchsen Orangen, auf der anderen Limonen, auf der nächsten die süßesten und saftigsten Feigen, die ich jemals kosten durfte. Manchmal schliefen wir nach dem Pflücken ein, Dalee und ich. Wir wachten im Schatten der Uferpalmen wieder auf, wenn das Wasser stieg und die Sonne sank, und hatten Mühe, die Lagune im Licht zu erreichen. Dann konnte ich nichts weiter tun, als darauf zu vertrauen, dass mich der Elefant wieder nach Hause führen würde. Mein Vater hatte ja ihm das Schwimmen beigebracht und nicht mir.

Wieso?

Weil Vater, der Elefantenmann, selbst nicht schwimmen konnte. Ein Mahut sollte klug und königlich sein, geübt in freundlichen Worten, wahrhaftig und gerecht, standhaft und rein. So will es die Matanga-Lila, das berühmte «Spiel um den Elefanten», eine tausendjährige Schrift aus zweihundertdreiundsechzig Strophen in der Sprache der Brahmanen. Der Mahut besänftigt die Geister, die sich um den Elefanten drehen, stillt seinen beispiellosen Appetit und lindert seinen Bauchfluss mit Tamarinde, Gelbwurz und dem getrockneten Magen des Stachelschweins. Er wird für seine Heilkünste geachtet und gewährt jedermann Schutz. Aber ich habe nie von einem Mahut gehört, der sich einmal in Brust oder Kraul versucht hätte.

Und dennoch fürchtete sich der Junge nicht, der da im Seegras lag, Locken zwischen den Fingern, Halme zwischen den Zehen und den Wickelrock voller Steine. Auch nicht, als das letzte Bläschen seine Lungen verließ. Ehe ich verstand, was geschah, noch bevor ich mit Armen und Beinen rudern konnte, holte etwas nach mir aus und schlang sich um meine Brust. Nicht rau wie ein Strick, sondern fest wie ein Muskel. Es zog mich in die Höhe, und schon fand ich mich über dem Meer wieder, rittlings zwischen zwei graubraunen, sonnengewärmten Hügeln, die schwebend im Wasser trieben, ein kleinerer und ein größerer. Und wären die Götter nicht so weise, sie hätten wohl gemeint, da reite ein Kind auf einer ungeheuren Erdnuss durch den Indischen Ozean. Über ihm der Himmel, unter ihm das Meer und vor ihm, in der Ferne, die Ufer der Orangeninsel.

Dalee war mein Schatten, mein Fels und mein treuester Freund. Und so verzeihe ich ihm, dass er mich eines Tages töten wollte.

Das Schiff

Wer nach den Inseln meiner Kindheit sucht, der wird sie nicht finden. Zumindest nicht mit dem ersten Blick auf den Globus. Indien ist ein großes Land, und wie jeder weiß, ist es das einzige weit und breit, dessen Umriss einem Elefantenohr gleicht. Und die Andamanen? Nun, sie sind ein stolzer Teil der Nation. Aber wenn die Welt ein Elefant ist und Indien sein Ohr, dann können die Andamanen nur das Auge sein. Oder die Pupille. Oder der winzige, helle Schein auf der Regenbogenhaut.

Die Inseln, die ich meine, liegen gut versteckt im Golf von Bengalen. Sie sind die Schwestern der Nikobaren im Süden, und nur der milchig blaue Cocokanal in ihrem Norden trennt sie von einem weiteren, weltabgeschiedenen Archipel, der bereits zu Burma zählt. Rangun ist nahe, so nahe, dass man fast seine Schreibmaschinisten tippen hört. Am Horizont glimmen die Feuerberge von Sumatra, und in klaren Nächten scheinen die Tempel Siams zwischen Meer und Sternenhimmel zu funkeln. Mutter Indien aber ist weit, weit entfernt, siebenhundertundvier Seemeilen, eine Kabellänge und einen mutigen Schritt an Land.

Und doch ist Indien überall.

Der Junge, der ich einmal war, strich durch Mangrovensümpfe wie ein Tiger in den Marschen von Bengalen. Er badete in Sommerseen, grün wie die Lagunen an der Pfefferküste von Kerala, und erkundete Märchenwälder, wie sie in den Himmel von Madhya Pradesh wachsen. Er sah über Höhen, die sich in Schleier hüllten wie die Palaniberge von Madras, lief durch blumenbedeckte Täler wie die Mönche in Uttaranchal, und wohin seine Füße auch gingen, nach Norden, Süden, Osten und Westen, irgendwann kamen sie an den Saum der Andamanensee, die so glitzert und glänzt, wie ich mir die Ufer von Puri, Orissa oder Palolem, Goa, erträumte. Alles ist von größter indischer Herrlichkeit.

Nur eines fehlt: Elefanten. Sie kommen in der Natur der Inseln nicht vor. Und kein Blatt, kein Ast und kein Baum auf den Andamanen hätte je Elefantenhaut gestreift, wäre nicht eines Tages im belebten Hafen von Kalkutta, irgendwo zwischen Kohlekarren, Kühen und weiß gewandeten, wuselnden Trägern, ein Schraubendampfer auf Reisen gegangen. Er fuhr den Hugli hinab, im heiligen Wasser des Ganges, und passierte Diamond Harbour, das einstige, längst vergessene Hajipur der Seeräuber und Banditen, vorbei an Leichenträgern am Fuße des Flusses, die sich neugierig den Hals verdrehten, und Leintuchwäschern in den Ghats, die ihre Laken auf die Ufersteine schlugen und urplötzlich von ihren schmutzig braunen Zubern ließen.

Der Dampfer steuerte nach Osten, hinaus aufs Meer und hinein in meine Erinnerung, wo er bis heute verborgen liegt wie ein Schatten im Ozean. Und wenn er sich daraus erhebt, mit seinem Lademast, seinem bengalroten, qualmenden Schlot und den Windhutzen, aus denen ab und zu ein Makake linste, dann fällt mir wieder ein, wie er in der Windsee rollte, wie er in Wellentäler fiel, wie alles zitterte und bebte an Bord. Der alte Kahn, er sah aus, als sei er schon einmal versenkt und wieder gehoben worden. Das Letzte, was ihn in den Nähten hielt, schien der Rost zu sein, der wie ein schwerer, melassiger Rum die Wand hinunterkroch.

Wir nannten ihn bloß «das Schiff».

Unser Platz war an Deck. Da, wo sich der Dung der Ziegen mit dem betelroten Speichel der Männer und dem schwefelfarbenen, halb verdauten Butterschmalz vermischte, das die Reisenden aus den Mägen würgten. Es roch nach Talg und Tier, nach Asche und Öl, nach Fett, Fäulnis und Vergorenem. Das Schiff war schwarz von seiner Menschenfracht und wälzte sich über die See wie eine Woge aus Fleisch. Jäger und Fährtenleser, Tischler und Zimmerer, Topfrührer und Messerwetzer, Reispflanzer und Küstenfischer mit ledriger Haut und vom Meer verwaschenen, lichtgetrübten Augen, Landlose aus Kerala, Verstoßene aus Ostbengalen, Hungerleider aus Bihar, die Wangen eingefallen vor Entbehrung und Not, Mütter und Väter, Töchter und Söhne, Säuglinge in verlausten, staubverdreckten Tüchern, manche ohne Namen, ohne Ursprung, fremd, entwurzelt und heimatlos. Sie alle drängten sich wie die Kerne im Granatapfel rings um die gefräßige Ladeluke herum, und wenn es Abend wurde und Wind aufkam, rückten sie noch enger zusammen.

Mein Bruder schlief in Mutters Schoß und schmiegte sich an ihren Sari. Ich lag nahebei, wo noch ein Eckchen für mich war, kauernd auf dem kalten Boden aus Stahl. Mal verirrte sich ein Kinderzeh in mein Ohr, mal krabbelte mir eine Schabe ins Haar oder eine Maus über den Nacken. Schon setzte ich mich wieder auf und schaute mit großen Augen in die schwankende Nacht.

«Sch, sch, mein kleiner Schwamm», sagte Mutter. «Leg dich hin, Junge, und saug nicht alles in dich auf.»

Jedes Mal, wenn sie mich so ansah, blitzte ein Zahn zwischen ihren Lippen hervor, nur die Zahnspitze, wie ein kurzes, keckes Zwinkern, das allein für mich bestimmt war. Ihr Mädchenlächeln erzählte von Hoffnung, ihr seegrüner Blick strahlte im Hellen wie in der Dunkelheit, und ihre sich stetig mehrenden silbernen Strähnen verrieten die Sorgen, die sie vor uns verbarg.

Mutter fand kaum in den Schlaf inmitten von Tampen und Tauwerk, Okras und Bittergurken, Schafböcken und blökenden Lämmern, zwischen Bootsleuten, die ihre Biris rauchten, gerollt aus Tabak und Tendublättern, und den Schwarzen, wie Mutter sie nannte, weil sie aus den Tiefen des Dampfers kamen.

Die Schwarzen lebten dort, wo das Feuer loderte. Ihre schäbigen Kleider trugen den Geruch von Flammen. Ihre verbrannten Arme waren von Schaufeln und Schürhaken gezeichnet, und sobald ihre Schicht an den Kesselöfen endete, stiegen sie aus ihrem Schattenreich empor, um den Rauch auszuhusten, den sie eingeatmet hatten. Dann kletterten sie an Deck, mit geteerten Lungen, verrußter Miene und stechenden Augen. Sie ließen sich im schwankenden Licht einer Ankerlaterne nieder, und nicht lange, da griffen sie in ihre Taschen, fischten Kaurischnecken hervor und begannen zu würfeln. Ihre Schneckenhäuser prasselten auf den Schiffsboden wie ein Regen aus Glas. Sie pendelten aus, umringt von glutversengten Heizerfüßen, und sobald sie stillstanden, zählten die Schwarzen mit lautem «*Bheenchod!*» und «*Bejammaa!*», wie viele Kauris auf die getigerte, runde und wie viele auf die gerillte, offene Seite gefallen waren, während sich andere mit dem Wind über die Reling entleerten.

Wir waren nichts. Wir kamen aus dem Nichts. Wir fuhren ins Nichts hinein. So muss Mutter gedacht haben in dieser Nacht auf See, die ohne Sterne blieb.

Ich war elf Jahre alt. Ein Junge, der zum ersten Mal das Meer sah und vielleicht zum letzten Mal die Ufer seiner Heimat, die mit jedem Kolbenschlag weiter in die Ferne rückten und mit jedem dumpfen, metallischen Stampfen der Maschinen fremder, verwischter und unerreichbarer wirkten. Am Morgen, in den emsigen Stunden vor der Überfahrt, hatte ich gebrüllt: «Nein! Nein, ich will nicht!», und meinen eigenen Vater wie einen Dämon verflucht. Der klemmte mich schon bald unter den Arm, zusammengefaltet wie die «Hindustan Times», und ich schlug so fest und verzweifelt auf seinen Rücken ein, dass die Stauer und Korbträger glaubten, der sehnige, sonnengefleckte Mann wollte mich entführen.

«Lass mich! Lass mich los!», hörten sie mich schreien. «Ich weiß schon gar nicht mehr, wie Großmutter aussieht!»

Kaum hatte er mich an Bord geschleppt, da kullerten mir die Tränen über das Gesicht. Ich weinte so bitterlich um meine geliebte, schmerzlich vermisste Großmutter, als hätte sie gerade ihren letzten Atemzug getan. Das Braun ihrer Augen, das rote, kreisrunde Bindi zwischen ihren Brauen, ihr weißes Haar, das weich wie Lammfell war, wenn sie mich umarmte und ihre Wange sanft an meine legte. Alles schien zu verblassen wie die Farben eines Aquarells. Zurück blieb nur ihre Stimme. Ihre wohltuenden Worte, die sie flüsterte, wenn ich wach lag und glaubte, ich würde niemals in den Schlaf finden, nicht in diesem Leben und auch nicht mehr in den tausend Leben danach.

«Aber, aber», flüsterte Großmutter in solchen Nächten und strich über meine Stirn, «wer sagt denn, dass du schlafen musst? Schließ bloß die Augen, hörst du? Ruh dich nur ein wenig aus, das genügt, mein Junge.»

Und gleich nachdem sie die Worte gesprochen hatte, versank ich in süßen Träumen.

Gewiss dachte ich auch an meinen Großvater und an den Eisensplitter tief in seiner Hand. Der alte Haudegen hatte uns Brüdern unbedingt beweisen wollen, wie jung und geschmeidig er sich noch fühlte. Dada, o, Dadaji, wie lange warst du nicht mehr auf einem Elefanten geritten?

«Seht her, Kinder!», sagte er an jenem denkwürdigen Tag und ließ sich von Dalee tragen, rings um das kleine Haus, in dem wir gemeinsam lebten. Nicht auf dem Rücken des Elefanten. Nein, das wäre zu leicht gewesen. Großvater, der die Arme ausbreitete, hing waagerecht in seinem eingerollten, mehrfach verschlungenen Rüssel wie ein knorriger Baumstamm. Wir Kinder jauchzten und klatschten, als wir das Kunststück erlebten, und beflügelt von all dem Jubel ließ Großvater seinen Elefantenhaken zwischen den Fingern kreisen. Geradeso als würde er einen Trommelschlägel schwingen.

«Junge», sagte er stets. «Vergiss niemals deinen Haken! Ein Elefant braucht Zucht, die gute alte, militärische Härte. Sieh dir nur an, wie es in einer Elefantenherde zugeht. Die Bullen und Kühe stoßen und treten sich, sie peitschen und prügeln einander, sie schlagen sogar ihre Kälber, ihre eigenen Töchter und Söhne. Glaub mir, Elefanten sind die reinsten Diktatoren. Schlimmer als dieser Russe.»

«Welcher Russe, Großvater?»

«Stalin!»

Unser Großvater hatte sogar einen Kosenamen für den Elefantenhaken. «Stachelstock» nannte er ihn, was aus seinem Mund beinahe liebevoll klang, doch ich konnte ihn nicht leiden, den spitzen, hölzernen Stab mit der eisernen Klinge und dem gekrümmten Stück Metall an der Seite. Ich sah es in den Augen der Elefanten. Sobald sie Großvaters Stachelstock bemerkten, geriet etwas in ihren Blick. Mal war es Furcht, mal Zorn, mal etwas Fernes, Verborgenes, das kaum zu deuten war und durch den Elefantenhaken urplötzlich zum Vorschein kam.

Ob es Dalee ähnlich erging? Er hatte Großvater schon viele Hundert Mal in die Höhe gehievt und wusste, wie schwer er war. Er wusste auch, wie fest er zudrücken konnte, um ihn nicht zu zerquetschen, und er wusste genau, wie viel Kraft er aufwenden musste, damit Dada nicht versehentlich aus der Schlinge seines Rüssels glitt.

Trotzdem lockerte der Bulle auf einmal den Griff. Und Großvater? Er fiel in einen Oleanderbusch hinein. Dabei bohrte sich der Elefantenhaken zwischen die Knochen seines Handgelenks und brach darin ab. Die Klinge verschwand unter seiner pergamentenen Haut und verwuchs darin, weil uns das Geld für einen Doktor fehlte, aber Großvater störte sich nicht an dem Eisen in seinem Fleisch. Dadaji trug es wie eine Kriegsverletzung. Voller Vergnügen rief er mich immer wieder zu sich heran, damit ich die Klinge in seiner Hand befühlte. Dann spürte ich auch seinen Puls, der rumpelte wie die Dampflokomotiven in unserer Gegend, wenn sie die Brücke über den lehmbraunen Fluss passierten. Und Dada, er lachte aus voller Kehle und mit halbem Gebiss.

Wir ließen eine große Familie zurück.

Als ich geboren wurde, waren meine Eltern müde. Anders kann ich mir nicht erklären, warum sie einfach keinen Namen für mich fanden. Wäre ich ein Mädchen geworden, hätten sie mich Chandrika genannt, Licht des Mondes. Mädchennamen sind süß wie Sirup und zart wie die Teigbällchen, die man darin rollt, doch mit einem Namen für einen Jungen taten sie sich schwer. Mutter mochte Balachandra, junger Mond, Vater nicht. «Mein Sohn ist keine Tempeltänzerin!», sagte er. Auch für den Namen, den der Dorfastrologe aus meinem Rashi, dem Tierkreiszeichen, und meinem Mondhaus errechnete, ließ er sich nicht begeistern: Nihar, von Morgentau bedeckt. «Er wird verflucht noch mal Lakshman heißen!», schimpfte Vater – genauso wie er selbst und wie der Halbbruder des Gottes Rama. «Dann nenn ihn doch gleich Vishnu!», gab Mutter zurück, denn Rama ist bekanntermaßen Vishnus siebte Inkarnation. «Oder Omvishnu, deinen kleinen, heiligen Sohn!» Und weil sich meine Eltern nicht einig wurden, holten sie den Rat der Freunde, Verwandten und Familie ein. In den elf Tagen nach meiner Geburt zeigten sie mich überall im Dorf herum und baten um Vorschläge für meine Namenszeremonie.

«Shiva!», sagte Großvater, womit wir fast alle höchsten Hindugötter beisammenhatten. «Wir sollten ihn Raju nennen», sagte Tante Uma, «wie einen Königssohn!» Aber in den Ohren meiner Großmutter klang Raju ein wenig zu vermessen für einen Elefantenjungen, Ravi, der Name, den mein Onkel Kishor empfahl, war ihr dagegen zu gewöhnlich. «Ziegenhirten heißen Ravi!», sagte sie. Großmutter sah in mir einen Anup, einen Jungen, der sich mit keinem anderen vergleichen lässt. «So ein Kind gibt es nur einmal auf der Welt», sagte sie. «Schaut euch doch seine Nase an, sie zeigt in den Himmel wie ein Entenschnabel!»

Die Gespräche verwirrten meine Eltern noch mehr, doch sie mochten niemanden vor den Kopf stoßen. Das ist der Grund, weshalb mein Vorname ein kleines bisschen länger ist als andere. Er lautet Omvishnu Nihar Anup Shivaraju Ravi Lakshman Balachandra.

Ich bin dankbar für diesen Namen, er klingt wie Poesie. Und wenn mir schwer wurde auf der Reise, wenn mich der Kummer erdrückte, wenn ich über den wilden, weiten Ozean sah, der für einen Jungen voller Fabelwesen und Ungeheuer war, und ich mich fürchtete, wenn plötzlich ein Bengalischer Tiger aus den Fluten sprang, das Maul aufgerissen, die Pranken gespreizt, und ein zweiter, noch schrecklicherer Tiger jagte dem ersten nach, dann rezitierte ich die Silben wie ein schützendes Mantra.

Om vish nu, ni har a nup, shi va ra ju, ra vi laksh man, ba la chan dra.

Und schon bald kam ein großer, roter, stacheliger Fisch an die Meeresoberfläche und verschlang die beiden Raubkatzen. Die Worte wogten wie das Schiff in den Wellen, und meine Seele segelte mit den Fregattvögeln, die über den Gischtkronen der Hecksee schwebten.

Der Beamte, der die Passagierlisten schrieb, mochte meinen Namen nicht, genauso wenig wie meinen Geruch. Ein schweres, süßsaures Elefantenaroma umwehte meine Familie. Es war nicht von Haut und Haaren abzuwaschen, auch nicht mit Seife, und so hielt sich der Staatsdiener ein Tuch vor die Nase, als wir sein kleines Reich vor der großen Reise über den Ozean betraten.

Der Beamte hockte in einer Hafenhütte, umringt von

Schränken, die mit zahllosen rostigen Schlössern verriegelt waren. Auf den Schränken lag Papier, teils in Jutesäcke gestopft, teils lose wie Laub. Die oberen Blätter stapelten sich bis hinauf zum Wellblechdach, das die schmutzigen Wände überspannte, und bremsten den Windmacher an der Decke. Die unteren welkten in der salzigen Hitze. Sie schienen unter dem Gewicht der anderen Schriftstücke allmählich zu Staub zu zerfallen. Dieser Mann der Ordnung, der mit wichtiger Miene in jenem wüsten Durcheinander hauste, wies die ausgeprägtesten Wangenknochen auf, die man sich vorstellen konnte. Und sein Gesicht war so breit und fleischig, dass es mich an einen Makhna erinnerte, einen erwachsenen Elefantenbullen, dem die Stoßzähne fehlen. Kein Mahut aus meinem Dorf hätte sich jemals mit einem Makhna eingelassen, sie sind gefährlich und unberechenbar. Makhnas haben etwas zu kompensieren.

«Junge», raunte der Makhna, nachdem ich meinen Namen für ihn aufgesagt hatte, fehlerfrei und so melodisch wie ein Gedicht über den Frühling. «Was soll das sein?»

«Onkel, das ist mein Vorname.»

«Schreib ihn auf!», sagte er.

Aber wie? Bis dahin hatte ich nie eine Schule von innen gesehen, eine echte Schule mit einem Dach auf den Wänden und einer richtigen Lehrerin mit Rohrstock in der Hand. Ich war doch bloß ein Elefantenjunge. Ein Sohn, der einmal seinen Vater beerben würde. Und alles, was ein Knabe aus meiner Familie wissen musste, brachte er mir bei.

«Elefantenstunde» nannte Vater seine Lektionen. An jedem Morgen, wenn sich Dalee auf die Seite legte, rieb ich die Ränder um seine Elefantenaugen mit Ghee ein.

«Das schärft den Blick», sagte Vater und sah mir geduldig dabei zu. Danach schrubbte ich die Elefantenhaut mit den Schalen einer Kokosnuss. «Besonders gründlich hinter den Ohren und zwischen den Beinen», wies Vater mich an, «und vergiss nicht die verflixte Stelle, Junge!», womit er die Wurzeln der Stoßzähne meinte, die sich so schnell entzündeten. Ich schabte die verhornten Schwielen von den Elefantenfüßen, so lange, bis ich ganz weiß war von ihrem Staub, feilte Elefantennägel, kurierte Elefantenfußpilz, zog mit den Fingerspitzen fette, milchweiße Maden aus den Falten der Elefantenhaut. Oh ja, darin war ich wirklich gut! Beim Allmächtigen, ich beherrschte sogar die «magischen Zehn», alle zehn bekannten Wege, die einen kletternden Menschen hoch auf den Rücken eines Elefanten führen. Über den Schwanz, über die Ohrläppchen, über die Flanken, über die Beine und über den Rüssel.

Aber Buchstaben, Silben, Worte, Sätze und Zeilen auf Papier blieben für mich genauso schleierhaft wie für meine Eltern. Sie konnten keinen der Namen, die sie mir gegeben hatten, lesen oder schreiben, und weil es zu viele waren, um sie jedes Mal in den Mund zu nehmen, wenn das Mittagessen wartete, riefen sie mich einfach *Beta*, Sohn. So war ich trotz aller Mühen meiner Verwandtschaft auf gewisse Weise namenlos geblieben.

Om vish nu, ni har, a nup, shi va ra ju, ra vi, laksh man, ba la chan dra.

Ich wiederholte Silbe für Silbe, diesmal gemächlicher, und der Makhna notierte sie auf einem Zettel.

Dann sah er auf.

«Das ist kein Name. Das ist ein Masala.»

Der Makhna vertiefte sich abermals in das Papier, er

zögerte, Sekunden vergingen wie Minuten, Minuten wie Stunden, Stunden wie Jahre, irgendwo auf dem Erdball wurden Königreiche erschaffen und gingen mit wehenden Fahnen wieder unter. So sehr kam er über der handschriftlichen Gewürzmischung ins Grübeln, zwischen süß und sauer, salzig und bitter, würzig und schal. Als fragte er sich, welcher meiner Namen ihm wohl am besten schmeckte. Der Makhna fiel geradezu in die Buchstaben hinein, und die Aktenschränke lugten ihm dabei neugierig über die Schulter.

Der Onkel spürt die magische Wirkung des Mantras, dachte ich bei mir und lächelte zu ihm auf, zwischen den drei schwarzen Fernsprechapparaten auf seinem Pult und der wuchtigen Rechenmaschine hindurch.

Da kreiste eine Fliege um seinen Bart. Nun betrachtete er beides, die Buchstaben auf dem Papier mit dem einen Auge und mit dem anderen die Fliege vor seinem Gesicht. Ich wartete darauf, dass er den Mund öffnete und nach ihr schnappte, um sie zwischen seinen gewaltigen Kiefern surren zu hören. Doch da scheuchte er die Fliege mit einer Geste davon und verjagte mit dem Ungeziefer auch das wogenglättende Mantra.

Der Makhna nahm den Stift und strich die Buchstaben zusammen. Nur zwei ließ er übrig. Er vermerkte «N.A.» in seiner Liste, Nihar Anup.

Nach meinem Familiennamen fragte er gar nicht erst.

Das Schiff war eine schwimmende Stadt. Kleiner als Bombay, grauer als Delhi, kümmerlicher als so manches Armenviertel an den schäbigen Ufern des Cooum, der schwarz wie der Tod durch Madras fließt. Aber lauter und lebendiger als alles, was wir Elefantenjungen je zuvor gesehen hatten. Und sobald diese Stadt erwachte, streunten wir durch ihre Gassen, die sich in den Ozeanwellen hoben und senkten.

«Pass auf Du auf!», sagte Mutter mit mahnender Stimme, ehe wir aufbrachen. «Lass Du niemals aus den Augen, mein Sohn!»

So nannte sie meinen Bruder. Du. Schlicht und einfach Du, weil Du der einzige Name war, auf den er hörte. Es lag an der Art, wie die Großen mit ihm sprachen. «Du bist aber ein Hübscher!», meinten sie. «Du süßes Früchtchen, du!» Sie sagten so oft «Du, du, du!» zu ihm und kitzelten ihn unter dem Kinn, bis er schließlich voll und ganz davon überzeugt war, dass Du sein wirklicher Name sei. Wenn man ihn fragte: «Wie heißt du?», dann antwortete er bloß: «Du».

Der kleine Du war ein *Buddhu*, ein Stolperprinz. Du konnte nichts dafür, schuld waren einzig und allein seine Proportionen. Unglücklicherweise wuchsen seine Beine langsamer als sein Rumpf, und sein schaukelnder, übergroßer Kinderkopf hatte alle Mühe, das körperliche Durcheinander zu entwirren. So strauchelte, purzelte und wirbelte der kleine Du durch sein junges Leben, das ihn wieder und wieder zu Boden warf. Es sei denn, ich fing ihn schnell genug auf.

Zusammen scheuchten wir Laufenten über das Deck, jene Schnabeltiere, die ihre Hälse stolz nach oben richten, obwohl sie weder fliegen noch sonderlich weit springen können. Wir Kinder setzten ihnen kleine Turbane auf die Köpfe, aus Lumpen und Maulbeerbast. Von Zeit zu Zeit jedoch wurde eine Ente frech, sie machte kehrt, sann auf Rache und heftete sich plötzlich an unsere Fersen. Dann waren wir es, die fortrennen mussten. Und rannten wir nicht schnell genug, so zwickte sie uns schnatternd in die Waden.

Die Schaben waren leichter zu erwischen, so rund, wie sie sich zwischen all den Menschen und Tieren fraßen. Wir lockten sie mit Zuckerwasser in ein tiefes, ausgeleertes Honigglas. Mögen uns die Götter vergeben, denn mein Bruder behandelte die Schaben nicht gerade wie lebendige Wesen, sondern wie seelenloses Spielzeug aus Blech. Der kleine Du bemalte ihre Panzer mit Sindurpulver, zeichnete eine Linie in den Schmutz und setzte sie an den Start. Dabei drückte er gerne zu fest. «Guck mal!», sagte er dann, zog eine Schnute und deutete auf eine bedauernswerte Kakerlake, die reglos auf dem Rücken lag. «Die geht nicht mehr!»

In der schwimmenden Stadt wohnte auch eine Katze, ein Bengalkater mit leuchtenden turmalingrünen Augen, der im Hafen von Kalkutta an Bord geschlichen war. «Na los!», rief Mutter und schüttelte ein Säckchen Salz in ihrer Hand. «Streut es ihm auf den Schwanz, dann bleibt er stehen und lässt sich fangen!» Aber so wie unsere Seebeine schwankten, während wir dem gefleckten Kater folgten, so heftig flatterte auch unser Herz. Wir taten so, als wäre es der *Devilish Cunning Panther*, von dem uns Großvater erzählt hatte. Einhundertfünfzig Menschen hatte der verteufelt listige Leopard angeblich gerissen. «Nur Frauen und Kinder!», sagte Dadaji. Jeden zweiten Tag holte sich das Raubtier einen Jungen oder ein Mädchen und ließ nur die Hände, die Füße und ein paar Knochen zurück, so lange, bis ihm ein mutiger Ziegenhirte aus dem Land der Gond das Handwerk legte. Er schnitt ihm den Magen auf und fand darin ein Knäuel aus Kinderhaaren.

Einmal versuchten wir, Shanti zu reiten, die einsame Büffelkuh eines Bauern. Nirgends an Bord hatte sich Platz für sie gefunden, nicht auf dem Deck bei den Reisenden, nicht unter Deck bei den Seeleuten, den Kesselheizern und Maschinisten. Erst recht nicht im Laderaum, wo sich die wertvolle Fracht des Schraubendampfers verbarg, von der ich noch erzählen werde. Und so hatte man Shanti, die Friedliche, kurzerhand im Vorderschiff festgeseilt. Wir Brüder hätten der Büffelkuh wohl besser zwei Hühner aufgebunden, bevor wir auf ihren Rücken stiegen, denn gleich beim ersten Reitversuch warf sie uns ab. Und kaum stellten wir uns wieder auf die Füße, um es erneut zu probieren, senkte Shanti drohend die Hörner.

«Schnell!», rief ich und stieß den kleinen Du unter das wehende Segeltuch, das die Schiffsreserven und das Reisegepäck vor dem salzigen Wasser der Gischt bewahrte. Wir fielen auf die Knie und krochen durch ein Wirrwarr aus Kanistern und Spundfässern, Korbflaschen und Konservenbüchsen, Fischöl und Petroleum, Chilisamen und Kichererbsen, Steckzwiebeln und Rosinen, Kokosfett und Kräuterseife, Flaschenzügen und Fackeln, Flößerhaken und Feuerwerkskörpern, Zelten und Waggondecken, Äxten und Beilen, Sägen und Spalthämmern, Klingen und Keilen.

«Was ist bloß da drin?», flüsterte mein Bruder und lugte angestrengt in die Wurmlöcher einer Seekiste hinein, die wie eine Schatztruhe war. «Silber? Gold?»

Wir zogen Draht aus einer Krabbenfalle und machten uns am Hängeschloss zu schaffen. Es sollte eine Weile dauern, doch schließlich schnappte es tatsächlich auf. In der Seekiste, die wir mit zittrigen Händen öffneten, verbargen sich Schachteln aus braunem Karton, und wenn wir sie schüttelten, rappelten und rasselten sie verheißungsvoll. «Perlen», raunten wir, war doch jede bis zum Rand mit glänzenden Kugeln gefüllt. Wie hätten wir ahnen sollen, dass es ein Schatz aus Jagdschrot war?

Das Fernglas aus der Kiste hatte Zauberkräfte. Wenn wir die Finger auf die Perlmuttbeschläge legten und vorsichtig durch die Linsen sahen, veränderte sich die Welt vor unseren Augen. Der kleine Du wirkte noch kleiner als zuvor, und das weiße, im Fahrtwind flatternde Segeltuch über unseren Köpfen wurde zu Eischnee. Aber wozu war die schwere, schwarz gelackte Maschine gut, mit den Hebeln, den Rädchen und den vielen Tasten voller Zahlen und Zeichen? Wir entdeckten sie unter einem Stapel dunklem Papier, das unsere Finger färbte, als wir es berührten.

«Das ist eine Waage», sagte ich aus voller Brust, denn ein großer Bruder sollte sich keine Blöße geben. «Damit wiegen sie Fische. Und mit dem Papier wickeln sie sie ein.»

Der Morgen duftete nach Meer und Milch, nach Nelken, Kardamom und Patschuli. Chai köchelte auf offenem Feuer, Samosas tanzten in sprudelndem Öl, Küchlein aus Bohnen und Reis garten in dampfenden silbernen Töpfen. Wir

Kinder saßen da, die Beine gekreuzt auf einem Berg aus Strick und Tau, und sahen dem Bartscherer zu. Er rasierte Badshah, den Ranchi. Ritsch, ratsch ließ er sein Klappmesser im Takt der Wellen tanzen. «Auch der mutigste Mann schielt einmal unter sein Bett», sagte Vater immer, doch dieses eherne Gesetz schien für Badshah nicht zu gelten. «Badshah schläft nie», erzählten sich die Reisenden. «Das muss er gar nicht, weil er tief in sich ruht.» Wohl auch, weil Badshah unentwegt Paan kaute, die Mischung aus Betel, Kalk und Blättern hielt ihn wach. Ich weiß bis heute nicht, ob er nur ein einfacher Mann aus Ranchi war oder ob sie ihn *Ranchi* nannten, einen Verrückten, weil sich in der Stadt die berüchtigtste Nervenheilanstalt von ganz Britisch-Indien befand. Badshah, der sich Morgen für Morgen die Zunge mit Draht abrieb, war kein allzu großer Mann, aber sein äußerst kräftiger Rumpf wuchs in die Breite wie die Krone des Götterbaums. Sein Hals war wie ein Fass, und rundherum trug er eine Kette, an der zwei blutverkrustete Giftzähne baumelten – in der Nacht hatte der Ranchi eine Viper erlegt. «Sie war fünf Fuß lang», behaupteten die Leute, und von Erzählung zu Erzählung wurde sie länger. «Badshah zog sie am Schwanz aus ihrem Loch und erwürgte sie in seiner Faust!»

Nach der Rasur machte sich der Ohrenputzer ans Werk. Er trug einen essigroten Turban. Aus dem gewundenen Schal auf seinem Kopf ragten Nadeln, Spieße und Zangen heraus, gröbere und feinere. Damit stocherte er in Badshahs Gehörgängen herum wie ein Kranich, der im flachen Wasser nach Stichlingen pickt. Seinen Fang strich der Putzer auf seinem Handrücken ab, denn sein Preis bemaß sich nach der Beute: einen Viertelanna für etwas Weiches, einen halben für etwas Hartes. Wie sich zeigte, saß im Ohr des Ranchis etwas fest, die Nadeln, die Spieße und sogar die Zangen schienen daran zu scheitern. So griff der Putzer an seine Schläfe und zog einen blitzenden Messingstab aus dem Turban. Er schob ihn tief hinein in die dunkle Höhle, so weit, bis er darin auf einen Gegenstand traf. Nun drehte er den Stab halb herum und holte einen Stein aus dem Ohr hervor, einen hübschen honiggoldenen Brocken, der in der Sonne glänzte. Badshah blinzelte nicht einmal, und auch der zweite noch größere Ohrenstein ließ ihn ungerührt. Der Putzer setzte ihn auf seinen Handrücken wie eine Zahl auf eine Rechnung. Bald legte er noch einen dritten und einen vierten hinzu. Beim fünften Brocken jedoch packte der Ranchi den Putzer an der Gurgel.

«Einen halben Anna für einen Stein? Wie viele davon willst du mir noch in den Ohren verstecken?»

Es sollte einer der wenigen Sätze sein, die Badshah während der Reise verlor. Ein anderer hingegen, ein Mann mit verzerrtem Mund, der an einer Windhutze lehnte, redete umso mehr. Der Schiefmäulige hielt sich den Knöchel, von Krämpfen geschüttelt, nass vom Schweiß und vom blutbrechenden Fieber beinahe aufgezehrt.

«Heuschrecken», stammelte er vor sich hin. «Esel! Ameisen! Fledermäuse!»

Der Mann hatte Erscheinungen. Seit er im Schlaf von einer Ratte gebissen worden war, sprach er mit Geistern und Dämonen. Seine Wunde schimmerte rot in seiner dunklen Haut, die sich zusehends blau verfärbte, und wenn der Schmerz kam, verzog er das Gesicht wie ein Kind, das in eine Zitrone beißt. Dann schossen gelbliche Tränen in seine glasigen, unterlaufenen Augen.

Um den Kranken herum lagen Zaubersteine und viele andere Dinge verstreut, eine Opiumdose aus Kamelbein, ein Amulett aus dem Zahn eines Flusspferds, Alaunkristalle und Kampferpulver gegen den bösen Blick, Kokosschalen, Senfsamen und Chili. Ein Geistlicher mit wilden Brauen hatte die heilenden Gegenstände dort ausgebreitet. Sein Haarschopf reichte ihm bis zum Steiß und sein weißer, wallender Bart bis zum Nabel. Er war in zwei Zöpfe geflochten, die schaukelten, wenn er die Stimme erhob und zu den Reisenden sprach.

«Hört mich an!», rief der Swami. «Lasst mir die Tiere in Ruh! Was nützt es, die Ratten an Bord zu erschlagen? Ich sage euch, nicht der Biss des Nagers ist es, der diese arme Seele so quält.»

Der heilige Mann fischte in seinem Sammelsurium und zog ein Fläschchen hervor.

«Ihr rätselt, was dem Kranken wirklich fehlt?», fragte er, während der Seewind um seine Zöpfe wehte. «Es ist das Feld unter seinen Füßen! Der Mann ist Bauer und vermisst seine Heimaterde wie wir alle.»

Mit diesen Worten hob er den Arm und träufelte eine zähe ackerschwarze Tinktur auf den Rattenbiss, als gösse er heißen Tee in eine winzige Tasse. Nun nahm er eine Nuss des Kaschubaums. Der Swami hielt sie gut sichtbar zwischen seinen dürren, krumm gewachsenen Fingern und warf sie blindlings über seine bloße Schulter. Da sprang ein Makake aus der Windhutze heraus, das Äffchen schnappte nach der Schalenfrucht, fauchte und verschwand wieder im Schiffsinneren.

«Jede Kreatur auf diesem Dampfer ist ein göttliches Geschöpf, auch die Makaken, die Vipern und die Ratten.

Wohnt nicht in Hanuman, dem Herrn der Affen, die Kraft? Bringt nicht die Schlange den Regen? Und auf welchem Nager, ihr Leute, reitet Ganesh, der Elefantenköpfige, über die Berge, die Flüsse und das Meer?»

Indien bewegt sich langsam, heißt es, langsam wie ein Elefant, und genauso gemächlich schob sich das Schiff voran. Hinter jeder Tür, durch die wir Kinder linsten, unter jeder Luke, die wir öffneten, überall in der schwimmenden Stadt lagen Kohlen versteckt: in der Maschinistenmesse, in dem Matrosenlogis, in den Kojen der Schwarzen und der Schiffsjungen. Selbst in der Kombüse, da, wo die Ratten schliefen, stapelten sich Reservekohlen für die kaum zu berechnende Fahrt. Der Schraubendampfer war so überladen, dass niemand an Bord mit Gewissheit sagen konnte, wie lang die Reise wohl gehen würde.

«Zwei Tage», sagte Badshah, der Ranchi, wenn man ihn nach der Dauer der Überfahrt fragte, und deutete dabei auf die beiden Giftzähne um seinen Hals. «Drei», zählte der Swami an den Gliedern seines kleinen Fingers ab, und wer wollte schon an den heiligen Griffeln zweifeln? «Sorgt euch nicht», sagte Mutter nach der vierten Nacht auf See. «Wir sind bald da.» Und obwohl Stunde um Stunde verging, erst ein Morgen, dann ein Mittag und schließlich ein erneuter Abend, ohne dass wir Land sahen, zweifelten wir nicht an ihrem Versprechen. Mutter war unsere Gelehrte, wir mussten nur in ihre lebensklugen grünen Augen sehen, und schon öffnete sich der Kosmos des Wissens.

«Mutter, warum ist das Meer so blau?»
«Weil das Wasser blau ist, Kinder.»
«Warum ist der Himmel so blau?»

«Weil die Luft blau ist, Kinder.»

«Und warum ist der Mond so gelb?»

«Kinder, was glaubt ihr wohl? Wenn er genauso blau wäre wie das Meer und der Himmel, dann könnten wir ihn doch nicht sehen.»

Einmal erzählte sie uns von einem Weisen in den Wolken. «Er schaut schützend auf uns herab. Und so verschieden die Menschen auch sind auf diesem Schiff», sagte Mutter, «für ihn sind wir alle gleich.» Die Geschichte ließ uns Kinder nicht mehr los. Wer war der Mann, der aus der Höhe über uns wachte, und warum zeigte er sich nie? Wir Brüder dachten angestrengt darüber nach, dann fassten wir uns ein Herz und gingen auf die Suche nach ihm. Einer hinter dem anderen stiegen wir die Treppe hinauf, die eng und steil auf das oberste Deck des Schraubendampfers führte, spürten, wie der Wind blies, während sich der Abend über den Ozean senkte, und krallten die Finger an das spröde, vor Farbsplittern knisternde Geländer. Als wir die Brücke erreichten, lugten wir durch die weit geöffnete Tür, still und leise. Da hatte uns der Alte mit den weisen, wachen Augen und dem schlohweißen Haar bereits bemerkt.

«Das Schiff ist schwer», sagte er, ohne sich nach uns umzudrehen. «Ein kleines Indien auf See.»

Der Mann in den Wolken stand auf einem bronzenen Podest, er sah über das Meer und ächzte, als hielte er das ganze Gewicht des Dampfers mit dem Steuerrad in seinen Händen. Den Bug, der stumpf durch die Wellen brach, die Aufbauten, die sich schälten, den dampfenden Schlot, dessen Fahne bis zurück nach Kalkutta zu reichen schien.

«Wenn Großmutter uns vermisst», flüsterte der kleine

Du, «wieso steigt sie dann nicht einfach in ein Boot und folgt dem schwarzen Rauch?»

Der Rudergänger tat mir leid, er wirkte einsam in seinem Steuerhaus, zwischen den Hebeln, dem Maschinentelegraphen und den vielen angelaufenen nautischen Instrumenten. Allein mit den Wellen, die er durch die staubtrüben Fenster verfolgte. Selbst die Gedanken, sogar seine tiefsten Sorgen und Ängste, schienen ihn bereits verlassen zu haben. Sie waren gekommen mit den Jahren, sie hatten sich eine Zeit lang um ihn gedreht, bis sie eines Tages für immer verschwanden. Und türmten sich die Wellen auch zu Bergen auf, mit langen brechenden Kämmen, und war die See auch weiß vor Schaum, die Gedanken wollten einfach nicht wiederkehren, noch nicht einmal, wenn er sich ihre Gesellschaft sehnlichst wünschte. So stellte ich es mir vor.

Woher er kam?

«Ceylon», sagte der Alte.

Aber Trincomalee, der Hafen seiner Heimat, war so fern und unerreichbar wie der Himmel, das vereinte uns Kinder mit dem Mann in den Wolken. Ich trat näher an die Scheiben heran, Meer, wohin ich auch sah. Bald darauf stellte ich mich auf die Zehen, blickte neugierig hinunter auf das Schiff und hielt Ausschau nach Mutter, inmitten von Biharis und Bengalen, Keralesen und Tamilen, von Hindus, Moslems, Christen, Sikhs, Buddhisten und Jainas, von Brahmanen, Kshatriyas, Vaishyas, Shudras und Dalits, den Unberührbaren ohne Kaste.

Ich suchte Mutter vergebens, doch dabei verstand ich, was sie uns Kindern sagen wollte. Von hier oben, aus den Wolken betrachtet, waren alle Reisenden gleich. Jeder kauerte im gleichen Dreck, jeder schützte seinen Kopf mit dem gleichen, mottenzerfressenen Tuch gegen die Meeressonne, jeder war von den gleichen Läusen und Flöhen geplagt und gespickt mit den gleichen, kratzenden Stichen. Jeder fuhr über dieselbe See zu denselben Inseln, erfüllt von derselben, tröstenden Hoffnung.

Dreißig Bigha gerodetes Land hatte man unserem Vater versprochen und drei Knechte. Einen fetten Milchbüffel, eine Kuh und ein Kalb, einen Ochsen, um die Felder zu bestellen, Getreideschwingen, um das Korn zu trennen, einen Betelschneider, um die reifen Früchte der Palmen zu ernten, Schleifsteine, Schnakennetze, Arsensalz gegen Unkraut und Getier, Wasserkrüge, Teller und Gläser, ein gutes Paar Schuhe und eine Dose Politur. Jede Familie würde achtundzwanzig Tafeln fabrikneues Blechdach erhalten, hieß es, vier mal zehn Fuß, um ihr Haus zu decken. Eines der Bleche würden wir der Gemeinde spenden, sagte Vater, damit das Dorf einen Tempel bauen könne. Und von den sechzig Rupien, die man ihm monatlich in Aussicht stellte, wollte er die Hälfte nach Hause schicken.

«*Kheti karo, khana khao*», sagte der Rudergänger, halb zu sich selbst. «Bestell dein Feld und iss dein Essen.»

Während er redete, mäanderte sein Blick über die Menschen, die sich dicht an dicht auf dem Dampfer drängten.

«Vor Jahren mussten wir die armen Hunde noch in Käfigen auf die Inseln schippern, mit den Ratten haben sie sich gestritten um jedes verfluchte Reiskorn an Bord.»

«Käfige, Onkel?»

«Habt ihr Kinder nie von Kala Pani gehört?»

Wir sahen den Alten bloß an, der mit heiserer Stimme sprach.

«Schwarzes Wasser», raunte er und spuckte seinen Betelbissen auf den schäbigen, vor Rost und Speichel starrenden Brückenboden. Mir fiel auf, wie sich die Farbe seiner Augen mit dem schräg einfallenden Abendlicht veränderte, von Bernstein zu Gold, und als ihm die Worte Kala Pani über die Lippen kamen, war plötzlich dunkelster Obsidian in seinem Blick. Kala Pani, schwarzes Wasser, der Rudergänger sprach in Rätseln. Waren die Inseln der Andamanen von Pech umspült? War das Wasser in ihren Quellen vergiftet, und wir bekamen schwarze Zähne, wenn wir es tranken? Oder musste unser Schiff zunächst die Finsternis überwinden, um auf den Archipel zu gelangen, ein schwarzes, unheilvolles Meer?

Wie das Auge des Rudergängers hatte auch das Wasser während der Reise die Farbe gewechselt. Der Hugli, den wir hinuntergefahren waren, um unsere Heimat zu verlassen, strömte braun durchs Land, braun wie die Brühe in den Zubern der Leintuchwäscher. Als sich der Fluss in den Golf von Bengalen ergoss, schimmerte das Wasser allmählich grün wie ein Kupferdach, das verwittert. Und der offene Ozean, auf dem wir nun kreuzten? Vor der Passage hatte ich ihn mir tintenblau vorgestellt, aber in Wahrheit wirkte er purpurn, tags wie blühender Lavendel, nachts wie ein Gewitterhimmel, und mit jeder nautischen Meile färbte er sich dunkler.

«Onkel», fragte ich. «Was ist Kala Pani?»

Aber der Rudergänger verharrte nur mehr in seiner Pose, sah auf die See und hielt stoisch den Kurs, als wäre er mit dem Steuer verschweißt und mit dem Tritt, auf dem er stand, verschraubt. Der Mann in den Wolken war längst ein Teil des Dampfers geworden wie die Nieten, die Spanten und die Stringer. Und so trug er die schwimmende

Stadt über die Wellen, allein mit der Kraft seiner sonnengeschälten Unterarme.

«Kinder», sagte er wie aus dem Nichts und schlang die Hände noch fester um das Steuerrad. «Ich kann sie spüren. Ich spüre sie in beiden Fäusten.»

«Was spürst du, Onkel?»

«Die Götter. Die großen Götter, sie schwingen im Bauch des Schiffs.»

Vater war blass. Immer zur blauen Stunde, zwischen dem Licht des Tages und dem Dunkel der Nacht, konnten wir ihn sehen. Dann kamen die Seefahrer mit ihren Rohrstöcken an Deck, zornige Männer ohne Moral. Sie trieben die Reisenden auseinander, verscheuchten das bockbeinige Vieh, zogen eiserne Splinte, lösten Bolzen und lüfteten den Lukendeckel, das rostige Tor zur Unterwelt des Schiffs. Kaum fuhr es auf, mit einem metallischen Kreischen, lagen wir Brüder bäuchlings am Rand, blickten hinab und erschraken.

Mit jedem Meerestag wirkte Vater noch fahler, er schien vor unseren Augen zu verschwimmen, als betrachteten wir ihn durch Milchglas. Sobald wir jedoch nach ihm riefen, hob er die Hand gegen das einfallende Licht, blinzelte und wiegte freudig strahlend den Kopf. Der stolze Elefantenmann schenkte seinen Söhnen das beste Lächeln, das ihm über die Lippen kam, aber wir wussten, wie es um ihn stand.

Wir hatten den Wind, das Meer und die Sonne. Vater hingegen fristete ein Schattenleben im Reich der Riesen, die das Schiff beherrschten. Sie ließen es wippen, schaukeln und wanken, wenn sie ins Schwingen kamen wie gewaltige Pendel, immer vor und zurück mit ihrem ganzen Gewicht. In mancher Nacht brachten sie es zum Beben. Ihr Brüllen stieg aus dem Laderaum auf, fuhr über das Reisedeck und schreckte die Schlafenden jäh aus den Träumen, während die Wachenden wie betäubt nach der Reling tasteten.

Zwölf Elefanten auf dem Indischen Ozean, zwölf leibhaftige Bullen, Kühe und Kälber, und einer der zwölf Mahuts, die sie im Bauch des Schiffs umsorgten, war mein Vater. Die Tiere steckten in Kisten, in zwölf riesigen, handgefertigten Elefantenkisten aus Eisenholz, resistent gegen Termiten, Bohrmuscheln und Fäule. So hart, dass kaum ein Nagel einzuschlagen war, und so eng um die Elefanten herumgezimmert, dass sie sich darin nicht drehen konnten. «Sonst kippen sie uns auf der Reise noch um», sagte Vater. «Sie brechen bei stürmischer See durch das Holz und rollen wie Fässer über den Boden. Was geschieht wohl, mein Sohn, wenn ein Dutzend tonnenschwerer Tiere quer durch den Laderaum trudelt, die ganze Herde auf eine Seite? Dann versinkt das Schiff im Meer.»

Die Kisten waren ohne Dach, so konnte der Schiffskran nach Dalee und den anderen Elefanten greifen, sie hoch in die Lüfte heben und wieder absetzen, sobald wir Land erreichten. Was jedoch, wenn sich ein Bulle auf die Hinterbeine stellte? Wenn er sich gefährlich aufbäumte und gegen das Gittertor stemmte, an der Stirnseite der Kisten, was zweifelsohne ihr Schwachpunkt war? Aus diesem Grund hatten die Schiffseigner telegraphisch verfügt: «Die über die See zu befördernden Tiere mögen während der Überfahrt allzeit gehobbelt sein.» Beschönigende Worte, um den hässlichen Umstand zu beschreiben, dass die Elefanten gefesselt waren.

Wenn Dalee ein Gott war, wie der Rudergänger sagte, dann war er ein Gott in Ketten. Er saß in der vergitterten Kiste fest wie ein Gefangener in seinem Verlies, seine Vorderbeine waren zusammengebunden, und wann immer der Dampfer mit den Wellen rang, schnitten die eisernen Fesseln hart in seine Haut. Bei glatter See wiegte der Elefant bloß den Kopf vor lauter Nichtstun, als würde er Pashmina weben. Einmal stibitzten wir etwas Schifferbrot und warfen es zu ihm hinab ins Heu, aber der Große Graue rührte es nicht an. Er war in solcher Trauer, dass ihm sogar der Appetit zu vergehen schien, seine liebste Freude.

Dachte er an unser Heimatdorf? An unser Häuschen am Rande des Waldes? An cremiges Rabri mit Gewürzen und Nüssen? An Gulab Jamun, die köstlichen Milchbällchen, reich mit Teig ummantelt und fingertief in Sirup getaucht? An all die wunderbaren Leckereien, die Mutter dem Elefanten heimlich zu Füßen legte, damit er unseren Vater beschützte?

Auch Dalee war der Abschied schwergefallen, so schwer, dass er das Schiff beinahe zum Kentern gebracht hätte, noch bevor es in See gestochen war. Während der Bulle über der offenen Luke auf dem Reisedeck baumelte, wollte er urplötzlich alles abschütteln. Den Haken, an dem er hing, den Tragriemen um seinen Bauch, die armdicken Taue, die ihn in der Hafenluft von Kalkutta schweben ließen. Sogar unseren armen Vater. Mit gespreizten Beinen stand Papaji auf dem Elefantenbuckel und krallte die Hände so sehr an das Kranseil, dass seine Knöchel weiß wurden. Nur mit größter Mühe hielt er sich auf der grimmenden, grollenden Schaukel aus Fleisch und Knochen, die mit dem Schwanz und dem schwingenden Rüssel schlimmste Prügel austeilte.

Schuld war der *Murkh*, der den Lademast bewegte, der Dummkopf glaubte wohl, er würde eine Abrissbirne schwenken. Wollte er es den johlenden Seefahrern zeigen? Stachelten ihn die stürmischen Freudenrufe der Männer an, die den ersten fliegenden Elefanten ihres Lebens sahen?

«Verflucht!», schimpfte Vater. «Das ist ein Tier und kein Sack Bohnen!»

Damals schloss ich die Augen. Ich malte mir in den buntesten Farben aus, wie ich auf den Schiffskran klettern würde, um meinem Vater beizuspringen. Links und rechts der mörderische Abgrund. Ich schlang die Beine um den Ladebaum, hangelte mich kopfüber voran, rutschte das Kranseil hinab auf den Rücken von Dalee, balancierte mit ausgebreiteten Armen über seinen großen, bebenden Buckel, ließ mich auf ihm nieder und ritt den Bullen todesverachtend durch die Lüfte. Doch als ich wieder hinsah, saß Vater bereits in seinem Nacken. Papaji küsste den Großen Grauen, strich über seine Schläfen und flüsterte ihm ins Ohr. Er wusste, wie man einen Elefanten mit dem Herzen lenkt.

Mein Vater verharrte im Bauch des Schiffs. Bei Flaute und Sturm, bei Tag und bei Nacht. Seine Arbeit hielt ihn wach, und wenn er doch einmal schlief, dann in einer Nische zwischen den Spanten, zusammengekrümmt an der kalten Bordwand, wo er sich unter Bananenblättern zur Ruhe legte. Damit er nicht zu essen vergaß, ließen wir ihm Bündel mit Fladenbroten herunter, wenn die Ladeluke offen stand, Mutters luftige Rotis, erst in ein pistaziengrünes, dann sorgsam in ein pflaumenfarbenes Tuch geschlagen, wie sie es immer tat. Und obwohl wir von Vater getrennt waren, spürten wir, wie sehr er uns vermisste. Nichts quälte ihn mehr als die Sorge um seine Frau und seine beiden

Söhne, die er zwischen all den Reisenden ihrem Schicksal überließ, aber Dalee war das Einzige, was uns geblieben war.

Wir hatten alles aufgegeben. Unsere Heimat, unser Dorf, unser Haus und «viertausend abenteuerliche Elefantenjahre», wie es in der mündlich überlieferten Geschichte meiner Familie hieß. Mein Vater war Mahut, der Vater meines Vaters war Mahut, und auch der Vater des Vaters meines Vaters war ein Meister in der Kunst des Elefantenführens gewesen. Genau wie alle anderen Väter und Vätersväter, die wie Vögel auf den Zweigen unseres verästelten Stammbaums hocken. Gute Männer, zäh und kräftig. Ein wenig o-beinig vielleicht, verbrachten sie doch ihr gesamtes Leben auf dem breiten Rücken ihrer Tiere. Die Arbeitselefanten pflügten die Äcker, entwurzelten Bäume, schleppten die schwersten Stämme aus dem Wald. Sie jagten Tiger, Nashörner und Leoparden, zogen Paläste in die Höhe und stampften sie nach Jahrhunderten wieder ein. Sie trugen die Sänften von Königen, Moguln und Maharajas auf dem Rücken, umschwirrt von Feuerschluckern und Säbeltänzern.

Großvater erzählte gerne von der Maharani. Anlässlich ihres bevorstehenden siebzigsten Geburtstags war im Herzen Ihrer Hoheit ein ganz besonderer Wunsch gereift, und so rief sie ihre Künstler bei Hofe zusammen. Die Maharani wollte dem Viceroy imponieren, dem britischen Generalgouverneur von Indien, der ihr die Reverenz erweisen würde. «Der kahlköpfige *Firangi* sollte sehen, dass wir Inder nicht bloß Kameltreiber sind», sagte Großvater und lachte, bis jeder Stumpf in seinem Mund zu wackeln schien.

Bald darauf wurde unser Großvater mit dem Elefanten

in den Palast bestellt, damit das Begehr Ihrer Hoheit erfüllt werden konnte. Dalee stand für die Hofkünstler Modell. Sie waren angehalten, einen mächtigen Indischen Elefantenbullen zu erschaffen, lebensgroß und ganz aus Glas. Auf den Hinterläufen sollte er stehen wie ein Hengst, das Elfenbein wie Mondsicheln in den Himmel stoßen und bis zur Rüsselspitze mit heiligem Wasser aus den Gletscherquellen des Himalajas gefüllt sein.

«Nur damit die königlichen Goldfische darin schwimmen konnten!», prustete Großvater.

Viertausend Elefantenjahre.

Aber nun pflügten Maschinen die Felder. Motorsägen fällten die Bäume. Dieselrosse schleppten sie über Wege, die von Dampfwalzen geglättet und von qualmenden Ungetümen geteert wurden. Lastenkräne zogen die Häuser hoch, Bagger, Raupen und Schaufellader rissen sie in Windeseile wieder ein. Die Tiger, Nashörner und Leoparden verschwanden mit den Königen und Moguln, das Rasseln der Säbel verhallte hinter Kanonen, elektrisch entflammte venezianische Lüster ersetzten die Fackeln in den Palästen. Die Maharanis flogen nach Paris. Und die Rajas? Sie bevorzugten einen Mercedes.

Es war die Zeit nach dem Krieg. Unsere tapfere Nation war dabei, sich zu befreien, die Weißen, die uns Kulis schimpften und mit den Fingerknöcheln schlugen, verließen das Land, und ein junger Staatsmann mit weißer Kappe und der Aura eines Tigers träumte von einem neuen, modernen Indien. Stahlwerke waren seine Tempel, Schlotbarone seine Propheten, Maschinen seine heiligsten Reliquien. Onkel Nehru, der liebe *Chacha*, besaß durchaus ein gutmütiges Herz. Doch während sein Indien allmählich aus dem Schatten des Britischen Weltreichs trat, verdunkelte sich der Himmel über meiner Familie von Jahr zu Jahr.

Für einen Elefanten gibt es keinen Zündschlüssel, keinen Maulkorb, keine Fressbremse aus Leder, wie man sie Gäulen um die Schnauze schnürt. Sein Leben ist eine einzige Mahlzeit, und sein Magenknurren treibt ihn wie einen Mondsüchtigen durch Reisfelder und Zuckerrohrplantagen, auf die höchsten Berge und in die tiefsten Sümpfe. Ein Elefant schluckt einen See voll Wasser, er frisst einen Garten voll Grün, Tag für Tag für Tag. Dalee stibitzte sogar die Bambusstöckchen, die Mutter unter die Fensterläden klemmte, um den Morgenwind hereinzulassen, und was tut ein Arbeitselefant, der keine Arbeit mehr findet? Über kurz oder lang verschlingt er seinen eigenen Mahut, sein Haus, seine Habe und all seine Verwandten. Vater hatte einen Riesen zu ernähren, eine Frau und zwei hungrige, freche Knirpse. Und einen Mercedes konnte er nicht reiten.

«Die Drachen sind verschwunden», hörte ich ihn einmal zu unserer Mutter sagen. «Und genauso wird es den Elefanten ergehen.»

Mit dem ersten Licht hörten wir die Elefanten gähnen. Ganz recht, sie gähnten. Nicht so schamlos wie Badshah, der Ranchi, nicht so gedehnt wie der Swami mit dem paarig geflochtenen Bart, nicht so einsam wie Mutter, die ihre Augen in der Dunkelheit offen hielt und bis zur Morgenröte über den Schlaf ihrer Kinder wachte. Die Elefanten im Bauch des Schiffs, sie atmeten die Nacht aus.

Bei Wind schnaubten sie, brachen sich die Wellen, so stöhnten sie sorgenvoll auf, und zur Teezeit, sobald es kühler wurde, konnten sie sich die prächtigsten Geschichten erzählen. Mahakali, die Leitkuh, quiekte wie meine Tante Uma, und Raja, ein junger, königlicher Bulle, posaunte wie Onkel Kishor, der mir so fehlte.

Mein lieber Onkel. Die Kinderlähmung hatte seinen Arm in einen Ast verwandelt und seinen Fuß in einen Ziegenhuf, doch dieses Pech war sein großes Glück. Während die meisten Jungen an den Fluss gingen, um Elefanten zu schrubben, durfte mein Onkel mit den Sprösslingen aus wohlhabenderen Familien die Schulbank drücken. Und so lernte er nicht nur, die Zeitung zu lesen, sondern auch Englisch, die Sprache unserer Beherrscher.

Ab und zu verdrehte Kishor den verkrüppelten Fuß so weit, bis er bequem darauf sitzen konnte. Er ließ sich mit uns Kindern am Wegesrand nieder und zeigte uns ein Straßenspiel. Dafür benötigte mein Onkel nicht mehr als einen gesunden Arm und ein totes Schaf.

Kishor nahm fünf Schafsknöchelchen und legte sie der Größe nach in den Staub. Das kleinste warf er hoch in die Luft und sagte: «*One!*», und noch ehe sich der Spielknochen zu Boden senkte, griff unser Onkel bereits nach dem zweiten, größeren Knöchelchen. Dann fing er das erste mühelos wieder auf. Jetzt hielt er also beide in derselben Hand. «*Two!*» Kishor schleuderte das zweite Knöchelchen in die Höhe und schnappte sich, ohne zu zögern, das nächste. «*Three!*», sagte er mit nunmehr drei Schafsknochen in den Fingern. So ging es weiter. Unser Onkel zählte: «*One, two, three, four*», und auf «*five!*», wir Kinder glaubten es kaum, wog er alle fünf Knöchelchen in nur einer einzigen irrwitzig geschickten Hand. «*One, two, three, four, five*», wiederholten wir im Chor und erfuhren auf diese Weise ganz nebenbei, wie die Weißen redeten. Kishor sei Dank konnten wir Pidgin. Die *Firangi* mochten es Küchenenglisch nennen, das Englisch der Dummen, aber wir Kinder pflegten unsere Sprache voller Eifer und Stolz.

Die zwölf Elefanten kümmerten sich nicht um Wortwahl oder Zungenschlag, wenn sie sich im Laderaum miteinander unterhielten. Sie redeten freiheraus.

Und nicht nur das.

Eines Nachts legte Mutter den Finger an die Lippen, dorthin, wo ihr frecher, zwinkernder Zahn hervorblitzte. «Sch», flüsterte sie, «hör doch, mein Sohn.» Es verstrich etwas Zeit, ehe ich begriff, wohin sie meine Sinne lenken wollte, dann lehnte ich mich in ihrem Schoß zurück und sah verträumt in den Sternenbaldachin, der sich über dem Ozean wölbte. Die Elefanten in ihren Kisten, sie sangen. Ich schwöre es bei meiner Mutter, sie stimmten Wiegenlieder für ihre Kleinsten an, so weich und zärtlich klangen ihre

Laute. Oder war das beruhigende Summen und Brummen für uns Menschenkinder gedacht? Wartete die Elefantenherde nur darauf, dass der Dampfer schlief? Gingen dann Geheimnisse unter Deck herum, Legenden aus längst vergangener Zeit, wie die Schwarzen sie kannten?

Während die Kesselheizer aufs Neue ihre Kaurischnecken würfelten, erhob einer von ihnen mit rauer Stimme das Wort. Er begann, eine Geschichte über die Inseln zu erzählen, zu denen wir fuhren: «Kaperer aus Kupang, Schmuggler aus der Bucht von Batavia, Seeräuber aus Sarawak, Halsabschneider aus dem Osten, Handeltreibende von zweifelhaftem Ruf aus dem chinesischen Kaiserreich. So mancher Seefahrer steuerte sein Schiff schon auf die Andamanen. Die einen kamen, um ihre Trinkfässer zu füllen, andere verirrten sich bloß auf den Archipel, aber eines kann ich euch sagen ...»

Er zog an seiner Biri, bis die Spitze der gerollten Tendublätter glühte.

«Verlassen hat sie niemand mehr.»

Nun hob der Heizer die Hand. Mit dem Rauch, den sein Tabak verströmte, malte er eine Galeone in den Schein der Laternen und blies sie mit einem Atemhauch in die Nacht.

«Da war einmal ein Schiff, ein Dreimaster unter portugiesischer Flagge, voll mit Silberschmuck, Elfenbein und Sklaven. Er segelte von Mosambik bis nach Pegu, ins goldene Reich der Mon, dreihundert Männer, Frauen und Kinder an Bord.»

Doch auf dem Indischen Ozean zog ein furchtbarer Sturm herauf, verwirbelte den Kurs, barst den Segler entzwei und spülte die Schiffbrüchigen an die unbekannten Ufer der Andamanen.

«Als sie zu sich kamen, sahen sie in hässliche Fratzen. Kurze Stirn, krauses Haar, verknotet, verwachsen und verschlungen zu Zotteln und Klumpen. Ihre schwarze Haut war mit Menschenblut bemalt, ihre Körper missgestaltet bis ins Absurde, und obwohl sie auf zwei Beinen gingen, wie wir es tun, waren sie nackt wie Vieh. Aus ihren stinkenden Mäulern ragten lange, reißende Fänge hervor, mit denen sie den Männern die Gurgel zerbissen, dann nahmen sie sich die Frauen und Mädchen vor. Und was geschah mit den Jungen?»

Der Schwarze suchte meinen Blick.

«Bastarde!», rief er und schnitt eine Grimasse. Sein boshaftes Grinsen strahlte weiß aus seinem verrußten Gesicht. «Die zarten, kleinen Jungen sparten sie sich bis zuletzt auf. Jeden einzelnen Finger kauten sie ihnen ab, bei lebendigem Leib, und vor ihren weinenden Augen nagten sie das Fleisch von ihren Knochen.»

In dieser Nacht wünschte ich mir, ich wäre auf beiden Ohren taub gewesen. Die Zunge des Kesselheizers war so schmutzig wie die schweißgetränkten Kleider auf seinem Leib. Als er endlich schwieg, machte er sich schwankend davon. Der Schwarze hatte geraucht, getrunken, seine Schneckenhäuser gerollt, die ganze sauer verdiente Heuer verwettet und so entsetzlich darüber geflucht, dass er sich nur mehr über die Reling schwingen konnte, um sein Gesicht zu wahren.

Weshalb er jedoch in den Laderaum hinabstieg, dorthin, wo die Elefanten wohnten, wusste niemand an Bord. Am wenigsten wohl er selbst.

Dem Trunk verfallen, taumelte der Schwarze in die Nacht. Wie im Schlaf wandelte er an den zwölf Elefantenkisten entlang, sei es, um sich zur Ruhe zu legen, sei es, um einfach nur zu vergessen, an einem Ort, wo ihn keine Menschenseele vermutete. Als die Mahuts von seinen Schreien erwachten, entdeckten sie ihn bäuchlings im Stroh, krampfend unter dem Gewicht, das auf seinem Rücken lastete.

Es war Raja. Der junge, kraftstrotzende Bulle hatte den Mann gepackt und zwischen den Gitterstäben hindurch in seine Kiste geschleift. Nun beugte sich der Elefant über den Kesselheizer, der nach Luft rang, hielt den Rüssel angewinkelt wie ein Knie und stemmte ihn mit aller Macht in das breite Kreuz des Schwarzen.

«*Picche! Picche!*», brüllten die Mahuts, während Vater mit seinem Elefantenhaken gegen das Gittertor hämmerte. «Zurück! Zurück!»

Eisen prallte auf Eisen, grelle Funken flogen, Dalee ließ ein gehöriges Prusten los, Mahakali, die Leitkuh, schlug ihre Ketten so hart auf den Boden, dass der Dampfer erzitterte. Nun regten sich auch die Reisenden an Deck. Mehr und mehr Männer und Frauen traten an die offene Ladeluke heran und lehnten sich über den finsteren Abgrund, aus dem die Laute drangen. Als Badshah, der Ranchi, mit einer Ankerlaterne ins Dunkel leuchtete und ich erkannte, was zwischen den Schatten im Bauch des Schiffs geschah, jagte ich den kleinen Du davon: «Los, weg mit dir! Lauf zu Mutter!»

Raja war in Todeswut. Im Schein des pendelnden Lichts sah ich seine Schläfendrüsen, sie wölbten sich wie Ballons. Ein zäher, schwarz glänzender Saft rann ihm heiß über die Wangen bis ins Maul. Ich hörte die Rippen des Heizers brechen, der unter der Last des Elefantenbullen außer Atem kam. Sie splitterten wie Äste, während sich das Blut in seinem Schädel staute und seine Adern hervortreten ließ.

«Kohlen!», rief Badshah. «Holt Kohlen!»

Die Reisenden schafften herbei, was sie schleppen konnten. Unter den Rufen des Ranchi schmissen sie Brikett um Brikett auf den wütenden Bullen herab. Bald sah ich sie mit Wantschrauben und Roststechern nach ihm werfen, doch selbst die schweren Bootsbeile prallten von seinem Buckel ab. Gefangen im Zorn, presste Raja den Rüssel nur noch fester in den Rumpf des Schwarzen, der sich kaum noch rührte.

«*Picche, picche!*»

Vater und die Mahuts nahmen Blecheimer, Schaufeln und Spaten. Sie rasselten und klapperten an den Gitterstäben entlang, um den Elefanten von seinem Opfer zu vertreiben.

«Zurück, zurück!»

Doch ihr Rufen war vergebens, ihr Lärmen ohne Lohn. In jener Nacht reifte die Erkenntnis in den Männern, dass ein Bulle wie Raja einzig und allein die Sprache der Gewalt verstand. Und so sperrten sie das Gitter seiner Elefantenkiste auf und ließen den Stachelstock reden. Sie schlugen die hölzernen Griffe ihrer Elefantenhaken wie Knüppel gegen seine Schläfen und bohrten die seitlich gekrümmten Eisenklingen in das verletzliche Fleisch hinter seinen Ohren.

«*Haramzada!*», schimpfte eine gaffende Frau, als mein Vater in den Nacken des Bullen stieg und sich dort niederließ. «Bastard! Monster! Tierschinder! Missgeburt! Geh zurück in dein Dorf!»

Vater holte aus. Für einen Augenblick hielt er seinen Haken wie einen Dolch in die Höhe. Er blies den Brustkorb auf und stieß die lange, scharfe Spitze in den Schädel des Elefanten, tief hinein in die Mulde auf seiner Stirn.

Ich schrie, tauchte in die Menschenmenge, griff nach einer unbekannten, tröstenden Frauenhand und vergrub das Gesicht in fremden Kleidern, weinend, mit zusammengebissenen Zähnen. Raja heulte in den Tiefen des Dampfers auf, dann herrschte Ruhe im Bauch des Schiffs, Grabesruhe. Dalee trompetete nicht länger, Mahakali ließ ihre rasselnden Ketten verstummen, ich hörte kein Grollen, kein Zetern und Klagen mehr. Die zwölf Elefanten auf dem Ozean schwiegen.

Nach einer Weile wagte ich es, mich noch einmal über die Luke zu beugen. Da zogen sie den Schwarzen an den Füßen aus der Kiste. Raja war zurückgewichen, auch Badshah wandte sich mit der Laterne ab, und die Dunkelheit verhüllte den Laderaum wie ein Leichentuch.

«Möge er die Nacht nicht überstehen!», sagte der Ranchi.

Der kleine Du bemerkte sie zuerst.

«Da!», rief er und deutete mit dem Finger in die Wellen. «Sie kommen! Sieh doch, sie kommen!»

Es war Dezember, und zur gleichen Zeit, irgendwo auf der Welt, müssen Kinder herabfallenden Schnee beobachtet haben. Brave, geschniegelte Knaben in Hosenträgern und blutjunge Fräulein in kratzigen Wollstrümpfen lehnten an Sprossenfenstern, drückten ihre Näschen platt, umrankt von Raureif, hauchten in ihre Hände und guckten zu, wie die weißen Flocken schwebend vom Himmel fielen, eistänzerische Kreise zogen und lautlos auf die Erde sanken. Und genauso sahen wir Brüder über das Meer.

«Da! Da vorn!»

Mein suchender Blick sprang von Woge zu Woge, bis ich sie endlich weit draußen entdeckte, gleitend, tummelnd, schnatternd.

«Jetzt sehe ich sie auch!»

Sie kamen näher und näher. Nicht lange, da streckte ich den Arm nach ihnen aus, gleich könnte ich sie berühren, dachte ich, sie streicheln und kraulen, so dicht wagten sie sich schon an das Schiff heran. Wie frech sie doch waren! Wie keck sie uns bestaunten, zwei verlumpte Menschenkinder auf einem Dampfer voller Elefanten, der sich launenhaft über Wasser hielt.

«Brüderchen! Wo sind sie hin?»

Plötzlich hatten wir sie aus den Augen verloren. Und

so rannten wir schnurstracks auf das Vorderschiff, streiften Beine, Pfoten und Hufe, brachten einen Feuerkessel ins Wanken, wichen einer Faust aus, die erbost nach uns schlug, umkurvten Shanti, die Friedliche, und ihre Hörner, krochen unter das Segeltuch, das sich über den Reserven wölbte, schlüpften auf der Bugseite wieder heraus, zwängten den Kopf zwischen den Streben der blätternden Reling hindurch und blickten atemlos an der Bordwand hinab, das Haar voller rostroter Fetzen.

Da waren sie. Unsere schwimmenden Gefährten ritten auf der Welle, die der Rumpf vor sich herschob, schnellten aus dem wirbelnden Wasser, vom Schnabel bis zur Flosse, und klatschten mit Getöse ins Meer hinein. Wie sie tanzten! Welche waghalsigen Luftrollen sie schlugen! Wie leicht sie doch um die Nase des Schiffs herumtollten, durch die Drift sausten und wieder unter der schäumenden Wasserlinie verschwanden! Die Delphine waren wie Kinder. Und während sie tobten, hörte ich den kleinen Du kichern und sah, wie er den Schrecken der Nacht vergaß. Du Glücklicher, sagte ich mir, du kleiner, verlauster Liebling der Götter, du.

Mein Herz war voller Kummer. Obwohl ich das Spiel der Delphine so liebte, hatte ich noch immer die Schreie des Schwarzen im Ohr, den mordlustigen Bullen vor Augen, den Geruch in der Nase, den der Saft auf seinen Schläfen verströmte. Das Meer war unser Freund an diesem Morgen, aber es trennte uns auch von den Großeltern, der Tante, dem Onkel und den leuchtenden Senfblumenfeldern meiner Heimat. Und was hielt es für uns bereit?

Ich sah hinaus in die Ferne, spürte die Gischt auf den Wangen, und während sich mein Blick in den Wellen verlor, dachte ich an Kartik Purnima zurück, jenes Fest, das unser Leben für immer verändert hatte.

Kartik Purnima gehört Vishnu und nur Vishnu allein. Jahr für Jahr an jenem Tag im November, wenn der Mond seine ganze Fülle erreicht, steigt er auf die Erde hinab, um nach uns Menschen zu sehen. Nicht als großer Gott und Erhalter der Welt, sondern als Fisch. Dann basteln die Kinder kleine Boote aus Bananenstielen, setzen eine flackernde Kerze hinein und lassen sie Vishnu zu Ehren in den Flüssen schwimmen.

Unser Vater jedoch hatte anderes im Sinn, als der Vollmond nahte. Er beschloss, sein Glück zu suchen, und zog auf dem Rücken des Elefanten in die Ferne. Der Sommer hatte ihm nichts beschert außer Sorgen.

Vater ritt an den Ganges, und ich kann kaum sagen, wie stolz ich war, ihn auf seiner Wanderung zu begleiten. Ich fühlte mich wie der junge Siddharta, als er zum ersten Mal die Tore des väterlichen Palasts durchschritt. Mir war, als würden Blüten vom Himmel regnen, Fahnen im Wind wehen, Frauen und Männer jubeln. «Sei gegrüßt, Elefantenkind!», schien es von überallher zu rufen, und wohin ich den Kopf auch drehte, ich sah nur freudestrahlende Gesichter. Papaji zeigte mir die Welt.

Mein Vater machte mich zu seinem Futterschneider, und so umschwirrte ich ihn und den Elefanten wie ein Delphin, rollte Reisbällchen in Blätter, schlug frischen Bambus für Dalee, schnitt Zuckerrohr, wann immer ich es am Wegesrand entdeckte, Bananenstauden, wenn ich sie kletternd erreichte, und die Triebe des heiligen Feigenbaums, so es die Schlangen in den Zweigen erlaubten. Damals legte ich mein ganzes Herz in die Suche nach Obst, Elefantengras und Ästen. Wer hätte ahnen sollen, dass unser Weg auf eine ferne, fremde Insel führte, mit einem dampfenden Schiff, das blies und pfiff?

Die Tage vergingen, die wehenden Fahnen verschwanden, das Jauchzen der Leute verhallte. Dann kamen die Fliegen. Der Duft der niederregnenden Blüten wich dem Geruch von Moschus, Leder, Tierfell, Kot und Seiche, und ein Riesenrad tauchte vor uns auf. Es kreiste, von Hand angekurbelt, über einer Herde brüllender Buckelrinder. Ich sah Akrobaten und Affenbändiger, Gesundbeter und Geschichtenerzähler. Dromedare schwankten durch den feinen, aufgewirbelten Staub, der in der Abendsonne schimmerte.

Da trat ein Vogelfänger an uns heran. «Wahrsagende Sittiche!», sagte er krächzend und wies auf seine vollen Käfige, aus denen Beine und Federn ragten. «Sie sehen in jeden Winkel eures Seins!»

Aber Vater winkte ab und trieb den Elefanten weiter voran. Er hatte gleich erkannt, dass es bloß Reisfinken waren, gefärbt mit Safran und grünem Tee.

«Kommt näher!», rief ein anderer Mann, umringt von Ziegenzüchtern, Kuhbauern und Eselhändlern. Sie drängten sich in einer Traube vor einem Zirkuszelt, streckten die Arme in die Höhe und wedelten mit Geldscheinen über ihren Köpfen herum. «Zwei Mädchen, ein Leib, sechs Beine», tönte der Rufer, der hinter all den Schaulustigen nur zu erahnen war. «Wer von euch will sie tanzen sehen, die sagenhaften Spinnenschwestern?»

Wenige Elefantenschritte weiter krümmte sich eine verfluchte Witwe vor einem Feuer. Sie war wie von Blitzen durchzuckt, ein riesiger, fleischiger Bauch schwappte unter ihrem Gewand, und während sie gurgelte, kreischte und im Schein der lodernden Flammen den Dämon auszuspeien schien, der in ihr wohnte, ging ein Raunen durch das Publikum. «Nachts, im Mondschein, verwandelt sie sich in eine schwarze Katze», sagte ein Geistertöter und deutete mit Leichenbittermiene in die blass erstarrten Gesichter der umstehenden Männer. «Sie schleicht in eure Häuser, wetzt die Krallen und reißt euren Bräuten die Haare vom Kopf!»

Als jedoch irgendwo ein Straßenzahnarzt ans Werk ging, ein Zahnbrecher, wie die Leute sagten, war das Schreien der Witwe schon nicht mehr zu hören.

«Ein Zahn, eine Rupie!»

Wir hatten den Basar von Sonpur erreicht, den größten und berüchtigtsten Viehmarkt des gesamten Kontinents.

«Nur Mut», sagte Vater und wandte sich auf dem Rücken des Elefanten zu mir um. «Vishnu ist bei uns, und Mutter ist es auch.»

«Mutter ist hier?»

«Nein, Junge», sagte er und lachte. «Nicht deine Mutter. Unsere Mutter!»

Da flammten Himmelslaternen auf, als hätte Vater sie mit seinem Lächeln entfacht. Sie baumelten an Bambusmasten hoch über dem Basar und tauchten den Ort in ein reines, heiliges Orange. Nicht lange, da ritten wir durch einen lichten Wald aus Mangobäumen und wehenden Saris, die bunt in den Ästen hingen. Frauen ließen ihre Kleider im Uferwind trocknen, während andere Pilger noch immer zu Hunderten im Ganges badeten, dem Fluss des Lebens, in dem Blütenkränze, Kerzenschiffchen und von der Sonne aufgeblähte Tierkadaver trieben. Möge Mutter Ganga das Übel der Welt von ihren Seelen waschen.

«Willkommen auf der Sonpur Mela, wo sie euch morgen verkaufen, was sie euch heute gestohlen haben», sagte ein Herr in seidener Weste und hielt eine Hand auf, die noch niemals schwer gearbeitet hatte.

Er verlangte fünf Rupien für die Nacht, fünf für frisches Elefantengras und weitere fünf für Feuerholz.

«Bandit», murrte Vater und bezahlte ihn doch.

Ich erwachte mit den Spatzen. Sie hüpften in der Frühe durch die Kronen der Mangobäume und bewegten die zarten, Schatten spendenden Zweige über meinem Kopf. Vater und Dalee waren fort. Da lief ich ans Gangesufer, das Haar zerzaust, die Waden müde von der Reise, sah Pilger, die sich in wollene Decken hüllten, *Chaiwallas*, die ihren Morgentee kochten, und Händler, die ihre Tücher ausschlugen, um darauf Tontöpfe, Trickschlösser und gläserne Armreife auszubreiten.

Der Fluss war ein einziges Schnauben und Stampfen, Elefanten, wohin ich auch sah. Sie schwammen im Ganges, sie sogen sein heiliges Wasser ein, tranken es und bliesen es in sprühenden Fontänen gen Himmel. Ich erkannte Dalee an seinem linken Stoßzahn. Er war wie abgebrochen. Vater stutzte die Spitzen des Elfenbeins Jahr für Jahr.

«Tue ich es nicht», sagte er, «wächst und wächst der Zahn, bis er mit dem anderen über Kreuz steht. Wenn es so weit kommt, kann der Bulle den Rüssel nicht mehr heben, und was geschieht dann, mein Sohn? Er wird ohne unsere Hilfe verdursten.»

Dass er Säge und Feile ebenso benutzte, um die Elfenbeinsplitter heimlich zu verkaufen und seine hungrige Familie zu ernähren, kam mir nicht in den Sinn.

Nach dem Morgenbad stiegen die Elefanten an Land. Sie schwankten das Lehmufer hinauf, einer größer und gewaltiger als der andere, und während Tausende Pilger erlebten, wie die göttlichen Wesen an ihnen vorüberzogen, senkten sie ergeben den Blick. Ich sah prächtige Kühe und Bullen, die Ohren spiegelgleich, die Bäuche satt und voll, die Stoßzähne poliert und mit goldenen Ringen geschmückt. Sie entstammten den vornehmsten indischen Geschlechtern und waren mit so vielen Zehennägeln geboren worden, wie es sich für einen edlen Elefanten schickte, nicht mit siebzehn, nicht mit neunzehn, sondern mit exakt achtzehn an der Zahl. Jeweils fünf an den vorderen und vier an den hinteren Füßen.

Andere Tiere wirkten krumm und schief, ihre Schläfen waren eingesunken, ihre Haut hing so schlaff von ihrem Knochengerüst herunter, als steckten sie in viel zu großen Kleidern.

«Bettelelefanten», sagte Vater. «Sieh dir nur an, Junge, wem sie gehören.»

Er wies auf Gestalten, die ihre mageren, splitterfasernackten Leiber von Kopf bis Fuß mit Asche bestaubt hatten. Einer der Männer trug ein Gewicht zur Schau, es baumelte an einem Ring durch seine entblößte Eichel.

«Falsche Mönche, die auf Almosen lauern. Sie haben die Elefanten mit der Schwindsucht angesteckt, der Weiße Tod wird sie holen, ehe das Jahr vorüber ist.»

Zwischen all den Elefanten auf dem Basar trieb sich auch ein Maler herum, mit Pinsel und Farbe. Gegen ein paar erbettelte Münzen ließ er die Narben und die eiternden Wunden der Tiere verschwinden: Er bemalte sie kurzerhand mit Blumen, Blättern und Ranken.

Gala bedurfte keiner Schminke, die Elefantendame war eine Schönheit reinster Natur. Ihre Haut glänzte, ihre getüpfelten Ohrläppchen waren lang und schlank, ihre bernsteinfarbenen Augen wie mit Khol umrandet und die geschwungene Linie ihres Rückens ...

«Wie von einem Meister gezeichnet», sagte ihr Mahut, «nicht wahr?»

Der Fremde mit den Kinderaugen und dem Grübchen auf der Wange nahm eine Astgabel. Er klemmte ein wenig Gur daran fest und legte es seiner Gala hoch oben auf den herzförmigen Schädel. Da hob die Elefantin den Rüssel, griff nach dem Zuckerklumpen auf ihrer Stirn, öffnete vergnügt das Maul, und so konnte mein Vater ihren Gaumen bewundern, ihr junges Gebiss, die weiche, dreieckige Unterlippe und die makellose Zunge.

«Rosarot», raunte Vater, «und kaum ein schwarzer Punkt auf dem Zungenrücken. Zwanzig Jahre, älter wird sie nicht sein.»

Der Mahut lächelte geschmeichelt, er führte die Hand zum Herzen und verneigte sich. «Danke», gab er zurück, «weißt du, der Mann, der einmal ihr Besitzer gewesen ist, meinte, sie sei seine Muse – und eine Muse könne keinen besseren Namen tragen als den extraordinären Namen Gala. Ich denke, ihre Schönheit liegt in ihrer Symmetrie. Ihre Augen gleichen ihrem Gesäß, ihr Gesäß gleicht ihren Knien, ihre Knie gleichen ihren wundervollen Ohren.»

Vater war auf die Sonpur Mela gekommen, um Arbeit zu finden, einen Großbauern, der so viel Land zu bestellen hatte, dass er ihn und Dalee gebrauchen konnte. Oder einen Hindupriester, der Dalee mit Seidentüchern und Quasten herausputzen ließ. Reich geschmückt würde der Elefant vor den Tempeltoren stehen und den Gläubigen segnend den Rüssel auf die Stirn legen, während Vater ihn mit Reis und Bananen fütterte.

Stattdessen begegnete er einem Verliebten. Der junge Mann mit den Locken erzählte von Gala, als würde er ein Gedicht über die Dame seines Herzens rezitieren.

«Sie ist meine Blume», schwärmte er, «meine kleine Schwalbe.»

Küsste der Mahut ihre Schläfe, dann quiekte Gala wie ein junges Mädchen und leckte mit ihrer Zunge über seine Wangen. Die Elefantin ließ sogar Wasser vor Glück, sobald sie ihn sah, und ihr Entzücken, das nach Lakritz und Moschus roch, lief ihm heiß über die Zehen. Von Zeit zu Zeit, wenn er sie umsorgte und zur Nacht auf Palmwedel bettete, schlug sie den Rüssel freudig auf die Erde.

Eine menschliche Begleiterin hatte der Mahut vergeblich gesucht.

«Nein, nein, meiner Gala gehe ich nicht fremd», sagte er und blieb Junggeselle wie so viele Männer seiner Zunft. Wer seine Rupien mit einem Geschöpf verdiente, das ihn ohne die geringste Mühe zerquetschen, zerstampfen, hoch in die Lüfte wirbeln und zwischen monströsen Kiefern zermalmen konnte, dem reichte man ungern die Hand fürs Leben.

Der Mahut war von einer seltenen Wärme, er passte nicht unter die Schwindler, die Weissager und all die anderen Lumpenhunde auf dem Basar. So hastig seine Zunge manchmal redete, so schnell öffnete er uns sein Herz.

«Nennt mich Gudlak», hob er an. «Ein britischer Beamter rief mich einmal so, weil ich in einem Garten aufwachsen durfte, der nach Minze, Erdbeeren und Tulsi duftete. Es war ein Garten des Glücks, kann ich euch sagen, hinter seinen Hecken wuchs nichts als Freude.»

Ich hörte ihm gerne zu. Gudlak erzählte nicht nur von

dem Garten seiner Jugend, er führte uns darin herum, füllte Wasserbecken mit seinen Worten, ließ blauen Lotus darauf schwimmen und brachte Ixorasträucher zum Erblühen. Sandmalven leuchteten auf den Terrassen, und den großen, offenen Pavillon umwuchsen die schönsten Orchideen.

Unter dem Dach des Pavillons, in den Lichtflecken, weilte der Herr des Gartens, ein Mann, der alles besaß, was man besitzen konnte. Und obwohl er seinen Rasen mit geschliffenen Khukurimessern schneiden ließ, sah er seelenruhig dabei zu, wie Gala das Gras aus dem Boden rupfte und die Rinde von seinen Bäumen fraß.

Die Elefantendame säte nicht, aber niemand erntete so fleißig wie sie. Gala fraß und fraß, Guaven, Jujuben und Honigmelonen, Blätter, Zweige und Blütenkelche. Und der Reiche? Er lachte bloß, streckte die Beine aus und sonnte sich zufrieden in ihrem Glanz. Für manche Menschen ist ein Elefant ein Elefant, für andere wird er mit der Zeit zur Last, und für einige von Rang und Namen ist er nicht weniger als der größte Luxus auf Erden.

Während Gudlak in Erinnerungen schwelgte, hob Vater eine Braue.

«Und wo sind deine Schuhe?»

Er blickte mit prüfender Miene an Gudlak herab. Der barfüßige Mahut war beinahe so von Sonne und Wind gegerbt wie mein Vater selbst.

«Wenn du der Sohn eines Reichen wärst, wie du behauptest, dann müsstest du Schuhe tragen.»

«Nicht doch», sagte Gudlak und errötete ein wenig, «der Reiche hatte keinen Sohn. Ich war arm wie du, ein Junge mit einer Schaufel, der die Fladen der Kühe sammelte. Jeden Tag ließ ich sie trocknen und verkaufte sie zum Feuermachen, so war es, bevor ich Chopra begegnete.»

«Chopra?», fragte Vater.

Im Garten wohnte ein alter Mahut, er hieß Chopra und sorgte dafür, dass Gala strahlte und gedieh. Der Alte besaß nichts von Wert, das er vererben konnte, außer seinem Wissen über Elefanten. Aber wem sollte er sein Handwerk zeigen? Er hatte keinen Sohn, und Gala ließ keinen anderen Mann auf ihrem Rücken reiten als Chopra selbst. Und wenn es doch jemand versuchte, ein Vetter oder Neffe, dann warf sie ihn nicht ab. Aber sie machte es ihm unbequem, ihre Schultern hingen plötzlich schlaff herunter, und wenn sie ging, wiegte sie sich hin und her, bis es dem Reiter das Rückgrat verbog.

Gudlak holte ein weiteres Zuckerstück hervor, und während Gala es verspeiste, tätschelte er ihre Wangen.

«Doch als ich auf deinen Rücken kletterte, war ich dir überhaupt nicht lästig, was, meine Liebe?»

Und so erinnerte sich der alte Chopra eines Tages an den fleißigen Jungen von der Straße.

«Aber Onkel», sagte ich, «wieso wohnst du nicht mehr in deinem Garten?»

Gudlak sah zu mir herab. Er hielt inne, nur für eine Sekunde vielleicht, doch in seiner Zeit, die so eilig verrann, muss es sich angefühlt haben wie eine ganze Stunde. Das Bild, das er mit seiner Geschichte gezeichnet hatte, schien zu vergilben.

Der alte Chopra war verstorben, der reiche Herr des Gartens hatte einen Herzanfall erlitten, und seine Witwe wusste nichts mit Gala anzufangen. Für sie war die gefräßige Elefantendame nur ein Tier.

«Das ist traurig, Onkel.»

«Ach, Junge.»

Nun wirkte der Mahut wieder so beschwingt wie eh und je.

«Wenn man so will, stehen wir beide auf der Sonpur Mela zum Verkauf, meine Gala und ich. Doch vergiss nicht, dass man mich Gudlak nennt, den Glücklichen. Nur auf diese Weise konnte ich Mister Ray begegnen.»

«Ray?»

Mein Vater horchte auf.

«Ihr lernt ihn morgen kennen, gleich morgen ist der Tag der Limone.»

Ray. Den Namen hörte Vater viele Male. Die Ziegenhüter, die Eseltreiber, die Elefantenführer, die buckelkrummen Pferdemenschen mit ihren Lastenkarren, die Barbiere, die das Haar ihrer Kunden mit Feuer schoren, die Wucherer in Seidenweste und die traurigen, lichtscheuen Gestalten auf ihren Bettelwagen. Drei Buchstaben lagen ihnen auf der Zunge wie funkelnde Juwelen.

«Ray», sagten sie. «Dieser Mister Ray ist ein Mann der Wunder. Er trägt kleine, kristallene Spiegel auf den Fingernägeln, um sich selbst darin zu betrachten. Er verbirgt ein Gläschen Pfefferminzlikör in seiner Jackentasche, in dessen Duft er sich hüllt. Er wohnt in einem Marmorpalast nahe des Bara Bazars, den die *Rikschawallas* von Kalkutta ‹Marble Place› nennen, wenn ein Ausländer danach fragt. Er verfügt über einen privaten Zoo. Den ältesten Zoo Indiens, in dem eine einzelne, leuzistische Giraffe lebt, mit weißem Fell, rosaroter Haut und serengetibrauner Mähne. Seine Sessel sind aus Bakelit gegossen und mit gelocktem Persianerfell bezogen, er sitzt darin wie im Bauch seiner Mutter, und wenn er speist, wandeln seine Diener in gebeugtem Gang durch den Palmengarten und sammeln Käfer und Larven für seinen zahmen Ozelot.»

In dieser Nacht betete mein Vater. Möge Mister Ray der Mann sein, auf den er gehofft hatte. Jener Babu, der angeblich eine Tafel aus birmanischem Teak besaß, so groß und breit, dass er ein fünfzig Fuß langes Butter Naan darauf servieren konnte. Wer sollte sich sonst für einen Elefanten wie Dalee erwärmen? Wer, wenn nicht dieser Lakhpati, der Millionär, der sich heiße Lammkoteletts auf die Schultern legen ließ, wenn er es im Kreuz hatte? Der seine geschätzte Gattin mit so viel Gold und Geschmeide behängte, dass sie zuweilen darunter zusammenbrach?

Dalee war alt, uralt für einen Arbeitselefanten. Er zählte längst nicht mehr zu den Spitzenbullen des Basars, die dreißigmal wertvoller waren als das Leben ihrer Mahuts. Vorbei die Tage der Jugend, der Schönheit und Symmetrie. Seine Augen, die sich allmählich trübten, unterschieden sich von seinem Gesäß, sein schlaffes Gesäß unterschied sich von seinen Knien, seine runzeligen Knie unterschieden sich von seinen Ohren, die vom Wind der Zeit zerschlissen waren. Sie wirkten so zerlumpt und fransig an den Rändern, als hätte eine Maus daran genagt. Seine Wangen lagen tief, seine Haut fühlte sich an wie abgewetztes Leder, die Kerben in seinem Elfenbein zeugten vom jahrzehntelangen Heben, Ziehen und Schleppen in den Wäldern. Haare wuchsen ihm aus den Ohren und aus dem Mund, die Borsten auf dem Rücken, die bei jedem seiner Schritte bebten, wucherten wie wildes Gras und wurden nur von der Länge seiner Schwanzquaste übertroffen.

Und sein Gebiss?

«Ein Elefant wechselt sechsmal die Zähne», wusste Vater. «Genau sechsmal in seinem Leben. Seine Backenbeißer wachsen in zwei Reihen, aber nicht wie bei uns, mein Sohn, nicht von oben nach unten oder von unten nach oben. Die Zähne schieben sich von hinten nach vorn.»

Und sind sie abgenutzt vom Mahlen und Kauen, dann

rücken die nächsten Elefantenzähne aus dem Kiefer nach. Zum letzten Mal mit fünfundvierzig Jahren.

«Fünfundvierzig gefräßige Jahre, Junge, dann kommt der letzte Zahn. Das Gebiss verschleißt wie ein Sägeblatt, und der Elefant verhungert, es sei denn, der Mahut legt ihm weiche, gesunde und gut bekömmliche Kost zu Füßen.»

Dalee war fünfzig Jahre alt. Fünfzig Jahre, sechs Monate und fünf Tage, glaubte man der Urkunde, die Vater bei sich trug. Zwar konnte er das Papier des Forest Departments nicht lesen, aber er wusste um seine Bedeutung, war es doch mit Siegeln, Stempeln, Unterschriften und Fingerabdrücken gespickt. Jedes Merkmal des Elefanten war darin erfasst.

Farbe: Walnussbraun mit weißer Stirn und kupferbraunen Pigmenten auf dem Rüssel
Schulterhöhe: 9,9 Fuß
Halsumfang: 8,2 Fuß
Lehrzeit: 5,5 Monate
Zehennägel: 17

In Ermangelung einer adäquaten Waage war das Gewicht des Elefanten anhand der Formel «$W = l \times 2g \times 1{,}252$» ermittelt worden. Wobei «l» für die Länge des Rückens von den Schultern bis zur Buckelspitze stand und «g» für seinen Brustumfang, gemessen in Zoll, direkt hinter dem Vorderbein. Es betrug dreizehntausendfünfhundertunddrei Pfund.

Während all diese Zahlen auf exakten mathematischen Berechnungen beruhten, war das Geburtsdatum mithilfe der Sternendeutung bestimmt worden. Es sei Donnerstag, der vierte Mai achtzehnhundertneunundneunzig, erklärte der Dorfastrologe nach mehreren Tagen der horoskopischen Analyse. Und täuschte er sich nicht, war Dalee somit im vedischen Sternzeichen Mesh zur Welt gekommen, genauso wie mein Vater. Damit erklärte sich Papaji den außergewöhnlichen Arbeitseifer des Elefanten, der trotz seiner Jahre nicht zu brechen war.

Warum konnte sich niemand aus meiner Familie an die Geburt des Großen Grauen erinnern?

«Ein Elefant ist kein Spitz!», hätte mein Großvater gesagt. «Du kannst ihn züchten wie einen Hund. Aber dann fehlt ihm der Biss, das Feuer, die Glut!»

Noch dazu sei der Elefant heilig, und Großvater warnte eindringlich davor, ein heiliges Wesen zu sündigen Handlungen zu verleiten – was für die erfolgreiche Fortpflanzung nun mal notwendig gewesen wäre.

«Wenn du das tust, Junge, wenn du es nur versuchst, wirst du als Heuschrecke wiedergeboren.»

Großvater hatte Dalee gefangen, aus Gottes freier Natur.

«Wir waren sieben Mahuts», erzählte er einmal. «Sieben Männer zogen auf sieben Elefanten in den Wald, aber nicht hoch oben in ihrem Genick, Junge. Nicht so, wie du es kennst. Wir lagen flach auf dem Rücken der Tiere, versteckt unter Wolldecken.»

Großvater und die Mahuts ritten Lockelefanten, die Königinnen unter den Weibchen. Das Geschlecht der jungen Elefantinnen hatten die Jäger mit Palmwein, Harn und gequirltem Hühnerei gesalbt. Und so näherten sie sich einem wilden Elefantenbullen von kolossalem Wuchs.

«Weißt du, Junge, was ein Harem ist?»

Großvater stieß ein rätselhaftes, stumpfes Lachen aus.

«Ich sage dir, der Knabe konnte sein Glück kaum fassen. Der Bulle wusste nicht, wie ihm geschah!»

Dalee fühlte sich von der weiblichen Gesellschaft mehr als geschmeichelt. Er wollte nie wieder ohne die wohlriechenden Elefantinnen sein. Aber jedes Mal, wenn er schläfrig wurde und die Augen schloss, um zu ruhen, zogen die Haremsdamen plötzlich davon. Da raffte sich der Bulle wieder auf und wanderte ihnen auf schweren Beinen nach, die von Tag zu Tag schwerer wurden. Die Lockelefanten zeigten keinerlei Müdigkeit, auch die Mahuts unter den Decken blieben wach.

«Wir wechselten uns ab, Junge. Mal der eine Jäger, mal der andere, mal diese Elefantenkuh, mal jene. Wir tauschten mit Sonne und Mond, bis das Tier am Ende seiner Kräfte war. Ein liebeskranker Bulle ist leicht zu verwirren.»

Und so schlief er erschöpft ein.

Als Dalee erwachte, war er mit armdicken Tauen an einen Baumstamm geseilt, und dennoch hielten sie den wütenden Bullen kaum im Zaum. Die Mahuts quälten ihn mit Haken und Speeren, mit brennenden Fackeln, mit Knallkörpern, Chilipulver und Schrot, um seinen Willen zu brechen. Sie schnürten seine Beine so eng zusammen, dass sein ganzes Gewicht schmerzhaft auf seine Knie drückte. Dalee musste hungern und dursten, und wenn sie ihn doch einmal fressen ließen, dann legten sie das Futter auf ein Wägelchen, hielten es an einer Schnur und rollten es aus sicherer Distanz an ihn heran.

«Wir jagten sogar einen Kampfelefanten auf ihn los!», sagte Großvater. «Aber nichts und niemand konnte ihn schwächen.»

Da versuchte es mein Vater. Er war damals noch ein Junge und näherte sich dem Elefanten mit leeren Händen. Vater setzte sich bloß neben Dalee ins Gras. Die beiden lauschten dem Wind in den Zweigen. Sie hörten das Rauschen der Blätter, sahen dem Tanz der Falter über den Blüten zu und schliefen hin und wieder ein. So ging es Tag für Tag, bis Vater irgendwann einen Apfel schälte. Er nahm ein Bambusstöckchen und begann, den Bullen zu erziehen. Mit dem Stöckchen wies er auf einen Fuß des Elefanten, hob Dalee ihn hoch, bekam er eine Apfelspalte, hob er ihn nicht, bekam er einen kleinen Stups. Auf diese Weise lernte er zweiundzwanzig verschiedene Befehle.

Einmal stupste Dalee zurück. Schon flog mein Vater weit durch die Luft und stieß mit dem Schädel gegen einen Stein. Als er zu sich kam, sank der Elefantenbulle auf die Knie. Er war sicher, dass ihn nun Prügel erwarteten, und so ließ er sich unter dem Baum auf die Seite fallen. Währenddessen griff Vater nach dem blutverschmierten Stein. Er stand wieder auf, stürmte auf den Bullen zu und holte aus. Nur um den Stein zu Boden zu schleudern, direkt vor Dalees Füße. Vater machte den Elefanten los, zog an seinem Strick und lief mit ihm im Kreis, wieder und wieder, hundertmal um den Stein herum.

«Siebenundneunzig, achtundneunzig, neunundneunzig. Na komm schon, noch eine Runde, komm!»

Niemals wieder würde ihn der Elefant stupsen, das dachte mein Vater jedenfalls.

Ich werde den Wagen nie vergessen. Es war ein strahlender Delahaye 135 Coupe des Alpes. Er schwebte über den Basar, als sei er direkt auf dem Pariser Autosalon gestartet, rund um den Montblanc gefahren und hätte Indien erreicht, ehe der Schnee auf seinem cremeweißen Dach schmelzen konnte. Die Limousine schob sich gewandt über die Wege, umkurvte Zelte und Zäune, passierte das Riesenrad mit Weißwandreifen und blitzendem Chrom und ließ hin und wieder das Horn erkrächzen, um ein Dromedar oder eines der vielen Kinder zu vertreiben, die ihr folgten.

Mein Vater hatte gebetet, und die Götter stiegen auf blechernen Flügeln zu ihm herab. Das Automobil mit den Art-déco-Linien, den Armaturen aus Walnusswurzelholz und den weit geschwungenen Radkästen erinnerte mich an einen Schwan. Es kam geräuschlos zum Stehen, und sein Chauffeur, der perforierte Handschuhe aus Ziegenleder trug, stieg aus und schritt halb um den Wagen herum. Er öffnete den Fond, und ich konnte ihn sehen, zum ersten Mal, jenen wundersamen Mann, dem ich das größte Abenteuer meines Lebens verdanke. Seine glänzenden Herrenschuhe, seinen wohlgerundeten Bauch, sein Maharajagesicht, das wie ein Kutscher lachte. Kein einziges, kristallenes Spiegelchen haftete auf seinen Nägeln, aber seine Finger trugen goldene Siegelringe, und seine Hände verteilten Bonbons an die Mädchen und Jungen, die ihn wirbelnd umkreisten.

Es war Mister Ray. Palash Jyoti Ray, der über sich selbst sagte, er sei ohne Schnurrbart nicht richtig angezogen. Daher ragten die gewachsten Spitzen seines Moustaches wie Kerzen neben seinen großen Nasenflügeln auf. Palash, sein erster Name, ging auf den heiligen Palasabaum zurück, die Flamme des Waldes. Sein zweiter Name, Jyoti, bedeutete: der Leuchtende. Sein Nachname wiederum, Ray, war Ausdruck seiner königlichen Erscheinung. Palash Jyoti Ray schmückte sich wie ein Bengale, sprach wie ein Brite und kleidete sich wie ein Nawab, ein stolzer, englischer Kolonialbürokrat, der es zu etwas gebracht hatte.

Nachbarn und Freunde riefen ihn *Luchi*, nach dem bengalischen Fladenbrot, weil es anlässlich der Geburt von Luchi Babu frisches Brot für das gesamte Stadtviertel gegeben hatte. Böse Zungen nannten ihn *Rupee*, die Rupie, und flüsterten hinter seinem fleischigen Rücken.

«Rupee Ray betet jeden Tag zur Göttin Lakshmi, weil er nichts mehr liebt als das Geld!»

Doch Mister Ray war kein Tabaklord, kein skrupelloser Ausbeuter oder Sklavenhändler. Er verfügte über eine äußerst seltene Gabe, die wertvoller war als Gut und Geld. Palash Jyoti Ray besaß das sechste Auge, er sah Dinge, die anderen verborgen blieben. Und er war ein Menschenfänger, Luchi Babu konnte reden wie kein Zweiter. Kaum hatte er sich aus der Wagentür gezwängt, sprach er zu den Leuten wie vor einem Publikum.

«Du da!»

Mister Ray wies mit seinen goldberingten Fingern auf einen Mann in der Menschenmenge, die sich um ihn scharte. Es sah aus, als würde er wahllos auf jemanden zeigen.

«Ja, genau du bist gemeint. Wie alt bist du?»

«Achtunddreißig, Sir», sagte der Mann.

«Achtunddreißig?»

«Ji, Babu.»

«Und? Hast du einen Sohn?»

Der fliegende Händler, der Puder, Seidensaris und Nasenschmuck an die Basarbesucher verkaufte, wiegte zustimmend den Kopf. Dann hob er die Hand und berührte das unterste Glied seines kleinen Fingers.

«Aha, einen! Einen Sohn hast du also. Und wie alt ist der?»

Der Händler antwortete mit derselben Geste.

«Ein Jahr? Der Junge ist erst ein Jahr alt? Bist du dir sicher?»

Palash Jyoti Ray stützte die Arme in die Seiten und zog eine Braue in die Höhe. Er beugte sich vornüber, hob das breite Kinn und musterte den Fremden, als wollte er das Gebiss eines lahmenden Gauls beschauen.

«Du willst also achtunddreißig Jahre alt sein, und dein einziger Sohn ist eben erst auf die Welt gekommen. Ich fürchte, du irrst dich, mein Freund. Du bist nicht der Vater des Jungen, sondern der Großvater!»

Mister Ray verharrte in seiner merkwürdigen Pose, während die Zuhörer höhnend und spottend ihre Zähne zeigten. Mehr und mehr fanden sich um den Löwen in Hemd und Weste zusammen, von dem sie so viel gehört hatten und so wenig wussten. Da fiel sein Blick auf einen greisenhaften Alten, der sein lichtes, grau gewelltes Haar mehr schlecht als recht mit Henna färbte.

«Und wie alt bist du, mein Freund? Zwanzig? Du siehst frisch aus!»

Der Alte antwortete mit heiserer Stimme, als hätte er sich verschluckt.

«Fünfzig?», fragte der Mister. «Habe ich richtig gehört, fünfzig? Sieh mal einer an. Und kein Bauch? Dann musst du ein Sportsmann sein.»

Palash Jyoti Ray schlug die seidenen Ärmel um, raffte die Hosenbeine und rutschte aus seinen teuren Schuhen. Nun stand er da, barfuß wie alle anderen, Stroh, Ziegenklümpchen und von der Sonne getrockneten Elefantendung zwischen den Zehen.

«Na, was meint ihr? Soll ich ihm mal ein paar anständige Kniebeugen zeigen? Also schön.»

Er presste die Kniegelenke nach außen, streckte die Hände flach voraus und wippte vor der feixenden Meute auf und ab. Eins, zwei. Eins, zwei. Eins, zwei, mit wallendem Bauch. Und wieder auf und wieder ab. Das Publikum lachte über Mister Ray, und Mister Ray lachte über das Publikum.

«Und du?»

Schließlich nahm er einen Bauernburschen in Augenschein. Der Junge mit dem Lumpenturban auf dem Kopf war groß wie ein erwachsener Mann, doch auf Kinn und Oberlippe spross noch kein einziges Haar, das einen Bart angedeutet hätte.

«Woher kommst du?»

«Aus dem Punjab, Sir.»

«Soso, ein Punjabi! Da, wo die Männer Bhangra tanzen und *balle balle* rufen, nicht wahr? Und wo ist deine Frau?»

Der Bursche grinste verlegen.

«Ach was, noch Junggeselle? Halb so schlimm, mein Sohn. Weißt du, das Leben mit einer Frau ist nicht immer leicht. Ranjit Singh, der Löwe vom Punjab, hatte zwanzig

Ehefrauen und kein Problem. Heutzutage hast du eine Frau und zwanzig Probleme!»

Der Mister fuhr mit der Hand über sein lackschwarzes Haar. Nicht etwa, weil sein gefetteter, sauber gezogener Scheitel in all dem Tumult verrutscht wäre, sondern, weil er wusste, was um ihn herum geschah, wenn er kokettierte, die Mundwinkel hängen ließ und keine Miene verzog. Schon bald krümmten sich die Leute vor Lachen.

«Na gut», sagte Mister Ray. Er lehnte sich an seinen Delahaye, stützte einen Arm in die Hüfte und setzte den Fuß salopp auf das silberne Trittbrett.

«Mein Name ist Palash Jyoti Ray, geboren und aufgewachsen in Kalkutta, ein Kind der heiligen Mutter Ganga, möge sie euch alle segnen! Im Alter von sechs Jahren wollte ich Koch werden, mit sieben wollte ich Napoleon sein, und mein Ehrgeiz ist seither stetig gewachsen.»

Nun starrten ihn die Leute an. Wer um alles in der Welt war Napoleon? Auch den Chauffeur, der etwas abseits der Menschentraube blieb, betrachteten sie mit schiefem Blick, obwohl er so sanftmütig durch die ovalen Gläser seiner Brille sah. Er war ihnen zu blass für einen Inder und für einen Weißen zu braun, und wer genau hinsah, erkannte, dass eines seiner Ohrläppchen angewachsen war, das zweite jedoch schwebte frei.

«Und das ist Peter Demello, meine rechte Hand.»

Mister Ray zog seinen Fahrer näher zu sich heran, bis sich beide im Lack des Wagens spiegelten.

«Mister Demello ist der klügste Mann, dem ich je begegnet bin.»

«Peter», hörte ich jemanden flüstern. «Demello», sagte ein anderer. «Britischer Vater, Mutter aus Goa.»

Der Chauffeur war ein Angloinder, wie die Leute vermuteten. Eines seiner Ohrläppchen stammte aus dem Osten, das andere aus dem Westen.

Wie sich zeigte, waren die beiden Mister weit gereist, sie fuhren auf handpolierten Speichenrädern kreuz und quer durch Indien. Mister Demello lenkte den Wagen, Mister Ray saß auf einem der beiden Rücksitze, die mit Gamsfell bezogen waren, gegerbt in der Farbe von gebranntem Siena. Der Platz an seiner Seite blieb immer leer, reserviert für den großen Traum, der ihn überallhin begleitete.

«Zweihundert smaragdgrüne Inseln im Indischen Ozean.»

Mit singender Stimme begann Palash Jyoti Ray zu erzählen. Er wandte sich an die Bauern unter den Zuhörern, ging in die Hocke und tat, als würde er etwas Großes aus der Erde ziehen.

«Das Getreide, das an diesem Ort wächst, es ist so schwer, sage ich euch, so reich und satt, ihr könnt es kaum auf dem Rücken tragen. Und die Krebse, glaubt mir, sie werden zwei Fuß lang.»

Allmählich verstand ich, weshalb sie ihn den Mann der Wunder nannten. Während Luchi Babu redete, breitete sich weißer Sand zu seinen Füßen aus. Der Mangobaum, unter dem er Schatten suchte, schien sich in eine Kokospalme zu verwandeln, und in seinen Augen, aus denen eine rege, schwärmerische Seele blickte, wogte das blaue Meer.

«Auf diesen Inseln gibt es alles! Land ohne Pacht, Leben ohne Sorgen, die höchsten Bäume auf Erden, das beste Holz der Welt, den guten Willen unserer Regierung und den Segen der heiligen Götter.»

Mister Ray hielt inne. Er wusste nur zu gut um die Macht

der rhetorischen Pause, und wären wir nicht auf einem Markt gewesen, hätte in diesem bedeutsamen Moment gewiss vollkommene Stille geherrscht. Dann sprach er zu meinem Vater, zu Gudlak und den anderen Mahuts, als läse er in ihren Gedanken.

«Aber etwas gibt es nicht», sagte er. «Straßen, Traktoren und Zugmaschinen. Nur ein Elefant kommt in den Wäldern der Inseln zurecht.»

«Im Dschungel?», fragte Gudlak.

«Nicht im Dschungel», sagte Mister Ray. «*Jangal Jangal*, mein Freund. Im Dschungel-Dschungel!»

Unsere junge Nation hatte ein Waldgebiet von ungeheurer Größe zur Bewirtschaftung ausgeschrieben, zweihundertsiebzig Quadratmeilen jenseits der indischen Küste. Eine Fläche, so groß wie Singapur, wie das Tote Meer, wie die königliche Insel Bahrain mit ihren Sandwüsten und Salzsümpfen. Und wer hatte den Zuschlag erhalten, einen schriftlichen Vertrag über einhundert Jahre, unterzeichnet und gestempelt von allerhöchster Stelle?

Niemand anderer als Mister Ray.

O, ich bin sicher, während er vor uns stand und in blumigsten Worten von den Wundern der Tropen erzählte, drechselte er bereits Tischbeine in Gedanken, Treppensprossen, Messerhefte, Schachfiguren und Violinenhälse, Knöpfe, Pfeifen und Fingerhüte, innen mit reiner Seide verkleidet, außen mit Sterlingsilber besetzt. Mister Ray hatte Indien vor Augen, unsere stolze Nation, mochten ihre Ränder noch so sehr verfransen seit der schmerzvollen Teilung Bengalens in den Staat der Hindus und das Muslimland. Er sah die indische Eisenbahn und ihre weit verzweigten Gleise.

Und er zählte nach.

«Zweieinhalb Millionen», überlegte der Mann der Wunder. All die Dampflokomotiven und Waggons, die durch unsere Heimat rollten, wurden von insgesamt zweieinhalb Millionen hölzernen Eisenbahnschwellen getragen, gefräst aus dem minderwertigen, äußerst störrischen Salbaum und der launischen Himalajazeder, die alle zwölf Jahre verwitterten. In seiner Vorstellung verlegte Mister Ray sie neu, vom Kap Komorin bis zu den Gletschern von Jammu und Kaschmir. Fünf Fuß, sechs Zoll, Breitspur, rotbraune Gleisträger aus feinstem Padauk und härtestem andamanischem Gurjan. Gefällt, geschnitten und geliefert von P. J. Ray & Co. Ltd., einem aufstrebenden Unternehmen für Rodung und Aufforstung aus Kalkutta.

«Zweieinhalb Millionen? Zehn Millionen!»

Und selbst das war dem Mann der Wunder noch nicht genug. Im Geiste ließ er Häuser und Paläste wachsen. Hell erleuchtete Straßenzüge ragten vor ihm auf, die höchsten Türme sprossen in den Himmel, und die längsten Brücken wölbten sich über Land und Meer. Von Kalkutta bis Cochin, von Manhattan bis zur City of London, von Paris bis nach Westberlin. Ganz Europa baute er wieder auf!

Während Mister Ray zu den Marktbesuchern sprach, versuchte er jedoch, eines zu vermeiden, den Namen jener Inseln am Rande der Welt. Und als er doch einmal aus seinem Mund gekrochen kam, jener Name, ganz leise, wie eine Eidechse über einen Stein, da wandte sich einer der Schaulustigen ab.

«Dort, wo sie den Müll abladen», sagte er und knurrte einen Satz, den niemand so recht verstand. Nur das Wörtchen «verrückt» war klar und deutlich zu hören. Mister Ray breitete verwundert die Hände aus, jeder seiner goldenen Finger deutete in eine andere Richtung, und seine Siegelringe klirrten wie Teelöffel in einem Glas.

«Jawohl, mein Freund!», rief er dem Fluchenden nach. «Nenn mich nur verrückt! Aber der Unterschied zwischen mir und einem Verrückten ist der, dass ich nicht verrückt bin.»

Ein vielstimmiges, gärendes Raunen machte sich breit, in den Augen der Menge stand Verwirrung. Da schob sich jemand durch ihre Reihen nach vorn.

«Babu!», sagte Gudlak und schlug sich mit der Hand auf den Bauch. «Ich bitte Sie, Sir, erzählen Sie uns mehr von den Riesenkrebsen, ich bin nämlich hungrig!»

«Dann geh und hol dir ein paar Littis.»

Mister Ray warf ihm einen Viertelanna zu. Mehr als genug, um die gerösteten Teigknödel, serviert in Zeitungspapier, zu bezahlen.

«Die Kraft wirst du brauchen, mein Freund!»

Palash Jyoti Ray trat nun forsch an sein Publikum heran. Der Großkaufmann aus Kalkutta sah prüfend in jedes einzelne, verblüffte Gesicht.

«Nur die Besten», sprach er und ballte die Faust. «Nur die Stärksten und absolut Schnellsten, nur die wahren Champions werden mich auf die Inseln begleiten, mit ihren Frauen, ihren Kindern und ihren Elefanten. Auf einem Schiff!»

Als er Schiff sagte, wogte seine Stimme über den Platz. Gewiss war keiner der Menschen je auf See gereist. Und wer von ihnen hatte es überhaupt einmal gesehen, das wilde, weite, grenzenlose Meer?

Vater legte die Hände auf meine Schultern, als der Schwan wieder in die Lüfte stieg. Der cremefarbene Wagen ließ den Sechszylindermotor aufheulen, zerstreute den Pulk und schwebte so elegant davon, wie er gekommen war. Wir sahen der Limousine lange nach. Die Kokoswedel über unseren Köpfen waren wieder Mangozweige, der weiße Sand wurde zu Kot und Stroh, und das Meer, das uns in Gedanken bereits die Füße umspült hatte, zog sich zurück.

«Komm», sagte Vater, «komm schon, mein Sohn.»

Es war Zeit für die Elefantenstunde, unser ewiges Tagein, Tagaus. Jenes Waschen, Feilen und Füttern, das meine Familie seit vier Jahrtausenden begleitete. Doch der Besuch aus Kalkutta schien etwas verändert zu haben. Der Mann der Wunder mit seiner chromglänzenden Limousine ging keinem Mahut mehr aus dem Sinn. Gudlak schrubbte Gala, als würde er sie wachsen, polieren und ledern, Vater fettete Dalee mit Butterschmalz, als ölte er Achsen und Wellen. Und während die Elefanten unter den Mangobäumen fraßen, rumorte es in ihren Mägen, als erwachten die schwersten Motoren.

«Heute ist nicht irgendein Tag, meine Freunde», sagte Gudlak und strich über die Wange seiner Schönen. «Heute ist der Tag der Limone!»

Der Mahut lief den Rüssel der Elefantin hinauf. Auf der Rüsselmitte angekommen, hob sie ihn hoch in die Lüfte und setzte ihn leicht und federnd in ihrem Nacken ab.

«Worauf wartet ihr? Mir nach!»

Die Elefanten verließen den Mangowald und schwankten in gemächlicher Kolonne auf ein freies Feld, dorthin, wo Hufe scharrten und Staubwolken schlugen. Reinrassige Marwarihengste galoppierten durch das Gewühl der Menschen, die dicht an dicht um die Rennstrecke standen. Die Reiter hielten lange, geschlossene Zügel in den Händen und lehnten sich so weit in ihrem Sattel zurück, dass sie flach auf dem Rücken ihrer Pferde lagen, wenn es donnernd aus der Kurve auf die Zielgerade ging.

«Was tun wir hier?», fragte Vater.

«Rennen», sagte Gudlak.

«Die Elefanten sollen rennen?»

Vaters Mund stand offen, als wollte er den Straßenzahnarzt bemühen.

«Nicht sofort», sagte Gudlak und lachte. «Zuerst rennen wir! Du, ich und die übrigen Mahuts.»

Ich verrate nicht zu viel, wenn ich sage, dass ein Mann wie Mister Ray den sportlichen Wettkampf schätzte. Palash Jyoti Ray war ein Visionär, ein passionierter Auraleser und ein großzügiger Freund und Förderer der Kunst. Aber vor allem war er Geschäftsmann. Der Mann der Wunder verstand, wie man Spitzenkräfte rekrutiert und sich dabei auch noch bestens amüsiert. Und seit er Frankreich bereist hatte, das Land der Zigaretten und der gestopften Gans, ließ ihn eines nicht mehr los: der Gedanke an ein Rennen. Ein Autorennen, das einen vollen Tag und eine ganze Nacht dauerte – die legendären vierundzwanzig Stunden von Le Mans. Mister Ray konnte die Indischen Elefanten unmöglich vierundzwanzig Stunden lang laufen lassen. Natürlich wusste er, wie empfindlich die Tiere waren. Aber warum sollte das Elefantenrennen nicht wenigstens so beginnen wie in Le Mans, wo die Fahrer, wenn der Startschuss fiel, zu ihren Bentleys und Bugattis sprinteten, die vor der Boxengasse aufgereiht waren?

«Mister Ray nennt es einen Lemon-Start», sagte Gudlak. «Es ist einfach, mein Freund. Wir laufen, so schnell wir können, zu den Elefanten, steigen auf und reiten drei Runden. Drei volle Runden über die Pferderennbahn. Du kommst als Erster ins Ziel, ich jage dir im Windschatten mit meiner Gala nach, und in ein paar Wochen fahren wir gemeinsam zu den Inseln. Auf einem Schiff!»

Ehe Vater sich besinnen konnte, drängten immer mehr Schaulustige heran und kletterten auf die Fuhrwerke und Lastwagen, die rund um die Bahn abgestellt waren. Gegen eine Münze zog man die Männer und Frauen an den hochgestreckten Armen auf die Ladeflächen, wo sie das Rennen der Elefanten aus der Höhe verfolgen konnten. Bald waren es so viele Menschen, dass sie sogar mit gekreuzten Beinen auf den Führerhäusern hockten.

Der Schwan parkte abseits der Strecke, hinter einer Tribüne aus Bambuspfählen, über der sich ein monarchisch roter Baldachin wölbte. In seinem Schatten saß Mister Ray, gemeinsam mit Mister Demello und zahllosen weiteren Ehrengästen. Ich erinnere mich noch an ihre Kakihemden, die Klappen auf den Schultern. An die vielen gelben Sterne, die Abzeichen, die goldglänzenden Kordeln, die Lederkoppel, die ihre straff gespannten Gürtel zusammenhielten. Ganz besonders an die Sohlen ihrer frisch gewichsten Stiefel, denn als Vater seiner Wege ging, versteckte ich mich unter der Tribüne, zu ihren Füßen. Spreizte einer der wichtigen Herren die Beine, musste ich in Deckung gehen. Dann spuckte er seinen Betelbissen zwischen den Schuhen hindurch auf den sandigen Boden, und war ich nicht schnell genug, wischte ich mir bald darauf paanrote Spritzer aus dem Gesicht.

Trotz alledem blieb ich dort sitzen. Es gibt Elfjährige, die Feuerwehrmann werden wollen, Lokomotivführer oder Astronaut. Andere träumen von einer erfolgreichen Karriere als Sternekoch oder Napoleon Bonaparte. Ich war ein Elefantenjunge, der eines Tages seinen Vater beerben würde, doch an jenem Tag der Limone wollte ich nichts lieber sein als ein stolzer, nach Rasierwasser duftender Regierungsbeamter im Dienste unserer Nation.

Der Mann der Wunder begrüßte jeden Mahut persönlich. Er thronte auf der Ehrentribüne, hob die Hand zum Gruße wie der Kaiser der Franzosen, und die Elefanten zogen an ihm vorbei, Bulle für Bulle, Kuh für Kuh, Rüssel für Rüssel. Aus dem Versteck konnte ich das Elfenbein der Tiere kaum sehen, und so erkannte ich den Großen Grauen diesmal nicht an seinem linken, abgefeilten Zahn, sondern an der Anzahl seiner Zehennägel. Wie wir wissen, waren es siebzehn, weil von Geburt an einer fehlte.

«Eine Laune der Natur», pflegte mein Vater zu sagen. «Das bringt Glück!»

Doch als Mister Ray den Bullen erblickte, wurde er laut. Mit rauer Stimme und wilden Gesten hielt er die Reiterparade an. *«Passport!»*, brüllte einer der uniformierten Herren. «Pass! Pass! Pass!» Da holte mein Vater die Elefantenurkunde hervor. Sie wanderte die Ränge hinauf, von Hand zu Hand bis in die goldenen Finger von Mister Ray, der sich darin vertiefte. War etwas faul mit dem Papier aus dem Forest Department? Fehlte unter den blauen und roten

Stempeln noch ein grüner? Bröckelte ein Siegel, war ein Fingerabdruck zu blass?

Plötzlich sah ich den Löwen aus Kalkutta beten. Es ist wahr. Der große Palash Jyoti Ray faltete die Hände zu einem Namaste und sprach: «*Om gam ganapataye namaha, om gam ganapataye namaha.* Om und Ehre dem Überwinder der Hindernisse, dem Allvater der Weisheit, dem Gott des guten Anfangs.»

Für Mister Ray war die Welt voller Zeichen. Und der Zahn des Elefanten, jenes Elfenbein, das wie abgebrochen schien, erinnerte ihn an den Gebieter der Scharen, an den, der Wohltaten schenkt. An jenen großen, elefantenköpfigen Gott, der sich der Legende nach selbst einen Stoßzahn aus dem Schädel riss, um ihn zornig in die Nacht zu schleudern und den Mond zu verdunkeln.

«Ganesh.»

Der Mann der Wunder schlug sich verdutzt auf die Stirn. «Shri Ganesh», wiederholte er, nahm die Elefantenurkunde, streckte sie in die Höhe und zeigte sie den anderen Männern auf der Tribüne. So euphorisch, als hielte er den Beweis in Händen, dass ein Inder aus Kalkutta tags zuvor die Tour de France gewonnen hatte.

«Der Elefant heißt Ganesh! Er heißt doch tatsächlich Ganesh. Ganesh! Ist das zu glauben?»

Mister Ray erzählte keine Lügen. So hieß der Elefant, so lautete sein offizieller Name auf dem beglaubigten Dokument, genauso und nicht anders war er von Großvater benannt worden, nachdem er ihn seinerzeit aus den Wäldern gefangen hatte. Derselbe Großvater, der mich einmal Shiva nennen wollte. Dalee war noch nicht Dalee, denn niemand konnte zu diesem Zeitpunkt sein erstaunliches Talent erahnen, das Genie, das in dem Elefanten steckte. Und ich, jener Elefantenjunge mit dem Vornamen Omvishnu Nihar Anup Shivaraju Ravi Lakshman Balachandra, war noch lange nicht Bellini.

So ist es bei uns. Wir kommen als Kumar zur Welt, als Rani oder Sonali. Das ist unser *good name*, der *Bhalo Naam*. Für die meisten meiner Landsleute hält das Schicksal jedoch früher oder später einen neuen Namen bereit, den *Daak Naam*. Ein Funke zündet, ein Licht geht auf, und ehe wir's uns versehen, nennt man uns plötzlich Babu oder Sona, Bumba oder Chotu, Tumpa, Shampa oder Jhumpa Rumpa. Rabindranath wird Robi, Karishma wird Lolo, Rishi wird Chintu, Rahul wird zu Jammy, weil sein Vater in der Marmeladenfabrik arbeitet. Und Bipasha, seine Schwester, wird zu Bonnie, weil sie zu viel Marmelade isst. Hinter diesem *call name* verblasst der *good name* mit der Zeit, und nicht selten gerät er ganz in Vergessenheit.

Ganesh war der *good name* des Elefanten, der etwas unbeholfene Versuch, sein kosmisches Innen und Außen in eine irdische Sprache zu übersetzen. Großvater hatte es gut gemeint. Vergib mir, wenn ich dich mit meinen Worten verletze, Dadaji, aber der Name Ganesh war in gewisser Weise der Ravi unter den Elefantennamen, zumindest in meiner Familie. Wer in den vergangenen viertausend Jahren ganz und gar keine Idee hatte, wie er seinen Bullen taufen sollte, der benannte ihn nach dem naschhaften, dickbäuchigen Sohn des Shiva und der Parvati, der in meinem Dorf auf keinem Hausaltar fehlte. Ganesh, Ganapati oder Gajanana, Vinayak oder Hastimukh, der Elefantenköpfige, Lambodara, der Topfbäuchige, oder Ekadante, der Einzahnige. Alles in allem verfügt Shri Ganesh über einhundertundacht verschiedene Namen, und wer sie spricht, bei Tagesanbruch, am Mittag und im Sonnenuntergang, dem winken Wohlstand, Wissen und Glück.

Ganesh, der amtlich registrierte Name des Elefanten, hatte meinem Vater nie so recht gepasst. Er fand ihn anmaßend, hochmütig, viel zu stolz. Also nannte er ihn den Grauen, den Großen Grauen, den Bullen oder ganz einfach den Elefanten. Über das Talent meiner Verwandten auf dem Gebiet der Namensfindung hatte ich ja bereits berichtet.

«*Bonjour*, Ganesh!»

Mister Ray lüftete den Borsalino, während die Parade der Elefanten weiterzog. Sie endete bei den mannshohen Palisaden neben Start und Ziel. Die Mahuts seilten ihre Tiere an, entfernten sich sogleich um hundert Fuß und gingen kurz darauf Schulter an Schulter in die Sprinterhocke. Mein Vater jedoch schien auf wackligen Beinen zu knien, der Elefantenmann blickte sich mit seltsam schüchterner Miene um. Er spürte die Trommelschläge der Tablaspieler in seinem Bauch, hörte das blecherne Trompeten der Kombubläser, sah, wie Kinder in die Kronen der Bäume stiegen, um das Rennen zu beobachten.

«Freund!»

Gudlak stieß meinen Vater in die Seite.

«Vergiss nicht, wen du an deiner Seite hast, Gudlak, den menschlichen Talisman. Aber sieh dich vor!»

Der Mahut rollte die Schultern, ging in den breiten Stand, streckte die Hände zu Boden und mühte sich, die Linie aus Kalk zu berühren, an der die Elefantenreiter warteten.

«Mein Bauch ist drall, meine Finger sind kurz, meine

Beine sind Streichhölzer, verglichen mit deinen. Doch sie sind flink!»

Da fiel der Schuss. Geschrei brandete auf. Ich kletterte das Bambusgerüst der Ehrentribüne hinauf und sah die Mahuts rennen. Schon hatten sie die Palisaden erreicht, lösten die Stricke, mit denen ihre Tiere festgebunden waren, und stiegen in Windeseile auf die Rücken der Elefanten. Gudlak wählte den Weg über den Rüssel, andere benutzten die Füße, die Ohren oder die Bauchriemen an den Seiten der Bullen und Kühe, um in den Reitersitz zu gelangen. Einer schaffte es sogar über den Schwanz auf seinen Elefanten, und so nahm das historische Limonenrennen seinen Lauf, aufgereizt von Schellen und Glocken, von den Hupen und Hörnern der Trucks, von stürmischen Trommeln und schrillen Trompeten. All der Lärm trieb einen Makhna in die Raserei. Der zahnlose Elefantenbulle brach aus einer Kurve aus, verließ die Strecke und jagte mit gespreizten Ohren ins Getümmel der Leute – der Allmächtige schütze ihre Seelen!

Die Luft war weiß von Staub, der sonnendurchglühte Parcours bebte, die Tribüne mit den Gästen begann zu wackeln, und ich klammerte mich mit Händen und Füßen an ihre Streben.

«Nimm dich in Acht, mein Sohn!», hatte Vater einmal gesagt. «Ein Elefant ist geschwind wie ein Hase, schneller als ein Olympiasieger und feurig wie ein Hengst. Auf den ersten hundert Fuß nimmt er es mit jedem Englischen Vollblut auf.»

Dabei können Elefanten gar nicht rennen, genau genommen laufen sie auch nicht. Weil die Tiere so schwer sind, beherrschen sie weder Trab noch Galopp. Elefanten sind keine Sprinter, sie sind Geher, und gehen sie langsam, so heben sie dabei nur einen einzigen Fuß in die Höhe. Einen Fuß auf einmal. Währenddessen bleiben die übrigen drei stützenden Beine wie Steine am Boden.

«Linker Hinterfuß, linker Vorderfuß. Pause», sagte Vater. «Rechter Hinterfuß, rechter Vorderfuß. Pause.»

Wenn Elefanten ihren Gang beschleunigen, heben sie zwei Füße zur selben Zeit. Und gehen sie noch schneller, so geraten sie irgendwann buchstäblich ins Hoppeln. Früher oder später hüpfen sie wie riesige graue Kaninchen voran, immerzu von den Hinterbeinen auf die Vorderbeine.

Und Dalee?

«Lauf!», rief ich. «Lauf! Nun lauf doch!»

Ich schrie, während er in die zweite Runde des Rennens ging. Der Bulle schnaubte, er war so groß und gewichtig, dass er einem Wasserbüffel mit einem Tritt die Wirbelsäule brechen konnte, aber er schonte keinen Muskel, keine Sehne in seinem fünfzig Jahre alten Leib. Sein Schädel wogte auf und ab, seine Ohren schlugen heftig vor und zurück, sein ganzer gewaltiger Körper erzitterte, von der Schwanzquaste bis zu den hängenden Lefzen, und ich schwöre, wenn sie dazu fähig gewesen wären, hätten seine hinteren Füße die vorderen vor Eifer überholt. Der Elefant nahm alle Kraft zusammen, um meinem Vater den verlorenen Stolz zurückzugeben. Was für ein Erlebnis, ihn kämpfen zu sehen!

Doch leider ist die Geschichte, die ich erzähle, kein Märchen. Und sosehr sich Dalee auch mühte, er hatte letztlich keine Chance. Unser großer grauer Gefährte lag um etliche Elefantenlängen hinter Gala und den Spitzenbullen zurück, die ihm mehr und mehr enteilten. Vater tat mir leid.

Schon bald würden wir uns auf den Heimweg machen, ohne Arbeit, Lohn und das leiseste Licht am Horizont.

Da blitzte etwas auf. In all dem Staub, der die Rennbahn verhüllte, sah ich ein Funkeln. Es war ein goldener Ring. Ein Ring an einem Finger. Und dieser weit ausgestreckte Finger richtete sich auf einen der Elefanten, die schnaufend über die Rennbahn liefen.

«Den da!», rief der Mann der Wunder.

«Bitte welchen, Sir?»

Mister Demello hatte durchaus verstanden, dennoch schien er seinen beiden ungleichen Ohren kaum zu trauen.

«Verzeihen Sie, Sir. Sie meinen doch wohl nicht diesen Elefanten?»

«Doch, genau den, den will ich haben!»

Der goldene Finger von Palash Jyoti Ray deutete ausgerechnet auf Dalee. Besser gesagt, auf jenen Elefanten, der einmal Dalee werden würde.

Der Angloinder zog etwas unter seinem Jackett hervor, es war die Elefantenurkunde meines Vaters, das hochoffizielle Papier.

«Sir, mit Verlaub, lesen Sie, was hier geschrieben steht! Das ist vielleicht der älteste Bulle auf dem ganzen Basar.»

«Und?»

Während der Wettlauf tosend in die letzte Runde ging, tat Mister Ray, als wollte er eine Fliege verscheuchen.

«Schauen Sie ihn an, Mister Demello. Nehmen Sie sich Zeit und betrachten Sie ihn in seiner ganzen grauen Gestalt. Ich sage Ihnen, dieser Elefant wird einmal hundert Jahre alt. Älter als wir alle.»

Ohne den Blick von der Rennbahn abzuwenden, nahm Palash Jyoti Ray den Hut vom Kopf.

«Sie wissen, was Sahasrara ist?»

Der Mann der Wunder kreiste mit tanzender Hand über seinem eigenen Scheitel. Er schien eine unsichtbare Krone zu polieren, seine goldenen Finger fuhren über jene Stelle auf der Stirn, wo die Aura des Menschen wohnt.

«Himmlisches Licht, Mister Demello. Der Bulle erinnert mich an einen bejahrten, lebensklugen Baba aus den Ghats von Benares, einen großen Guru, der in Kürze ein höheres Selbst erreicht, finden Sie nicht? Ich kann es deutlich erkennen: Ganesh ist dabei, sein siebtes Chakra zu öffnen.»

Es wirkte, als wollte der Assistent etwas sagen, aber sein Dienstherr unterbrach ihn, ehe er die Stimme erheben konnte.

«Den oder keinen, Mister Demello! Und wenn er als Letzter über die Linie geht. Ganesh ist und bleibt ein göttliches Wesen, und glauben Sie mir eins, mein Freund: Der Mahut, der den Elefanten reitet, sitzt im Schoß des Allmächtigen, Gott allein lenkt seinen Weg. Er ist der beste von allen!»

Ich sagte ja, Palash Jyoti Ray sah Dinge, die anderen verborgen blieben. Und so hatte Vater das Rennen bereits gewonnen, ehe er sich der Zielgeraden näherte.

Es war wie ein Fluch. Als sie den Schwarzen leblos aus dem Laderaum hievten, geschnürt auf eine Planke, hob er plötzlich die Lider. Er sah uns an, Badshah, den Ranchi, Gudlak und die anderen Mahuts, den Swami mit dem paarig geflochtenen Bart, der ihm ein purpurnes Fläschchen unter die Nase hielt, meinen Vater und auch mich. Der Blick des Kesselheizers fuhr über jedes unserer Gesichter, mit großen, weiß blitzenden, vor Entsetzen starrenden Augen. Aber sein Mund brachte kein Wort heraus, und mit der Zunge versagten ihm auch die geschundenen Arme und Beine. Der Betrunkene aus der Elefantenkiste war kaum mehr als Mensch zu erkennen, die Knochen zersplittert, das Fleisch zerquetscht, die Seele krank vor Angst.

Die Männer legten ihn in ein Dingi, ein kleines Beiboot, das mittschiffs über der Reling schaukelte, wohl um ihn dort sterben zu lassen. Mit jedem neuen Tag jedoch erwachte er wieder von den Toten, und lugten wir unter die Persenning, die ihn vor Licht und Wasser schützte, dann betrachtete er uns Kinder mit stiller, stechender Miene. Es war, als könnten wir seine Schreie hören, der Schwarze schrie mit den Augen.

Von nun an blieb die Luke auf dem Deck geschlossen, zur blauen Stunde, wenn die Sonne sank, wie zur goldenen, wenn sie sich hinter dem Indischen Ozean erhob.

«Und wie kommt Vater an sein Essen, wenn wir es nicht mehr mit dem Seil zu ihm hinunterlassen können?»

Mein Bruder sorgte sich. Der kleine Du wusste genau, wie geschwächt unser Vater war, doch der Weg in den Bauch des Schiffs, wo die Mahuts und die Elefanten lebten, führte über mehrere Zwischendecks. Vorbei an den schäbigen Quartieren der Maschinisten, an den aasig riechenden Aborten der Heizer entlang und schließlich eine steile, ausgetretene Sprossenleiter hinab.

Für diesen Gang war mein Bruder viel zu jung, und auch Mutter blieb dem Laderaum fern. Nicht etwa, weil sie sich vor den Elefanten gefürchtet hätte, sondern nur, weil sie eine Frau war.

«Frauen bluten», sagte Vater. «Und die Bullen wittern das Blut, das macht sie verrückt.»

Mutter küsste mich auf die Wange. Sie hatte ein pflaumenfarbenes Bündel mit Rotis geschnürt. Während ich in den Schiffsbauch kletterte, um es Vater zu bringen, hielt ich es zwischen den Zähnen. Mir war, als würde ich in ein warmes Becken tauchen, die Hitze, die sich mit der Luft im Laderaum staute, rann in Rinnsalen aus meinem Haarschopf und tröpfelte von meinem Kinn. Nicht lange, da surrten mir Dasseln um die Ohren. Die Fliegen krabbelten zwischen meine zusammengepressten Lippen, hinein in den Mund, und schwirrten bald zu Dutzenden um das duftende Essensbündel herum.

Wo ein Elefant ist, sind Fliegen nicht weit. Die meisten zerdrückte Dalee zwischen den Runzeln seines faltigen Hinterteils. Die anderen erschlug er mit dem Schwanz wie mit der Peitsche oder vertrieb sie mit seinem Rüssel. Aber die Dasseln waren gerissen. Mein Vater nannte sie Totmacher. Die pelzigen Kreaturen nisteten dort, wo der Große Graue sie schwerlich erreichte, in seinen Augenhöhlen, im

Rachenfleisch und sogar im Magen. Einmal sah ich einer Dassel zu. Sie war eine geschickte Pilotin und näherte sich dem Elefanten im tollkühnen Flug. Ehe sie landete, in einer steilen Kurve, warf sie ihre Larven ab, winzige Maden, zielsicher in seine Kniekehle, wo eine entzündete Wunde klaffte. Ach, wäre sie doch gleich wieder in die Lüfte gestiegen, doch ihre Mutterliebe ließ sie bei den Fliegenkindern verweilen, die nun, im Lichte der Welt, hungrig wurden. Sie dankten es ihrer Mutter, indem sie sie fraßen.

Ich sprang von der Leiter, den Totmachern davon, und landete im Stroh. Da saß ich nun, während das Licht durch Ritzen und Fugen in den Bauch des Schiffs hineinsickerte und die Konturen verwischte. Alles Dunkle erschien hell, und das Helle erstrahlte und blendete.

Die zwölf Elefantenkisten standen sich gegenüber, der Gang, der zwischen den Reihen hindurchführte, war eng und schmal. Dahinter, am Schiffsende, irgendwo unter den vielen Bananenstauden, die von der Decke baumelten, mussten sie hocken, Vater, Gudlak und die anderen Mahuts.

Ich beobachtete den Korridor. Zwischen den Fliegen, den Flöhen und dem Staub, der wie Plankton im Streulicht schwebte, tauchte hin und wieder ein Rüssel auf. Er schob sich neugierig durch die Gitterstäbe in den Gang, tastete darin herum wie der Arm eines Kraken, zog sich wieder zurück und verschwand kurz danach im Nichts. Was sollte ich tun? Laufen, so schnell ich konnte? Schleichen, still und leise? Oder besser kriechen, durch Kot, Harn und Streu, damit mich bloß kein Elefant an den Haaren packte?

«Kommt nicht infrage, Junge!», hörte ich meinen Großvater von irgendwoher sagen. «Niemand aus meiner Familie krabbelt mit den Schaben durch den Mist. Ein Elefantenjunge geht aufrecht, und auch wenn du dir blaue Flecken holst, Bursche, ich verspreche dir, bis zu dem Tag deiner Hochzeit sind sie längst wieder weg.»

Ich überlegte, wägte sorgfältig ab und wählte den Krebsgang. Wahrscheinlich kommt nur ein Kind auf eine solche Idee. Seitwärts würde ich gehen, Schulter und Schläfe voran wie eine Krabbe, die zehnfüßig über den Strand marschiert. Das Bündel mit dem Essen würde ich auf dem Kopf tragen wie einen Wasserkrug, so hätte ich die Elefanten stets im Blick, zumindest sechs von ihnen. Und die übrigen sechs in meinem Rücken? Die mussten sich schon gehörig strecken, um mich zu erwischen, dachte ich.

Und so wackelte ich meines Wegs, schob einen Fuß vor, zog den anderen nach. Den einen vor, den anderen nach. Vorbei an Gala, der Schönen, vorbei an Mahakali, der Leitkuh, und an Bindi, ihrer Tochter. Sie war eines der Elefantenkälber an Bord und streckte ihr Rüsselchen nach dem duftenden Bündel aus, das ich hoch auf meinem Haupt balancierte. Ich zog einen Fladen heraus, reichte ihr das Roti und legte den Finger an die Lippen.

«Sch, sch, Bindi, hörst du? Verrate es nicht meinem Vater!»

Da wollten mir die Krebsfüße auf einmal nicht mehr gehorchen. Die See war ruhig. Und doch schwankte der Boden. Alles um mich herum schien zu kreisen.

Zuerst war er bloß ein Schatten, ein Umriss im Dunkel seiner Kiste, als hätte er sich vor Scham in Düsternis gehüllt. Nun jedoch tauchte er daraus hervor wie ein Walfisch, der langsam aus der Tiefe kommt. Vom Rasseln der schweren Ketten untermalt, schälte sich seine Stirn aus dem Verborgenen. Sie war von Wunden übersät, von Dasselfliegen umsurrt und wies dieselbe geisterhafte Farbe auf wie die bleichen, salzgefleckten Stäbe, die uns trennten.

Raja trat an das Gitter heran. Seine Stimme grollte. Seine Schläfen wölbten sich wie nachts zuvor. Und der rätselhafte schwarze Saft, der wie Teer aus seinen Drüsen tropfte, floss ihm unentwegt von den Schläfen bis ins Maul.

Ob ich rannte? Ob ich schrie? Der Allmächtige ist mein Zeuge, ich blieb vor der Elefantenkiste stehen und machte keinen Ton, bewegte mich nicht, atmete nicht, spürte nicht mal mehr meinen Puls. Ich verharrte bloß, den Blick erhoben, sah in die finsteren Augen des Bullen und fiel in sie hinein, mitten ins Schwarz, das wie ein tiefes, undurchschaubares Wasser war. Es ist schon sonderbar, überlegte ich im Stillen, während ich Raja betrachtete. Elefanten sind so warm und doch so schreckenerregend. Sie geben so viel Halt und flößen so viel Furcht ein. Wir fingen sie aus den Wäldern, sperrten sie in Kisten, fuhren sie siebenhundert Seemeilen über den Indischen Ozean, aber zähmen konnten wir sie nicht. Was wir auch taten, der Elefant blieb ein geheimnisvolles, wildes Tier.

Wer weiß, wie lange wir so verweilten, Auge in Auge. Der Bulle, der beinahe getötet hätte, und der dumme, kleine Junge mit dem Turban aus Fladenbrot auf dem Scheitel, der versuchte, dem Elefanten in die Seele zu schauen. War Raja ein Ungeheuer? Ein Dämon? Ein Oger, wie ihn die Matanga Lila beschreibt, der Fäulnis verbreitet, der Pestgestank verströmt, der Saures frisst, rohes Fleisch und Blut? War er bloß ein unreifer Bulle, mehr Kind als Mann? Oder war der Mahut das Monster, der Kerl, der auf dem Rücken von Raja ritt? Er besaß die falschesten Augen, die ich je gesehen hatte, und jeder wusste, was er tat, Morgen für Morgen, bevor er sich dem Bullen näherte. Er wetzte seinen Elefantenhaken mit einem Ölstein, bis er scharf war wie ein Ausbeinmesser, und tauchte seine Klinge in Pferdegalle, um Raja mit dem Geruch zu schrecken.

«Freund!»

Ich hörte ein Flüstern.

«Komm, mein Freund, komm!»

Gudlak zog mich beiseite, eine gute, respektvolle Länge von Raja entfernt. Er war auf leisesten Füßen in den Gang zwischen den Elefantenkisten geeilt.

«Der Bulle ist in Musth, verstehst du? Er hat grausige Kopfschmerzen.»

«Was ist Musth?»

Gudlak hob die Hand und deutete auf den Saft, der von den Schläfen des Bullen rann.

«Die Manneskraft, mein Freund.»

Ich sah ihn fragend an.

«Lass dir sagen, sie macht nur Probleme. Ein junger, liebeskranker Bulle greift alles an, was in seinen Weg gerät, sogar einen Baum.»

«Das hat ihn verrückt gemacht, Onkel? Die Liebe?»

«Die Liebe», antwortete er, «oder das Gift.»

Gudlak nahm mir das Bündel ab, das Mutter geschnürt hatte, und ich folgte ihm bis zum Ende des Korridors.

«Erinnerst du dich an den Garten des Glücks? Die kleine Geschichte, die ich dir und deinem Vater auf dem Basar erzählt habe?»

Ich wiegte den Kopf und dachte an die Jujuben, die Guaven und die Honigmelonen. All die wunderbaren Früchte und Blätter, die Gala gefräßig verschlang.

«Der alte Chopra ...»

Gudlak stockte für einen Moment.

«Der Mahut, der mich von der Straße geholt hat, er war für mich wie ein Vater. Chopra küsste sogar meine Stirn, wenn ich schlafen ging, ist das zu glauben? Er war eine Seele von einem Mann, nicht jedoch, wenn er das Gift getrunken hatte. Eine halbe Flasche reichte schon. Der alte Chopra schluckte das Gift und wurde auf einmal schrecklich wütend, so wütend, dass er mich am Ohr unter die Bäume zerrte. Zieh dich aus, Junge! Dreh dich um, Junge! Beug dich vorneüber, Junge!»

Gudlak bückte sich vor meinen Augen und tat so, als würde er einen Rohrstock schwingen.

«Chopra verprügelte mich, bis er nicht mehr konnte, er trank noch mehr und schlug mich wieder. Und am nächsten Morgen? Ha! Da weckte er mich mit einem Kuss!»

«Aber Onkel, du hast dich doch gewehrt, oder nicht?»

«Warum? Chopra war mein Lehrer. Es gab für mich keinen wichtigeren Menschen als ihn. Ich war dem Alten doch so dankbar, aber meiner Gala gefiel es nicht, was er tat.»

«Was hat sie denn angestellt?»

Ich grinste mein Lausbubenlächeln.

«Hat sie den Alten von ihrem Rücken geworfen? Hat sie es ihm hübsch unbequem gemacht? Ist sie hin und her geschaukelt, um Chopra ein bisschen die Knochen zu verdrehen?»

«Nein, Junge», sagte Gudlak. «Gala hat ihn genauso geschlagen, wie er mich geschlagen hat. Danach wälzte sie ihn im Dreck, bohrte ihr Elfenbein in seinen Oberschenkel und riss ihm das Bein heraus.»

Gudlak fasste mich bei den Schultern. Er sah mich an.

«Trink das Gift nie, mein Freund, niemals! Hörst du? Und wenn du es doch einmal getrunken hast, dann halt dich ja von den Elefanten fern. Sie riechen es, Junge. Ein Elefant tötet nicht, weil er hungrig ist, er ist kein Tiger, verstehst du? Raja wusste, wie betrunkene Männer sind, und vielleicht wollte er nur den ersten Schlag tun.»

Wer hätte gedacht, dass ein Elefant grün wird? Doch, doch, Dalee war grün. Nicht so grün wie der Rettich, der Spinat und die frischen grünen Äpfel, die er in unserer Heimat fraß. Dalee war grün wie der Schimmel im Stroh, grün wie das verfaulende Wasser in den Fässern an Bord, grün wie die Ballen aus feuchtem Elefantengras, die unter Deck vermoderten. Der Große Graue sah aus, als hätte er sich selbst an die Wand seiner Holzkiste gespuckt. Er speichelte, fror, und zwischen seinen zusammengeketteten Hinterbeinen tropfte er jämmerlich auf den schwankenden Boden. Dalee zeigte kaum eine Regung, als ich ihn nach langen Tagen im Bauch des Schiffs begrüßte. Er stand bloß grün hinter den Gitterstäben und schien das Meer zu verfluchen, dasselbe Meer, das er einmal so lieben würde.

«Seekrank», sagte Vater und teilte das Essen, das ich auf dem Scheitel getragen hatte, mit Gudlak und den anderen Mahuts. Auch ich sollte einen Fladen bekommen und biss lustlos davon ab. Dass ich kaum etwas hinunterbrachte, lag nicht nur an den Flöhen, den Läusen in unserem Haar und den Fliegen, die nervös um die schwarz umrandeten Nägel meiner öligen Finger tanzten. Auch mir verdarb der Seegang den Appetit. Die vergärenden Bananenstauden über unseren Köpfen pendelten immer stärker hin und her, während die überreifen Mangos braun in ihren Kisten herumrollten.

«Was gibt man einem grünen Elefanten?», fragte ich in die Runde der kauenden Männer.

«Platz!», antwortete Gudlak. «Viel Platz, mein Freund.»

«Und wenn kein Platz da ist?»

«Dann duck dich lieber! Glaubst du, einem seekranken Elefanten ergeht es besser als uns Menschen?»

Der Mahut zerdrückte eine Schabe, die ihm während des gemeinschaftlichen Mahls über die Hand gelaufen war.

«Es ist so, Junge», sagte er. «In der ersten Stunde hast du Angst zu sterben. In der zweiten wird es dir allmählich egal, ob du stirbst, Hauptsache, es geht schnell. In der dritten Stunde wünschst du dir nichts sehnlicher, als endlich dein Leben zu lassen. Und in Stunde vier, der schwersten von allen ...»

Er machte eine Pause.

«Na, was denkst du wohl? In der vierten Stunde kehrt die Angst zurück. Die blanke Angst, noch eine quälende, fünfte Stunde am Leben zu bleiben.»

Gudlak schenkte mir ein halbes Lächeln, das wenig später ganz erstarb. Irgendetwas bedrückte ihn. Unser Freund mühte sich, es zu verbergen, doch jeder Kummer, jedes Kneifen im Bauch, jede noch so geringe seelische Last, die er zu tragen hatte, legte sich in seinen Blick. Das frohe, kindliche Strahlen in seinen Pupillen, es war Gudlak verloren gegangen, seit er in der Schattenwelt des Laderaums hauste. Und auch seiner Gala fehlte der Glanz. Seit die junge Elefantin in Ketten gelegt und in eine Kiste gesperrt worden war, wirkte ihre rosige Zunge seltsam fahl. Ihre Lippen wurden rau und spröde wie ihre Haut, ihre fröhlich im Wind wehenden Ohren hingen nur mehr schlaff herab.

«Es ist das Stehen!», sagte Vater. «Das verfluchte Stehen, mein Sohn, stehen und fressen, fressen und stehen.»

Ein Elefant ist ein wanderndes Wesen, darum war Vater vor der Reise mit Dalee über den Pier marschiert, um seine Verdauung anzuregen, auf und ab durch den Hafen von Kalkutta. Mein Vater im Paradeschritt voran und hinter ihm, getaucht ins bläuliche Morgenlicht, der Große Graue. Der Bulle vollbrachte die tollsten gymnastischen Übungen. «Eins, zwei! Eins, zwei! Eins, zwei!» Sehr zum Vergnügen der Kohlenschlepper, die sich mit Tee wärmten, und der Korbträger, die wie menschliche Pakete am Kairand lagen, eingewickelt in ihre weißen Dhotis.

Ähnliche Tänze hatte Gudlak mit seiner Gala vollführt. Und doch schien sie mit jeder Seemeile, die der Schraubendampfer ostwärts fuhr, schwächer zu werden. Das Gefangensein quälte Gala mehr als jeden anderen Elefanten auf dem Ozean, sie schlug den Rüssel gegen ihren gewölbten Unterleib, der sie zwickte und zwackte. Und wer in ihrer Nähe weilte und aufmerksam horchte, stellte fest, dass es in ihrem Bauch nicht auf die übliche Art und Weise gluckste und gurgelte. Ihr gewaltiger Magen schwieg, und drang doch einmal ein Laut heraus, klang es wie Wasser, das Tropfen für Tropfen in einen Brunnen fällt.

Ach, hätten die Elefanten bloß geschlafen. Gala mit ihrem grimmenden Bauch, Dalee, der Große Grüne, mit seiner Übelkeit.

«Aber sie schlafen nicht», klagte Vater, «nicht mal ein Weilchen, weder nachts noch am Tag. Frag die anderen Mahuts! Mit Raja und Mahakali ist es dasselbe, kein Auge drücken sie zu, seit wir den Hafen verlassen haben.»

Die Elefanten hielten sich wacker auf den Beinen, ganz

gleich, wie erschöpft sie waren. Nur die Kälber legten sich zur Ruhe. Es war, als wollten die großen Tiere während der gesamten Fahrt über die Kleinen wachen.

«Ein grüner Elefant kann jede helfende Hand gebrauchen», sagte Vater. Und so blieb ich unter Deck, nahm das größte Bananenblatt, das ich finden konnte, verscheuchte die Dasseln, die Dalee umschwirrten, und fächelte ihm Luft zu. Ich gab ihm gesalzenes Wasser zu trinken, rührte Eimer voll Leinsamen und Kleie für ihn an. Und wollte er nicht fressen, überlistete ich ihn mit der Wunderknolle. So nannte Vater den Ingwer, auf den er schwor, wenn ihm die Launen der See zu schaffen machten. Zuerst legte ich dem Elefanten etwas Gur auf die Stirn. Jeder wusste, dass er nicht widerstehen konnte, so übel ihm auch war. Früher oder später hob er den Rüssel, tastete nach dem Zucker, öffnete den Schlund, und ich schleuderte die Ingwerwurzel wie einen Kricketball hinein.

Erbrach sich Dalee, flüchtete ich hinter die Futterballen. Bald darauf wurde der Laderaum von einem widerhallenden, Furcht einflößenden Würgen erfasst. Und wagte ich mich wieder aus dem Versteck hervor, um nach dem Seekranken zu schauen, war alles um ihn herum ebenfalls grün. Die Wand, der Boden, die Gitterstäbe und auch meine Knie und Hände, wenn ich die Kiste des Bullen auf allen vieren schrubbte. Der Darm eines Elefanten ist doppelt so lang wie ein Reisebus und zuweilen genauso laut. Mit all seinen Windungen misst er über hundert Fuß, und gerät er jäh in Wallung, kann es für einen Menschen gefährlich werden, manchmal sogar tödlich. Was jedoch, wenn der

Reisebus nicht nur stottert, sondern ganz den Dienst versagt?

Gala kniff vor Krämpfen die Augen zusammen. Sie machte einen Katzenbuckel, verdrehte den Rumpf, hustete und keuchte. Ihre Brust war kalt, ihre Rüssellöcher fahl wie Knochen, ihre Füße geschwollen, und ihr Bauch blähte sich von Stunde zu Stunde weiter auf. Einmal sackte sie wie ohnmächtig ins Stroh, nur um sich gleich danach wieder unter Ächzen auf die Beine zu stellen. Sie mochte weder sitzen, liegen noch stehen, und dieselben Schmerzen, die sie plagten, waren auch Gudlak ins Gesicht geschrieben. Wie rührend er sich um die Elefantin sorgte. Unser Freund massierte ihren Unterleib mit nimmermüden, kreisenden Händen, legte Wickel aus glühender Asche, Sägespänen und heißem Urin auf ihre Schwellungen. Er schlug mit einem Stein auf Zitronengrashalme, bis das Öl ausfloss, tränkte Fladenbrot darin und drückte es wie einen Schwamm in ihrem Maul wieder aus. Er ließ Räucherstäbchen erglimmen, schwenkte sie in der stickigen Luft und betete zu den Göttern, die ihm am heiligsten waren.

«Fünfzehn Mal!», sagte Vater und fischte zwischen dem feuchten Stroh und dem vermodernden Gras nach heilenden, ayurvedischen Kräutern. «Ein Elefant sollte sich mindestens fünfzehn Mal am Tag erleichtern, und zwar um sieben Kugeln. Präg dir das gut ein, mein Sohn. Fünfzehn mal sieben Elefantenkugeln, das sind einhundertundfünf vom Morgen bis zur Nacht. Ein guter Mahut ist auch ein guter Kopfrechner.»

Gala hatte keine einzige Kugel ins Stroh fallen lassen. Nicht heute, nicht gestern und auch nicht in den Tagen zuvor. Darum entriegelte Vater das Gittertor ihrer Kiste, trat hinein und begann, einen Turm zu bauen. «Fass mit an, mein Sohn!», rief er und häufte Elefantengras auf, so viele Ballen, bis der Stapel die gewünschte Höhe besaß. Dann reichte er Gudlak die Hand und half ihm hinauf. Der Mahut kannte seine Gala besser als sich selbst, er hatte wie Braut und Bräutigam mit ihr gelebt, und nun fand er sich zum ersten Mal auf Augenhöhe mit der Elefantin wieder. Bloß dass er nicht in ihre Augen sah. Gudlak blickte auf ihr Hinterteil, geradewegs auf ihr wohlgeformtes, herrlich ebenmäßiges Gesäß.

Der Mahut legte die Fingerspitzen aufeinander. Sein nackter Arm glänzte vor Butterschmalz, er hatte ihn über die gesamte Länge mit Ghee eingerieben, bis hinauf zur Schulter. Seine Hand, die er mal gekrümmt, mal ausgestreckt hielt, glich einem Fisch. Der Fisch zögerte. Er drehte und wendete sich, unsicher, in welcher Pose er wohl eintauchen sollte. Seitwärts, mit dem angelegten Daumen nach oben? Bäuchlings, den gebogenen Handrücken himmelwärts gerichtet? Oder doch lieber andersherum?

Vater strich über die Wangen der Elefantendame. Ich versuchte, sie derweil mit Kräuterrauch zu beruhigen, und schwenkte die glimmenden Halme unter ihrem Haupt. Zwei weitere Mahuts hielten die aufgetürmten Grasballen fest, die sich im Seegang mit den wachsenden Wellen hin und her bewegten. Endlich schlüpfte der Fisch hinein. Es ist keine Schande, den Darm eines Elefanten zu entleeren, sondern ein Liebesdienst, ein intimer Akt des Vertrauens zwischen Mensch und Tier. Gudlaks Mienenspiel wechselte dabei wie Licht und Schatten. Zunächst Anspannung, dann pure Euphorie, als er mit dem Arm auf die erste, harte Elefantenkugel stieß, die Gala so quälte. Er drehte den

Klumpen, lockerte und löste ihn mit den Fingern. Manchmal sah ich Gudlak grinsen. Es war ein verzerrtes, leidendes Lächeln, aber Abscheu oder Ekel erkannte ich nicht.

Gala war dankbar, sie schnurrte beinahe, als die Kugel ans Licht kam und ins Stroh der Elefantenkiste fiel. Ihre Ohren fächelten, und auf ihre fahle Haut kehrte ein wenig Farbe zurück. Gudlak wusste allerdings, welche Gefahr ihm drohte. Sobald die nächste, widerspenstige Elefantenkugel zutage trat, musste unser Freund das Weite suchen. Spätestens nach der dritten Kugel würde er den wankenden Stapel hinunterspringen und um sein Leben laufen. Niemals wollte er so enden wie der berühmt gewordene Tierpfleger aus dem Zoologischen Garten von Alipur, der unter dem Gewicht von Elefantendung erstickt war, nachdem er einem magenkranken Bullen mehrere Dosen Abführmittel verabreicht hatte.

Die Elefantenkugel lag im Stroh wie ein Stein. Jetzt hast du keine Macht mehr über Gala und ihren Magen, dachte ich mir. Doch einen Augenblick später erwachte sie wieder zum Leben. Eilig und immer eiliger rollte die böse Kugel über den Boden der Elefantenkiste und raschelte auf rätselhafte Weise in eine Käfigecke. Hatte Gala sie getreten?

Schon schwang sich die Kugel in die Lüfte. Wie von Geisterhand bewegt, kullerte sie die Wand aus Eisenholz hinauf. Ich hörte Raja, Mahakali und Dalee brüllen, auch die vielen Menschen auf dem Reisedeck kreischten. Stahl schlug auf Stahl, Rost rieb auf Rost, der Bug des Schraubendampfers erhob sich wie ein steigendes Pferd. Ich stürzte zu Boden, rutschte hart gegen das vergitterte Tor der Elefantenkiste, stieß mir den Kopf und blieb dort liegen.

Ehe ich begriff, was geschah, fiel das Schiff wieder in

die Waagerechte und stampfte auf. Seewasser brach in den Laderaum ein, während Gala über mir ins Wanken geriet.

«Raus mit dir!»

Vater schrie.

«Junge! Sie begräbt dich!»

Da kämpfte ich mich hoch, riss das Gitter auf, taumelte den Gang zwischen den Elefantenkisten entlang, sprang auf eine Bananenstaude, die schaukelnd von der Decke hing und klammerte mich daran fest.

Als die Sterne am Himmel standen, strich Mutter durch meine Locken. Sie sang ein Lied: «Omvishnu, mach die Äuglein zu, Nihar, sei gewiss, ich bin immer da, Anup Shivaraju, gesegnet bist du, Ravi, o Lakshman, die Reise geht voran, Balachandra, mein Sohn, sorg dich nicht und glaub daran.»

Ihre Stimme klang sanft und hell, während das Schiff über den glänzenden schwarzen Ozean fuhr. Nur schlafen konnte ich nicht. Ich lag da, bei meiner Mutter, schaute in die Nacht und hörte, was ich nicht hören wollte. Es waren Laute aus den Tiefen des Dampfers, schmerzliche Rufe, wimmernd und klagend. Sie klangen kummervoll wie Walgesänge und schnürten mir das Herz zusammen. Damals wünschte ich mir nichts mehr, als hinunterzugehen, in den Laderaum, um das Leiden der magenkranken Elefantin zu lindern. Nachdem sie mich jedoch beinahe unter sich begraben hatte, war Vater in Wut geraten. Er nahm eine vergorene Mango und schlug sie gegen die eisernen Spanten des Schiffs.

«Sieh hin, Junge!»

Vater hielt mir den Mangorest unter die Nase. Das zerdrückte Fleisch der Frucht tropfte durch seine Finger wie Blut auf den Boden.

«Das ist alles, was ein Elefant von dir übrig lässt, wenn er auf dich fällt, und jetzt verschwinde von hier!»

Seither war das Seufzen der Elefantendame nicht verhallt. Mit den Stunden litt sie nur lauter und trauriger unter ihrem Bauch, und ihr Jammern ließ keinen an Bord unberührt, nicht den Mann in den Wolken, der das Schiff über den Golf von Bengalen trug, nicht den Schwarzen in seinem wiegenden Beiboot, der mit den Augen schrie, noch nicht einmal Badshah, den Ranchi, der doch nichts und niemanden auf dieser Welt fürchtete. Die Schmerzensrufe waren bis auf den Grund der See zu hören. Gala brachte die Fische zum Weinen.

«Es ist die Schwarze Kolik!», raunten die Kesselheizer, während sie ihre Kauris würfelten. «Varun, der Herr der Toten, hat sie geschickt, er warnt euch vor den Inseln, auf denen ihr Narren leben wollt. Die Andamanen sind verflucht, hört ihr? Sie sind verflucht!»

Und nicht lange, da gingen die Geistergeschichten über das ganze dicht gedrängte Deck. «Verfluchte Inseln», sagten die Reisenden auf Hindi, Urdu und Bengali. «Verfluchte Inseln», flüsterten sie um mich herum auf Tamil, Telugu, Malayalam. Sprachen und Zungenschläge wechselten von Mund zu Mund, doch der düstere Klang der Worte blieb immer gleich. «Verfluchte Inseln!», hörte ich die Leute schimpfen, und je näher das Schiff dem Ziel seiner Reise kam, umso klarer vereinten sich ihre Stimmen zu einem Chor. «Verfluchte Inseln!», tönte es, bis auch der Wind das Lied des Unheils sang.

Mutter legte ihre Hand auf mein Ohr. Die heranziehenden Wolken löschten das Sternenlicht, das die See erhellte. Woge für Woge wiegte mich das Schiff in den Schlaf.

Doch Gala blieb wach.

Am Morgen lag die See ruhig. Kaum eine Welle spielte an die Wand. Ich lauschte auf die Rufe der Meeresvögel und das Klirren der Leinen, die im sachten Wind um den Lademast tändelten. Die Maschinen hatten ausgesetzt, und so trieb das Schiff leise dahin, geradewegs in den Kegel der aufgehenden Sonne.

«Onkel!», sagte ich, halb wach, halb im Traum, als ich Gudlak erkannte. Er saß an Deck, neben meiner Mutter, und sah mit unbewegter Miene auf den Ozean, während die Seebrise durch die Brauen seiner tief umschatteten Augen fuhr. Da fiel mir auf, dass er den Arm in einer Schlinge trug.

«Onkel, was ist passiert?»

Ich bemerkte die Fläschchen, die Knöchelchen und Zaubersteine zu seinen Füßen.

«Wieso bist du nicht bei Gala?»

Der Mahut ließ den Blick sinken. Er schwieg und starrte bloß auf seinen Elefantenhaken, als sei er ihm fremd geworden, ein unnützes Ding aus Holz und Eisen. Genauso wie Gudlak war auch Gala verstummt, nichts drang aus dem Bauch des Schiffs außer dem fernen Scharren einer Säge.

«Es war ein Unfall.»

Mutter flüsterte.

«Ein dummes Missgeschick, mein Junge», sagte sie und verriet mir, was sich im Laderaum zugetragen hatte, ehe Vater mich verjagte. Als die große Welle den Bug erfasste, der stählern aus jeder rostigen Fuge kreischte, geriet Gala ins Wanken. Doch kämpferisch, wie die Elefantin war, sank sie keineswegs in sich zusammen. Auch Gudlak, der alles tat, um seine Schöne von ihren Krämpfen zu erlösen, blieb tapfer auf den gestapelten Grasballen stehen. In der Sekunde jedoch, als der Dampfer wieder fiel, verkrampfte sich Gala bis in den letzten Muskel ihres Elefantenleibs.

«Gala wollte es nicht. Aber auf diese Weise brach sie ihm den Arm.»

Jetzt hörte ich Schritte, harte Schläge und feste Tritte. Die Seefahrer kamen an Deck, bahnten sich mit ihren Rohrstöcken den Weg, vertrieben Menschen und Vieh, zogen Splinte und lösten Bolzen. Kaum stand die Ladeluke offen, schnitt der Motor der Kranwinde durch die Morgenstille. Er zog etwas Großes aus dem Dunkeln hervor. Wortlos erhoben sich die Reisenden um mich herum und führten ihre Hände vor dem Herzen zusammen, Hindus und Moslems, Christen und Sikhs, Buddhisten und Jainas. Auch Gudlak richtete sich auf, das Gesicht tränennass, und ich verstand. Der gebrochene Arm war nicht der wahre Grund für sein Schweigen.

Als Gala in die Lüfte stieg, war sie in weißes Leinen gehüllt. Ihr Kopf baumelte herunter, ihr Rüssel wollte sich nicht regen, ihre Beine lugten unter dem wehenden Stoff hervor und schwangen mit dem Schiffskran hin und her. Fliegen umsurrten sie, Straßen von Ameisen fraßen sich an ihr satt, und auch der Mensch hatte sich bereits seinen Teil genommen, war doch unter dem Totentuch kein Elfenbein mehr zu sehen. Mahakali, Raja, Dalee und die anderen Elefanten schlugen ihre Ketten auf den Stahl, als wollten sie ihr schwimmendes Verlies zum Bersten bringen.

Die Götter mögen uns vergeben, dachte ich bei mir. Wir hatten keine Ringelblumen, um Kränze zu binden, keine Erde, um Gala darin zu betten, kein Feuer, um ihren Geist aus dem Leichnam zu befreien. Die tote Elefantin hing am Haken des Lademasts wie ein böses Omen.

Und so schwebte sie über unsere Köpfe hinweg, die Blume, die verwelkte, die Schwalbe, die vom Himmel fiel, die Schönheit mit den tiefen, dunkel umrandeten Augen, die nun für alle Zeit geschlossen blieben. Ich wünschte, ich könnte eine andere Geschichte über sie erzählen, etwas Kühnes, Heldenhaftes, davon, wie Gala ihr Leben gab, um Gudlak zu retten. Wie sie ihn vor Raja und seiner Wut bewahrte, wie sie in brausender See mit einem Kraken rang, der den Schraubendampfer umklammert hielt. Aber Elefanten sind zarte Pflänzchen, sie grübeln, zweifeln, träumen schlecht. Sie sehen ein Gewitter kommen, ehe die erste Wolke am Himmel steht, leiden unter Heimweh und gleichermaßen unter der Sehnsucht nach der Ferne. Sie sind groß und stark, doch manchmal reicht ein grimmender Bauch, um ihr Lebenslicht zu löschen.

Der Swami tauchte die Finger in Butter und Ruß, bestrich seine Stirn, trat an die Reling heran und schwenkte einen blechernen Teller voll brennender Kerzen über dem Ozean. Da leuchtete das Meer, es loderte bald so hell im Morgenlicht wie das Feuer. Mit dem Glanz des Wassers ging ein leiser, mantrischer Gesang einher und verbreitete sich an Deck. Biharis und Bengalen, Keralesen und Tamilen ließen die heiligen Namen Shri Ganeshs erklingen, während sich Gudlak über die Wand des Dampfers beugte, um Opfergaben zu verstreuen. Beinahe verlor unser Freund den Halt, so weich waren seine Knie. Aus dem glücklichsten Menschen, den ich je erlebt hatte, schien über Nacht der traurigste geworden zu sein.

Ich war noch ein Junge. Und doch begann ich damals zu begreifen, weshalb wir uns so gleichen, Mensch und Elefant, warum wir beide von solcher Schwermut sind. Es ist nicht nur das große Herz, das in uns schlägt, nicht der Geist, der in uns wohnt, nicht die Gabe zu fühlen und nicht allein der Verstand, der uns denken und verzweifeln lässt. Es ist das Gedächtnis, die Erinnerung, das Sehnen nach fernen, längst vergangenen Tagen. Und je mehr Jahre verglimmen, umso mehr leben wir im Glück erloschener Zeiten.

Der Kran schwenkte über die See. Er ließ seine Last fallen, und der Rudergänger bog sich am Steuer, um den schwankenden Dampfer, der sich wie trunken neigte, ins Lot zu bringen. Als die Kolben der Maschinen wieder stampften und der Schlot seinen Qualm in den Himmel stieß, trieb Gala auf den Wellen, umsäumt von Sandelpulver, Asche und Reis.

«Wohin geht sie?», fragte ich.

«Wohin sie will», sagte Mutter.

Dann versank die Elefantin im Meer.

Kala Pani

Sieben Tage und sieben Nächte vergingen. Du und ich saßen im Bug, streckten die Beine unter der Reling hindurch und ließen sie frei die Wand hinunterbaumeln. Zwei Brüder Seite an Seite, eingehüllt in den warmen Wind, geblendet von der gleißenden, unvertrauten Helle der Tropen. Und so kniffen wir die Augen zusammen und blinzelten einem weißen Fleck auf der Karte entgegen. Wir wussten nicht, wer Kolumbus war, doch in dieser Stunde ahnten wir, was jemand fühlt, der sich nach Indien sehnt und eine neue Welt entdeckt.

Die Inseln waren Felsen, Sand und Korallen. Sie leuchteten so grün in der Ferne, als wären sie mit Jade bedeckt, und die Strände, die sich ringsherum zogen, schimmerten rein wie der Hof des Mondes. Eine Insel kam mir vor wie ein Stein gewordener Götterfuß, die Zehen erstarrt in der Brandung, der Knöchel ein Berg, der auf dem Wasser trieb. Die nächste war nicht mehr als ein Riff, umkreist von zankenden Möwen. Die dritte Insel, die vorüberzog, glich einer Meeresschildkröte, deren Panzer mit Kokospalmen bewachsen war. Als würde sie gleich den Kopf aus der Strömung heben und sich schwimmend von dem Dampfer entfernen, der die Andamanensee auf seiner Reise durchquerte. Es schien so viele Inseln zu geben, dass wir an jedem Tag im Jahr eine neue erkunden könnten, ohne dasselbe Land zweimal zu betreten.

Die größte Insel wuchs wie ein Kontinent vor uns auf.

Ihre Gipfel strebten nach den Wolken, ihre Wasserfälle brausten in Strudeln und Kaskaden über die Klippen in der Höhe, ihre erhabensten Bäume verbargen sich so tief in Nebelschleiern, dass sie bloß als schattenhafte Umrisse zu erkennen waren. Die wuchernden, dicht verschlungenen Mangroven, die das Ufer säumten, waren von Sumpfland durchzogen, und das Stampfen der Maschinen weckte seine Kreaturen.

«Schau!»

Der kleine Du zerrte an mir. Seine Augen schimmerten auf.

«Da drüben! Schau doch!»

Mit nervöser Hand deutete er auf das morastige Geflecht der Wurzeln. Da lagen sie. In Schlick und Schlamm, Körper an Körper in der Mündung eines Flusses, der sich braun und träge ins Meer ergoss. Krokodile. Ehe wir sie jedoch zählen konnten, mit ihren Zähnen, Zacken und Klauen, ertönte das Nebelhorn des Schiffs. Der Mann in den Wolken ließ es von der Brücke erschallen, um die Tiere in die Flucht zu schlagen, und obwohl er keine Miene verzog, hatte er wohl seine Freude daran. Schon tauchten sie unter und verschwanden im Brack, dort, wo sich das Süßwasser mit der salzigen See vermischte.

Mittel-Andaman war eine Welt aus Wald, dampfend, satt und lichtbeschienen. Das Grün erstreckte sich von den Bergen bis zur Brandung. Es ließ keine Lücke, keinen Spalt, durch den wir Kinder linsen konnten. Ein ganzer Morgen verstrich, während das Schiff südwärts fuhr, Seemeile um Seemeile die Meeresküste entlang, und genauso suchend und fragend, wie wir in die Wildnis blickten, schien sie auch uns zu belauern, irgendwo aus dem Geäst.

«Hat er Augen?», fragte der kleine Du.

«Wer?»

«Der Dschungel?»

Mein Bruder flüsterte, als läse er meine Gedanken.

«Und wenn schon!», sagte ich, um uns beiden Mut zu machen. «Glaubst du, er hat jemals einen fliegenden Elefanten gesehen?»

In der Mittagssonne fielen die Anker, ihre Ketten rasselten nach, Gischt peitschte in die Höhe und perlte silbern auf uns herab. Das Meer kräuselte sich für eine Zeit. Und kaum war es wieder glatt, wirkte alles darin ganz nah, das Purpur der Seesterne, das Rot der Feuerkorallen, das Gold der Falterfische, die in prächtigen, bunt wimmelnden Schwärmen durch das Blau der Lagune segelten. Wir hatten ihn erreicht, jenen Ort auf Erden, an dem es zwei Fuß lange Krustentiere geben sollte und wo Ähren wuchsen, so satt und schwer, dass man ihre Garben kaum auf den Schultern tragen konnte. Kala Pani, das geheimnisvolle schwarze Wasser, von dem der Rudergänger geredet hatte, lag still und friedlich da. Es glitzerte im flirrenden Licht und schmiegte sich an die Sichel der Bai.

«Da!», schrien die Reisenden plötzlich und scharten sich wild rufend an der Reling. Ein unbekanntes Gefährt näherte sich dem Schiff und verdunkelte mit seinem Schatten den Sand auf dem Meeresgrund, von Stakhölzern gestoßen, von satten Ruderschlägen in Fahrt gebracht, von den grünlichen Silhouetten der Raubfische neugierig verfolgt.

«Es kommt! Es kommt hierher!»

Das Floß war aus gewaltigen Baumstämmen gebunden und schwebte doch leicht über die See, zusammengeschnürt mit Binsen und Bast. Zehn Mann trieben es voran, zehn fremde, sehnige Gestalten, die es durch den Lauf der Strömung steuerten, allein mit ihrem Willen und ihrer Muskelkraft. Kurz verschwand es hinter dem Kamm einer Welle, dann zeigte es sich wieder in der Rinne zwischen den Korallenriffen und hielt in schnurgerader Linie auf den Dampfer zu.

Einer der zehn auf dem Floß war über den ganzen Leib, der in der Sonne glänzte, mit Blut bemalt. Er hatte es auf dem Rumpf verteilt, auf den Gliedern verschmiert und mit den Fingerspitzen unter die tief liegenden Augen gestrichen, die schimmerten wie schwarze Perlen. Als das Floß jedoch den Bug erreichte, erwies sich, dass der Ruderer nicht vom Blut seiner Feinde, sondern von seinem eigenen Lebenssaft gezeichnet war. Dunkle Narben überzogen ihn, manche wulstig verwachsen, andere vom Wundbrand befallen und mit Eiter belegt.

Den zweiten Fremden, der die Reisenden an Deck mit triumphaler Geste begrüßte, schien die Pest zu plagen. Sein pockennarbiges Gesicht war übersät mit schimmelig blauen Pusteln und scharlachroten Beulen.

«Faulfieber», raunte ein Kesselheizer. «Den haben die Rattenflöhe gekniffen, und wartet nur, in ein paar Wochen fressen ihn die Würmer.»

Der dritte Ruderer, an den ich mich erinnere, wirkte gesund und ganz bei Kräften, während er das Floß an der Schiffswand vertäute. Er benutzte dafür nur eine einzige Hand, denn die zweite fehlte ihm. Sie war wie abgebissen, und zurück blieb nichts weiter als ein lediger Stumpf.

Schwarze Zotteln entdeckte ich nicht, kein zu Klumpen verwachsenes Haar und keine kurze, grimassenhafte Stirn. Keinem der Männer ragten Reißzähne aus dem Mund, weder dem Narbigen noch dem Schimmeligen mit den Pocken noch One-Hand-Joe, wie mein Onkel Kishor den Einhändigen wohl genannt hätte. Obwohl sie so anders waren, so rau und vom Leben gezeichnet, sahen sie aus wie wir. Einer hochgewachsen wie die Bengalen, der Nächste eher gedrungen wie die Tamilen aus dem Süden. Die Farbe ihrer Haut glich unserer, genauso wie wir trugen sie Wickelröcke um die Hüften und gewundene Schals auf dem Kopf, um sich vor der Sonne zu schützen. Und zu meiner Überraschung sprachen sie unsere Sprachen.

«*Chalo, chalo!*», grölten die Fremden. «Los, los, auf geht's, ihr faulen Hunde! Lasst die Elefanten fliegen!»

Als sich der Schiffskran regte und mein Vater auf dem Rücken von Dalee in die Lüfte stieg, brandete Jubel auf. Die Fremden johlten, die Seeleute an Bord pfiffen auf ihren ölverschmierten Fingern, die Frauen kicherten hinter hohlen Händen, und der Rudergänger ließ seinen Tabak im Mundwinkel zucken, was für ihn eine geradezu enthusiastische Geste war. Vater winkte der Menschenmenge zu und segelte über sie hinweg. Und Dalee? Diesmal sträubte er sich nicht gegen das Schweben, nach all der Zeit auf dem Wasser sehnte er sich an Land. Während er hoch über dem Deck am Haken hing, ließ der Große Graue ein Posaunen los, das wie Donner durch die Meeresbucht hallte.

«Flieht, ihr Kreaturen des Dschungels!», schien er zu brüllen. Da ballte ich die Faust und hielt sie all den Raubtieren und Menschenfressern in der Wildnis entgegen.

«Flieht!», rief ich. «Oder die Götter werden euch strafen!»

War es der Rausch der Tropen, der uns befiel? Die Euphorie nach einer langen Reise auf dem Ozean? Der Taumel derer, die über Tage nur das Meer, den Himmel und die Wolken gesehen hatten? Freudetrunken sahen wir dabei zu, wie der riesige Elefant über die Reling gehoben wurde. Er landete sanft und sicher auf dem Floß, das mit Brettern beplankt und mit Eisen beschlagen war. Es schaukelte, wippte hin und her, bog sich in der Mitte, aber versinken wollte es nicht.

«Kommt!», rief Vater und kettete Dalee an die Haken und Ösen, während ihm der Narbige helfend zur Seite stand. Mutter nahm einen Jungen an jede Hand und stieg eine schlenkernde Treppe mit uns hinab, die sich ächzend zwischen Schiff und Floß bewegte. Wir setzten uns im Schatten des Elefanten auf das schwankende Holz, schlugen die Beine übereinander, und etliche Reisende folgten uns nach samt ihren Kindern, ihren Körben und Lumpenbündeln. Sogar eine Ziege gesellte sich dazu, und neben Dalee war sie vielleicht die Einzige auf dem Floß, die schwimmen konnte. Was mögen die Götter gedacht haben, als sie uns so sahen? Da trieben ein Indischer Elefant, eine schwarze Bengalziege und eine kunterbunte Menschenschar auf dem Meer dahin und gingen nicht unter. Die Wellen züngelten zwischen den verschnürten Baumstämmen hindurch, das Floß glitt mit der Drift in die Lagune, und jedes Augenpaar blickte gespannt der Korallenmole am Ufer entgegen, die sich ins Wasser streckte wie eine Seebrücke aus Muscheln und Sand.

Jedes Augenpaar bis auf eines. So nahe Gudlak bei uns saß, so weit war er der Welt entrückt, den gebrochenen Arm auf der Brust, die Augen ins Leere gerichtet, während seine Gedanken, so schien es, tief im Wasser nach versunkenen Träumen tauchten. Der Mahut war halb hier, halb da. Halb auf dem Meer, das uns an den Strand einer entlegenen Insel trug, halb unter dem Meer, irgendwo auf dem lichtlosen Grund des Ozeans, wo seine Gala die letzte Ruhe gefunden hatte. Ich suchte nach Worten, und weil ich einfach keine fand, blieb ich stumm. Ich schwieg und versuchte, ihm ein Lächeln zu schenken. Ach, Gudlak, mein Freund, hätte ich bloß gewusst, was ich dir sagen sollte. Die Zeit ist ein Heiler, sagt man, aber sie ist auch ein Peiniger, ein Menschenquäler, ein Mörder.

Bald gackerten Hühner unter den Uferpalmen, Gänse schnatterten im Sand, Laufenten watschelten durch das unentdeckte Paradies der Insel. Der Swami fiel auf die Knie, und seine beiden geflochtenen Bartzöpfe berührten den Meeresstrand. Zwischen Seekisten, Krabbenfallen, Ziegen, Katzen und blökenden Schafen küsste er den Boden, als hätten alle Glocken der Welt geläutet und die rastlosen Zeiger der Jahresuhr für eine Sekunde stillgestanden. Er segnete den Weg in die Wildnis, wohin er uns auch führen mochte.

Während sich Shanti, die Büffelkuh, bereits vergnügt in einem Schlammloch wälzte, spürte Dalee noch immer den Dampfer in den Beinen. Er schwankte den weiten, geschwungenen Rand der Bucht entlang, stockte, machte einen Bogen, stockte erneut, lief ein paar wacklige Schritte in gekrümmter Linie weiter, stockte wieder, knickte unversehens ein, setzte sich rumorend auf den Allerwertesten, und die Reisenden zeigten mit dem Finger auf ihn.

«Onkel, keinen Arrak mehr für dich!»

Mit dem Abendlicht war alles an Land gebracht. Jeder Bottich voll Ghee, jeder Jutesack mit roten Linsen, jedes Fass aus Kastanienholz, jeder Indigosamen und jede übrig gebliebene Moringaschote. Die Nacht sank schnell, schon war es dunkel, und Vater legte dem Elefantenbullen eine kleine Bambusglocke um den Hals. So würde er ihn am Morgen leichter finden. Er löste seine Ketten, küsste ihn, sagte leise: «*Shubh ratri*», ruhe wohl, und ließ ihn frei.

«Wohin soll er schon gehen?»

Als das Schiff eine letzte Wolke in den Himmel stieß und tönend Lebewohl sagte, war der Große Graue längst in den Urwald verschwunden. Und wer genau achtgab, vernahm ein Gebrumm, das der Andamanendschungel noch nicht kannte. Für die Vögel in den Bäumen klang es wie ein Gurgeln, für die halb tauben Insekten wie ein heiseres Rasseln und für mich, den Elefantenjungen, wie eine Symphonie. Es war ein tiefes, erlösendes, nahezu menschliches Seufzen unter dem Kronendach der Insel.

Dalee schnarchte.

Zur frühen Stunde hörte ich das Meer, jenes Rauschen, das mich bis zum heutigen Tag begleitet. Weit draußen vor der Insel stieg es an, dampfte und brauste, als es sich brach, sprang in Schaumgarben über die Riffe, stürzte tosend in die Lagune, rollte der Küste entgegen, von den Winden getragen, und brandete an Land, wo es sich in langen, auslaufenden Wellen verlor.

«*Beta!*», zischte eine Stimme.

Ich fühlte den Griff einer Hand an meiner Schulter. Na schön, dachte ich mir. Aber wenn diese Hand mich wirklich aus meinem Dämmertraum wecken wollte, musste sie schon fester an mir rütteln.

«Auf, auf, mein Sohn!»

Ganz allmählich hob ich die Lider, bewegte den Kopf, strich durch mein zerwühltes Haar, und feiner Sand rieselte heraus. Über dem Strandlager bei den Kasuarinenbäumen wehte ein Leinentuch, gespannt mit Seilen, Haken und Pflöcken, die schemenhaft aus dem Dunkel ragten. Ich erkannte Mutter und den kleinen Du. Sie lagen tief im Schlaf. Auch die übrigen Reisenden ruhten müde im Spiel der Schatten. Die Katzen hatten sich zwischen sie gerollt, sogar die Ziegen und Schafe suchten dösend ihre Nähe.

Über mich gebeugt stand mein Vater.

«Junge, er ist weg!»

«Weg?»

Vater sah mich an. Ich kannte diesen Ausdruck in seinem Gesicht. Seine Stirn war vor Unmut umwölkt, während sich seine Augen zu Schlitzen verengten. Er machte böse Brauen.

«Verflucht, wenn ich es doch sage!»

Ich richtete mich auf, schlich zwischen Armen, Beinen, Klauen und Pfoten hindurch und folgte ihm. Hinaus aus der Schlafstelle unter dem Baldachin, hinein in den fremden, nebelnden Wald, der sich gleich hinter der Lagerstatt am Meeresufer öffnete. Es war noch kühl, die Blätter glänzten von Tau und glimmten, vom Halblicht der schwindenden Mondnacht erhellt, in eintausend bläulichen Facetten. Der Dschungel schlief nicht. Er atmete unter seinen Moosen und Koniferen, und sein Sirren und Surren inmitten von Farnen, Magnolien und Wunderblumen schwoll mit jedem unserer Schritte an.

Vater setzte Fuß an Fuß. «*Saanp!*», warnte er mit gedämpfter Stimme und wies ins Gras, wo sich eine Schlange bewegte. Kröten kreuzten den Weg, Waldskinke raschelten in den Halmen, eine Drachenechse kroch auf gekrümmten Krallen ins Dunkel ihrer regenklammen Höhle. Wieder und wieder schreckte etwas auf, während wir gingen: eine Kuckuckstaube im Geäst, ein Muntjakhirsch, der sich unter die Dornbüsche und Palmensträucher flüchtete.

Im ersten, langsam zunehmenden Licht, das durch Laub und Ranken schimmerte, bemerkte ich ein Blatt. Es war grüner als andere und so groß, dass ich stehen blieb, um es genauer zu betrachten. Seine fein verzweigten Glieder, die fleischfarbenen Adern auf dem Pflanzenrücken, die beiden Knospen an seiner äußersten Spitze. Das Blatt war nirgends mit dem Ast verwachsen, an dem es hing. Es schien eher darauf zu hocken, wie von einem Menschen abgezupft und wieder hingesetzt, und doch wirkte es frisch und prall voller Leben. Kaum hatte ich es mit der Fingerspitze berührt, musste ich erfahren, wie lebendig es war. Das Blatt streckte sechs Insektenbeine aus und spazierte im Stelzengang vor mir davon.

Denselben Urwaldbaum kletterte eine Krabbe empor, ihr Panzer war braun, violett und indigofarben. Beim Allmächtigen, dachte ich mir, Mister Ray, der Mann der Wunder, hatte nicht übertrieben. Das Krustentier war von solchem Wuchs, dass es mit seinen Scheren nicht nur Kokosnüsse knacken, sondern auch mühelos Finger und Zehen abzwicken konnte. Ich folgte der Riesenkrabbe mit den Augen weiter den Stamm des Baums hinauf und bemerkte die Sittiche unter dem himmelhohen Kronendach.

Da begann ich, mich zu drehen. Ich spreizte die Arme und drehte mich wie ein Kreisel, immer schneller, als wollte ich mich in die Lüfte schrauben und mit den Vögeln über den Waldessaum hinweg auf den Ozean schauen. Dann fiel ich ins Laub, kicherte und kreischte und blieb mit einem Gefühl der Glückseligkeit auf dem Rücken liegen, das ich mir kaum erklären konnte. Ich schloss die Augen und prägte es mir genau ein. Nie wieder wollte ich vergessen, was ich an diesem Morgen empfand.

«Junge, was tust du da?»

Vater nahm meine Hand und zog mich harsch auf die Füße, wütend auf seinen Sohn, der die Zeit vertat, und nicht weniger wütend auf sich selbst. Seine Augen flammten, seine bösen Brauen waren noch böser als zuvor. Wer hätte bis zu jenem Tag gedacht, dass man einen Elefanten verlieren kann?

«Dieser verfluchte Bulle!»

Vater gestikulierte.

«Raja, Mahakali, Bindi, alle Elefanten sind in der Frühe zum Füttern gekommen. Alle! Und zwar von selbst! Sie baden längst im Fluss!»

Er hob drohend den Finger.

«Aber nicht er! Er ist verschwunden! Hörst du, Junge? Fortgelaufen und nicht mehr zu finden.»

«Wieso, Vater?»

«Wieso?»

Meine Frage verhallte zwischen den Bäumen. Manchmal waren die Wege des Großen Grauen unergründlich. Hasen und Schafe fliehen, aber Dalee, ein fünfzig Jahre alter, wohlgenährter Arbeitselefant? Aus welchem Grund würde er Reißaus nehmen? Kein Tier ist so verwöhnt wie ein Bulle, der unter Menschen lebt. Warum sollte er sich sein Futter selbst suchen, rastlos durch die Wildnis streifen, Rinde von den Bäumen schaben, Stunde um Stunde die winzigen grünen Sprossen aus den Bambushainen pflücken, Äste zerteilen, Palmen aus der Erde reißen, ihren Stamm mit dem Stoßzahn spalten und das Mark herauspressen?

Der Elefant hat doch Personal. Einen treu gesinnten Diener, der ihm die königlichsten Speisen zu Füßen legt. Wie ein Großmogul braucht er nichts weiter zu tun, als sich zu den Mahlzeiten aus den Gemächern zu bewegen. Im Morgengrauen, vom Frühstücksduft geweckt, wenn der Mahut einen dickflüssigen Brei aus Reis, Kleie, Melasse, Salz und Gewürzen verkocht und mit den Händen zu köstlichen Elefantenknödeln rollt. Und abends, zum Nachtmahl, wenn der fleißige Freund des Elefanten dasselbe tut. Noch nicht einmal um den Abwasch muss er sich kümmern. Und wer immer meint, ein Elefant sei der Knecht des Menschen, dem sei gesagt, es ist meistens umgekehrt.

Nach einer Zeit flimmerte die Sonne über den Wipfeln, ihr Licht fiel, von den Blättern der höchsten Bäume gefächert, in einzelnen Strahlen auf die Erde hinab. Während sich Vater mit dem Elefantenhaken durch den Dschungel kämpfte und die störrischen Äste fluchend in Stücke schlug, sprang ich ihm leichtfüßig hinterher, durch den grünen, dampfenden Morgen. Je tiefer wir ins Dickicht drangen, umso weniger sprachen wir, und nicht lange, da zogen Vater und Sohn schweigend voran.

«Onkel», sagen die Touristen dieser Tage und lüften verwundert ihre Sonnenbrillen, wenn ich ihnen beim Fliegenfischen von der abenteuerlichen Suche erzähle. «Was soll das für eine Geschichte sein? Warum habt ihr den Elefanten damals nicht einfach gerufen? Oder war dein Großer Grauer etwa taub?»

Dummköpfe, denke ich mir dann und spreche es nicht aus. Einen Schoßhund kann man rufen, einen dressierten Affen vielleicht, aber schon bei einer Katze hört es auf, die wenigsten schleichen auf Kommando herbei. Und ein Elefant? Er kommt nicht ohne Weiteres aus den Wäldern, wenn man ihn zu sich beordert. Nein, er möchte selbst entscheiden, wann er sich zeigt. So ist es nun mal, so war es viertausend Jahre lang, und so hat es die Natur bestimmt.

«Warum seid ihr nicht seinen Fußspuren gefolgt?», wollen die Leute wissen und klimpern mit ihren vergoldeten Armreifen. «Bellini, du hast doch gesagt, dein schwimmender Dickhäuter war groß wie ein Baum und schwer wie ein Autobus!»

Aber Dalee hinterließ kaum eine Spur. Er verteilte sein Gewicht so kunstvoll auf seine kuchenblechgroßen Füße, dass im Waldboden nicht mehr als eine Delle verblieb. Auch am Strand konnte man nicht lange in seiner Fährte lesen, dort blies der Wind.

«Und die Glocke, Onkel? Hat dein Vater dem Elefantenbullen nicht eine Bambusglocke umgehängt?»

Nun, das ist es ja. Wir zogen eine ganze Weile horchend durch das Grün, hielten ein ums andere Mal inne, zwischen Eschen, Kräuselmyrten und Laternenbäumen. Besahen jeden abgeknickten Ast, jeden Palmwedel, der zu Boden hing, lauschten auf Schritte und Tritte im Gehölz, auf die entlarvenden Geräusche aus dem Gedärm des Großen Grauen und gewiss auch auf das Bimmeln der kleinen Glocke um seinen Hals. Aber sosehr wir die Ohren auch spitzten und so still wir unserer Wege schlichen, nichts, rein gar nichts war zu hören außer dem Branden des Meeres, dem Schwirren der Käfer und dem vielstimmigen Konzert der Morgenvögel.

Vater krümmte den Rücken. Er bückte sich unter die Krone einer Jambolanapflaume, wühlte im Laub, das die Erde bedeckte, holte eine Elefantenkugel hervor, drehte und wendete sie in der Höhlung seiner Hände und fühlte ihre Wärme. Schon brach er sie entzwei. War ein Wurm darin? Der Allmächtige sei uns gnädig, betete ich. Wenn sich ein Wurm in ihrem Inneren krümmte, bloß ein einziger Fadenwurm, mussten wir noch lange weiterziehen. Eine Kugel voller Würmer war alt wie die Zeitung von gestern. Jeder Wurm bedeutete eine Stunde, wenigstens sechzig weitere schweißtreibende Minuten, die uns der entwischte Elefant im dicht wuchernden Dschungel voraus war. Ich sah meinen Vater mit den Fingerspitzen in der Kugel fischen, er hielt sogar seine Nase hinein und schien darin zu lesen. Plötzlich hob er den Kopf und blickte sich um.

«Sch, sch.»

Vater ließ die Kugel fallen und wies wortlos ins Geäst. Jetzt hörte ich sie auch, die Fliegen. Sie surrten nervös um Busch und Bäume.

«Vater ...»

Ich sprach leise, während das Gewirr der Blätter zu rauschen begann wie das Meer, das über die Riffe stieg, Woge für Woge, unaufhörlich dem Ufer entgegen.

«Haben wir ihn gefunden?»

«Nein, Junge», gab mein Vater flüsternd zurück. «Er hat uns gefunden.»

Da ging ein Grollen durch den Wald, es drang aus ungeheuren Tiefen und klang wie ein rollendes Gewitter. Vater holte Luft, er blies den Brustkorb auf wie ein Kushti-Ringer und drückte das Kreuz durch, Wirbel für Wirbel, mit hocherhobenem Haupt. Er hatte mir einmal von Mahuts erzählt, die sich mit Flinten, Fackeln und Feuerwerkskörpern rüsteten, um nach einem davongelaufenen Arbeitselefanten zu suchen. Vor der Jagd ließen sie ihre Hunde hungern, so lange, bis sie sich kläffend über alles hermachten, was in den indischen Wäldern auf vier Beinen lief. Vater trug nichts weiter bei sich als den Elefantenhaken, er war seine Waffe, sein verlängerter Arm und seine Leine, um Dalee durch die Lande zu führen. «Der Haken ist das Werkzeug des Mahuts», pflegte er zu sagen. «Wie der Hammer eines Zimmermanns. Du kannst damit Nägel einschlagen und Häuser bauen, *Beta*. Du kannst damit aber auch den Schädel eines Unschuldigen zertrümmern. Es liegt ganz bei dir.»

Vater rieb den Stachelstock regelmäßig ein, mit Honig, Physalis, Paprika und würzigem Urin aus dem Mittelstrahl. Er schwor auf dieses Elefantenparfüm.

«Warte nur, Junge», sagte er, «diesem Duft kann er nicht widerstehen.»

Das Grollen und Gurgeln wurde stärker. Während sich der Große Graue im Verborgenen hielt, schwoll der kehlige Laut mit dem Luftstrom aus seinen Lungen weiter an. Ich spürte das Zittern und Beben der Stimmbänder, die in seinem Elefantenschlund schwangen, die gewaltige Amplitude seines ganzen, kraftstrotzenden Leibs und all die Kammern der Resonanz, aus denen die durchdringenden Töne kamen. Bald sah ich ihn innerlich vor mir, seine honigfarbenen Augen, die fünfhundertdreiundzwanzig zimtbraunen Härchen auf seinem Rücken, die Sommersprossen auf seiner Stirn, die im Schein der Sonne wie geriebene Kurkumawurzel leuchteten.

Als sich der Elefant endlich aus dem Dickicht wagte, zögerte mein Vater. Er kannte Dalee wie einen Freund, mit dem er ein Leben lang Schach gespielt hatte, und dennoch ging er nicht einen einzigen Schritt voran, um ihn zu begrüßen. Vater stand bloß da und beobachtete den Großen Grauen. Was war sein nächster Zug?

«Schlechter Mahut, toter Mahut», sagte Vater mit tonloser Stimme, «achte auf die Zeichen, mein Sohn. Du musst den Elefanten gründlich studieren, hörst du? Lässt er Wasser? Spreizt er die Ohren? Wiegt er den Kopf? Reibt er sich an einem Baum? Greift er nach Sand? Wirft er sich den Sand über den Buckel, um sich vor der Sonne zu schützen und die Fliegen zu verscheuchen? Oder schleudert er ihn nach vorn, Junge, geradewegs in dein erschrockenes Gesicht? Wirft er mit Ästen? Wächst ihm das fünfte Bein? Ich warne dich, Sohn, sieh genau hin, schau unter seinen Bauch, dahin, wo sich die Manneskraft des Elefanten verbirgt. Hat er erst mal das fünfte Bein ausgefahren, wird es nicht lange dauern, bis er mit dem dritten und vierten Bein dagegentritt, wie ein Motorradfahrer, der seine Maschine startet. Wenn es so weit ist, kann dir niemand mehr helfen, auch nicht dein alter Vater.»

Nun begegneten wir ihm, einem Elefantenbullen von riesigem Wuchs, der so von Schlamm bedeckt war, als würde er eine ganze Welt auf dem Rücken tragen. Ich roch sein Elfenbein, während er sich näherte, diesen sonderbaren Duft von Muscheln und verbranntem Haar. Dalee trat dicht an uns heran und fuhr wie aus einer Laune heraus mit einem Stoßzahn über meine Schulter, ganz sachte und leicht. Für einen Augenblick sah ich in das Maul des Elefanten hinein und spürte seinen säuerlichen Atem. Er wühlte mit dem Rüssel in meinen Locken und zerzauste sie noch mehr, als sie ohnehin schon waren, strich über meine Stirn, über die Wimpern, über mein geschwungenes Nasenbein, über die kleine Falte darunter, die bis zum Mund reichte, und über das kurze, fliehende Kinn. Er beschnaubte meinen Hals und hinterließ eine feuchte, glänzende Spur bis hinab zu den Achseln. Dalee befühlte sogar die geheimnisumwobene, kitzelnde Stelle zwischen meinen Beinen und beschnupperte meine Füße. Wie es kribbelte, wie es mich juckte dabei.

«Lass ihn nur, mein Sohn, gib ihm seine Zeit. Je länger er schnüffelt, umso mehr Erinnerungen werden in ihm wach. Nicht wahr, mein Großer? Ganesh? Ganapati? Wir sind es bloß, der alte Elefantenmann und der Junge mit den tausend Namen, das weißt du doch, oder? Natürlich weißt du das, mein Freund. Bei den Göttern, wer wollte daran zweifeln.»

So schweigsam, wie Vater gewesen war, so geschwätzig zeigte er sich jetzt. Er redete und redete, damit der Elefant auch ja seine Stimme erkannte. Dabei zerbrach er einen Ast auf seinem Knie, laut und krachend, um die Nerven des Bullen auf die Probe zu stellen. War er gereizt? Erregt? Im Fieber?

Dalee rieb sich nicht an einem Baum, schleuderte keinen Dreck, fuhr auch nicht das gefürchtete fünfte Bein aus, um seine Macht und Gewalt zu beweisen. Der Große Graue begrüßte uns mit einer Melodie. Ich weiß, es hört sich seltsam an wie die verrückte, frei erfundene Geschichte eines kauzigen Kerls. Aber jeder Elefant auf dieser Welt schlägt die Ohren in einem bestimmten, ureigenen Rhythmus, und die Ohren von Dalee fächelten im Takt einer Gharana. Sie spielten das Lied aus den Tempeln von Bishnupur. Vater liebte sie, die Bishnupur Gharana.

Seine Miene verfinsterte sich jedoch wieder, als er die Bambusglocke des Bullen in Augenschein nahm. Mein Vater machte außerordentlich böse Brauen.

«Du Hund!», fluchte er mit einem Mal. «Du frecher Hund, du!»

Wie es schien, wollte Dalee nicht gefunden werden, wenigstens nicht an diesem Morgen. Nach der langen Reise auf See wünschte er sich nur seine süße Ruhe. Der Elefant hatte die kleine, geschnitzte Glocke um seinen Hals mit Schlamm verstopft.

Dreizehn Grad nördlicher Breite, dreiundneunzig Grad östlicher Länge. Nicht so dicht am Äquator, dass man seine nassen Kleider daran aufhängen konnte. Nahe genug jedoch, um sein Fieber zu spüren, die kriechende, alles durchdringende Feuchte, die Hitze, die unter der hoch stehenden Sonne schwer und schwerer drückt, die Schwüle, die den Menschen wie Leim überzieht, die ihn umschlingt und allmählich seiner ganzen Kraft beraubt. Dort, an diesem Fleck, begannen wir ein neues Leben, doch es sollten Wochen vergehen, bis man es ein Leben nennen konnte.

An jedem Tag, den der Allmächtige werden ließ, klirrte es im Wald. Spitz wie splitterndes Glas, scheppernd wie Blech, wenn sich die Männer mit ihren Haumessern durch das Niederholz schlugen, umrankt von Würgefeigen, von Schlingen und Sprossen, von wehrhaften, widerspenstigen Klimmhäkchen und Kletterhaaren. Die Beile klangen dumpfer. Wie Regen, der in zähen, übervollen Tropfen auf ein Zeltdach fällt. Dann umringten sie einen Urwaldriesen und versuchten, ihn zu Fall zu bringen. Sie hievten ihre schweren Äxte beidhändig in die Höhe, hieben reihum in die Borke und schlugen Keile aus dem festen sauerampferroten Holz, so lange, bis der Schweiß über ihren Rücken rann.

Doch was nutzte all das Hacken und Hauen? Die Bäume des Dschungels waren tausend Jahre lang gewachsen, sie hatten die Winde des Monsuns überdauert, den Seebeben standgehalten und jeder noch so hohen Flutwelle getrotzt, die im Laufe der Zeit über die Inseln gerollt war. Mit ihrer beherrschenden Gestalt ließen sie einen Menschen wie einen Hauch erscheinen und den Elefanten, das mächtigste Geschöpf auf Erden, wie einen Halm im Gras. Keiner der Reisenden, die mit dem Schiff gekommen waren, hatte je solche Bäume gesehen. Ihre Größe, ihre Aura, ihre Kronen, die buchstäblich bis in die Wolken reichten. Allein ihre hohen, ausgestellten Wurzeln überragten Dalee und die anderen Elefanten um das Dreifache. Sie fächerten sich wie gewaltige Rippen um die Stämme, so breit, dass sich der Bulle ohne Weiteres dahinter verbergen konnte. Und selbst wenn die Männer sie in stundenlanger Mühe kappten, jeden archaischen stützenden Pfeiler aus Tropenholz, brachte das den Baumriesen nicht ins Wanken. Das uralte Geflecht der Lianen, Bromelien und Ranken hielt den Stamm fest an seinem Platz.

Der andamanische Dschungel war mit Venen und Arterien durchzogen. So hoch die Bäume in den Himmel ragten, so weit und verflochten reichten sie in die Wildnis hinein. Und wenn die Holzfäller kamen, mit ihren Klingen und Keilen, dann war es, als hätte der Wald bereits auf sie gewartet. Seine Wurzelschlaufen rissen sie zu Boden. Seine Zweige schlugen ihnen hart ins Gesicht. Seine Stacheln und Dornen zerschnitten ihre Haut bis aufs Blut. Der Busch verfügte über Heerscharen von Helfern, groß wie Daumen, glatt und glitschig wie Glasaale, dunkel gemasert wie Indischer Palisander. Sie lauerten unbemerkt in den Sträuchern und auf den niedrigen Trieben der Bäume. Überall im Laub, das die rote, lehmige Erde bedeckte, wimmelte es von ihnen. Wir entdeckten sie sogar in den Wasserläufen, wo sie schwammen wie Fische, und wer einen Stein umdrehte, sah sie nicht selten in Knoten darunter zappeln, mit ihren vier Augenpaaren und ihren drei Kiefern voller winziger, nadelspitzer Zähne. Sie besaßen kein einziges Bein, und dennoch wuselten sie in erstaunlicher Eile durch die modernden Blätter. Wohin sich die Waldarbeiter auch wagten, die Blutegel witterten sie gegen den Wind, kaperten ihre Füße, übersäten ihre bloßen Waden und krochen ihren Rücken hinauf bis ins Haar. «Bastarde!», hörten wir die Männer fluchen, jedes Mal, wenn sie die Parasiten mit einem Ruck aus ihrem schweißtriefenden Nacken rissen. Die kleineren, die sich gerade erst festgesogen hatten, schnitten sie mit dem Messer von ihrer Haut. Die größeren, die längst fett waren, mussten hängen bleiben. Erst als das Tagewerk in den Wäldern beendet war, tränkten sie die schmarotzenden Ringelwürmer in Essig und Feuerwasser, bis sie von den Wunden ihrer Wirte ließen. Doch ihre Bisse bluteten noch lange nach.

Mit dem Abend kamen die Wolken. Der Himmel tat sich auf und ließ einen Regen niedergehen, der das Fleisch von den Knochen wusch. Wenn die Sonne schwindend durch die letzten feinen Tropfen schien, die zur Erde rannen und verdampften, trug niemand mehr einen trockenen Faden am Leib, aber es blieb keine Zeit, um zu ruhen. Schon verlangte die Wildnis nach der nächsten Blutmahlzeit, um ihren Durst an Mensch und Vieh zu stillen. Diesmal stürzte sie sich aus der Luft auf unser Lager, jagte im Dämmerschein surrend über den Strand und fiel in schwarzen, schwirrenden Schwärmen über uns her.

«Tiger! Tiger!», riefen die Leute und liefen kopflos davon, um brennbare Äste und Zweige zu sammeln. «Fliegende Tiger!»

Das Holz war jedoch durchnässt, das Stroh, das wir mit dem Schiff auf die Insel gebracht hatten, seit Tagen verfault. Als die Feuer endlich zu lodern begannen, schleuderte Vater die Dungkugeln der Elefanten in die Flammen, und die anderen Mahuts taten es ihm nach. Ringsum in der Lagune stieg Rauch auf, um die großen, grell gestreiften Insekten mit dem Geruch von Schwefel und saurem Käse zu vertreiben. Da hatten uns die Tigermücken längst Arme und Beine zerstochen.

In solchen Nächten glich das Meeresufer einem Nebelfeld. Der kleine Du kauerte im Schoß unserer Mutter, während die Schwaden um sich griffen und meinen Bruder wie jeden anderen früher oder später ganz umhüllten. Ich wanderte lieber durch das Sprachgewirr aus allen Winden und Kulturen und lauschte den Geschichten, die sich die Menschen am Feuer erzählten.

Eines Abends hörte ich eine Stimme.

«He! He, Junge, hier rüber! Komm schon! Komm, setz dich zu uns in den Sand.»

Ich ging der Stimme nach, durch Qualm und Rauch, bis sich langsam ein Gesicht aus dem Nebel schälte. Als ich den Mann erkannte, der mich gerufen hatte, erschrak ich. Im Schein der zuckenden Flammen sah er aus, als hätte man ihn aus vielen verschiedenen Männern zusammengeflickt. Es war der Narbige, der uns an Land gerudert hatte, der entstellte Flößer mit den ochsenblutroten Schmissen und Striemen.

«Trinkst du Toddy?»

Er hielt mir eine schimmernde Flasche hin und schüttelte sie, bis mir ein scharfer, beißender Geruch um die Nase wehte. Jeder der Männer, die rings um das rußende Feuer saßen, nahm einen Schluck von dem Palmwein. Man trank ihn nur nachts, wenn die Sonne untergegangen war, weil er tagsüber in den Mägen gärte und Menschen zu Tieren machte. Zunächst griff der Schimmelige zu, der Fremde mit den Flecken im Gesicht. Dann One-Hand-Joe, der seinen Stumpf gebrauchte, um den Boden der Flasche zu stützen. Erst als sie einmal im Kreis gewandert war, stillte der Narbige seinen Durst.

«Na, was ist?»

Wieder streckte er mir das milchige Gesöff entgegen. Doch ich brachte kein Wort heraus, kein entschiedenes «Nein», noch nicht einmal ein gehauchtes «Onkel, lass gut sein, lieber nicht». Ich stand bloß da, im Rauch des Lagerfeuers, und starrte ihn an. Sosehr ich es auch wollte, ich konnte die Augen nicht von seinen Blessuren lassen.

«Junge, ich sage dir, es gibt viele furchterregende Dinge auf diesen Inseln, aber vor mir musst du keine Angst haben.»

Fliegen tanzten um seinen Schopf, als er einen Zweig aus den Flammen zog. Der Narbige hielt die Astspitze vor seine gekräuselten Lippen, holte Luft, brachte sie wie eine Biri zum Glühen und drückte sie schließlich in die Haut seines Unterarms. Auf diese Weise verbrannte er einen fliegenden Tiger, der sich gerade an ihm gütlich tat.

«Wir sind doch Brüder, du und ich, nicht wahr? Zwei unschuldige Kinder der heiligen Mutter Ganga.»

Während sich der Narbige wie ein Lämmchen gab, lachten die übrigen Fremden ihr Toddylachen.

«Sieh dir den Krüppel da vorne an!»

Er hob das Kinn und wies auf One-Hand-Joe.

«Dieser Dreckskerl kommt aus Mysore, der Stadt der Maharajas, ganz im Süden. Oder nimm den hübschen jungen Mann dahinten!»

Nun deutete er auf den Schimmeligen.

«Der stammt aus dem Norden, aus den Vereinigten Provinzen, wie die *Firangi* seine Heimat nannten, wohl weil ihnen der wirkliche Name zu schwer über die Zunge ging. Ich selbst bin aus Hyderabad, im Herzen Indiens, wo die Nizams herrschten, die reichen mogulischen Schweinehunde, die mit den Weißen gemeinsame Sache machten. Begreifst du, Junge? Du hast es mit Männern aus jedem verdammten Winkel des untergegangenen British Raj zu tun, möge es in Frieden ruhen und sich niemals wieder von den Toten erheben. Komm, Bruder, lass uns darauf trinken! Auf die Freiheit!»

«Also lebt ihr schon länger hier, Onkel?»

Endlich wagte ich es, mein Schweigen zu brechen.

«Viel zu lange, Junge. Kennst du Port Blair?»

«Verfluchter Hurenhafen», murrte One-Hand-Joe, und der Schimmelige winkte bloß ab.

Port Blair war die einzige Stadt auf den Inseln, Vater hatte mir von ihr erzählt. Sie lag im Süden, eine Tagesreise entfernt, und war nur mit einem kleinen Küstenschiff zu erreichen. Weder Straßen noch Schienenstränge führten über Land.

«Die Bezeichnung Stadt ist ein Kompliment für dieses Kaff», sagte der Schimmelige in überraschend gelehrtem Ton. «In Port Blair gibt es nur drei Dinge, Junge. Die West India Match Company, eine Streichholzfabrik am Hafen. Die Chatham Saw Mill, eine Sägemühle auf einer Insel ...»

«Und Kala Pani», sagte One-Hand-Joe. Da horchte ich auf.

«Das schwarze Wasser, Onkel?»

«Nichts für Kinder», fuhr der Narbige dazwischen und bemerkte, dass mein Blick auf eines seiner Wundmale gefallen war. Wieder und wieder kratzten seine Nägel daran herum. Es waren bloß zwei Stiche, ein harmloses Paar winziger, kreisrunder Löcher, doch um sie herum hatte sich die Haut verändert. Sie war wie von einem feinädrigen Netz übersponnen, warf Blasen und färbte sich hier und da schwarz.

«Gefällt dir, was du siehst? Das war eine Spinne, mein Freund, eine Wolfsspinne. Sie hat mich erwischt, als ich in ihre Erdhöhle getreten bin. Schon mal eins von den Biestern gesehen?»

«Die haben sechs Augen», sagte der Schimmelige. «Eins, zwei, drei, vier, fünf, sechs.»

«Und acht Beine!», tönte One-Hand-Joe. «Wenn sich die Spinne langmacht und ihre Glieder ausstreckt, Junge, ist sie groß wie dein Kopf.»

Und hätte er genügend Hände besessen, um mit seinen Gesten einen hübschen, runden Kinderschädel darzustellen, ich bin sicher, er hätte es getan.

«Na mach schon», sagte der Narbige, «erzähl dem Jungen von deiner Hand.»

«Von dieser?»

One-Hand-Joe deutete mit dem Stumpf auf seine fünf verbliebenen Finger.

«*Murkh!*», fuhr der Schimmelige dazwischen und schlug ihm auf den Hinterkopf. «Von der anderen, Idiot!»

Die Männer lachten aufs Neue.

«Nun, Junge.»

One-Hand-Joe nahm einen Schluck und ölte seine Kehle.

«Es ist in den Wäldern passiert, frühmorgens beim Holzfällen, als es noch dunkel war. Ich habe die Schlange erst gar nicht bemerkt, aber dann schaue ich auf den Rücken meiner Hand und sehe, *He Bhagwan*, das Vieh hat mich gebissen, zack, zack! Zweimal!»

«Der gelb gebänderte Krait», sagte der Schimmelige, «die gefürchtete *two-step snake*. Nach dem Biss machst du noch zwei Schritte. Zwei letzte Schritte zu Fuß, ehe du tot zu Boden sinkst.»

Plötzlich begann der Narbige zu pfeifen. Er pfiff das Lied eines Schlangenbeschwörers, hob den Arm und ließ ihn wie eine Königskobra in der Feuerluft tanzen. Die menschliche Giftschlange machte sich lang. Sie richtete sich schnurgerade auf, verharrte für eine Weile in ihrer Lauerpose, wandte den Kopf, schnellte durch den Flug der Funken auf mich zu, zischte und kam kurz vor meinen schreckgeweiteten Augen zum Stehen.

Ich stammelte: «Und ...?»

«Was und?», raunte One-Hand-Joe.

«Und nach dem Biss der Schlange? Was hast du dann getan?»

«Was willst du von mir hören, Junge? Ich hatte eine Minute!»

Der Narbige grinste.

«Und er hatte ein Beil.»

Nun brachen die Männer in Gelächter aus. Wer weiß, vielleicht war One-Hand-Joe einfach nur zur falschen Zeit am falschen Ort geboren worden, in irgendeinem

Elendsviertel der Großstadt, wo die Säuglinge direkt aus dem Schoß ihrer Mutter in den Schmutz auf den Straßen stürzten. Damals hatten sie kaum den ersten Schrei getan, schon schnitt man ihnen mit einer Klinge den Arm ab. So hat das Kind zumindest Arbeit, wenn es groß ist, sagten die Leute. Es kann den anderen Arm ausstrecken und um Almosen bitten.

Ich deutete auf den Fuß des Narbigen.

«Und das, Onkel?»

Ein länglicher, leuchtend roter Riss zog sich von seinen Zehen bis zum Knöchel. Als hätte jemand chirurgisches Besteck benutzt, um auf sauberste Weise die obere halb transparente Schicht der Haut aufzutrennen.

«Ach, das da», sagte der Fremde, geradeso als sei es nichts. Er schien sich diebisch über meine Dummheit zu freuen.

«Das war weder eine Spinne noch eine Schlange.»

Wieder lächelte er geheimnisvoll.

«Das, mein Freund, war der Schrecken des Dschungels.»

«Ein Tiger?»

«Nein.»

«Ein Löwe?»

«Nein.»

«Ein listiger Panther?»

«Nicht doch, Junge. Und ehe du noch einmal rätst, nein, nein, es war auch kein dreihörniges Ungeheuer, wie du es aus den Geschichten der Mahabharata kennst.»

Er flüsterte.

«Es war Kankhajura.»

«Kankhajura», raunte One-Hand-Joe mit dämonisch verdrehten Augen.

«Kankhajura, Kankhajura», stimmte der Schimmelige in beschwörendem Ton mit ein.

Da beugte sich der Narbige vor. Er kam so dicht an mich heran, dass mir der faulige Geruch seines Atems in die Nase stieg. Aus seinem sandverschmutzten Haar fiel ihm eine silbrige Strähne ins Gesicht.

«Ich will dir etwas über den Dschungel verraten, über die Wildnis mit ihren Sittichen und ihren bunten Blumen. Wie wäre es mit einem Rätsel, Junge?»

Er hauchte in mein Ohr: «Hör gut zu, mein Freund, was denkst du, wie verspeist man einen Elefanten?»

Ich schwieg, verwirrt von seiner Frage, verschüchtert von seinem Blick, der mich durchdrang, als könnte er in meine Seele schauen.

«Bissen für Bissen», sagte der Narbige und wischte sich die Strähne von der Stirn. «Glaub mir, die Götter haben den Dschungel im Zorn erschaffen. Er quält und foltert, mordet und lacht dabei. Je länger du hier lebst, Junge, umso mehr frisst er sich an dir satt, Stunde um Stunde, Tag um Tag. Anfangs kostet er dich bloß. Er nimmt sich ein Stück von deinem zarten Knabenfleisch. Aber das reicht ihm nicht lange. *Jangal, Jangal!* Schon bald will der Dschungel mehr. Warte nur. Er wird sich einen Finger holen, eine Hand, ein Ohr, bis er dich irgendwann ganz mit Haut und Haar verschlingt. Hörst du die Vögel in den Bäumen?»

Er wies auf den Wald, der in der Dunkelheit lag.

«Sie singen nicht, Junge. Sie schreien vor Angst.»

Die Nacht war kurz. Im Morgennebel, noch vor Tau und Tag, führte Vater den Elefanten an den Strand. Wir Brüder hockten benommen auf einem angespülten, weiß gewaschenen Ast und beobachteten die Schattenmuster, die das verblassende Mondlicht auf den Rücken des Großen Grauen malte.

Vater hatte uns barsch aus den Träumen gerissen: «Nur Schüler werden zu Meistern», sagte er. «Also auf mit euch, ihr Jungen. Auf, auf und gebt gut acht!»

In der Meeresbucht, nahe dem Wasser, war eine Elefantenschule aufgebaut. Ein großes Wort für das, was sich dort befand. Zugketten, Sattelzeug, Bananenstauden und einige Baumstämme im Sand. Mehr brauchten die Mahuts nicht, um die bevorstehende Arbeit in den Wäldern zu üben. Und so saßen wir da, mit schweren Lidern, und sahen den Bullen und Kühen zu, wie sie schleppten und stapelten. Mahakali mit ihrem selbstbewussten, schwingenden Gang, Raja, der sich wie ein Schatten bewegte, dicht bei der Herde und doch so weit außen vor. Dalee, der manchmal wie ein Greis wirkte, mit übergroß gewachsenen Ohren, grotesk langer Nase und dunkel umrandeten, mit dem Alter eingefallenen Augen.

Immer menschlicher kamen mir die Elefanten vor, wenn ich sie betrachtete. Es waren Erwachsene und Kindsköpfe, Heißsporne und Weise, Geschicklichkeitskünstler und Tölpel, die von den reiferen Tieren lernten. Die kürzeren Stämme trugen sie, umschlungen mit dem Rüssel. Die großen Bäume aber, die zu schwer waren, um sie in die Luft zu heben und auf den Stoßzähnen zu balancieren, zogen sie an langen, rasselnden Ketten quer über den Inselstrand.

«Lakshman!»

Als sich Dalee einem solchen Urwaldriesen näherte, lachte einer der Mahuts laut auf.

«Lakshman, mein Freund, lass gut sein!», rief er und wandte sich den anderen Elefantenführern zu, die schaulustig danebenstanden. «Dein Bulle bricht sich noch das Kreuz, wenn du ihn zwingst, diesen Stamm durch den Sand zu schleifen. Du wirst sehen, die Gicht bringt ihn um!»

Das spornte unseren Vater an. Wir sahen es in seinem Blick. Er dachte gar nicht daran, Dalee eine Zugkette anzulegen. Unter all dem Spott begann er bloß zu flüstern. «*Baitho*», hörten wir ihn sagen. Dabei tippte er mit dem Griff seines Elefantenhakens gegen die Vorderbeine des Großen Grauen. «Runter mit den Knochen, hörst du? *Baitho, baitho.*»

Vater kannte die *Marman*, jeden einzelnen der versteckten, feinnervigen, einhundertundsieben Punkte am Körper eines Elefanten. Er musste sie nur leicht mit dem Haken berühren, seinen Spruch dazu sprechen, und Dalee gehorchte ihm. So erlebten wir, wie der Bulle in all seiner Größe und Erhabenheit vor dem Baumstamm niedersank. Seine vorderen Beine gaben allmählich nach, bis er gleichsam auf den weit gewanderten, fünfzig Jahre alten Knien stand. Die hinteren Beine blieben gerade.

Ein Murmeln ging durch die Reihen der Mahuts, war dies doch eine durchaus anspruchsvolle Übung für einen

Elefanten. Eine, die gewöhnlich den jüngeren und gelenkigeren Bullen vorbehalten war. Vater belohnte Dalee mit einer Banane und gab einen weiteren geheimen Befehl. Schon machte sich der Große Graue rund. Er nahm den Kopf zwischen die Beine und kugelte sich langsam ein, einer Schnecke gleich, die in ihrem Haus verschwindet.

«*Age, age!*», rief Vater, während die Bambusglocke des Elefanten leise im Wind dazu schlug. «Und nun vorwärts, *aajaa, aajaa!*»

Dalee drückte den Kopf heraus, winkelte den Rüssel stützend auf dem Boden an, schob Fuß für Fuß beharrlich vor und trieb den mächtigen Baumstamm mit seiner Stirn durch den Sand. Halb aufrecht, halb auf den Knien, stoisch dem hoch aufgestapelten Holz entgegen. Dort angekommen gesellte sich Mahakali hinzu, geführt von ihrem Mahut, und jetzt schlossen sich die beiden Elefanten zusammen. Gemeinsam wuchteten sie den Urwaldriesen eine hölzerne Rampe hinauf, Seite an Seite, Stück für Stück mit ihren Elefantenschädeln. Die Tiere mussten im selben Takt vorgehen, als wären sie eins. Kein Zittern, kein Zucken, keine kurze, ungestüme Bewegung, sonst drohte der Stamm zu verkanten und rutschte die Rampe wieder hinunter.

An diesem Morgen geschah es. Als hätten die Fremden aus Port Blair in den Sternen gelesen, die nachts am Himmelsgewölbe glimmten. Die Sonne stieg in all ihrer Majestät über den Horizont und ließ die Insel im gewohnten goldenen Licht erglühen. Da drang ein Schrei aus den Tiefen des Dschungels. Er stach aus dem Konzert der Vögel heraus, greller als der Ruf der Rotköpfe in den Zweigen, und so schnell uns die Füße tragen wollten, jagten wir Brüder in den Wald.

Im Schatten der Blätter stießen wir auf einen bärtigen Mann. Wie eine Wanze lag er auf dem Rücken. Das Beil, das er mit sich führte, hatte er ins tiefe, morgenfeuchte Laub geschleudert.

«Mein Bein!», brüllte er. «Mein Bein! Verflucht, ich kann mein Bein nicht mehr bewegen!»

Der Baumfäller sah mit entsetzter Miene an sich herab und starrte auf eines seiner Glieder, ganz so, als sei es ihm fremd geworden. Verzweifelt drosch er auf die eigenen Knochen ein, mit den Fäusten auf Wade, Knie und Fuß. Aber wozu nützten seine Prügel? Das weit ausgestreckte Bein blieb steif und tot, während der Schmerz, der ihn quälte, nur mehr wuchs und sein Gesicht allmählich zu einer Fratze verzog.

«Mein Bein! Hört ihr? Mein Bein!»

Nach und nach eilten die anderen Waldarbeiter herbei, ließen all ihr Tun und Treiben sein und umringten ihn. Auch die Elefantenführer stießen dazu.

«Heiliger Gott!», rief er. «Mein Bein, ihr Dummköpfe! Mein verdammtes Bein! Mistkerle! Rattenfresser! Dreckschweine! Die Pest soll euch holen!»

Und so überschüttete er sie mit Dutzenden derben Worten, die nicht für Kinderohren gemacht waren. Anstatt dem Schreienden jedoch zu helfen, verloren sich die Männer in Streitereien, uneins darüber, was nun zu tun sei. Sie schimpften und zankten.

«Holt Swamiji, den Heiler!»

«Sucht nach Tulsikräutern! Presst sie ihm auf die Wunde!»

«Unsinn, Männer, wir richten ihn auf! Wie einen Baum! So fließt das Gift aus seinem Bein heraus!»

Einen Augenblick später griffen sie dem Verletzten ungelenk unter die Achseln. Die Waldarbeiter hoben ihn an, um ihn forsch auf die Füße zu stellen. In dieser Sekunde schrie er auf, wie er noch keinmal zuvor geschrien hatte, und sie ließen ihn erschrocken wieder zu Boden fallen.

Da kamen die Fremden. Der Narbige, der Schimmelige und One-Hand-Joe stießen die Streitenden beiseite, um sich des Baumfällers anzunehmen. Der Einhändige kniete sich auf seine Schultern, damit er liegen blieb. Der Schimmelige drehte einen Knebel und sorgte dafür, dass er den Mund hielt. Der Narbige zog das leblose Bein auf einen Baumstumpf. Er hockte sich hin und betrachtete es wie ein Leichenschauer. War der Mann in einen giftigen Dorn getreten? Hatte ihn ein Skorpion gestochen? Oder war *Naja naja sagittifera* schuld an seinem Leid, jene Kobra, die einem Elefanten das Lebenslicht auslöschen konnte?

Der Narbige nahm einen Strick und legte ihn in einer Schlinge um den Unterschenkel des Mannes. Das andere Ende verknotete er mit einem Bambusrohr, das er in Händen hielt. Nun drehte er das Seil so lange um die eigene Achse, bis das gelähmte Bein sauber abgebunden war. Er brüllte etwas, und die Arbeiter schwärmten ringsumher aus, zogen Haumesser, streiften stochernd durchs Unterholz, drangen suchend und stöbernd ins Reich der Pilze vor, zwischen Nestfarnen und den mannshohen Hügeln der Termiten.

Währenddessen griff der Narbige nach dem Beil, das der Verletzte von sich geworfen hatte. Er hob es über sein Haupt, so hoch, bis es im Licht blitzte, das durch die Blätter der Bäume schien, und ich hielt dem kleinen Du die Augen zu. Was als Nächstes passieren würde, sollte mein Bruder nicht sehen. Der festgehaltene und geknebelte Baumfäller dagegen riss sein Augenpaar weit auf und wand sich wie eine Schlange. Drei, vier, fünf Mann stürzten sich auf ihn und drückten ihn ins Gras.

«Kankhajura!», rief es plötzlich aus dem Wald. Es war einer der Arbeiter, die das umliegende Dickicht mit ihren Buschmessern durchforsteten. «Kankhajura! Seht her! Kankhajura hat ihn erwischt!»

Der Jäger hatte seine Beute mit der Klinge aufgespießt und schwenkte sie triumphierend über dem Kopf. Kankhajura. Keine Nacht verging, ohne dass die Fremden am Feuer von ihm erzählten, dem Schrecken des Dschungels. Kankhajura legte sich nicht auf die Lauer wie die Riesenspinnen. Er jagte auch nicht nach Blut wie die Landegel und die fliegenden Tiger. Kankhajura verbarg sich bloß irgendwo unter der Erde und schlief, lichtscheu, einsam und allein. Wer seine Ruhe jedoch störte und blindlings sein Revier verletzte, dem gab er sich zu erkennen mit seinen Giftklauen und den vielen flinken Beinen.

Der Hundertfüßer war kaum länger als eine Hand, aber er war kräftig und schnell. Kankhajura schlängelte sich in Windeseile um eine Waldratte und würgte sie, bis die Knochen knackten. Die Spitzmäuse, die mit dem Schiff gekommen waren und sich auf der Insel sprunghaft vermehrten, rang er ohne die geringste Mühe nieder, und selbst vor dem Menschen zeigte Kankhajura keinerlei Scheu. Der Schrecken des Waldes ließ jeglichen Instinkt zur Flucht vermissen. Wer Kankhajura zu nahe kam, mit der Hacke oder den Zehen, dem wich er nicht aus. Oh nein, er stieß todesmutig nach vorn. Ohne Zögern zerschnitt er die Haut des Feindes und spritzte seine gefürchtete Säure hinein. Und bekam er eine Katze zu fassen, eine Ziege oder einen Hund, so stürzten sich die Tiere nicht selten vor Schmerz von den Klippen.

Als der Narbige erkannte, wem der Baumfäller da im wilden Dschungel begegnet war, nahm er das Beil wieder herunter.

«Sei beruhigt», sprach er und beugte sich über ihn. «Kankhajuras Gift bringt dich nicht um. Aber schon bald wirst du dir wünschen, du wärst tot.»

Sosehr uns die Natur forderte, so reich beschenkte sie uns. Wenn die Mangostanfrüchte prall von den Bäumen fielen und sich die Schoten der Okrapflanzen dunkel färbten, zauberte Mutter ein hinreißendes Tropenmahl. Mit schwarzem Pfeffer, Asant und Kumin, mit dem herzhaften Fleisch der Brotfrucht, mit Zimtäpfeln und einem Chutney aus Jambolanapflaumen, die überall im Grünen reiften. Und fanden wir Kinder uns danach voller Kleckse, Spritzer und Flecken wieder, wusch sie unsere Kleider in einem Sud aus Nüssen, die ihr der Seifenbaum zu Füßen legte.

Ein Vogelei, auf einen Stein geschlagen, stockte in Minuten, und die geplünderten Nester der Salanganen machten eine gute Suppe. Die Schwalbenvögel sammelten keine Zweige, um sie zu flechten. Sie benutzten nur ihren Speichel, der zu fein gesponnenen, gläsernen Fäden erstarrte, sobald sie ihn aus den Schnäbeln würgten. Auf diese Weise klebten die Nester an den steilen Felsvorsprüngen über der Brandung, und mein Vater ließ mich an einem Kokosseil die Klippen herunter, um sie zu stehlen. «Weißes Gold», nannte er das Gespinst aus Spucke, ergab es doch, in sprudelnder Brühe gekocht, eine nahrhafte Delikatesse.

Knurrte immer noch der Magen, tauchten wir einen Finger ins Meer. Wir ließen ihn wie einen Wurm darin zappeln, und sie schwammen uns ohne Scheu entgegen: Seebrassen, Goldköpfe und Sardinen. Die Lagunenfischer zogen Schwärme von Makrelen aus dem Wasser. Ihre

Schuppen und Flossen schillerten in elektrischem Blau, während die Barramundi aus dem Brack der Flüsse silbern glänzten. Manche dieser Riesenbarsche waren groß wie Ochsen. Es brauchte etliche Männer, um sie ans Ufer zu schleppen, und weil ihre Fischhaut so geschmeidig wie Leder war, gerbten sie daraus die prächtigsten Gürtel, Beutel und Schuhe.

Wenn das Wasser fiel und es nach Seegras roch, hielt es uns Kinder nicht mehr. Wir nahmen Bambusstöcke und einen Zuber, eilten fliegenden Fußes in die Bucht und saßen wie Frösche auf den warmen, überwachsenen Felsen, die der Strom der Gezeiten allmählich entblößte. Während wir warteten, gespannt in der Hocke verharrend, zog sich das Meer zurück. So weit, bis die Skelette der Korallen aus den Wellen lugten und sich das Licht gleißend auf dem nackten Lagunenboden spiegelte. Fische zuckten in den Rinnsalen und glitzernden Prielen, Schlangensterne tanzten mit den Armen, Mollusken krochen unter ihren Schneckenhäusern dahin und malten Spuren in den Schlick. Zwischen Muscheln und plumpen Seegurken tauchten früher oder später zwei langstielige Augen auf. Wie Teleskope ragten sie aus dem schwindenden Wasser hervor. Bald darauf zeigte sich das nächste, neugierige Augenpaar, um nach uns Brüdern zu schauen. So ging es, bis das Strandufer ein einziges Gewimmel war. Winkerkrabben wagten sich aus den Verstecken. Sie schwenkten ihre linke, übergroße Schere über dem Krustenpanzer, als riefen sie: «He! Elefantenjungen! Hier sind wir!» Dann sprangen wir auf, lockten sie in den Zuber, balgten uns mit ihren Klauen, die zwickend und zwackend nach den Spitzen unserer Stöcke schnappten, und ließen sie wieder frei.

Die Andamanensee brauchte keine Sonne, um zu leuchten. Auch die Inseln und Inselchen nahe der Küste schienen wie von selbst zu strahlen. Sie waren unsere schwimmenden Märkte. Alles, was unter dem Dach des Dschungels verwelkte, verfaulte oder von wilden Tieren gefressen wurde, fand sich reichlich auf den Inseln. Ananas und Apfelsinen, Limonen und Pfefferbeeren, Feigen und Kürbisse. Ein Geschenk aus den Händen von Mutter Natur, das sich niemand in unserer aufkeimenden Kolonie so recht erklären konnte. Wer hatte die Samen über die See getragen, der Wind, die kreischenden Meeresvögel?

«Die Götter haben sie gesät», sagte einmal der kleine Du. Währenddessen blickte mein weiser vierjähriger Bruder weit ins Land.

«Gewiss», gab Mutter mit einem Schmunzeln zurück. «Ganz gewiss, mein junger Tagore.»

Unser liebster Ort war die Grube im Wald. Sie war rund wie der Mond, groß wie ein Fischteich und so tief, dass sie Dalee verschluckt hätte, wäre uns der Elefant durch den Dschungel dorthin gefolgt. Die Grube war kahl bis auf einige Gräser und die Wurzeln, die abgerissen aus der Erde ragten. Wir tauften sie «Schlucht des Todes» und liebten es, ihren Rand entlangzurennen. Immer im Kreis herum durch den Kessel, bis wir schräg in der Luft lagen wie Steilwandfahrer, die auf knatternden Feuerstühlen durch das Motodrom rasen und von Jubel getragen die Arme ausbreiten. Manchmal zogen wir dabei einen Drachen aus Bambus, Bast und Blättern hinter uns her. Und hatte es geregnet, so stark, dass sich die Schlucht des Todes über Nacht in einen Tümpel verwandelte, sprangen wir im hohen Bogen von der «Wand des Verderbens» ins «Meer der Finsternis» auf dem Grund. Der kleine *Buddhu* stolperte sowieso hinein, ob er wollte oder nicht.

Als unser Vater jedoch von der Grube erfuhr, zeigte er sich weniger erfreut.

«Das ist kein Ort zum Spielen, hört ihr?»

«Ja, Vater.»

«Wisst ihr, wo ihr euch da herumtreibt?»

«Nein, Vater.»

«Warum da ein Loch im Wald ist?»

«Nein, Vater.»

«Ein Loch wie ein Krater?»

«Nein, Vater.»

«Es ist ein Bombentrichter, ihr kleinen Dummköpfe!»

«Jawohl, Vater!», erwiderten wir im Chor. Wir schlugen die Hacken zusammen, wiegten demütig den Kopf und marschierten im Gleichschritt ab. «Augen gerade – aus!» Ich muss allerdings zu meiner Schande gestehen, dass unser Spiel dadurch nur an Reiz gewann. Von nun an zogen wir die Knie an, wenn wir uns todesmutig in die Schlucht stürzten. «Fertig zum – Sprung!» Und klatschten unsere Hinterteile in den Schlamm, schlug eine brausende Fontäne in die Luft, eine Wasserexplosion von höllischer Wucht. Feuer frei für die Bombenbrüder!

Wir spielten Krieg, den Krieg, der über Indien und die Welt gekommen war und eines Tages sogar diese weit entfernte Insel in Brand gesetzt hatte. Ich war ein britischer Kolonialsoldat mit einem Tropenhelm aus Kokosschalen, einem Ast als Kavalleriesäbel und einem Schnurrbart aus Ruß. Der kleine Du mit den kurzen Beinen war ein Krieger der Kaiserlich Japanischen Armee, ein furchtloser Samurai in Kakiuniform. «Peng, peng, peng!», machte sein Bajonettgewehr, das er unsichtbar in Händen hielt, und die moosgrünen Steine, die er in den Grubenschlamm schleuderte, schlugen wie Granaten ein.

«Mutter, wer hat die Bomben in den Wald geworfen?»
«Waren es die Weißen mit ihren Schnurrbärten?»
«Oder die Japaner mit ihren Schwertern?»
«Ist es wahr, dass Japaner keine Angst haben?»
«Und keinen Gott? Und keine Haare auf der Brust?»

Mit solchen Fragen quälten wir Mutter, bis sich ihr Herz erweichen ließ. Sie setzte sich mit uns in den Sand und versuchte sich an einer kindgerechten Antwort. Mutter war keine Historikerin. Von ergrauten Herren, die schlau redeten, obwohl sie bloß an ihrem Tischpult hockten, sich buckelkrumm hinter Rechenmaschinen und Fernsprechern versteckten und Akten wälzten, hielt sie nicht viel. Aber sie war klug, und Neugier lag nun mal in unserer Familie. Darum war ihr zu Ohren gekommen, was die anderen Leute so über die Vergangenheit der Andamanen berichteten.

«Also schön», sagte sie und erzählte uns eine Geschichte. An ihrem Ende sollte die Antwort darauf stehen, wer über den Dschungel geflogen war, um ihn mit Feuer zu überziehen. In ihrer Mitte ein furchtbares Gemetzel. Und an ihrem Anfang ein junger, hoffnungsfroher Meeresvermesser in Diensten der Britischen Ostindien-Kompanie.

«Beginnen wir mit John.»
«John?», fragten wir Brüder.
«Mister John.»
«Ein Weißer?»
«Von der seltsamen Insel auf der anderen Seite der Welt?»

«Von dort, wo es immer nur regnet?»

«Trug er einen Schnurrbart?»

«Langsam», sagte Mutter. «Kinder, so hört mir doch zu.»

Leider ist nicht überliefert, ob sich Captain John Ritchie mit einem Schnurrbart schmückte oder nicht. Aber wie so viele Entdecker des achtzehnten Jahrhunderts muss er ein Schwärmer gewesen sein. Mister John verlor sein Herz an die Andamanen und seine kostbare Jugend noch dazu. Neunzehn lange, akribische Jahre erkundete er den Archipel mit Messlupe, Tusche und Zeichenfeder. Er verbiss sich in die schier unmögliche Aufgabe, die Inselkette in einem einzigen Menschenleben zu kartographieren. Ihre endlose, zerklüftete Seeküste, ihre Tiefen und Untiefen, ihre Wasserläufe und Gezeitenflüsse. Dank ihm sollte ein weißer Fleck auf der Landkarte allmählich Farbe bekommen, John Ritchie zeichnete die ersten tauglichen Pläne, die von den Andamanen kursierten. Und weil er um den Wert seiner Arbeit wusste, wandte er sich an seinen Dienstherrn und bat höflichst um weitere Hilfe. Ich bezweifele, dass er Wünsche äußerte, die unerfüllbar waren. Vielleicht verlangte er nach einem ordentlichen Paar lederner Tropenstiefel gegen die Egel, nach einem modernen Theodoliten, um sein Werk voranzutreiben, oder nach einem Stativ, das nicht bleischwer auf der Schulter lag, wenn er mit dichterischem Gemüt durch Berg und Tal wanderte. Doch für Poesie und Romantik hatte die Britische Ostindien-Kompanie wenig Sinn. Niemand interessierte sich ernsthaft für Captain John Ritchie und seine «wilden Kannibaleninseln», wie es hieß. Und so kehrte er nach zwei Jahrzehnten ernüchtert in den Nieselregen seiner Heimat zurück.

«Nach diesem Herrn ist der Ritchie's Archipel benannt.»

Mutter malte eine Inselgruppe in den Sand. Sie lag im Osten, wenige Seemeilen vor der Küste von Port Blair.

«Die Leute sagen, es sei der schönste Fleck auf den Andamanen, der Himmel auf Erden! Das würde unserem Mister John wohl passen, wenn er noch lebte, Kinder, oder was meint ihr?»

Umso weniger gefiele es dem Captain wohl, wenn er wüsste, welche Namen die vielen kleinen Inseln seines Archipels mittlerweile trugen. Die paradiesischen Orte waren ausgerechnet nach den übelsten Schindern und Menschenquälern betitelt, die der britischen Krone je gedient hatten. «Bastarde!», würde Großvater sie schimpfen, all die Generäle und Zivilbeamten, die während des Blutvergießens im Schicksalsjahr achtzehnhundertsiebenundfünfzig auf dem Festland zu Ruhm gekommen waren.

«Die Weißen nennen es die ‹Indische Meuterei›.»
Mutter hob die Stimme.

«Aber es war nicht bloß irgendein Aufstand, es war eine Revolution! Ein mutiger Kampf für die Freiheit! Der erste Unabhängigkeitskrieg unseres Landes. Und ob ihr es glaubt oder nicht, er begann mit Patronen aus Papier.»

Damals, viele Generationen nach John Ritchie, hatten unsere alten Beherrscher eine neuartige Muskete erfunden. Ihre Patronen waren tatsächlich aus Papier. Der Schütze biss sie auf, bis er das Schwarzpulver schmeckte. Er gab etwas davon auf die Zündpfanne, leerte den Rest in den Lauf der Waffe und schob das Papier samt Gewehrkugel nach. Unter den indischen Fußsoldaten im britischen Heer ging jedoch ein Gerücht um. Das Patronenpapier, das sie zerbissen, sei eingefettet worden, sagten die Sepoy, mit Rindertalg und Schweineschmalz.

«Rind und Schwein!», sagte Mutter und schlug die Hände zusammen. «Kinder, stellt euch vor, die Soldaten kauten auf Rind und Schwein herum, der schlimmste Albtraum für beide, Hindus und Muslime zugleich.»

Wer hätte da nicht rebelliert? Wer wäre nicht bis an die Zähne bewaffnet bis nach Delhi marschiert?

Den Blutrausch der Sepoy erwähnte Mutter mit keinem Wort. Wie hätte sie uns auch erklären sollen, dass die Soldaten nicht nur die verhassten weißen Männer, sondern auch ihre Frauen und Kinder massakrierten? Genauso wenig ließ sie uns von der Rache der Briten erfahren, aber jeder weiß, was *blowing from a gun* bedeutet: Ein lebendiger Mensch wird vor eine Feldkanone gebunden, «Feuer!», hallt es, dann sacken seine Beine unter der Mündung zu Boden, und der Kopf fliegt vierzig, fünfzig Fuß hoch in die Lüfte, während die Arme irgendwo in der Ferne niederfallen.

Einer der Befehlshaber, die sich solcher Methoden bedienten, war Sir Henry Havelock. Er trug einen Backenbart, wie Mutter mit anschaulicher Geste erklärte. Vor allem jedoch war er Namensgeber von Havelock Island, der Hauptinsel des Ritchie's Archipels. Der berüchtigte Generalmajor trieb seine Truppen nach Lucknow, wo ihn letztlich die Ruhr befiel, ein jäher, verhängnisvoller, äußerst unappetitlicher Bauchfluss, der ihn das Leben kostete.

«Karma», sagte Mutter.

Neill Island, eine der kleinsten Meeresinseln, trug ebenfalls den Namen eines Monsters. Unsere Mutter nannte ihn mal Scheusal, mal Schlächter, mal Bestie oder Blutsauger, *Raktachoshaa*, während sie von seinen Missetaten erzählte. James Neill zog mit wütender Entschlossenheit nach Kanpur, dorthin, wo die Weißen für gewöhnlich ihre

Pferdesättel und ihre Armeestiefel fertigen ließen. Um die Stadt des Leders wieder in britische Hand zu bringen, zwang er die aufständischen Hindus, ihre eigenen Gräber zu schaufeln. Eine Verbrennung nach heiligem Brauch blieb ihnen verwehrt. Muslime mussten rohes Schweinefleisch herunterwürgen, ehe sie am Galgen hingen. Oder man griff zu den Werkzeugen der Gerber und nähte sie in die Häute der Schweine ein.

«Aber sie konnten nicht jeden Mann töten», sagte sie. «Wer am Leben blieb, den brachten sie mit einem Schiff auf die Andamanen.»

«Hierher?»

«Nein, Kinder. An den Ort, den sie Schwarzes Wasser nennen.»

«Kala Pani», sagte ich.

«Ganz recht, mein Sohn. Schiff um Schiff kam übers Meer. Jeder, der den Weißen nicht gefiel, wurde an den Rand der Welt verbannt. Die Menschen waren Sklaven. Sie mussten Bäume fällen, Steine spalten und Häuser bauen. Hundert Jahre ging es so.»

Mutter hielt nachdenklich inne.

«Bis die *Firangi* eines Tages verschwanden.»

Es geschah über Nacht. Im Frühjahr neunzehnhundertzweiundvierzig ließen unsere Beherrscher alles hinter sich. Sie sprengten Öllager, zerschlugen Funkstationen, verlegten Kompanien, schüttelten ihre Frauen und Kinder aus dem Schlaf, bestiegen Boote und warfen Seeminen ins Meer. Während die Feuer der Zerstörung noch brannten, landeten bereits die Japaner in Port Blair. Von da an regierte das Kaiserreich über die Andamanen, und was taten die Kakikrieger mit den Bajonetten?

«Sie zogen eine Rollbahn, eine schnurgerade Piste durch den Wald, ließen ihre Flugzeuge darauf starten und stiegen hoch in die Luft.»

«Also haben sie die Bomben abgeworfen.»

«So ist es.»

«Aber warum?»

«Das weiß ich nicht. Ich weiß es wirklich nicht, Kinder, aber ich glaube, sie haben Angst bekommen.»

«Angst, Mutter? Japaner kennen doch keine Angst.»

«Das ist wohl wahr. Aber irgendetwas tief im Dschungel muss sie so fürchterlich erschreckt haben, dass sie die Wildnis in Flammen setzten.»

Nur einen Wettlauf von der Grube entfernt lag ein Haus verborgen, ein eckiges graues Häuschen mit geschlitzten Fenstern zum Meer. Du und ich entdeckten es hoch oben auf einer Klippe über der Bucht, halb im Waldboden versunken, ganz und gar überwuchert von Flechten und Windepflanzen.

«Komm, komm!»

Mein Bruder nahm sein unsichtbares Bajonettgewehr. Er pirschte zwischen verstreut liegenden Splittern und Scherben umher und suchte nach einem Weg ins Haus hinein. Im Schatten des Quaders, unter den Fiederblättchen einer Mimose, tat sich ein Tunnel auf, gerade breit genug für einen kleinen Jungen.

«Warte!»

Vor dem geistigen Auge sah ich ihn bereits das Gleichgewicht verlieren und Fuß voran in das finstere, feuchte Loch in der Erde glitschen.

«Das ist ein Bunker», sagte ich mit leiser Stimme und las eine der Scherben auf, die im Gras blitzten. «Ein alter Kriegsbunker der Japaner, hörst du? Erst warfen sie die Bomben, und später gruben sie sich ein.»

Ich hielt das Glas in die tief stehende Sonne und lenkte den wandernden Lichtstrahl in den Kriechgang, der auf der Kehrseite des Bunkers in die Tiefe führte. Dann bückte ich mich und lugte hinein, um zu sehen, was sich zwischen Stahl und Beton versteckte. Natürlich gab es keine Soldaten im Dschungel mehr, wir waren Kinder, aber dumm waren wir nicht. Und keiner von uns musste die Worte Hiroshima und Nagasaki kennen, um zu wissen, welches Schicksal die Bunkerbewohner ereilt hatte. Die Japaner herrschten nicht lange über die Andamanen, nach drei Sommern ließ ihr Kaiser die weiße Fahne hissen, und die Briten kehrten auf die Inseln zurück, mit Säbeln, Schnurrbärten und einem Kanonenboot.

Aber wie hatten die stolzen japanischen Krieger den Bunker zurückgelassen? «Wer einen Tiger jagt, muss damit rechnen, einen Tiger zu finden», sagte Vater einmal. Vielleicht lauerte eine Tretmine darin, eine heimtückische Sprengfalle. Ich zögerte, drehte und wendete das Glas in den Händen, sah gebannt in den Schein, den die geschliffene Scherbe auf das Loch in der Erde warf, und dachte nach. Täuschte ich mich, oder klemmte irgendetwas im Dunkel des Bunkers fest? War es eine Wurzel, ein Baumstamm vielleicht, ein großer, borkiger, vermooster Ast? Hatten die Soldaten den Gang mit Holz verrammelt, ehe sie sich geschlagen gaben?

Da schleuderte ich das Glas über die Klippen.

«Lauf!», rief ich. «Los, los! Lauf, so schnell du kannst!»

Wir rannten, von Angst getrieben, ohne uns umzusehen. Weg von der Grube, weg vom verwunschenen Haus auf der Klippe, raus, bloß raus aus dem mörderischen Wald.

Die Wurzel, der Ast, der den Tunnel versperrte, was auch immer es war, es hatte Augen bekommen. Ich schwöre es bei meinem Leben. Vom Licht der gläsernen Scherbe geblendet, starrten sie mich an, zwei gelbe Augen mit schwarz geschlitzten Pupillen. Erst sah ich Reißzähne und Krallen, dann erwachte das ganze geschuppte Ding auf einmal zum

Leben und robbte mit dem Bauch am Boden aus dem Loch in der Erde hervor.

Im Lager am Strand brannten die Abendfeuer. Zäher Rauch lag in Schwaden über der Lagune, während wir mit den Füßen den Sand aufwirbelten. «Ein Krokodil!», hörten uns die Leute rufen, «ein Krokodil!» Und weil der kleine Du wusste, wo unsere Mutter zu finden war, fiel er irgendwo, vom Nebel verhüllt, in ihre tröstenden Arme.

Ich jedoch ging einer Stimme nach. «*Jangal, Jangal!*», raunte sie im wohlbekannten, heiseren Ton. «Glaubst du mir jetzt, mein Freund?»

Im Feuerschein grinste der Narbige.

«Der Dschungel verschlingt sie alle, hörst du? Die Alten, die Kranken, die Schwachen, und am liebsten holt er sich die Jungen.»

«Salzwasserkrokodile», sagte der Schimmelige, der an seiner Seite hockte, die Beine im Sand gekreuzt, in dem noch die Wärme des Tages steckte. Er rieb sich das pockige Kinn, zerbrach etwas Reisig und fütterte die züngelnden Flammen. «Sie sind riesig, diese Burschen, nicht wahr? Nirgendwo auf der Welt werden sie so groß wie hier. Wusstest du, dass sie sogar ins Meer schwimmen?»

«Lass dich nicht von ihnen packen, wenn du Krebse fängst!»

One-Hand-Joe ballte die Faust.

«Sie schnappen dich mit den Zähnen und dann ...»

Im Spiel aus Licht und Schatten ließ er seine Faust kreisen, wieder und wieder um die eigene Achse. Geradeso als würde er eine Peitsche schwingen.

«Todesrolle», sagte der Schimmelige. «Sie ziehen ihre Beute ins Wasser und drehen sich mit ihr herum.»

«So lange, Junge, bis das Fleisch von deinem Rücken reißt!», rief One-Hand-Joe.

«He Bhagwan ...»

Der Narbige winkte ab. Er holte den Toddy hervor und reichte den scharfen, blasstrüben Trank an seine Gefährten weiter, die gemeinsam um das Feuer saßen.

«Krokodile.»

Er seufzte auf.

«Warte, mein Freund, bis du die Jarawa siehst.»

Der Schimmelige wiegte den Kopf.

«Das ist ein Abenteuer.»

«Zu dumm, dass du uns nichts davon erzählen kannst, wenn es so weit ist», sagte One-Hand-Joe. «Dein erster Jarawa wird auch dein letzter sein.»

Da lachten die drei Fremden aus Port Blair, bis ihre faulen Zähne wackelten.

«Was ist ein Jarawa?», fragte ich.

«Allmächtiger!»

Der Narbige blickte mit betender Geste ins rauchverhangene Rot der Dämmerung.

«Woher bist du, Junge? Aus Indien oder vom Mond?»

«Schwarzgesichter!», raunte One-Hand-Joe.

«Zwergmenschen», sagte der Schimmelige. «Niemand kann sagen, woher sie stammen.»

«Sie schleichen um dich herum ...»

Der Narbige sprach mit flüsternder Stimme.

«Nachts, wenn du schläfst, mein Freund, ohne einen einzigen Laut. Weißt du, was die Wilden schreien, ehe sie dir an die Gurgel gehen?»

«Gid-Dig-Gid-Dig-Gid-Dig-Gid-Dig!», riefen die Männer im Chor und redeten wild durcheinander.

«Sie leben in einer anderen Zeit.»

«Mit Pfeil und Bogen.»

«Sie wissen noch nicht einmal, wie man Feuer macht.»

«Sie hüten es bloß, seit der Blitz in einen Baum eingeschlagen ist.»

«Aber keiner jagt so wie sie.»

«Die Jarawa fangen Stichlinge mit ihren Speeren.»

«Und einen Spatz? Den greifen sie sich mit der bloßen Hand.»

«Einfach aus der Luft!»

«Einen mit jeder Faust.»

«Lass dir ja nicht das Ohr abschneiden, Junge.»

«Oder den Schopf vom Schädel ziehen.»

«Menschenfresser.»

«Gid-Dig-Gid-Dig-Gid-Dig-Gid-Dig!»

Die Männer zischelten wie Schlangen. Sie tranken ihr Gift und verspritzten es, mit boshaften Zungen und flammendem Blick.

«Habt ihr sie gesehen, Onkel?»

«Was gesehen?», murrte One-Hand-Joe.

«Die ...»

Ich stockte.

«Die Jarawa? Habt ihr sie wirklich gesehen?»

«Junge!», raunte der Narbige und spuckte aus. «Sieh zu, dass du verschwindest. Du willst nicht wissen, was wir gesehen haben auf diesen verdammten Inseln.»

Diesmal jedoch lief ich nicht davon. Obwohl sie mir Angst einflößten, die Fremden mit ihren vom Toddy glänzenden Augen, nahm ich meinen Mut zusammen, schlug die Beine übereinander und hockte mich zwischen sie in den Sand. Geradeso als gehörte ich zu ihnen.

«Ihr habt Kala Pani gesehen, Onkel. Oder nicht? Ihr Männer wisst, was das schwarze Wasser ist.»

«Kala Pani?»

Der Schimmelige tat, als hörte er die Worte zum ersten Mal.

«Ja, Onkel, ihr kennt den Ort. Ihr seid schon einmal dort gewesen, hab ich recht?»

Da schwiegen die Fremden. Während der Schimmelige bloß feixte und One-Hand-Joe wohl überlegte, wie er mich packen, übers Knie legen und verprügeln sollte, entzündete der Narbige eine Biri an der Glut.

«Schwarzes Wasser», sagte er und zog an den glimmenden Tendublättern. «Komm, fass mal an!»

Er blies den Rauch aus, sah den wirbelnden Schwaden nach und wandte mir den geschundenen Rücken zu.

«Na los, Junge.»

Ich streckte die Finger aus und fuhr sachte über die Striemen. Sie reichten von seinen Schultern bis hinunter zum Steiß, wulstig und fest, und ragten hoch aus der Haut hervor wie die Inselkette aus der Andamanensee.

«Magst du das Meer?»

Ich wiegte wortlos den Kopf.

«Gut, dann schließ einmal die Augen. Drück sie zu, mein Freund, schön fest. Wir gehen gemeinsam auf Reisen, verstehst du? Stell dir einen Palast vor mit siebenhundert Zimmern. Einen gewaltigen purpurroten Palast aus gebrannten Ziegeln, von Palmen umsäumt, von den Fluten des Ozeans umspült.»

Was er verlangte, fiel mir nicht schwer. Ich hielt die Lider geschlossen und träumte mich in jenes prächtige Haus hinein, das er mir beschrieb.

«Lausch den Wellen, Junge, dem Tosen und Branden. In deinem kleinen Palastzimmer hörst du sie rauschen, tagein, tagaus. Na, was meinst du wohl? Möchtest du das Meer auch sehen? Mal einen Blick nach draußen werfen?»

«Ja, Onkel», antwortete ich leise, untermalt von der Brandung, die klangvoll in die Lagune spülte, während der Narbige erzählte.

«Also schön», sagte er. «Dein Zimmer hat ein Fenster, oben unter der gekalkten Decke. Stell dich ruhig auf die Zehen, spring hoch in die Luft! Glaub mir, Junge, es wird dir nicht gelingen. Das dreckige Loch in der Wand taugt bloß für die Ratten. Du weißt, dass die Sonne scheint, aber kein wärmendes Licht dringt durch die Gitterstäbe zu dir herein, nicht ein Strahl. Alles, was du fühlst, ist das Eisen an den Füßen und die Leere in deinem Kopf, während du allein im Schatten kauerst. Dann wird es dunkel, mein Freund, nach und nach versinkst du im schwarzen Wasser. Das ist Kala Pani.»

Ich schlug die Augen auf.

«Ein Gefängnis?»

«Ein Folterhaus!»

One-Hand-Joe stieß die Faust in den Sand.

«Schlimmer als lebendig begraben sein.»

«Noch nie vom *Cellular Jail* gehört?», sagte der Schimmelige. «Unten in Port Blair?»

Schon redeten die Fremden wieder durcheinander.

«Eine Festung.»

«Sieben Gefängnisflügel.»

«Siebenhundert Zellen.»

«Sieben Türme?», fragte ich.

«Nur einer, Junge.»

«Ein Wachturm in der Mitte und sieben Flügel ringsherum.»

«Wie ein Stern. Ein Stern aus Stein.»

«Die Weißen brauchten nur einen einzigen Wachtposten.»

«Und ein Gewehr.»

«Er sieht dich, mein Freund.»

«Er sieht jeden!»

«Der *Firangi* wandert einmal um seinen Turm herum und hat alle siebenhundert Zellen im Blick.»

«Ein Meisterstück.»

«Ein Geniestreich.»

«Einen Toast auf die bahnbrechende koloniale Zuchthausarchitektur!», sagte der Schimmelige in nachgeäfftem britischem Akzent. Da lachten die Männer ihr Toddylachen. Sie ließen die Flasche kreisen und tranken auf ihr eigenes Wohl.

«Dort habt ihr gesessen?»

Ich blickte neugierig in die Runde.

«Wie lange?»

«Ein, zwei Jahre vielleicht.»

«Lass es drei gewesen sein.»

«Oder waren es zehn?»

«Wer weiß das schon so genau.»

«Tag und Nacht in der Zelle?», fragte ich. «Haben die Weißen euch nie herausgelassen?»

«Doch!», sagte der Narbige und mühte sich, ein möglichst unschuldiges Gesicht zu ziehen. «Wenn sie Ochsen brauchten, um ihre Ölmühle zu drehen.»

Er deutete auf die Brandmale an seinen Knöcheln und Handgelenken.

«Hast du eine Ahnung, wie heiß eine Kette wird, mein Freund, wenn du stundenlang im Kreis marschierst, ewig in der prallen Sonne, die Hände am Balken gefesselt?»

«Senföl», sagte der Schimmelige. «Fünfzehn Seer am Tag und keinen Tropfen weniger.»

«Sonst hattest du einen Stiefel im Kreuz!», sagte One-Hand-Joe. «Oder es gab gleich mit der Peitsche. Hab ich recht?»

Der Narbige aschte schweigend in den Sand.

«Mit der Bullenpeitsche wissen die *Firangi* genauso gut umzugehen wie mit dem Kricketschläger», sagte der Schimmelige.

«Was, wenn ihr...?»

«Wenn wir uns geweigert hätten, Junge?»

One-Hand-Joe tat, als legte er sich selbst einen Strick um den Hals. Er zog die Schlinge zu und ließ den Kopf auf die Brust fallen, die Zunge hing ihm tot aus dem Mund.

«Den Verschwörern haben sie eine hübsche Krawatte gebunden», sagte der Narbige. «In der grünen Baracke im Hof. Das Krachen der Falltüren vergisst du nie, mein Freund.»

«Aber hättet ihr nicht fliehen können? Wer kennt die Wildnis besser als ihr?»

«Dummkopf!», rief One-Hand-Joe dazwischen. «Wohin denn, Junge? Im Meer lauern die Haie und im Dschungel?»

«Gid-Dig-Gid-Dig-Gid-Dig-Gid-Dig!», zischten die Fremden mit vereinter Stimme.

«Nur zu!»

«Lauf durch den Wald, Junge!»

«Mit Eisenketten an den Füßen.»

«Jawohl, das lieben die Jarawa.»

«Sie sind besessen von blitzendem Zeug.»

«Am besten trägst du noch etwas Tabak und Toddy mit dir herum. Den mögen sie auch!»

«Und dennoch hat es immer wieder jemand versucht», sagte der Schimmelige. «Einmal sind zehn Mann verschwunden. Nachts. Eine ganze Arbeitskolonne auf einen Schlag.»

«Eine Kolonne? Was war denn ihre Arbeit?»

«Wälder roden, Sümpfe trockenlegen ...»

«Nichts zu fressen kriegen!», sagte der Narbige. «Mann an Mann zusammengepfercht in den schäbigsten Baracken schlafen oder zur Strafe in den Mangroven pennen, mit den Sandmücken, wenn du dich dumm angestellt hast.»

«Verfluchte Sandmücken», raunte One-Hand-Joe.

«Die Sträflinge schlugen sich durch den Wald», fuhr der Schimmelige fort. «Sie schnürten ein Floß zusammen, sie schafften es sogar hinaus auf die offene See und jubelten im Stillen. Doch mit einem Mal sahen sie Leuchtfeuer, blaues Licht. Auf jeder Insel und jedem Felsen brannte Petroleum. Sie hörten Boote. Und Gewehre.»

«Wer nachts geflüchtet ist», sagte One-Hand-Joe, «der hing morgens an den Bäumen. Oder sie haben den armen Schweinen gleich auf der Stelle ...»

«Genug! Das reicht jetzt.»

Der Narbige hob die Hand, und die Fremden verstummten. Er sah mich an.

«Du tust mir leid, Junge. Du, deine Familie und der Elefant. Was in aller Welt sucht ihr auf den Andamanen? Das große Glück, die Gnade der Götter?»

Er zog ein letztes Mal an seiner Biri, nach all den Geschichten war sie nur mehr ein ausglühender Stummel.

«Weißt du, wo du hier gelandet bist? Dieser Fleck auf der Karte, an dem wir unser Hundeleben führen, mit seinen Urwäldern und Ungeheuern, er war die übelste Strafkolonie des gesamten Reichs der Briten. Ein Ort für die Schlimmsten unter den Schlimmen.»

Der Narbige atmete den Rauch aus. Dann drückte er den Stummel in den Sand.

«Ich schwöre dir, Junge. Auf diesen Inseln wirst du nichts weiter finden als Monster, Menschenfresser und Mörder.»

Mörder. Das Wort hallte nach wie Donner in den Schluchten. Prahlten die Männer? Schwindelten sie? Wollten sie mir bloß einen Schrecken einjagen, um mich aus ihrer Säuferrunde zu vertreiben? Mit dem letzten Zug aus der Flasche verschwanden sie wieder in den Schwaden der Feuer. Wenn es jedoch Mörder waren, überlegte ich in dieser Nacht, wenn es wirklich Mörder waren, die für Mister Ray und sein Unternehmen arbeiteten, dann hatten uns Mörder mit dem Floß auf die Insel gerudert. Mörder fällten die Bäume. Mörder gruben die Brunnen. Mörder bestellten die Felder an unserer Seite. Wir zähmten die Natur und ihre Geschöpfe mit der Hilfe von Mördern. Wir waren so auf die Kenntnis und die Muskelkraft der Kaidi, der alten Sträflinge, angewiesen, dass unser Schicksal auf den fremden Inseln ganz in Mörderhand lag.

Nach langen Wochen und Mühen war endlich eine Lichtung in den Wald geschlagen. Dort bauten wir unser Haus. Eine Hütte, die knisterte und knirschte, klapperte und pfiff, raschelte und rauschte, wenn die Winde der Tropen in salzigen Böen landwärts wehten. Die Wände waren aus Bambus, dem Gras der Götter, wie es Vater nannte, weil es in jeder gewünschten Art im Dschungel wuchs. Mal dünn und biegsam wie die Gerte eines Reiters, mal starr wie Stahl und so dick, dass im Inneren des Bambusrohrs nur mehr ein winziges Loch verblieb.

Das Dach war aus den Blättern einer wundersamen Palme geflochten. Sobald ihre rund gefächerten Wedel trockneten und in der Hitze verblassten, glichen sie den großen weißen Sonnenschirmen der *Policewallahs*, jener Amtsträger in Uniform, die auf den Kreuzungen von Kalkutta standen, in ihre Pfeife bliesen und versuchten, das Wirrwarr aus Rikschas, Omnibussen, Kühen, Automobilen und heillos überladenen Ochsenkarren zu regeln. Für jedes Hüttendach schnitten wir fünftausend Schirmpalmblätter von den Zweigen. Fünf Frauen webten sie fünf Tage lang ineinander und murmelten dabei die fünf immer gleichen Worte im Reigen.

«Eins über und eins unter.»

«Eins über und eins unter.»

«Eins über und eins unter.»

Und so wuchs ein ganzes Dorf aus dem Waldboden. Eine Palaverhalle für die Männer, ein Badeplatz für die Frauen am Fluss, eine Futterküche für die Elefanten und eine Jauchegrube für all die Kugeln, die Dalee und die anderen Bullen und Kühe nach ihren Mahlzeiten ins Gras kullern ließen. Gudlak besaß sein eigenes kleines Haus aus Lehm, aber dort sah ich ihn selten. Unser Freund schien lieber um die Bäume zu streifen, als in der Einsamkeit zu verkümmern. Zu tief saß der Schmerz, zu frisch war der Verlust von Gala, um allein zu sein. Hin und wieder stolperte Vater über ihn, frühmorgens, wenn er aus dem Hause ging, um für Dalee zu kochen, und der Mond über dem Meer hing wie eine riesige helle Scheibe. Dann fand er Gudlak schlafend auf unserer Türschwelle, eingerollt wie eine Katze. Sofort fuhr der Mahut auf und verbeugte sich vor meinem Vater. Er senkte den Blick und bat vielmals um Vergebung dafür, dass er schon wieder die Nähe unserer Familie suchte, oben auf dem überdachten Vorbau unseres Hauses, den man kletternd über eine Hühnerleiter erreichte.

Die Bambushütte schwebte über der Wiese im Wald. Ihre hohen, hölzernen Stelzen schützten uns vor dem Meer, das im Sturmwind über die Ufer wallte. Noch dazu hielten sie ungebetene Gäste fern, nachts, wenn wir uns eng beisammen zur Ruhe legten, Fuß an Fuß, Hüfte an Hüfte und Stirn an Stirn. Manche Kreaturen fanden dennoch den Weg hinein, mal auf Beinen, mal auf lautlos gleitenden Schuppen wie das Ding, das sich im Halblicht über die Brust unseres Vaters schlängelte. Grau gebändert, drei Fuß lang, mit schwarzen, tief liegenden Augen.

«Wacht auf!», rief Mutter. «Hoch mit euch!»

Doch ihre schlafenden Söhne wollten sich nicht regen, egal, wie laut sie schrie. Da griff sie uns Kindern unter die Achseln, hob uns von den Bastmatten, nahm einen Jungen auf jeden Arm und trug uns hinaus ins Freie. Wer weiß, woher sie die Kraft dafür nahm.

Das Reptil war boshaft. Kaum sprang unser Vater von seinem Nachtlager auf, suchte es ihn mit seinen krumm gebogenen Zähnen zu fassen. Genauso schnappte es nach Gudlak, den das Geschrei aus den Träumen gerissen hatte. Es reckte zischend den Kopf, die Kiefer weit offen, und blähte den emporragenden Hals zu einem drohenden Schild auf.

«Grundgütiger», raunte unser Freund, «eine Kobra.»

Und wäre er nicht so ein empfindsamer, gläubiger Hindu gewesen, obendrein mit einem gebrochenen Arm, Gudlak hätte sie wohl gleich mit dem Haumesser geköpft. Vater bückte sich und schlich näher an den Eindringling heran, so dicht, bis er das gereizte Reptil im Schein seiner Fackel betrachten konnte.

«Schlange kommt, Schlange geht», sagte er mit einem Mal. «Los, mein Freund, wir trinken Chai und warten.»

Wie sich zeigte, war es eine Pytas, eine gewöhnliche Rattenschlange auf der Jagd nach den Enten und Hühnern, die aus gutem Grund in den Häusern schliefen, dicht an dicht mit den Dorfbewohnern. Der Biss der Rattenschlange brannte wie Salpetersäure, das wusste Vater, und ließ hässliche Narben zurück. Nach wenigen schmerzvollen Tagen jedoch, in denen man die Stunde seiner eigenen Geburt verfluchte, schwoll er schon wieder ab. Würgeschlangen bereiteten unserem Vater größere Sorgen, ähnlich wie der Anblick einer Viper, die sich einrollte wie ein Seil, den Kopf unter ihren Schlingen verbarg und den Schwanz in die Höhe streckte. Und was geschah, wenn sich eine echte ausgewachsene Andamanenkobra in unsere Hütte verirrte, eine Schlange, die nicht nur biss, sondern auch Gift spuckte und den stärksten Elefantenbullen zu Boden warf?

Nun, das war eine Sache für den Ranchi.

Badshah war kein Hindu, er war stolzer Muslim, und wenn sich eine Kobra vor ihm erhob, so steil, dass sie ihm direkt in die schwarzen Augen sah, wiegte er bloß den Kopf. Badshah stahl sich rücklings aus der Behausung und schaffte ein schmales Kästchen herbei. Er heftete Gur an den Köderhaken im Inneren, schloss die Klapptür, setzte sich wie ein Betender ins Gras und wartete. Kaum hatte er eine Spitzmaus gefangen, zog er ihr einen Eisenhaken durch das Rückenfell. Den Haken knüpfte er an einen Angeldraht, und nun ging er fischen. Er setzte den armen Nager in der Hütte aus und ließ ihn an der Leine laufen, so lange, bis das Schicksal nach ihm schnappte. Hing die Kobra an der Angel, packte er sie fest an ihrem Schwanz. Badshah schleuderte die giftige Schlange wie eine Luftschraube über dem Kopf, bis all ihre Wirbel weithin hörbar geknackt hatten. Und zog er ihr später die Haut ab, um sie über brennendem Mangrovenholz zu räuchern, mochte niemand mehr hinsehen.

Von nun an legte sich Vater einen Knüppel an die Seite, wenn er schlafen ging. Vorher rieb er die Bastmatten mit Petroleum ab, bis sie übel rochen. Unsere Mutter pflanzte lieber Lavendel um die Hütte und verstreute Zimt in den Ecken, der nachts in der Nase kitzelte. Sogar auf der Schwelle der Tür und auf dem Simsbrett fand sich eine feine Pulverspur. «Das vertreibt die Skorpione», sagte sie und zeigte uns lächelnd ihren Zwinkerzahn.

Ob es das Leben war, das sich meine Eltern erträumt hatten, damals, vor der Reise über den Ozean?

«Kinder, habt Geduld», sagte Mutter, ehe die Nacht sich neigte. «Wenn sie kommen, wird alles besser.»

«Sie?», fragte ich.

Mutter wischte mir einen Zimtfleck von der Wange.

«Schlaf, mein Sohn.»

Little India

Sie kamen auf der «Maharaja», einem pfeifenden, von Hand geheizten Dampfer, der kokosweiß in den Wellen trieb. Er war eine Nacht lang die Küste hinaufgefahren und glitt im Morgenlicht in die Lagune, zweifelnd, ob er an der Korallenmole landen oder besser gleich wieder beidrehen und nach Port Blair tuckern sollte, zurück in den sicheren Hafen der Inselhauptstadt. Die Passagiere an der Reling, eine Dame und ein Herr, sahen träumerisch ins Land. Ihre Wangen leuchteten rosig wie Zuckerwatte, und auf ihrer Stirn, die sie immerzu tupften, schimmerten missliche Perlen, geradeso als regnete es unter ihren Sonnenhüten.

Kaum setzten sie Fuß an Land, ging ein Raunen durch die Schar am Meeresrand. Wir Kinder legten den Kopf in den Nacken und pressten die Hände vor den offenen Mund, überall, wo wir gingen und standen, flüsterte es wie der Wind in den Kasuarinen: «Schaut! Wie groß! Seht nur, so groß!» Schon hüpften wir auf einem Bein durch die Spuren im Sand, die das wandelnde Paar mit seinen Schuhen hinterließ. «So riesig groß!»

Wir kannten die mächtigen Brettwurzeln des Thitpoks in den Wäldern, den erhabenen, alles überragenden Stamm des andamanischen Gurjans, den Elefantenseilbaum, der von Zeit zu Zeit seine Blätter verlor, als fielen Seglervögel vom Himmel. Wir lebten unter den höchsten Bäumen der Welt und ritten auf den gewaltigsten Säugetieren der Erde, aber wer hätte gedacht, dass es menschliche Wesen von solchem Wuchs gab?

Der Reisende überragte jeden Dorfbewohner um wenigstens einen Kopf. Er schien auf Stelzen zu gehen und erfüllte die Seeluft, die ihn umwehte, mit dem Duft von Ambra und schwerem, süßlichem Tabak. Sein Gesicht war wie mit Kohle gezeichnet, die Schatten und feinädrigen Falten verrieten, dass er Menschen, Orte und Dinge gesehen hatte, die einem einfachen Elefantenjungen verborgen blieben. Seine Aura ließ ihn umso gebieterischer wirken, und der glänzende Stock, den er schwenkte, hielt seine spinnenartige Statur stützend in der Geraden. Die Silberschläfen harmonierten mit der seidenen Krawatte, der elfenbeinerne Schimmer seines gewellten Haars wiederum stimmte mit Hemd und Kragen überein. Hin und wieder wandte er sich nach dem Wasser um und sah gedankenvoll über das Meer, das ihn an diesen Strand gespült hatte. Er kam mir beinahe wie ausgestopft vor, eine seltene Trophäe aus einem exotischen Königreich.

«Ein Sahib aus Europa», zischte jemand im Gedränge, ohne genau zu wissen, wo Europa lag. Doch er ahnte, wie himmelweit die Heimat des Fremden von allem entfernt war, was wir uns erträumen konnten.

Die Mistress mit dem Rüschenschirm und der wehenden Krempe strahlte noch heller als das Gewand, das sie spazieren führte. Wie ein Seidenreiher im Prachtkleid schritt sie über den Strand, mit Schmuckfedern auf dem Schopf, schlanken Beinen und fein gezogenen Flügeln. Die Füße in ihren Sandaletten und die zarten, unbedeckten Unterarme waren von außerordentlicher Schönheit. Und ihre Augen, die mich in ihrer Größe an eine Schleiereule erinnerten, leuchteten so blau, wie ich es nur vom Gefieder der Pfauen kannte. «Gold», sagte der kleine Du, als sich die Mistress zu uns herunterbeugte, und fuhr ihr selig lächelnd durchs gelockte Haar. Ganz in Staunen versunken, nahmen wir ihre Hand und legten unsere Finger auf ihre, die lang und weiß waren. «Wie groß! Seht nur! So riesig groß!» Wir wendeten die Hände hin und her. Ihre Innenflächen unterschieden sich kaum von unseren, außen jedoch, auf dem Handrücken, war es, als hätte jemand die Farbe vergessen, so bläulich traten die Gefäße unter der gesprenkelten Haut hervor.

Den Weißen folgte eine Karawane der Wunder, hundert Habseligkeiten schwankten ihnen nach. Eine Badewanne auf Tigerfüßen, ein Vogelkäfig, prachtvoll wie der Palast eines Moguls, ein Tischchen mit Schwungrad und Pedal, auf dem eine rätselhafte, schwarz gelackte Apparatur verschraubt war.

«Ein Fleischwolf», sagte eine Stimme.

«Eine elektrische Säge», vermutete eine andere.

«Los, los, beiseite!», rief Mister Demello, der hinter den Fremden von Bord gegangen war und eine Menschengasse bilden ließ. Hätte der Angloinder den Schaulustigen erklärt, dass es bloß eine Nähmaschine mit gewöhnlichem Fußantrieb war, sie hätten weiterhin mit denselben verwirrten Augen daraufgestarrt. Selbst die Träger, die den Küstendampfer entluden, schienen sich zu fragen, welche sonderbaren Dinge sie da auf ihre Schultern und Scheitel hoben. Einer hielt ein Gemälde in den Händen. Es war halb von einem Tuch verdeckt. Als er wenig später unter dem schweren Rahmen ins Trudeln kam und sich glücklicherweise wieder fing, was ihm erst ein Fluchen, dann ein Grinsen und zuletzt ein dankbares Gebet entlockte, konnte ich die Malerei erkennen. Sie zeigte einen Wanderer im Wind. Er stand einsam auf einer Klippe im erwachenden Morgen und blickte versonnen über ein Nebelmeer. Aus den Schleiern, die sich lichteten, ragten Felsen hervor. Hier und da zeigte sich die Spitze eines Baumes, herbstfarben wie der Herrenrock des Mannes mit dem roten Haar. Es war keine reiche Landschaft. Sie wirkte kühl, karg und schroff, und dennoch sehnte ich mich dorthin, als der kostspielige Kunstdruck an uns Kindern vorüberwippte. Ich schloss die Lider, streckte den Zeh in den Gipfelschnee und behielt einen Zug von der erfrischenden Bergluft in der Nase, bis urplötzlich ein wohlgerundeter Bengale durch das Tal geschritten kam. Mit einer Hand strich er mir im Vorbeigehen durchs Haar, mit der anderen, an deren Fingern goldene Ringe glänzten, schenkte er mir ein Bonbon.

«Welch ein Morgen!»

Mister Ray schwenkte den Borsalino. Er war ganz in Weiß gekleidet wie ein britischer Gentleman, der ein Pferderennen im Royal Calcutta Turf Club besucht und darauf im Firpo's, dem Restaurant im Grand Hotel an der Chowringhee Road, eine gratinierte Lady-Curzon-Suppe aus Madeira, Sherry, Kalbsfuß und gewürfeltem Schildkrötenfleisch genießt. Die lange Reise auf dem Dampfer schien ihn nicht im Geringsten erschöpft zu haben. Während er schwebend durch das Dorf flanierte und die Bartspitzen im Rhythmus seiner Schritte wippen ließ, war kein einziger Makel an ihm zu erkennen. Nur sein Kavalierstuch hob sich purpurn von seinem leinenen, knitterfreien Sommeranzug ab.

Der Mann der Wunder hatte den Weißen vielfach die Hand geschüttelt, seit sie gemeinsam auf der Insel gelandet waren. Nun tat er es ein weiteres, beherztes Mal vor aller Augen und führte seine Gäste höchstpersönlich zwischen den Bambushütten und Lehmhäusern herum. «Willkommen in Maya Bandar», rief der Großkaufmann aus Kalkutta und breitete feierlich die Arme aus. Natürlich hatte er die Siedlung bis zu jenem Tag noch nie zuvor gesehen, doch das hielt ihn nicht davon ab, sie den Fremden zu zeigen.

«So nennt sich das Dorf?»

Der Sahib stützte die Arme in die Seiten. Er sah mit der Miene eines Entdeckers in die Wipfel der Bäume, die sich im Morgendunst über dem Wald erhoben – zu tief in seinen Plänen und den baldigen Pflichten versunken, um das Kichern zu bemerken, das in der Luft lag und wie ein hüpfender Floh von Kindermund zu Kindermund sprang.

«Maya Bandar», sagte die Mistress. «Zauberhaft, Mister Ray.»

Da wurde aus dem leisen Kichern ein Keuchen.

«Was ist? Stimmt etwas nicht?»

Mit diesen Worten bückte sie sich herunter, um den glucksenden Mädchen und Jungen in die Wange zu kneifen.

«Na?», fragte sie und sah kokettierend in ihre runden, blitzenden Augen. «Wie spricht man es denn aus? Meyer Bandar? Maya Bundar?»

Da lachten wir Kinder umso lauter, wir gackerten und quietschten. «Meijabundarrr», feixte es um die Fremden herum, «Meijabundarrr, Meijabundarrr», als wären sie in einen Schwarm krächzender Sittiche hineingeraten. Auch die erwachsenen Dorfbewohner hielten es nicht länger aus. «Meijabundarrr», spotteten sie, einige verschämt hinter der hohlen Hand, andere grinsten ganz ungeniert und äfften die Weißen nach. «Meijabundarrr», höhnten sie, dass es kaum mehr zu überhören war, und rollten das «R» wie Kieselsteine auf ihren Zungen.

Die Reisenden sprachen mit einem irrwitzigen Akzent. «Sperrig» wäre wohl das bessere Wort. Ihr Englisch war voller Ecken und Kanten und passte auf eine Weise zu all den fremden Möbelstücken, die den Weg in die Wildnis fanden, zu den Konsolen und Kommoden, dem schweren Tischsekretär aus Nussbaumholz, dem ausladenden Küchenbuffet mit seinen vielen Schubfächern und Schranktüren. Die Weißen näselten nicht wie die *Firangi* von der regnerischen Insel. Sie sprachen auch nicht wie wir Inder, sie führten die Worte wie Würfel im Munde.

Der Sahib zog eine flache, silbern glänzende Dose aus der Pattentasche. Unter dem Raunen der Leute klappte er sie auf und fischte einen Tabakstängel hervor, in weißes Papier gedreht, so tadellos gerade, wie wir es noch nie gesehen hatten.

«Wenn Sie so freundlich wären, Mister Ray ...», sagte er und riss ein Streichholz an. Der Mann aus Europa blies eine Rauchwolke in die Luft und sah auf. Lächelte man in seinem Land vornehmer als in Indien? Zeigte man dort weniger Zähne? Oder hatte das Gehen im Sand so viel Kraft gekostet, dass er nur mehr zu einem säuerlichen Schmunzeln fähig war?

«Weihen Sie uns doch bitte in das große Geheimnis von Maya Bandar ein. Wie artikuliert man den Namen des Dorfs in Ihrer Muttersprache? Und was soll er bedeuten?»

Schon murmelte und munkelte es wieder auf der Wiese im Wald. «Maya Bandar», flüsterten die Kinder, «Maya Bandar», tuschelten die Frauen, «Maya Bandar!», tönten die Männer, untermalt von Seevögeln, Wind und Meeresrauschen. Und während die Wolke aus Rauch allmählich davonschwebte wie eine pulsierende Qualle im Ozean, begannen die Dorfbewohner, aufgeregt zu sprechen und zu streiten.

Maya Bandar. So nannten sie unser Dorf an den Stränden der Lagune, die Holzfäller, die Mahuts und die Bauern mit ihrem fetten Kohl und ihrem üppig sprießenden Reis. «Ein Fest für Maya Bandar», jubelten die Fischer, wenn sich ihre Reusen vor Schalentieren wölbten. «O Maya Bandar», sprach der Swami und betete gen Himmel, sobald er den Vollmond zwischen den Wolken sah, «gesegnet seist du in deiner Herrlichkeit.» Sogar der Narbige unter den Sträflingen schloss den Namen in seine Verwünschungen ein, wann immer er Toddy trank und den Wald verfluchte. Die wenigsten Bewohner schienen sich jedoch zu fragen, was Maya Bandar bedeutete. Dabei war der Name eine sonderbare Mischung, zwei Worte aus dem Sanskrit, die zusammengefügt keinerlei Sinn ergaben.

Eines der Wörter umschreibt eine räuberische Kreatur. Wir kannten sie nur allzu gut aus Indien, sie langte nach allem, was wir für einen Augenblick außer Acht ließen, Armreifen, Fußkettchen, noch nicht einmal Nasenschmuck war vor ihr sicher, und wäre ein gemeiner Bandar in der Lage gewesen, einen Elefanten zu stehlen, ich weiß, er hätte es getan. Bandar bedeutet Affe, darin waren sich die Dorfbewohner einig, doch in den Wäldern von Maya Bandar, die nur so vor Leben strotzten, gab es keine Affen – sah man von dem zahmen Rhesusäffchen der Mistress ab, das sie an einem Ledergeschirr über die Lichtung führte und mit getrockneten Mangostreifen fütterte.

Und das andere Wort? Manche zogen es lang. «Maaya», sagten sie. Andere wiederum pressten es durch die Lippen, schnell, scharf, roh: «Maya!» Swami, der Priester und Heiler, war der Einzige in der Siedlung, der das Wörtchen auf seltsame Weise vermurmelte. Er verbog die beiden Silben so zwischen den rot gefleckten Zähnen, dass ich sie nur nachsprechen konnte, wenn ich meine Wangen mit den Händen fest auseinanderzog.

Wie sich zeigte, war die Interpretation des Wortes ähnlich vielfältig wie seine Artikulation.

«Es bedeutet gute Mutter», sagten die Bauern.

«Es bedeutet gesegnetes Wasser», sagten die Fischer.

«Es bedeutet Zauberei», sagte der Narbige, der den Trubel in Maya Bandar aus dem Schatten einer Uferpalme beobachtete. «Hirngespinst, nichts als eine hübsche Illusion», schob er nach und spuckte den rätselhaften Namen des Dorfs mit seinem Betelbissen in den Sand.

«Es bedeutet Fisch!»

Mit diesem Ausruf zog der Swami alle Blicke auf sich. Der zopfbärtige Gelehrte blieb dabei, obwohl seine Schäfchen zweifelnd mit den Augen rollten.

«Ihr habt richtig gehört», sagte er. «Maya bedeutet nichts weiter als Fisch.»

Doch wenn Maya wirklich Fisch bedeutete und Bandar Affe, wovon in aller Welt erzählte dann Maya Bandar, der Name unseres Dorfs? Von einem Fischaffen, einem Affenfisch, einem schwimmenden Primaten? Von einem geschuppten Makaken unter dem Meer, der sich von Koralle zu Koralle schwingt, mit Fingern und Flossen, mit Glubschaugen über der Affenschnauze und Kiemenbüscheln hinter den pelzigen Ohren?

«Schluss!»

Palash Jyoti Ray beendete den Streit mit einer einzigen besänftigenden Hand. Wie wir wissen, verfügte der Mann der Wunder nicht selten über seine eigene Sicht der Dinge, und als endlich Ruhe einkehrte unter der Sonne von Maya Bandar, ließ er keine Sekunde vergehen. Er wiegte den Kopf und gab dem Sahib eine Antwort: «Der Name dieser wundervollen Siedlung, mein Herr, bedeutet Ort des Friedens. Mögen die Götter das Dorf segnen und beschützen.»

«Na schön.»

Der Fremde schürzte die Lippen, paffte die nächste Rauchwolke in die Luft und sah sich fragend um. *«Koi hai, koi hai?»*, hörten wir ihn rufen, was wohl am ehesten mit «Ist jemand zu Hause?» übersetzt werden könnte und auf herrschaftlichen Landsitzen üblich war. Mit hochgezogener Braue blickte er in die Gesichter der Männer und Frauen, die ihn starrend umringten. In seinen abendländischen Augen wirkten sie offenbar träge und tatenlos, was ihm zusehends missfiel. Doch der Eindruck täuschte. Kaum wandte er ihnen den Rücken zu, wurden sie lebhaft und versuchten, mit spitzen Fingern über das Seidenmoirée seiner perlmuttfarben glänzenden Weste zu streichen. Es fühlte sich an wie kalter Fisch.

«Die Boys», sagte der Sahib und verschaffte sich räuspernd Gehör. Dann hob er die Stimme. «Die Boys, um Himmels willen!»

Nun teilte sich der Pulk unter Pfiffen und Schnalzen.

«Platz da!», tönte es gehetzt aus mehreren Kehlen. «Platz da! Platz, Platz!»

Vier Diener mit Turbanen und getünchten Kurtas eilten herbei. Der Sahib rief sie *Boys*, aber warum, wollte sich mir nicht so recht erschließen, waren es doch keine Kinder mehr, sondern junge Männer, denen Bart und bereits das erste Brusthaar wuchs. Sie trugen ein Holzgestell auf den Schultern, zwei lange, wuchtige Balken, auf denen ein Sessel thronte, der mit Lederriemen befestigt war. Schon ließen sie die Sänfte zu Füßen der Weißen nieder, etwas überhastet vielleicht, denn sie kippte um ein Haar in den Hühnerdreck, der die Waldwiese bedeckte. Die Mistress raffte ihren schwingenden, weitfaltigen Rock. Ohne auch nur ein Wort zu verlieren, reichten ihr die Diener eine Hand zur Stütze, gleich darauf ein Rückenkissen, sogar eine Decke legten sie ihr über.

«Gegen den Wind, Memsahib!»

Schließlich setzten sie ihr das Rhesusäffchen in den Schoß. Die vier schulterten auf und schaukelten ihre Herrin samt Haustier an den Fuß des Hügels, der sich über dem Meer erhob. Und so schlängelte sich der Tross aus Menschen und Mobiliar nach und nach hinauf.

Wir Brüder kannten den Hügel. Er war unser Dachgarten, grün und lichterfüllt, von zitronengelbem Ginster und duftenden Butterbäumen bewachsen. Wir konnten ewig dort sitzen und schauen. Die Wolken zogen über die Lagune hinweg, die Berge waren Scherenschnitte, umhüllt von Schleiern, der Fluss glänzte in der Ferne und mäanderte in weiten Schlingen durch den Regenwald. Wir sahen die Fischer, bis zu den Knien in der Bai, wie sie ihre Netze nach den Meeräschen warfen. Wir sahen den puderweißen Fruchttauben in den Mangroven zu und fragten uns, weshalb sie sich auf der Suche nach Nüssen und Samen kopfüber von den Ästen hängen ließen. Wir sahen unser Zuhause auf der Waldwiese, wie windschief es doch war! Wie sehr es sich bog unter seiner Blätterlast! Eine Hütte wie eine Dau, gestrandet im Gras, umringt von weiteren Schiffchen und Schaluppen.

Auf dem Hügel war bloß ein einziges Haus zu finden. Es stand im Schatten eines hundert Jahre alten Banyanbaums und wartete auf Leben. Schaukelstühle pendelten im Wind auf der Veranda, knarzende Rattansessel mit schlanken, umflochtenen Beinen gesellten sich bei. Sie hatten vor dem Binden in Sattelseife gebadet, damit sie bis zur Ankunft der Besucher weich und geschmeidig blieben. Die Balustrade war aus feinstem Indischen Mahagoni gezimmert, der gewachste Teakboden schimmerte, und die große Kupferglocke unter dem Giebel war auf Glanz poliert.

Es gab kein schöneres Haus in Maya Bandar, keines, das größer und geräumiger war, und keinen besseren Ort, um über die Lagune zu blicken und ihren tiefen meerblauen Frieden zu fühlen. Kaum traten die Fremden jedoch ein, um ihre Bleibe zu betrachten, hörten sie es darin rascheln. Aus jedem Winkel der Wände drang ein Knistern, Knirschen und Knacken. Es war gespenstisch dunkel im Inneren. «Alle Rouleaus schließen», hatte der Mann der Wunder vor seiner Landung telegraphiert, damit die Hitze im Haus akzeptabel blieb. Seine geschätzten, weitgereisten Gäste sollten es gut bei uns haben. Und er wollte dabei sein, wenn sie erstmals die weiten Doppelflügel der Verandatür öffneten, um die Insel in ihrer Schönheit aus der Höhe zu betrachten. Es wird ihnen die Sprache verschlagen, sagte er sich, doch im dämmrigen Licht, das durch die Lamellen auf die glänzenden Paneele fiel, schien etwas zu schleichen. War es eine Python, die andamanische Wolfszahnnatter oder eine schillernde Regenbogenschlange?

Die Geräusche stammten von den Dorfbewohnern. Sie drängten von allen Seiten ans Haus heran, schielten durch jeden Spalt im Bambusgeflecht und schoben sogar den Perlenvorhang beiseite, der klickernd im Türrahmen hing. Wir Kinder waren auch dabei, Bindhu, Mitra, Kapur, Lila, Nur, Sanju, Manju und die kleine Tara. Unverhohlen lugten wir durch die Ritzen in den Wänden und streckten die Finger aus, um die Gucklöcher zwischen den Flechten auseinanderzubiegen. Unter dem Gemurmel der Stimmen wanderten weitere fremdländische Dinge den Hügel hinauf. «Daran machen sie die Gäule fest», flüsterte jemand, als die Träger ein Brett mit vielen Messinghaken über die Türschwelle brachten, wo auch immer die Pferde der

Weißen sein mochten. Dem verspiegelten Möbelstück schwankte ein Sofa hinterher, dem die halbe Rückenlehne fehlte. Ottomane nannte sich die gepolsterte Seltsamkeit, wie wir noch lernen sollten. Als ein goldgerahmtes Wandbild ins Halblicht der Behausung getragen wurde, war uns Brüdern nicht wohl. Im Himmel des Gemäldes schwebten speckige, nackte, blond gelockte Kinder mit weißem Gefieder auf dem Rücken. «Fliegende Suppenhühner», sagte der kleine Du.

Da entdeckten wir eine Schrift, zwei Worte in lateinischen Lettern mit Bleistift notiert und verbunden durch einen Strich. Sie waren blass auf einen Papierfetzen gekritzelt, der an einem lederbeschlagenen Überseekoffer haftete. «Frisch», sagte eine Stimme und stockte, während die schwere Reisetruhe auf einem bedenklich gekrümmten Rücken in die Behausung gelangte, nur mit einem Stirngurt gehalten. «Frisch. Komma. Kurt», fuhr die Stimme fort, nun etwas fester und selbstsicherer. «Frisch Kurt», tuschelte es bald darauf hinter allen Wänden, und ich staunte. Welcher Reisende würde so viel Verderbliches mit sich führen, einen ganzen Koffer voll Weißkäse, bei dieser brennenden Hitze? Frisch Kurt, das klang in meinen Ohren wie *fresh curd*, wie stichfester, frischer Büffeljoghurt. Als sich erwies, dass die Truhe voller Bücher war, und wir begriffen, dass es sich bei «Frisch, Kurt» um einen ausländischen *good name* handelte, fühlte ich mich auf gewisse Weise bestätigt. Keine Speise, die ich kannte, beschrieb Mister und Mistress Kurt besser als das glänzende Weiß, weich und fest zugleich.

Der Mann der Wunder folgte dem Sahib und seiner Begleiterin. In beschwingtem Gang tänzelte er über das nach

Harz duftende Teak. Er wies auf die Verandatür, und sein Assistent tat wie ihm geheißen. Mit einem Knarren sperrte Mister Demello die beiden großen Flügel auf. So drang endlich Licht ins Haus, das über ganz Maya Bandar blickte. Und als sich ihre Pupillen an das Gleißen gewöhnten, sahen die hohen Leute gemeinsam über den grünen, dampfenden Dschungel.

«Das Gold der Andamanen.»

Mister Ray sprach mit der Freude eines kleinen Jungen. Er ließ den Satz in der andächtigen Stille verhallen, während sich sein Blick in der Weite verlor.

«Zweihundertsiebzig Quadratmeilen», fügte er hinzu und spreizte die Arme. «Ein Wald wie ein Königreich, größer als Pune, die Perle von Maharashtra, größer als die Palasthauptstadt von Persien mit ihren Bergen und Höhen, größer als das Jagdrevier eines Bengalischen Tigers. Sehen Sie, wo der Rauch aufsteigt?»

Er streckte einen goldenen Finger aus, und hundert neugierige Augen in den Wänden des Hauses folgten ihm.

«Das ist das Camp der Baumfäller, von dort aus ziehen die Männer in den Dschungel. Und da drüben?»

Nun deutete er auf den Fluss, der sich braun durch die Wildnis schlängelte, auf seinem Weg weitete er sich mehr und mehr und mündete schließlich in eine seichte Meeresbucht.

«An dieser Stelle lassen wir eine Landebrücke bauen. Es braucht noch etwas Phantasie, aber schon bald werden Dampfer kommen, große Handelsschiffe aus Indien, China und den Vereinigten Staaten mit haushohen Masten und Kränen. Und jeder Frachter fährt bis zum Rand beladen wieder davon, voll mit den Schätzen des Dschungels.»

Während Mister Ray erzählte und seine Worte mit ausschweifenden Gesten unterstrich, sah ich die Zukunft der Insel immer klarer vor meinen Augen: das belebte Camp der Baumfäller, den Anleger in der Mündungsbucht, Dalee und die anderen Elefanten, die das gefällte Holz an Ketten aus den Wäldern zogen. Ich sah die Felder, die wir eines Tages bepflanzen würden, die Kakaoplantagen, die vielen rauchenden Schornsteine der Zuckerfabriken. Ich hörte das Tönen der Schiffshörner und ihren Widerhall von den Bergen, sah die ersten Dampfer am Horizont erscheinen. Sie ankerten im tiefen Wasser vor der windgeschützten Bucht, luden auf, Tonne für Tonne, und reisten zurück nach Übersee, Rosenholz, Sandelholz und Ebenholz in ihrem Bauch.

«Mister Ray», sagte die Mistress mit einem Blinzeln. «Verehrter Mister Ray, wie wollen Sie denn all die Baumstämme auf die Schiffe bekommen?»

«Das», sagte er, «ist eine vorzügliche Frage. Wir haben nun mal keine Straßen und keine Lastwagen, nicht wahr? Ganz zu schweigen von einer Kaimauer und einem anständigen Hafendamm, und sehen Sie irgendwo einen Kran oder einen dampfenden Schlepper? Aber ich sage Ihnen eins, Madame, wir Inder verfügen über die beste Maschine der Welt. Sie läuft im Sumpf und auf den höchsten Bergen, sie verschont den Wald und den wertvollen Boden, weil sie wendiger und schmaler ist als Traktoren oder Kettenräumer. Sie benötigt keinen Ingenieur, keinen Treibstoff und keine elektrische Batterie, nur ein bisschen Kühlwasser vielleicht, wenn Sie verstehen, denn natürlich darf die Wundermaschine nicht überhitzen. Und wissen Sie, was das Beste ist?»

Palash Jyoti Ray drehte sich halb auf seinem Lederabsatz herum und schlug vor den Augen seiner Gäste klatschend die Hände zusammen.

«Sie ist die einzige Maschine der Welt, die sich reproduziert.»

«Ein Elefant», sagte der Sahib und zog an seinem Tabak. «Aber ich fürchte, Mister Ray, Sie haben die Frage meiner Frau noch nicht beantwortet. Wie kommt das Holz auf die Schiffe?»

«Natürlich, schauen Sie, meine Teure. Es gibt leichtes Holz und schweres Holz, das eine schwimmt auf dem Wasser, das andere versinkt wie ein Stein.»

«Eisenholz.»

«Ganz genau. Für das schwere Holz legen wir Zugpfade an, einen für jeden Urwaldriesen. Wir zäumen die Elefanten auf und schleppen die Bäume aus den Wäldern quer über die Pfade bis ans Meer. Wenn es nötig ist, spannen wir sieben Arbeitselefanten hintereinander an.»

«Und das leichte Holz?»

«Nun», sagte Mister Ray. «Da hilft uns Mutter Erde.»

«Mutter Erde?»

«Der Monsun, um genau zu sein! Die Elefanten stapeln das Holz während der trockenen Monate in den Flussbetten auf, und wenn der große Regen kommt, spült er die Baumstämme in die Bucht. *Voilà!*»

«Eins fehlt noch», sagte der Sahib. «Sie müssen das Eisenholz zum Schwimmen bringen.»

«Mit Seil und göttlichem Segen!»

Mister Ray faltete die Hände.

«Wir binden Flöße, nichts beherrschen die Männer besser. Die leichten Stämme nach innen, die schweren nach außen, an die Flanken, so wird das Eisenholz von den anderen Bäumen auf dem Wasser getragen. Die schwimmenden Elefanten ziehen das Floß in die tiefe See, und der Schiffskran hievt es aus den Wellen.»

Der Mann der Wunder lächelte.

«Ein Kinderspiel, hab ich recht?»

Um das Haus herum wurde es still. Mancher Dorfbewohner starrte verwirrt ins Leere. Ich bewunderte den Wagemut von Mister Ray, und das kühne Unterfangen schien die beiden Fremden genauso in den Bann zu ziehen. Warum sonst waren sie auf diese entlegene Insel gereist, wo die Grenzen der Welt verwischten? Sie verweilten und sahen Arm in Arm über die Lagune.

«Ich vertraue Ihnen», sagte der Mann der Wunder so zufrieden, dass sich die aufragenden Spitzen seines Barts immer weiter himmelwärts bewegten. Mit herzensfroher Miene legte er Maya Bandar in die Hände seiner Gäste. Und auch wenn diese Hände groß waren, spürten sie bereits, wie schwer es darin wog.

Manju und Sanju waren Zwillinge, obwohl die kleine Manju siebenundsiebzig Tage später zur Welt gekommen war als Sanju, ihr Zwillingsbruder.

«Siebenundsiebzig Tage und elfeinhalb Stunden», erklärte ihr stolzer Vater. «Eine Laune der Natur!»

Der Mann lag auf dem Rücken in einem Kreis aus lodernden Fackeln. Er streckte die Beine in die Luft und balancierte ein Fass auf den Fußsohlen. In dieser Pose begann er, das leere Fass zu drehen, so flink, als wetzten seine Füße über glühendes Blech. Das Fass rollte und rollte, dann stieß er es in die Luft, bis es flog und sich wirbelnd um seine Achsen drehte, dreimal längs und dreimal quer. Er fing es auf und rollte es im Lichterglanz noch wahnwitziger herum, so lange, bis die Dorfbewohner dachten, sie hätten wohl jedes Kunststück erlebt, das ein Mann mit Ballen, Fersen und Zehen vollbringen kann.

Da kamen Manju und Sanju. Sie trugen ein Bambusrohr herbei und legten es dem Vater waagerecht auf die nackten, schwieligen Sohlen. An beiden Enden der Stange baumelte eine Schaukel. Manju bestieg die eine, Sanju kletterte in die andere hinein, während sich der knarzende Bambus sichtlich bog. Sanju war nicht nur älter als Manju, er war auch siebenundsiebzig Tage und elfeinhalb Stunden größer und schwerer als seine Zwillingsschwester. Darum brauchte es einiges Geschick, um die beiden Kinder ins Gleichgewicht zu bringen.

Doch der Vater war noch nicht fertig. Unter Beifall löste er einen der Füße, die das Bambusrohr stützten. Mit nur einer einzigen Sohle hielt er Sohn und Tochter weiterhin im Lot, mit der anderen gab er den Schaukeln kräftig Schwung. Und nun begannen sie sich auf seinem hochgestreckten Fuß zu drehen, schneller und schneller im Kreis, Manju und Sanju, angeheizt von Pfiffen, Schnalzen und rasendem Applaus.

Die Geschwister zogen die Bäuche ein. Sie spannten Waden und Schenkel an, lehnten sich weit in ihren Schaukeln zurück und fuhren Runde um Runde, angetrieben von einem Artisten, der im Licht des Tages nur ein gewöhnlicher Baumfäller war. Und wäre Mister Ray nicht in den Fackelkreis getreten, um dem Zwillingsvater die Hand zu schütteln, sie wären wohl noch siebenundsiebzig Tage und elfeinhalb Stunden weiter durch die Luft von Maya Bandar gerauscht.

«Bravo!», rief der Mann der Wunder und küsste Manju und Sanju auf die Wangen. «Ein lebendiges Karussell! Der Himmel sei gepriesen für eure Gabe.»

Es war eine herrliche Nacht. Eine, die nach Milch und Melasse roch, und was würde ich darum geben, sie noch einmal zu genießen, einmal noch in das Meer aus Menschen zu tauchen, die auf der Lichtung versammelt waren, sie klatschen zu hören zu den näselnden Klängen einer Sarangi, sie tanzen zu sehen im Reigen um all die Feuer herum, die das Dorf erhellten. Einmal noch Mutter erleben in ihrem feinsten Sari, den kleinen Du, wie er durch die Funken sprang, die ihn wie Glühwürmchen umschwirrten, meinen Vater, der nach langer Zeit endlich wieder lachen konnte. Sogar Gudlak schien seine Trauer allmählich zu verwinden, Gala war bei uns in diesen Stunden, das spürte er. Es war die Nacht, in der ich mein Heimweh vergaß, die schreckliche Sehnsucht nach zu Hause, nach Großmutter und Großvater, Tante Uma und Onkel Kishor, als wären meine Tränen in einen der vielen glänzenden Töpfe gefallen, die über den Flammen brodelten.

In den Gefäßen dampfte Büffelmilch, die Dorfbewohner gaben Sirup und Reis hinein und warteten, bis der Brei überkochte. Sobald er große, blubbernde Blasen warf und schäumend aus den Kesseln stieg, fingen sie ihn mit Palmblattschälchen auf und beschenkten die Familie, die Nachbarn und Freunde. Sie ließen Freudenschreie los, sangen «Pongal, o, Pongal» und lobten Annapurna, die Göttin der Ernte, die keinen Menschen in Maya Bandar hungern ließ.

«Seht ihr?», sagte der Swami und füllte sich den Wanst. «Es lohnt sich, an die Götter zu glauben.»

Die Reste seines heiligen Mahls strich er mit den Fingern auf ein Bananenblatt, um sie den Vögeln zu opfern, damit uns die Natur und ihre Geschöpfe wohlgesonnen blieben. Auch Mister Ray bediente sich nach Herzenslust und löste den Gürtel aus Barramundileder, den ihm die Fischer zum Empfang überreicht hatten.

«Das Leben ist zu kurz, um den Bauch einzuziehen!», hörten wir ihn tönen, war doch jedes Pfund auf seinen Hüften sauer verdient. Mit diesen Worten reichte er den Gästen, die mit der «Maharaja» gekommen waren, noch mehr von der süßen Speise. Ihr Abwinken und höfliches Verneinen ignorierte er geflissentlich.

«Essen Sie! Nur nicht so bescheiden, greifen Sie zu, bis der Magen gefüllt und der Topf geleert ist.»

Der Sahib und seine Begleiterin saßen auf einem Podium. Genauso wie der Mann der Wunder verfolgten sie das Treiben aus geschwungenen Palisanderstühlen. «Plantagensessel» hätte Großvater sie genannt, weil sich die Kolonialherren zu seinen Zeiten auf dem federnden, achteckigen Rohrgeflecht fläzten und zurückgelehnt darüber bestimmten, wie ein Inder auf den Feldern zu leben und zu sterben hatte.

Aber die fremden Besucher waren keine Briten. «Dafür sind ihre Zähne zu gerade», hörte ich Großvater von irgendwoher sagen. Was war nur mit ihrem Heimatland geschehen, dass sie es samt Nähtisch, Hutwand und Reisehumidor verlassen hatten, um auf eine ferne tropische Insel zu ziehen?

Auf dem Podium thronte noch ein weiterer illustrer Besucher. Um mit der Mistress ins Gespräch zu kommen, stützte er sich auf seine Sessellehne, so schwerfällig wie das Flusspferd, an das seine Statur erinnerte. Es war der DFO, der Divisional Forest Officer aus Port Blair, den sie «Herrn der Wälder» nannten. Kein Baum auf Mittel-Andaman wurde ohne seine Erlaubnis gefällt, kein Ast gekrümmt, ehe nicht der ehrenwerte DFO gezeichnet, gesiegelt und seine fleischige Hand darauf gegeben hatte. Obwohl seine Uniform mit Milch bekleckst war und er die Reisschüsseln, die er leerte, Schälchen für Schälchen arglos über die kakifarbene Schulter warf, blieb er dennoch eine imposante Erscheinung mit dem goldglänzenden Emblem auf der Schirmmütze, den Sternen auf den Schultern und den blitzenden Füllfederhaltern, die silbern aus seiner Hemdtasche ragten. Er strahlte eine solche Macht aus, dass sie ihn wie elektrisch umgab.

«Kennen Sie Pongal?», raunte der DFO.

Die Worte drangen inbrünstig aus den Tiefen seines massigen Körpers, während er sich zu seiner Sitznachbarin herüberlehnte.

«Pongal?», fragte die Mistress und kraulte ihr Rhesusäffchen. Mit der zweiten Hand nestelte sie an ihrem Blumenschmuck, die Frauen aus Maya Bandar hatten ihr zur Begrüßung mehrere gebundene Kränze aus Orchideen umgelegt.

«Das Fest, das die Leute feiern, meine Gnädigste.»

«Nun, wissen Sie, Pongal ist schon ein besonderes Erlebnis für uns», antwortete der Sahib, ehe seine Frau etwas sagen konnte. Obwohl er von den Dorfbewohnern ebenso reich beschenkt worden war, nahm er seine Blumenkränze lieber herunter und ließ sie diskret zwischen die Stuhlbeine sinken.

«Etwas primitiv, finden Sie nicht?», flüsterte der Forest Officer und fingerte in der nächsten Reisschüssel. «Die Sambarschlucker aus dem Süden haben es mitgebracht.»

«Wundervoll!»

Mister Ray wirkte, als hätte er zugehört, jedoch nicht ganz verstanden, als er die Konversation unterbrach. Dabei beklatschte er die Tänzer, die den Feuerkreis betraten, sie hielten Rasseltrommeln in der Hand und drehten sie schwirrend hin und her.

«Ich erlebe Pongal auch zum ersten Mal, und glauben Sie mir, ich liebe es jetzt schon. Das geschieht, wenn man alle Kulturen unserer großen indischen Nation an einem einzigen Ort versammelt. Hier in Maya Bandar gibt es jeden Tag ein neues Fest zu feiern.»

So war es tatsächlich. Nur die wenigsten Dorfbewohner kannten Pongal aus ihrer Heimat, das Fest aller Feste, wie die Tamilen sagten. Auch meine Eltern mussten diesen Brauch erst erlernen.

«Geh und kehr die Hütte aus!»

Am Tag vor dem Pongalfest hatte Mutter unserem verdutzten Vater einen Reisigbesen in die Hand gedrückt.

«Ich kümmere mich um die Götter», sagte sie und nahm die niedergebrannten Kerzen von unserem Hausaltar. Mutter las die schäbigsten Dhotis und Lungis aus und zerrupfte die öligen Bastmatten, auf denen wir schliefen, um sie auf den Haufen in der Dorfmitte von Maya Bandar zu schleudern. Der kleine Du warf sogar Tiny dazu, seine abgeliebte Lumpenpuppe.

«Im Abschied liegt die Geburt der Erinnerung», ließ der Swami beten, senkte die Fackel, die er in Händen hielt, und wir sahen gemeinsam dabei zu, wie alles, was alt und entbehrlich war, in den lodernden Flammen verging.

Wo das Feuer gebrannt hatte, prangte nun ein Rangoli. Die Dorfmädchen hatten das runde, vielfach verschlungene Ornament mit Quarzpulver, Reismehl, rotem Ocker, Blütenblättern, bunten Steinen und gefärbtem Korallensand auf den verbrannten Waldboden gemalt. Jedes Haus war mit Blumengirlanden geschmückt, Shanti, die Büffelkuh, trug eine Schleife um die Hörner, und auf ihrem Haupt, mit goldenen Kordeln verschnürt, schwankte ein symbolischer messingglänzender Pongaltopf.

Der Auftakt der Feier heißt Bhogi. An diesem Tag trennen sich die Menschen von gebrauchten, nutzlos gewordenen Gegenständen und verehren Indra, den Gott des Regens und der Wolken. Am zweiten Tag, dem Surya Pongal, preisen sie den Gott der Sonne und massieren den Bauern die geplagten Schultern mit Öl. Am dritten Tag, dem Mattu

Pongal, lassen sie einen Zebuochsen los. Der wilde Bulle stürmt in einen Männerpulk, er bäumt sich auf und tritt mit den Hufen, windet sich, rollt den Rücken und wirbelt herum, während die Männer versuchen, sich auf seinen Buckel zu schwingen. Wer den Zebu reitet und die Schleife von seinen Hörnern stiehlt, gewinnt einen Pongaltopf voller Münzen und Scheine, eine Jungfrau zur Braut oder ein echtes indisches Qualitätsfahrrad mit gefedertem Kernledersattel und doppeltem Oberrohr.

Ich würde gerne eine schöne Geschichte davon erzählen, wie wir Shanti zur Krönung der Feier quer durch Maya Bandar trieben. Wie die Kuh mit fliegenden Hufen über den Dorfplatz fegte und einen mutigen Mann nach dem anderen über ihren Rücken warf. Doch das wäre eine Lüge.

Als die Bauern versuchten, Shanti, die Friedliche, aus dem Fluss zu ziehen, bewegte sie sich um keinen Fuß. Sie schnaubte bloß und stemmte sich in den Uferschlamm.

«Pongal?», schien sie zu murren. «Für ein solches Theater ist eine Büffeldame nicht zu haben.»

Da kam ein tamilischer Bauer auf eine schwerwiegende Idee. Um den Mann der Wunder und seine Gäste nicht zu enttäuschen, nahm er einen Kübel, füllte ihn mit Pongalreis und verschwand im nächtlichen Dschungel. Als er wiederkehrte, war der Kübel leer, restlos ausgefressen, und hinter dem Bauern lief mit flinken Schritten die kleine, quiekende Bindi. Während das Elefantenmädchen entzückt die Ohren schlug und auf eine zweite Zuckerspeise hoffte, lockte es der Tamile in den Fackelkreis, von Frauen und Männern beklatscht, von jubelnden Kindern umtanzt. Vater jedoch betrachtete das Geschehen mit Sorge.

Wusste der *Murkh*, was er da tat?

Der Mann der Wunder erhob sich von seinem Sessel, unter dem er eine silberne, doppelläufige Fliegerleuchtpistole versteckte.

«Ehe wir den Höhepunkt des Pongalfests erreichen», sprach er und sah über die Schar im Feuerschein, «möchte ich im Namen unseres wachsenden Unternehmens einen ganz besonderen Herrn willkommen heißen. Ich bitte Sie, stehen Sie auf!»

Mister Ray reichte dem Sahib die Hand. Der aber schien sich nur ungern feiern zu lassen, halb mühte er sich auf die Füße, halb musste ihn der Mister aus dem Lehnstuhl ziehen. Das Übrige tat der Applaus.

«Zu viel der Ehre, viel zu viel.»

Er winkte flüchtig in die Menge.

«Nein, nein, nein!», sagte Palash Jyoti Ray mit lauter Stimme. «Ehre, wem Ehre gebührt. Dieser Mann hier, er ist siebentausend Meilen weit gereist, um Maya Bandar zu sehen, nicht bloß um mit uns zu speisen, zu tanzen und zu singen. Dieser stattliche Gentleman an meiner Seite, schaut ihn euch an, er stammt aus dem Land der Ingenieure, der genialen Erfinder und Konstrukteure. Sie bauen die schnellsten Automobile, die schwersten Dampfer, die größten Luftschiffe, die besten Kanonen! Seine Brüder und Schwestern, glaubt mir, sie sind zäh, sie werden niemals müde, sie arbeiten Tag und Nacht in einem fort, auch wenn der Wind noch so stark bläst.»

Mister Ray ließ die Hand des Weißen nicht mehr los, er drückte sie nur umso fester. Mit dem nächsten Satz nahm er seinen Arm und streckte ihn in die Höhe, als hätte der Sahib einen Boxkampf gewonnen.

«Begrüßen wir gemeinsam unseren Direktor, den ranghöchsten Stellvertreter von P. J. Ray & Co. Ltd. in ganz Südasien. Mit größtem Stolz darf ich hiermit verkünden, dass dieser tatkräftige Mann von nun an unsere Geschicke auf den Andamaneninseln lenken wird, unterstützt von Mister Demello, meiner treuen rechten Hand.»

Unter dem Freudengeheul, das darauf ertönte, senkte der Sahib ein paarmal das Kinn und erhob es wieder. Mit dieser leisen Geste wollte er sich wohl für den lauten Zuspruch bedanken, wie es im Land der Automobile, der Konstrukteure und Kanonen anscheinend üblich war. Während Mister Ray in seiner Willkommensrede noch viele weitere lobende Worte fand, sank der Direktor zurück in seinen Sessel. Er wirkte blass. Weshalb war ihm so mulmig zumute? Hatte er die Pongalspeise etwa nicht vertragen?

«Aus Deutschland?»

Der Forest Officer hob die Nilpferdbrauen und beugte sich erneut zu seinen Sitznachbarn herüber. Diesmal jedoch mit einer anderen, aufrechteren Haltung, als wäre er kurz davor, aus seinem Stuhl zu springen, strammzustehen und zu salutieren.

«Sie sind aus Deutschland?», wiederholte er.

Mir fiel es schwer, seine Erregung zu verstehen. Von einem Ort namens Deutschland hatte ich Elefantenjunge noch nie zuvor gehört, und auch der kleine Du zuckte ratlos die Schultern. Der ehrenwerte, hochdekorierte Forstbeamte dagegen schien nicht weniger als ein Kenner der fremden Nation zu sein.

«So ein kleines Land», sagte er und presste einen fleischigen Daumen auf einen klebrigen Zeigefinger, als wäre Deutschland nicht größer als ein Nagelkopf.

«Aber es ist hart wie Stahl.»

Nun ballte er die Faust.

«Es kämpft wie ein Löwe. Das Tausendjährige Reich, nicht wahr? Es kennt keine Angst, noch nicht einmal vor den Laalmukhos, den Rotgesichtern aus dem mächtigsten Imperium der Erde. Oh nein. Das Deutsche Reich, es zündet seine Raketen, schickt sie nach Norden, geradewegs auf die Insel unserer alten Unterdrücker, hoch über die Lichter von London und dann ...»

Ich bemerkte, dass den Weißen etwas auf der Zunge lag. Ein verwundertes «Wie meinen?», ein fragendes «Verzeihen Sie bitte?», womöglich sogar ein eindringliches «Na, hören Sie mal, mein Herr!». Ehe sie jedoch auch nur ein einziges Wort sagen konnten, hob der Forest Officer den Fuß, der in einem gewaltigen Stiefel steckte. Er trat in die Luft, als wollte er etwas zerstampfen.

«... dann bumm! Die deutschen Raketen jagen mitten ins Herz des britischen Königreichs!»

In diesem Augenblick knallte es. Der Mann der Wunder hatte die Fliegerleuchtpistole abgefeuert, die er in den Nachthimmel hielt.

«Frauen und Kinder in Deckung!», rief er und lachte, während die Patrone hoch über der Lichtung zerplatzte und das Dorf in ein pulsierendes, langsam verglühendes Rot tauchte. Von all dem Krach erschrocken, quiekte die kleine Bindi und begann zu rennen. Das Elefantenmädchen hetzte panisch durch den hell erleuchteten Kreis der Fackeln, eng und immer enger umringt von Männern im Lendenschurz.

«Wissen Sie eigentlich, warum Ihre deutschen Landsleute lieber Fußball spielen als Kricket?»

Die Gedanken des Forest Officers schienen noch immer um das kriegerische Reich der Ingenieure zu kreisen. Doch der Direktor wiegte nur beiläufig den Kopf, zu gebannt, um etwas zu erwidern, während er das Spektakel im Fackelkreis verfolgte. Die Mistress vergrub das Gesicht in Händen und lugte zwischen ihren Fingern hindurch.

«Gott, was machen sie mit dem armen Tier?»

Die Männer kesselten das Elefantenjunge ein, mit weit gespreizten Armen, wild herausgestreckten Zungen und glänzender, schweißnasser Haut. Sie grölten und brüllten in allen Sprachen und Dialekten, warfen sich bäuchlings auf Bindi, rutschten von ihrem Rücken, stürzten in den Staub, verstauchten sich Arme und Beine und richteten sich wieder auf. Nur um das Kalb zu reiten und die bunte Schleife zu stehlen, die ihm der Tamile um den Hals gebunden hatte.

«Also was jetzt?»

Der Forest Officer sackte zurück in seinen Sessel.

«Warum mögen die Deutschen kein Kricket? Kennen Sie die Geschichte nun oder nicht? Na schön, dann passen Sie gut auf. Es gab einmal ein Kricketmatch zwischen dem Deutschen Reich und Großbritannien. Der kleine Mann, den sie Führer nannten ...»

«Hitler?», fragte der Direktor mit entsetztem Blick.

«Genau! Mister Hitler, Sir, er saß auf der Tribüne, ähnlich wie Sie in diesem Augenblick, mein Freund, mit seiner

Frau, seinem Schäferhund und seinen liebsten Generälen. Und er schäumte! Hitler tobte, als hätte ihn die Tollwut befallen. Wieso? Weil er dort oben hocken musste, bis ihm sein Hinterteil wehtat. Der Wettkampf erstreckte sich bereits über drei Tage, drei volle Tage für eine einzige Partie Kricket! Sie fand ums Verrecken kein Ende, und am vierten Tag war sie noch immer nicht vorbei.»

An dieser Stelle muss ich mich für die Wortwahl und die etwas unbedachten Äußerungen des Forstbeamten entschuldigen. Damals wusste ich nicht, wer Mister Hitler war oder wie viel Zeit ein hochklassiges Kricketspiel zwischen zwei großen europäischen Nationen für gewöhnlich in Anspruch nahm. Ich versuche bloß wiederzugeben, was ich auf dem Pongalfest in Maya Bandar hörte und sah, doch bei all dem Lärm und Tumult konnte ich mich kaum auf das Gespräch konzentrieren.

Die kleine Bindi tat mir leid. Ein Elefantenjunges so zu quälen, was war bloß in die Dorfbewohner gefahren?

«Der Führer war außer sich!», fuhr der Forest Officer mit seiner Geschichte fort. «Vier Tage Kricket! Vier verschenkte Tage voller *lunch times* und lächerlicher *afternoon teas*. Erst am fünften Tag fand das Match ein Ende, und Hitler erkundigte sich, wie es wohl ausgegangen sei. Na, was meinen Sie? Wie lautete das Ergebnis zwischen dem British Empire und dem Deutschen Reich?»

Der Sahib und die Mistress zeigten keinerlei Regung. Zu verblüfft wirkten sie ob des Schauspiels auf der Lichtung und der Geschichte um Hitler und das historische Schlagballspiel.

«Unentschieden! Fünf Tage für ein *tie*! Können Sie sich vorstellen, wie wütend Hitler war? Bei allen Göttern, fluchte er, in diesen fünf Tagen hätte ich fünfzig Länder erobern können! Sie glauben nicht, wie aufgebracht der Bursche war, und darum ließ er den Sport verbieten. Nie wieder Kricket in seiner geliebten deutschen Heimat!»

Mit einem Grunzen beendete der Staatsbeamte seine Erzählung. Womöglich trieb ihn die Frage um, wie lange sein eigenes Hinterteil wohl noch auf dieser Bühne hocken musste, denn das Spektakel im schwindenden Rot der Leuchtpatrone setzte sich munter fort. Die kleine Bindi fand allmählich Gefallen an der Jagd, sie schien zu begreifen, welche Kräfte in ihr wohnten.

«Kinder», sagte Vater immer. «Ärgert niemals ein Elefantenjunges, ihr wisst nicht, wie ungeheuer stark es ist. Und wenn es spielen will, wenn es euch stupst und stößt, dann beherrscht euch gefälligst und geht einfach davon.»

Bindi ließ sich nicht länger treiben. Statt wegzulaufen, nahm sie nun Schwung und hielt kämpferisch auf den Pulk der Männer zu. Bald waren es die Frauen von Maya Bandar leid, ihre Söhne, Brüder und Ehemänner anzufeuern, die sich bloß vor aller Augen blamierten. Nun beklatschten sie Bindi, die Schreckliche, denn sie warf jeden Mann in den Staub, der sich in ihre Nähe wagte – und zwar mit dem größten Vergnügen.

Ich weiß noch, wie Mister Ray in diesen Minuten über die Waldwiese blickte und wie selig er dabei lächelte, der Mann der Wunder. Er hörte das Kichern der Mädchen und Jungen, schwelgte in der Musik, die das Fest umgab, atmete den Duft der dampfenden, übersprudelnden Töpfe ein und erfreute sich an den strahlenden Augen der Menschen.

War ihm nicht etwas Wunderbares gelungen?

Mister Ray sah seinen Traum erfüllt, den großen Traum

von Little India. Er hatte die kostbarsten Schätze unseres Landes in Maya Bandar vereint, seine Völker, seine Sprachen, seine ehrwürdigen Götter und seine Feste und Bräuche. Pongal sollte nur der Anfang sein, überlegte er bei sich selbst. Schon bald im Frühling, zum Fest der Farben, würde man das Dorf kaum wiedererkennen, das Gras auf der Lichtung wäre rot, die Wände der Hütten blau und das Fell der Ziegen leuchtend grün. Im Sommer, zur Ganesh Chaturthi, würden die Leute eine mannshohe, holzgeschnitzte Elefantenstatue durch die Siedlung tragen. Und die Schellentänze zu Ehren der Göttin Durga im Herbst? Neun schlaflose Nächte lang würden sie erschallen, ehe es an der Zeit wäre, zur Neige des ersten, rauschenden Kalenderjahrs die Kerzen von Diwali zu entzünden. Das Licht besiegt den Schatten, und das Jahr schmilzt dahin wie das Wachs in den Flammen, so malte es sich der Mister aus. Er sah keine Kasten mehr, keine Völker und Religionen, keine Vertriebenen, keine Landlosen, keine Sklaven, keine Gefangenen und keine Freien. In seinen schwärmerischen Augen waren wir neugeborene Kinder. Kinder des Dschungels.

Während Mister Ray noch träumte, drangen sonderbare Laute aus dem Wald, ein Krachen, Splittern und Peitschen. Es hörte sich an, als ob Seile rissen und Balken barsten. Äste und Palmblätter rauschten, als sei ein Sturm aufgezogen, dabei wehte kein Hauch um die Häuser, keine Fackel rußte im Wind, und keine Flamme erlosch. Geduckt hinter den Sesseln der hohen Leute, die sich in Sorge von ihren Plätzen erhoben, sahen wir Brüder in die Nacht. Bei Shiva, bei allen Göttern und Heiligen, beteten wir. Was kam da aus den Tiefen des Dschungels auf uns zu? Wie eine Woge walzte es durch das Dickicht der Luftwurzeln und Ranken,

Vögel kreischten, Fledertiere flatterten auf, die Bretter des Podests bebten unter den mächtigen, dumpfen Schritten.

«*Haathi, Haathi!*», schrien die Dorfbewohner. «Elefant, Elefant!»

Mahakali brach wie eine Rachegöttin aus dem Wald, die Ohren gespreizt, den Schwanz weit ausgestreckt, die Muskeln bereit zur Menschenjagd. Prustend und grollend mit aufragendem Rüssel brauste die Elefantenmutter auf die Lichtung. «Da habt ihr euer Pongalfest!», schien sie zu brüllen und rannte auf die Feiernden zu, die in blasser Furcht auseinanderliefen, zerstampfte die Reisschüsseln und die süßen, geernteten Früchte, warf die brodelnden Kessel um und schleuderte sie uns entgegen.

«Kurt!»

Ich sah, wie die Mistress versuchte, ihren Mann von der Bühne zu ziehen. Sie ergriff seine kräftige weiße Hand und zerrte an ihm. Da zeigte sich auch Dalee. Als wollte er seine Gefährtin, die wütende Königin der Elefantenherde, beschützen, preschte er aus dem Dunkel hervor und bäumte sich auf. Feuer im Blick, Glut in den Adern.

«Kurt, um Himmels willen, komm!»

Flammen loderten auf, Pfeiler brachen entzwei, eine Hütte stürzte unter dem Zorn des Großen Grauen in sich zusammen. Ich hatte Dalee noch nie zuvor so erlebt, so finster, blind vor Wut und entrückt, als hätte ihn ein Dämon befallen. Es ist wahr, dachte ich mir, der Dschungel verschlingt alles, und nun kommt er uns holen.

Der Direktor rührte sich nicht. Still und unbewegt blieb er auf der Tribüne stehen wie ein Kapitän auf einem sinkenden Schiff, während der Forest Officer mit erstaunlich flinken Füßen von den bebenden Brettern floh. Auch Mister Ray verharrte schweigend, als sich Mahakali näherte und schnaubend in den Feuerkreis trat. Sie ließ ein Trompeten los, das von den Bergen widerhallte, und wiegte drohend den Schädel, doch der Mann der Wunder stand bloß da, Seite an Seite mit dem Sahib. Er sah meinen Vater, der eine brennende Fackel aus der Erde riss, beobachtete, wie die Mahuts ihre Haken schwangen, hörte, wie sie aus voller Kehle schrien.

«*Picche! Picche!* Zurück, zurück!»

Mister Ray aber schien nicht zu verstehen, als könnte nicht sein, was nicht sein sollte. Anstatt Reißaus zu nehmen, wandte er sich seinem künftigen Stellvertreter auf der Insel zu und fasste seine Schulter.

«Mein Herr», sagte er mit brüchiger Stimme, «vielleicht möchten Sie den Dorfbewohnern noch etwas sagen?»

Der Direktor starrte ebenso verstört auf Maya Bandar und das leer gefegte Pongalfest, jedoch mit anderen, wacheren Augen. Er sah den Ort des Friedens in Schutt und Scherben liegen, musterte das verwischte Rangoli aus Blüten, Quarz und Korallensand, das mancher für ein böses Omen hielt, studierte Dalee, den alten Elefantenbullen in seinem rätselhaften Wahn. Und während Mahakali mit ihrer Bindi zurück in die Wildnis zog, erkannte der Deutsche, wie viel Arbeit vor ihm lag.

«Danke, Mister Ray, ich werde mich kurzfassen», sagte er und räusperte sich. «Ich bin fertig.»

Die Deutschen hatten einen Leibkoch, doch der erkrankte an der Flussblindheit, also benötigten sie einen neuen. Da zogen die besten Löffelschwinger von Maya Bandar auf den Hügel, um ihre Künste zu zeigen. Jeder von ihnen bereitete seine Meisterspeise zu, ein Gericht mit kulinarischer Handschrift. So unverkennbar, dass es Herz und Seele des Kochs in einem einzigen Bissen offenbarte, so mild und verträglich, dass es einem europäischen Magen bekam.

Als das Probeessen gedämpft, geschmort und gegart war, trugen die Hausburschen einen Tisch ins Freie. Sie ließen ihn unter den langen, grau herabbaumelnden Luftwurzeln des Banyans nieder, holten weißen Damast, Tischklammern, Teller und Silberbesteck herbei und schoben der Mistress den Stuhl heran. Ehe sie zu Messer und Gabel griff, löste sie ihr Halstuch und ließ sich unter den neugierigen Blicken der Köchinnen und Köche die Augen verbinden. Der Himmel weiß, auf welchen Anwärter ihre Wahl gefallen wäre, hätte sie die Speisen nicht blind verkostet.

Der neue *Maître de Cuisine* schnitt sich die Bartzöpfe ab. Er verbarg sein steißlanges Haar unter einem Turban und tauschte seine Zaubersteine, seine Knöchelchen und Tinkturen gegen Spitzsieb, Schaumkelle und Stößel. Er legte sich sogar eine Schürze um den haarigen Wanst, nur das Segenszeichen aus Pigment und Sandelholzpaste behielt er auf der Stirn, als er den Küchenschuppen hinter dem Haus bezog. Und weil er stets Paan kaute, während er unter dem rostlöchrigen Wellblechdach in den Töpfen rührte, sollte er sich mit der Zeit seinen *Daak Naam* erkochen, einen Kosenamen, den er wie einen Orden trug: Supari, die Betelnuss.

Swami Supari. Die Insel kannte keinen größeren Guru an den klappernden Kesseln und Kupferschalen als ihn. Der Swami, der mit allen geistlichen Pflichten der Dorfgemeinde betraut war, nebenher die Brechruhr kurierte und Kauleisten einrenkte, entpuppte sich als Heiliger am Herd. Selbst das Rhesusäffchen der Mistress brachte ihn nicht aus der Ruhe, wenn es sich in die Küche schlich, angelockt von all den Aromen und Wohlgerüchen. Der diebische Makake verschlang die Minze, den Bockshornklee, die Guaven, die süßen Zimtäpfel genauso wie die sauren Kaffirlimetten.

Swami Supari entfaltete seinen Zauber mittels der Kokosnuss. «Jede einzelne Frucht der Palme ist ein Wunder», erzählte er uns Kindern. «Ein kleiner, bärtiger, halbrunder Gott mit braunen Zottelhaaren.» Aus dem Fleisch, der Kopra, presste er Fett, oder er drückte es, mit Wasser vermengt, durch ein Tuch und servierte Kokosmilch in ausgeraspelten Kokosschalen. Sein Kokos-Chutney mit Ingwer, geschälten Kichererbsen und Chilischoten war nicht von dieser Welt. Ich naschte heimlich davon, während der kleine Du zu Swamijis Füßen ins Stolpern kam, eine Strategie, die wir Brüder zu nutzen lernten. Nur den Palmwein, den der Koch über Kokosholz und glühenden Kokosfasern brannte, überließen wir lieber dem Sahib und seiner hübschen Frau.

Auch die Boys, wie man sie nannte, wohnten oben auf dem Hügel. Einer schlief im Freien, wo ihn die Mücken stachen, auf der Fußmatte vor der Tür, und sobald die Weißen des Morgens erwachten, brachte er ihnen frisches Obst. Der nächste holte eine Leiter herbei. Er pflückte die Tierchen vom Betthimmel und zog die Fledermäuse aus den glänzenden, rahmengenähten Schuhen. Ein anderer putzte die Spiegel blank, die in der Hitze der Tropen allmählich erblindeten. Der vierte und letzte Diener war der *Jamaadaar*. Er kauerte hinter dem leise im Wind klappernden Bretterverschlag, wann immer die Deutschen darin verschwanden. «Plumpsklosett» nannten sie den engen, fensterlosen Ort. Und kaum verließen sie ihn wieder, löste er eine Klappe, zog einen blechernen Eimer heraus und leerte ihn.

Der älteste Bursche war faul. Weil er jedoch das Privileg des Ältesten genoss, wälzte er seine Aufgaben gut und gerne auf den Zweitältesten ab. Der war eitel. Er führte seinen Turban wie eine Krone und seine bestickte, blütenweiße Kurta wie einen Königsmantel spazieren und gab die Aufgaben kurzerhand an den Nächstältesten weiter. Der war dumm, was er in eindrucksvoller Weise bewies, als sich einmal eine Laternenfliege in den Salat des Direktors verirrte. Im Kerzenlicht ähnelte das große, grünliche Insekt einer Okraschote. Als das Gemüse jedoch zu zirpen begann, rannte der Bursche wie von einem Geist getrieben mit dem Geschirr davon und warf Tier und Teller die Böschung hinab. Der jüngste Diener, der die Latrine ausgoss, war ein durchaus begabter Küchenhelfer. Er ging dem Swami treu zur Hand und stieg für ihn in die Kokospalmen, wo er sich geduldig von den Feuerameisen beißen ließ.

Wünschte die Mistress ihren Morgentee, wiegte der erste Bursche den Kopf. Auf sein Zeichen hin stolzierte der zweite aus der Tür, ging mit staksenden Schritten ins Freie und wies den dritten an. Der schlich um das Haus auf dem Hügel herum, sichtlich bemüht, so leise wie möglich zu laufen, bis er auf die Rückseite gelangte und wohl glaubte, nun könne ihn niemand mehr hören.

«Chai!», tönte es dann aus dem Küchenschuppen. «Chai! Chai!», schrie der Bursche, dass die Mistress in ihrer Morgenruhe gehörig zusammenfuhr. Sie senkte die Lider und atmete tief ein und aus. Auch der Sahib blieb stumm. Während andere ihr Herz auf der Zunge trugen, schienen die Deutschen ihren Ärger in den Schubladen der Möbel zu verschließen. Erst beim sechsten oder siebten Ruf murmelten sie etwas in ihrer Muttersprache, das niemand verstand.

Zu unserer Überraschung kannten die Deutschen kein warmes Abendessen. Aus ihrem Land seien sie «Abendbrot» gewohnt, erklärten sie dem Swami, eine kalte Mahlzeit, bei der sie trockenes Brot, rohes Gemüse und gelegentlich eine ganz und gar unheilige Speise namens «Kalbsleberwurst» zu sich nähmen, die sie als Konserve mit sich führten.

«Wer kalt isst, der verliert den Bauch», sagte der Swami zu dieser Marotte. «Und wer den Bauch verliert, der verschwindet mit der Zeit.»

Darum setzte er all seine kulinarischen und spirituellen Kräfte daran, die wertvollen Rundungen der Weißen zu bewahren. Nach seinem Befinden war ein Bauch erst ein Bauch, wenn man darunter kaum mehr Luft bekam. Und eine Tafel war erst eine Tafel, wenn sie bis zum letzten Tischdeckenzipfel mit den köstlichsten Speisen gedeckt war: Duftreis und Dal, Samosas und Karanji, Kokoscurry und Chapati, Butterhuhn mit Palak Panir, etwas Salziges, etwas Saures, etwas Fettes und etwas Süßes.

Swami Supari kochte und kochte, Abend für Abend, während die Boys brachten und brachten, als hätten sie mit dem Küchenchef darum gewettet, wie viele Teller die Deutschen wohl leeren würden. Sobald sie ihre großen weißen Hände in winzige Fingerschalen tauchten und kreisend mit der Zitronenscheibe spielten, die darin schwamm, schielte der Swami durch einen Spalt zwischen Schuppen und Haus und beobachtete sie.

«Junge», sagte er einmal zu mir und steckte seinen heiligen Probierfinger in den paanroten Mund. «Wie will ich ein guter Koch sein, wenn ich nicht weiß, ob es meinen Gästen schmeckt?»

Die Boys gaben sich weniger diskret. Während die Herrschaften speisten, standen sie eng um den Kerzentisch herum und belauerten jeden ihrer Gabelstiche aus nächster Nähe. Nicht wie die Butler einer britischen Sommerresidenz, die sich auf wundersame Weise unsichtbar machten und nur in Erscheinung traten, wenn jemand sie wirklich brauchte, sondern wie Hyänen. An so viel Gesellschaft waren die Deutschen offenbar nicht gewöhnt. Die Mistress tat von Zeit zu Zeit einen tiefen Seufzer, dann schlichen die Burschen ertappt aus der Tür, nur um bereits im nächsten Moment gierig zwischen den Perlschnüren hindurchzublinzeln. Und war das Dinner beendet, die reich gedeckte Tafel abgeräumt und die Kerzen gelöscht, dann rissen sie sich im Küchenschuppen um die Reste, hinten, an der Rückseite des Hauses, wo sie rülpsten und furzten und vor dem Schlafengehen lautstark ihren Rachen reinigten. Die Reste der Reste überließen sie uns Kindern, wenn wir artig auf unseren Anteil warteten, und wir waren dankbar für diese Köstlichkeiten.

In einer dieser Nächte, als die Hitze des Tages einem lauen Sommerabend wich, holten die Deutschen eine Blechkiste hervor. Trockenbatterien verbargen sich darin, mehrfach eingeschlagen in Wachspapier, das die empfindlichen elektrischen Zellen vor der Tropenfeuchte schützte. Die Weißen traten auf die Veranda und erweckten einen seltsamen, äußerst planvoll zusammengefügten Apparat zum Leben, der den Lärm aus dem Küchenschuppen übertönen sollte. Anfangs rauschte er bloß wie das Meer vor der Insel, und die Mistress kippte voller Ungeduld in ihrem Schaukelstuhl auf und ab. Aber ich weiß noch, wie er mit einem Mal zu reden begann, als der Wind auf dem Hügel wechselte.

Das Gerät ließ die Deutsche Welle ertönen, einen Rundfunk in feierlich gesprochener englischer Sprache, der aus Neu-Delhi sendete. Ich hoffte mit glänzenden Augen, es würde uns nun von den schnellsten Automobilen, den größten Dampfern und den besten Luftschiffen aus dem Land der Ingenieure erzählen, Heldengeschichten von den fleißigsten Brüdern und Schwestern der Welt. Doch es berichtete bloß von frierenden Menschen in fensterlosen Häusern.

Der Sahib drückte seinen Tabak aus. Ich sah, wie er zurück in den Bungalow schritt, um seinen Gemütsausdruck zu verbergen, einen schweren, wenig heldenhaften Blick, der wohl nur für ihn selbst bestimmt war. Die Mistress verweilte mit verschränkten Armen. Sie rieb über die Härchen auf ihrer Haut, als sei ihr kalt geworden, und verlor all ihr Strahlen. Der Mann im Radio hatte seine Nachrichten aus der Heimat verlesen und wünschte einen guten Abend und eine geruhsame Nacht. Da knisterte es in dem Apparat. Ich ahnte damals nicht, was eine Schellackplatte war und dass man einen Stift aus weichem Metall brauchte, um ihr einen Ton zu entlocken, doch ich erinnere mich noch genau an die Musik, die bald darauf in Maya Bandar ertönte. Niemand von uns hatte je solche Klänge gehört.

Die fremde Musik war scheu. Sie kroch zaghaft aus dem Radio heraus und schien sich umzuschauen, schlich um die geölten Rattanmöbel, strich über die Balustrade im pendelnden Licht der Petroleumlampen, kletterte in den Banyanbaum vor dem Haus und sah über die Lagune, die sich in Nachtwolken hüllte. Dann schwebte sie hinab ins Dorf, wo die Bewohner vor ihre Hütten traten. Die Melodie verlor sich unter dem Branden des Ozeans, und ich dachte schon, sie sei verflogen. Da kam sie wieder auf, mit schmetternden Bläsern, wirbelnden Pauken und scharfen Streichern.

Die Mistress krümmte die Hände auf den Lehnen, jede Note schien ihr vertraut. Sie bewegte die langen, schlanken Finger, als würde sie Tasten drücken, während sie den Kopf wiegte und mit der Fußspitze unsichtbare Pedale trat. Es war keine fröhliche Melodie, keine, zu der man tanzen und lachen konnte. Sie führte durch die Nacht zum Licht, laut und leise, düster und hell. Doch weshalb war sie so voller Zorn?

Später erfuhr ich, dass der Komponist die eigene Symphonie kaum hören konnte. Er war so gut wie taub.

Eine tickte in seiner Westentasche, eine schellte in seinem Schlafgemach, eine war zur vollen Stunde bis hinunter ins Dorf zu hören. Sie schlug in dem baumlangen Kasten, der aufrecht in seiner Stube stand und beinahe bis zur Decke reichte, so hoch, dass nur ein Elefant sie lesen konnte. Der Sahib hatte so manche Uhr mit auf die Insel gebracht, doch über Zeit verfügte er nicht. All die Zahnräder, die in seinem Hause kreisten, die Federn, die sich immerzu spannten, die Pendel, Spiralen und schwingenden Quarze riefen ihm ins Gedächtnis, warum er nach Maya Bandar gekommen war.

So tat der Deutsche, was sich Mister Ray von ihm versprach, er ging ans Werk. Und er machte seine Sache gut. Noch während der Mann der Wunder zurück über den Ozean reiste, um nach seinem Marmorpalast, seinem zahmen Ozelot und seiner weißen Giraffe zu sehen, erstrahlte die Siedlung in neuem Glanz. Nichts erinnerte mehr an das Pongalfest und sein unschönes Ende, abgesehen von einem Schild auf Englisch und Hindi, das in beiden Sprachen dasselbe sagte:

KEINE ELEFANTEN IM DORF!

Darüber hinaus stellte der Weiße noch eine weitere Regel auf:

KEIN UNBEFUGTER FÜTTERT DIE ELEFANTEN!

Das gefiel meinem Vater. Futter bedeutet Macht. Macht bedeutet Kontrolle. Und die Kontrolle über einen Elefanten sollte niemand anderer besitzen als der Mahut selbst. Über die dritte Regel murrte er jedoch.

KEINER KOCHT ELEFANTENBREI IM DORF!

Mit Dalee, den Elefanten und der Fliegenplage, die sie begleitete, verschwand auch die Futterküche aus Maya Bandar. Der Direktor ließ sie zerlegen und eine gute Meile nordwärts tragen, um sie dort wieder aufzubauen. Das war nur logisch und klug. Wenn kein Elefant durch das Dorf marodieren sollte, durfte auch kein duftender Brei zwischen den Hütten köcheln, der sie aus dem Dschungel lockte.

Aber Vater stöhnte: Von nun an musste er seine Arbeit noch früher beginnen. Er raffte sich in der tiefsten Dunkelheit auf, schulterte das Bündel, das Mutter ihm schnürte, und wanderte durch den nächtlichen Dschungel bis ins Camp, wo die Baumfäller schliefen, ehe sie morgens mit ihren Klingen und Keilen in die Wälder zogen. Hier kochte er für Dalee. Von hier aus führte er den Großen Grauen an den Fluss, um ihn zu waschen und zu tränken. Hier lagerten auch die Zugketten, das Sattelzeug und das Elefantengeschirr, in einem Schuppen mit Schloss und Riegel, den die Zimmerleute nach den Plänen des Direktors errichteten.

Einmal besuchte der Deutsche das Camp. Der Weg zu Fuß war nicht nur lang und beschwerlich, sondern auch von Landegeln durchseucht. Darum bestieg er ein Floß, um sich ein Bild von der Arbeit in den Wäldern zu machen. Kaum hatte er es betreten, schlug Mister Demello höchstpersönlich einen Klappstuhl und einen Sonnenschirm auf, damit sein Vorgesetzter im Schatten rasten konnte. Und so kreuzte das Floß die Lagune, mäanderte durch die schmale Rinne zwischen den Riffen, reiste schwerelos den Rand der Insel entlang, lenkte schließlich ein und landete in der Mündungsbucht, wo sich Fluss und Meer vereinten.

«Mister Demello, was tun diese Männer?»

Dass niemand aufsprang, um den Sahib zu begrüßen, war eine Sache. Dass niemand im Camp der Baumfäller einen Baum fällte, war eine andere. Der Deutsche hatte offenkundig große Geschäftigkeit erwartet, emsiges Sägen und Scharren, Hämmern und Hallen, Hacken und Hauen. Was ihm jedoch zu Ohren kam, als er die Waldarbeiter beehrte, war nur der Gesang der Vögel, das Meeresgeflüster und ein mehrstimmiges, mantrisches Murmeln in der Morgenstille.

Seine Frage hätte also auch anders lauten können: «Mister Demello, warum tun diese Männer nichts?»

Die Holzfäller saßen auf dem Waldboden, rings um den Stamm eines Pipals, der fünfzig Fuß hoch in den Himmel ragte. Sie hatten den heiligen Feigenbaum in den Stunden der Dämmerung freigeschlagen, und nun stand er da, ohne Büsche und Sträucher wie ein König ohne Untertanen, während die Männer ihn lobpriesen. Asche auf der Stirn, die Hände vor der Brust gefaltet, die Augen fest geschlossen.

«Sir», sagte der Assistent in höflich gedämpftem Ton, «die Männer beten.»

«Nun ja, mein Freund, das sehe ich wohl.»

Der Direktor holte seine silberne Dose hervor. Er schüttelte einen Tabakstängel heraus, riss ein Streichholz an und hütete die Flamme, ehe sie im Seewind verlosch. Das

Feuer wuchs in der hohlen Hand, erhellte seinen Hutschatten und leuchtete für eine flackernde Sekunde in seinen hellen admiralblauen Augen.

«Wer in Indien einen Baum fällt, Sir, der begeht eine Sünde namens Suna. Darum bitten wir Aranyani, die Göttin des Waldes, um Vergebung. Wie Sie vielleicht wissen, fand Siddharta unter einem solchen Baum zur Erleuchtung.»

«Mister Demello.»

Der Direktor nahm einen Zug.

«Siddharta saß dort neunundvierzig Tage.»

Mit diesen Worten blies er den Rauch aus und fügte kein weiteres hinzu. Sein voller Name, wie ich später erfuhr, lautete Kurt Traugott Frisch, aber die Götterwelt, auf die er vertraute, war so klein, dass nur eine einzige, hagere Gestalt darin wohnte. Sie hing an einem hölzernen Kreuz neben der Standuhr in der Stube und senkte missmutig den Kopf. Der Deutsche hatte keinen Brahma und keine Sarasvati, keinen Vishnu und keine Lakshmi, keinen Shiva und keine Parvati, weder Durga noch Kali, weder Shri Ganesh noch den hütenden, Pfauen reitenden Subramanya.

Er hatte die Axt.

Mister Demello wiegte dienstbeflissen den Kopf und wandte sich an Swami Supari, der ein weißes Tuch um die Hüften trug. Der Dorfpriester machte sich gerade daran, Kokosnüsse zu spalten. Er vergoss die Milch über den Wurzeln des Pipals, schälte Bananen und verteilte sie auf Palmblättern unter dem Baum, wo auch Beile und Spalthämmer lagen. Die Werkzeuge der Holzfäller segnete er mit geweihtem Wasser.

«Ich bitte vielmals um Verzeihung, Sir», flüsterte der Angloinder nach dem Ritus. «Im Baum ist ein sogenannter

Rakshas gefangen, sagt der heilige Mann, ein böser Geist, der besänftigt werden will.»

Da griff der Direktor unter sein Revers. Er trug ein Notizheft über dem Herzen, ein ledergebundenes cognacbraunes Büchlein, das er in der Innentasche des Jacketts verwahrte. Der Sahib begann, ein Protokoll anzufertigen. Ich würde es nicht schreiben nennen, Dichter schreiben, Pärchen schreiben sich zärtliche Briefe der Liebe. Er jedoch schabte und kratzte nur so über das Papier, als ritzte er die Zeichen und Sätze in die Seiten ein.

«Rrrrakshas», wiederholte er mit schneidendem Akzent und behielt den Tabak zwischen den Zähnen, durch die er sprach. «Schreckgespenst in der Pappelfeige.»

Das Buch war der engste Vertraute des Deutschen. Jede Beobachtung, jede Kleinigkeit, jeden plötzlichen Gedanken hielt er mit feiner Bleistiftspitze darin fest. Wie gerne hätte ich gewusst, welche klugen Worte er wirklich auf den vielen, bis zum Rand gefüllten Seiten vermerkte. Aber niemand in Maya Bandar war groß genug, um ihm dabei über die Schulter zu schauen. Während Mister Kurt ritschend und ratschend winzige Buchstaben zu Papier brachte, gelegentlich umblätterte und seine Tabakasche fallen ließ, fragte sich Mister Demello wohl dasselbe. Welche Geheimnisse verriet der Sahib dem cognacfarbenen Leder? Und warum vertraute er dem Büchlein mehr als ihm?

Im Grunde waren die beiden Mister ein gutes Gespann. So verschieden sie waren, so vereint zogen sie am gleichen Strang. Der Deutsche formulierte seine Anweisungen auf Englisch, und der Angloinder, sein Verwalter, gab sie an die Waldarbeiter weiter – auf Hindi, Bengali, Urdu und in sämtlichen ihm bekannten Dialekten. Keine Sprache, keine Mundart und kein noch so seltener Zungenschlag aus unserem Land schien ihm gänzlich fremd zu sein. Zweimal die Woche, immer montags und mittwochs, saßen die beiden Männer bis in die Abendstunden zurate, hoch oben über dem Dorf auf der erleuchteten Veranda des Hauses. Sie sprachen über Bohlen, Dielen und Sägefurnier, über Holzfeuchten, Rohdichten und Quantilwerten, über den Schnittwarenhandel mit säumigen, vollkantigen und geschwarteten Hölzern und lauter andere Dinge, von denen ich leider nicht viel verstand. Doch auch wenn es noch so spät wurde, der Direktor lud Mister Demello niemals ein, im leer stehenden Gästezimmer des Hauses zu übernachten. Vielleicht war er es nicht gewohnt, mit mehreren Menschen unter einem Dach zu schlafen.

«Sir?» Während der Bleistift des Sahibs noch immer über die Seiten schabte, erhob Mister Demello die Stimme: «Sir, wenn ich mir einen Rat erlauben dürfte. Ich würde sagen, wir sollten bei späterer Gelegenheit wiederkommen und den bösen Geist in der Baumwurzel besser nicht stören.»

«Besser nicht stören», sprach der Deutsche nach. Er hörte wohl, was Mister Demello sagte, und doch beließ er den Blick auf dem Büchlein und setzte seine Notizen unbeirrt fort, ritsch-ratsch, ritsch-ratsch. Da auf einmal bohrte er die Bleistiftspitze lotrecht ins Papier. Er machte einen Punkt und schlug den Ledereinband schwungvoll zu.

«Gut!»

Der Direktor sah auf.

«Dann lassen Sie mich mal sehen, wie sich die Arbeitselefanten so machen, die besten Maschinen der Welt, nicht wahr? Wenn sie nicht gerade das Dorf verwüsten.»

«Die Elefanten, Sir?»

Der Deutsche hob erwartungsvoll die Brauen.

«Sir, ich fürchte, ich muss Sie abermals um Vergebung bitten, aber es ist zu warm.»

«Zu warm?»

«Ganz recht, wenn es so warm ist wie heute, dann kommen die Elefanten nicht.»

«Sie kommen nicht?»

«Nein, Sir, die Mahuts lassen ihre Tiere im Dschungel rasten, bis es kühler ist.»

Mister Demello sah den Direktor an. Was irritierte ihn bloß an seiner Erklärung? Ja, die Elefanten waren vorzügliche Maschinen. Kein Baumstamm war ihnen zu groß, kein Holz zu schwer, wenn sie es über die Zugpfade hinweg bis ins trockene Flussbett zogen, um es dort aufeinanderzustapeln. Aber das machte sie noch lange nicht zu Sklaven. Für die Bullen und Kühe galten fest geregelte Dienstzeiten: Sie arbeiteten von Montag bis Freitag jeweils vier Stunden am Tag. So war es vor der Ozeanreise mit der obersten Leitung von P.J. Ray & Co. schriftlich vereinbart worden, andernfalls hätte Vater niemals das Wagnis auf sich genommen, mit seinem bejahrten Elefanten auf eine tropische Insel zu ziehen. Zwei Arbeitsstunden am Morgen, wenn sich der Nebel löste, zwei weitere am Nachmittag, sobald sich die Wolken um die Berge ballten. Am Wochenende rasteten Dalee und die Elefanten, jeden Sonnabend und Sonntag, darüber wachte Papaji mit strengem Auge. Der Große Graue war nicht nur sein brüderlicher Freund, er war sein Gestern, sein Heute und Morgen, sein ganzes Kapital.

Dalee hätte sich keinen besseren Gewerkschafter wünschen können. Vater führte den Elefanten nur auf die Hiebflächen, wenn er gesund und gut im Futter war. Fächelten seine Ohren nicht frohgemut im Wind, waren seine Knie erschöpft, traten seine Augen befremdlich aus den Höhlen hervor oder entzündete sich die Haut um seinen Anus, streikte mein Vater, um es so zu sagen. Dann verwöhnte er den Großen Grauen mit einem Bad, versorgte seine Wunden mit selbst angerührten Salben und kochte ihm ein heilendes Porridge aus Reis, Bohnen, Brühe und Büffelbutter.

«Lakshman, sieh es ein», sagten die anderen Mahuts. «Dein Bulle ist reif für den Ruhestand.»

Doch Vater wusste Dalee zu schonen. Trotz seiner Jahre war der Große Graue noch immer tüchtig und stark. Ein Elefant ist eine gewaltige, göttliche Kraft, er muss mit Respekt und Dankbarkeit behandelt werden, und an jenem Morgen, als der Direktor kam und die fiebrige, feuchte Hitze alles lähmte, war an Arbeit kaum zu denken.

«Elefanten können vieles», sagte Mister Demello. «Aber schwitzen können sie leider nicht, Sir.»

Der Deutsche hörte eine Weile zu, nur um schließlich abermals den Stift zu zücken. «Dickhäuter warten im Wald auf Abkühlung», murmelte er und ließ sein offenkundiges Missfallen ritsch-ratsch an den Seiten aus.

«Na schön, und was ist mit dem? Ist ihm auch zu heiß?»

Der Direktor deutete auf Gudlak, der allein auf einem Baumstumpf hockte und die wenigen, luftigen Wölkchen zählte, die über Maya Bandar zogen.

«Der Mann da vorne, Mister Demello, der mit dem Elefantenhaken an der Hüfte. Warum sitzt er bloß herum, anstatt sich um seinen Jumbo zu kümmern?»

«Sir, den Haken trägt er aus Trauer mit sich herum. Wie ein Witwer, der seinen Ehering nicht ablegen kann.»

«Er trauert?»

«Sie nennen ihn Gudlak, den Glücklichen, obwohl ihm großes Unglück widerfahren ist. Seine Elefantendame hat die Reise nicht überstanden, und zu allem Pech hat er sich auch noch den Arm gebrochen.»

«Gibt es nicht genügend andere Elefanten, die er reiten und füttern kann? Sein Arm sieht mir wieder ganz gerade aus, der Mann ist jung und kräftig.»

«Äußerlich betrachtet schon, aber Gott allein sieht in sein Herz, verstehen Sie? Hier sagen wir: Glück und Unglück nehmen den Menschen die Maske ab. Wenn Sie erlauben, Sir, will ich es Ihnen erklären.»

Der Direktor antwortete mit einem Nicken.

«Nun», fuhr Mister Demello fort, «vielleicht haben Sie schon einmal vom Maharaja von Travancore gehört. Er war im Besitz eines außergewöhnlichen Elefanten, ein Bulle, so schön und stark, dass er ihn Arjun taufte, nach dem dritten Pandavanbruder aus der Mahabharata. Arjun war ein Gott in Elefantengestalt, sagten die Leute, darum durfte er die Sänfte des Maharajas tragen, eine *Hauda* aus purem Gold. Zwei volle Jahrzehnte lang, so lang wie kein Elefant des Maharajas zuvor.»

«Bis hierhin kann ich Ihnen folgen.»

«Danke, Sir. Arjun besaß aber auch eine weiche Seite, so kräftig er war, so liebevoll behandelte er seinen Mahut. Der Bulle küsste den Elefantenhüter sogar, er leckte ihm einmal mit der Zunge übers Gesicht.»

«Mit Verlaub, worauf wollen Sie hinaus?»

«Eines Tages wurde Arjun krank. Der Elefant bekam die Schwindsucht, die Weiße Pest.»

«Tuberkulose.»

«Ja, Sir, der Mahut war tuberkulös. Aber er wusste nichts davon, und irgendwann, während er sich wieder einmal von Arjun küssen ließ, steckte er den Elefanten mit seinem Gebrechen an. Glauben Sie mir, die Schuldgefühle des Elefantenhüters plagten ihn wie ein Fluch, als der Bulle verstarb. Erst raubten sie ihm den Schlaf, dann die Kraft, und mit den Jahren soll er all seine Lebenslust verloren haben. Es heißt, der arme Kerl sei nie wieder auf einem Elefanten geritten, der Geruch, das Schnauben, die wohlige Wärme der Haut, alles erinnerte ihn an Arjun.»

«Und so verhält es sich wohl auch mit dem Unglücksraben namens Gudlak.»

«Ja, Sir.»

«Mein Freund, dürfte ich Ihnen auch eine kleine Geschichte erzählen? In meiner Heimat gibt es ebenfalls eine nette Redensart: Schaffen und Streben ist Gottes Gebot; Arbeit ist Leben, Nichtstun der Tod. Würden Sie ihm das bitte übersetzen?»

«Sir?»

«Mister Demello, Sie gehen jetzt dahinüber, bestellen dem Mann einen freundlichen Gruß und überbringen ihm meine Worte. Danach darf er sich gerne ein Beil aus dem Schuppen holen und einen Baum umschlagen.»

«Sir, ich bin mir nicht sicher, ob ...»

«Na, gehen Sie schon!»

«Sehr wohl», sagte der Assistent und tat wie ihm geheißen. Doch Gudlak griff nicht zur Axt. Unser Freund sprang bloß ertappt von seinem Baumstumpf auf, verbeugte sich mehrmals wie ein Diener und verschwand im Wald, als suchte er dort nach dem Gesicht, das er soeben verloren hatte.

Als Mister Demello zurückkehrte, sprach er mit leiser, eindringlicher Stimme: «Haben Sie Geduld mit ihm, Sir. Das Band zwischen einem Mahut und seinem Elefanten ist stark, und wenn es reißt, dann braucht die Menschenseele ihre Zeit. Auch Elefanten trauern, wenn ihr Hüter verstirbt, wussten Sie das? Sie besuchen Tag für Tag aufs Neue den Ort, an dem sie ihn das letzte Mal gesehen haben. Es ist mehr als eine Freundschaft zwischen Mensch und Tier. Manche Mahuts sprechen sogar von Liebe, und Sir, Sie wissen doch, wie es mit der Liebe ist. Sie kommt und geht wie der Wind.»

«Wie der Wind», sagte der Deutsche und nahm den Bleistift, um etwas zu vermerken. «Na ja, natürlich.»

Und mit einem sonderbaren, halben Lächeln schlug er das Büchlein wieder zu.

Wenn der Sahib das Haus verließ, um sich dem Geschäft zu widmen, ging die Mistress ans Meer. Sie stieg den Hügel hinab, im windbewegten Sommerkleid, wandelte die Bucht entlang bis zu ihrem Lieblingsplatz, setzte sich in den Sand, die Füße in den auslaufenden Wellen, und begann zu lesen. Jeden Morgen hielt sie ein anderes Buch in Händen, mal einen Gedichtband aus der Heimat, mal ein Lehrbuch über Himmelskunde, mal einen britischen Roman aus Boi Para, der Kolonie der Bücher, wie man die fliegenden Läden an der College Street in Kalkutta nannte. Dort, wo sich die Fibeln und Folianten so hoch türmten, dass die Händler mit gekreuzten Beinen auf ihrer Ware hockten, während sie in der Zeitung blätterten und wartend ihren Chai genossen.

Von Zeit zu Zeit sah die Mistress auf, und ihr Blick wanderte zum Horizont. Dann reiste sie auf dem Rücken der alphabetischen Zeichen in die Ferne. Jedes Buch führte sie an einen anderen Ort, in Länder aus Tinte, so schien es mir, wenn ich sie heimlich dabei beobachtete. Die Mistress verfügte über eine ganze Dschungelbibliothek. Das Wissen der Welt war über das Meer nach Maya Bandar gereist, stapelte und reihte sich im Haus auf dem Hügel, und jedes Schiff, das die Insel erreichte, brachte ihr neue Wälzer.

Einige Wochen nach der Ankunft der Deutschen kehrte die «Maharaja» zurück. Wir Kinder liefen an den Strand, als der Küstendampfer pfeifend in die Lagune steuerte. Er machte an der Korallenmole fest, wie wir es kannten, doch diesmal waren keine Bücher an Bord. Zehn Mann hievten etwas Großes an Land. Zehn andere stützen es mit ihrer Muskelkraft, damit es nicht kippte, während sie das Ding mit schweißnassen Rücken über die Seebrücke aus Muschelresten und flachen Felsen schwanken ließen. Zehn weitere Männer eilten davon und holten einen Bretterschlitten herbei.

Dann kam Dalee. Nicht Raja, der junge, breitschultrige Bulle, auch nicht Mahakali, die Königin der Herde. Mister Demello verlangte ausdrücklich nach unserem Vater und dem Großen Grauen. Wir Brüder waren stolz, der Elefant sah prächtig aus, wie er im schwingenden Gang durch das Gewühl der Menschen schritt. Er war voll aufgezäumt, trug einen Riemen vor der Brust und schleifte lange Ketten hinter sich her, die in der Sonne blitzten.

Vater führte den Elefanten ans Meeresufer. Dort stand das Ding nun, auf seinem Schlitten, umhüllt von Decken, Karton und schützendem Leinen, umschnürt mit Seilen und Bändern, kaum kleiner als Dalee und kaum leichter als der Bulle selbst. Mit ein wenig Phantasie betrachtet, glich es ihm sogar. Über seinem geschwungenen, fließend abfallenden Rücken erhob sich ein abstrakter Schädel. Statt vier Beinen besaß das Ding jedoch nur drei. Es trug sie nicht unter dem Rumpf, um zu stehen, sondern streckte sie seitlich aus.

«Langsam, langsam!», rief Mister Demello, als Dalee begann, das Ding hinter sich herzuschleifen, quer über den Sand, der an diesem Tag wie ein Teppich war. Anscheinend hatte der Verwalter den Transport aufs Genaueste vorbereitet. Als der Elefant allmählich den Hügel erreichte, der über der Lagune wachte, lag ein Stapel mit Rundhölzern bereit, um das Ding auf den rollenden Pfählen in die Höhe zu ziehen – bis hinauf zum Bungalow, in dem die Deutschen wohnten, so der Plan.

«Memsahib, sehen Sie doch!»

Der Angloinder schwenkte den Tropenhut, während er vorauslief und die Anhöhe mit leichten, euphorisch beschwingten Schritten bestieg.

«Ein Geschenk!», rief er. «Ein Willkommensgeschenk von Mister Ray, überbracht von Ganesh, seinem Lieblingselefanten!»

Die Mistress wartete auf der Veranda vor dem Haus. Als sie sich über den Ginster beugte, um das große, verschnürte Ding zu betrachten, das sich da näherte, legte sie die Hände auf die Wangen.

«Himmel, was soll das sein?»

Auch der Sahib blickte voller Erstaunen über die Böschung ins Tal.

«Welcher Lieblingselefant?», fragte er.

Und so erlebten sie, wie der Große Graue den Hügel bezwang.

«Hoch mit dir! Zeig, was du kannst!», rief Vater, und Dalee machte einen gehörigen Buckel. Unter Gebrüll aus Dutzenden heiseren Männerkehlen zog er den Schädel zur Brust, bäumte die Schultern auf, straffte den Nacken, lehnte sich weit über die Beine nach vorn und stemmte den Rüssel stützend in den Boden.

«Los, los! *Age, age!*»

Ketten klirrten, Holz knirschte. Der Elefantenbulle setzte Fuß an Fuß, um das Ding auf den rollenden Pfählen zu bewegen, und ich beobachtete das Spiel der Muskeln unter seiner Haut. Er schnaufte und grollte, kämpfte sich in die Höhe, wider alle Kräfte der Natur, die ihn in den Abgrund zogen, umkreist von ächzenden Helfern. Sie wuchteten die frei werdenden Rundhölzer vom Ende des Zugs bis an seine Spitze.

Seht her, ihr Götter, sagte ich mir. Seht auf die Inseln der Andamanen! Seht, wozu unser Freund mit seinen fünfzig Jahren noch fähig ist! Seht nur, wie schräg er sich legt! Ein Berg bezwingt einen Berg!

Dalee war mit Bast gesattelt und trug Baumstücke aus Balsaholz an den Flanken. Über den Sattel und das weiche Holz waren die eisernen Zugketten gespannt, so schnitten sie ihm nicht in die Haut.

«Und wozu das Geflügel, Mister Demello?», fragte der Direktor, denn außer Vater ritten noch zwei andere Gefährten auf dem Großen Grauen. Es waren Hühner, zwei lebendige Hühner mit gestutzten Krallen. Sie flatterten neben den Elefantenaugen, eins festgeschnürt an jeder Seite.

«Scheuklappen, Sir!»

Mister Demello lachte.

«Gackernde Scheuklappen, verstehen Sie? Das Federvieh beruhigt das Gemüt des Bullen. Stellen Sie sich vor, Sie hätten immerzu zwei schreiende Hühner vor der Nase: Was in aller Welt sollte Sie dann noch erschrecken?»

Der Tross geriet urplötzlich ins Stocken. Kein Elefantenfuß wollte sich mehr rühren, kein rollender Pfahl wanderte in den Männerhänden auf und ab. Nur die beiden Hühner flatterten unbeirrt vor sich hin.

«*Age!* Vorwärts, vorwärts!»

Vater presste seine Zehen hinter die Ohren des Elefanten wie ein Reiter, der einem störrischen Gaul die Sporen gibt. Aber Dalee ließ die Kommandos verhallen, ohne einen weiteren Schritt zu tun. Hatte er die Lust verloren? Schwanden ihm die Kräfte?

«Wie der Jüngste sieht er mir jedenfalls nicht mehr aus, Mister Demello.»

«Das stimmt, Sir. Ganesh ist sogar der älteste Elefant, den wir auf der Insel haben. Unser Silberrücken! Aber Mister Ray glaubt, er wird einmal hundert Jahre alt.»

Seufzend ritzte der Sahib etwas in die Seiten, während die Kolonne reglos am Hang verharrte. Dalee stand still, gleich, was ihm Vater auch befahl und wohin er den Elefanten mit dem Haken stupste. War er in Gedanken verreist? Wurden ihm die Hühner lästig?

Als ich erkannte, was ihn lähmte, konnte ich es nicht glauben. Elefanten sind farbenblind, sagt die Zoologie. Ihre Welt ist so grau wie ihre Haut. Aber nicht Dalee, nicht der wundersame Elefant, um den sich diese Geschichte dreht. Er hatte einen Tiger entdeckt, einen blauen Tiger, ich sah es genau. Zwischen den schwirrenden Federn der Hühner hindurch verfolgte er ihn mit den Augen, den großen, tanzenden Schmetterling mit den meerblauen Schwingen, den Streifen, Punkten und Flecken. Er nahm den Rüssel hoch, als hoffte er, der Falter ließe sich darauf nieder.

«*Ruk!*», brüllte Vater. «Halt, halt, halt!»

Kaum hatte der Große Graue jedoch die Stütze gehoben, die ihn hielt, und damit auch das Gegengewicht, den riesigen, schweren Schädel, da knallten Ketten. Holz splitterte, Pfähle brachen, Seile rissen, Männer schrien und stürzten fluchend ins Gras. Ein Ruck erfasste den Tross und zog sie alle gemeinsam in die Tiefe, Vater, Dalee und das Ding.

Da fiel es um. Das Ding kippte auf seine drei Beine und ließ ein Scheppern los, als hätte Swami Supari all seine Pfannen und Töpfe gleichzeitig aus dem Fenster des Küchenschuppens geschleudert. Der schwankende Lieblingselefant fing sich wieder, der bläuliche Schmetterling schwirrte davon, und ehe der Sahib etwas sagen konnte, umarmte ihn die Mistress bereits.

«Kurt!», rief sie mit bebender Stimme. «Kurt, sieh nur, ein Flügel! Es ist ein Flügel!»

Im nächsten Augenblick küsste sie Mister Demello auf die Wange.

«Ein Konzertflügel! Woher wusste Mister Ray ...?»

«Memsahib», sagte der Verwalter und lächelte zufrieden, «er ist der Mann der Wunder.»

Von nun an wandelte sich der Ton der Insel. Das Rauschen der Blätter, das Wogen der See, das Kink-ak-ju der Bülbüls, das Twi-hi-li des andamanischen Raupenfängers, das Pi-pi-wieeh-wieeh der Schlangenweihe, die über den Mangroven segelte. Eine neue, nie zuvor gehörte Stimme erhob sich über die Bäume und erfüllte den Dschungel mit ihrem Klang. Wenn die Mistress den Korpus ihres Flügels öffnete, den roten Filz von der Klaviatur nahm und ihre Finger scheinbar mühelos über die Tasten glitten, war es so, als würde ein ganzes Orchester spielen.

Eines Morgens ertönte noch ein weiteres Instrument. Waren es Paukenschläge? Eine Trommel? Ich fuhr aus dem Schlaf, tappte aus der Hütte und sah, wie die Leute im schwindenden Nebel auf den Hügel strömten.

«Komm, komm!»

Flüsternd zog ich an meinem kleinen, schnarchenden Bruder, der sich an unsere Mutter schmiegte.

«Nun steh auf!»

Als wir das Haus erreichten, war es bereits dicht umdrängt, von der Veranda bis zum Küchenschuppen. Das halbe Dorf stand vor Fenstern und Türen versammelt und lugte raunend durch die Löcher in den Wänden. Der kleine Du rieb sich die Augen, stolperte morgenmatt ins Gras, und ich wollte ihm gerade wieder auf die Füße helfen, als ich begriff, was er im Schilde führte.

«Tu's nicht! Sie zertrampeln dich wie Elefanten!»

Da kroch er bereits ins Haus hinein, auf allen vieren zwischen den Beinen der Menschen hindurch, quer über das kostbare Teak bis vor die Schuhspitzen der Mistress, die schweigend in einem Sessel saß und das Gesicht in den Händen vergrub. Mein Bruder guckte sie mit großen, runden Augen an, dann machte er wieder kehrt.

«Die weiße Frau», sagte er. «Sie weint.»

Bald darauf erfuhren wir den Grund für ihre Tränen. Die Mistress hatte ein Buch aus dem Regal gezogen, um es in der Meeresbucht zu lesen, ganz wie sie es gewohnt war, seit sie in Maya Bandar lebte. Sie schlug es auf, sah hinein, und wie vom Schlag getroffen ließ sie es fallen. Sie nahm das zweite Buch, öffnete es und schleuderte es ebenfalls zu Boden. Auch das dritte Buch landete krachend auf den Dielen, kurz darauf das vierte, mit einem dumpfen Knall, der bis ins Dorf zu hören war und so manchen Bewohner weckte. Der Blick ins fünfte Buch sollte der Mistress endgültig beweisen, was sie längst vermutete. Sie war nicht die Einzige auf der Insel, die Literatur verschlang.

Dabei war dem Buch von außen nichts anzusehen. Sein Rücken wies keinerlei Makel auf, und auch der Einband schien unversehrt. Aber wo war der Prolog geblieben? Der Epilog? Wo waren die Worte, die Gedankenstriche, die Punkte, die winzigen Zahlen in den Ecken?

Statt auf Ziffern und Zeichen zu blicken, stieß die Mistress auf Gruben und Gräben. Das Buch war ein einziger ausgehöhlter Stollen, in dem sich das Leben nur so krümmte. Weiße Ameisen wuselten durch seine Gänge, Maden bohrten sich ins Papier hinein, Hunderte Eier schimmerten in den Schächten wie glasiger Reis.

«Termiten!»

Die Hausburschen fuchtelten mit Teppichklopfern vor den Fenstern herum, um die gaffende Meute zu vertreiben.

«Termiten, hört ihr? Nichts weiter!»

«Nichts weiter?», sagte die Mistress und stöhnte auf. Sie saß da, das Gesicht verborgen, und blickte auf ihre Dschungelbibliothek. Oder besser gesagt auf das, was von ihr übrig geblieben war und verstreut auf dem Boden lag, während sich die Boys über die Reste beugten. Anfangs versuchten sie noch, die Termiten einzeln aus den Löchern zu ziehen. Später schafften sie Eimer, Kübel und Wannen herbei. Sie schüttelten die Bücher über den Behältern aus, und die Krabbeltiere prasselten nur so hinein.

Es gab Termiten mit Stil. Sie fraßen nur den nackten Seitenrand und verschonten die Schrift. Andere verfügten über weniger Sinn für Sprache und Kultur, frästen blindlings durch das mühsam geschachtelte Wortgefüge und verwandelten das Werk von Dichtern und Denkern in einen Schwamm.

Die Bediensteten wischten den Boden mit Nelkenöl. Sie rieben die Wände, die Gemälderahmen, das weit gereiste Mobiliar und den wertvollen schwarzen Konzertflügel mit Palmessig ein. Sie rollten Köder aus Zucker, Sägemehl und giftiger Säure und versteckten sie in allen Winkeln und Ecken. Die dicksten Bücher versiegelten sie mit Bienenwachs, die Hefte und Fibeln wickelten sie ein und verstauten sie in Gläsern mit Bügeln und Schnallen. Sie taten, was sie konnten, und das war viel an diesem Morgen, aber sie waren bloß zu viert. Die Termiten waren Millionen, organisiert in Kolonien und Staaten. Die Boys schliefen, wenn es dunkel wurde, die Termiten fraßen Tag und Nacht. Sie gehörten in den Dschungel wie die Schlangen und die Hundertfüßer, während die Boys unter seinem Blätterdach nur geduldet waren.

So wie Dalee, die Elefanten und das ganze Dorf.

Ich danke den Termiten, ich danke ihnen von Herzen. Und wäre es nur möglich, beim Allmächtigen, ich würde jede von ihnen umarmen. Ohne Termiten könnte ich kein einziges Wort lesen. Ich hätte niemals schreiben gelernt, und auch der Name, der mich begleitet, würde anders lauten.

Die Mistress verlor keine Zeit. Sie legte nicht länger die Hände in den Schoß, um zuzusehen, wie das Wissen der Welt aus ihren Büchern rieselte, durch das Gedärm einer Insektenkolonie rutschte und ohne Sinn und Zweck im Dschungel verschwand. Als der Sonntag kam, trat sie vor die Tür des Hauses und schlug einen Küchengong, dasselbe runde, bronzeglänzende Instrument, das die Boys benutzten, um das Abendessen anzukündigen.

«Kinder!», hörten wir sie in heiterem Singsang rufen. «Die Mädchen, die Jungen!»

Kurz darauf steckte ich auch schon in der Kurta meines Vaters. Sie war die beste, die er besaß. Der Stoff reichte mir bis zu den Zehen, und ich sah darin aus wie ein Zelt mit Kopf, doch Mutter bestand darauf, dass ich es trug.

«*Beta*», sagte sie und stopfte den langen, überhängenden Saum, so gut es ging, in meinen Wickelrock. Dann hielt sie mich bei den Schultern.

«Heute ist ein wichtiger Tag, mein Sohn. Einer, den du niemals im Leben vergisst.»

Sie schloss die Knopfleiste, fuhr über mein Haar, spuckte in ihre Handfläche und wischte mir einen Fleck von den

Wangen, der geblieben war, seit ich dem Elefanten in der Frühe die Ohren geputzt hatte. Sie frisierte meinen kleinen Bruder mit Pomade und küsste uns beide auf die Stirn.

«Nun seht euch an.»

Als Mutter uns ein letztes Mal musterte, roch es nach Haarfett und Lebewohl. In ihren grünen Augen war ein Glanz, den wohl nur versteht, wer Kinder hat. Sie nahm uns bei der Hand, einen Sohn links, einen Sohn rechts, und stieg mit uns den Wohnhügel hinauf.

Der Konzertflügel schimmerte auf der Veranda. Die Bediensteten hatten ihn poliert und durch die Schwingflügel an die frische Luft gerollt. Nun verteilten sie Kreide an die Dorfkinder, die mit gekreuzten Beinen auf der grünen Wiese saßen. Währenddessen wanderten Möbelstücke ins Freie. Der erste Boy trug einen Plantagenstuhl herbei und stellte ihn vor unseren Augen ins Gras, der zweite brachte einen kreisrunden Tisch, auf dem sich Bücher stapelten, der dritte mühte sich mit einem dreibeinigen Gestell aus Holz. Als es endlich aufgebaut war und nicht mehr kippelte, setzte der vierte ein rechteckiges, grünlich schimmerndes Brett darauf. «Eine Tafel!», sagte jemand und grinste vergnügt. Zu guter Letzt schoben sie gemeinsam unter Schnarren und Quietschen eine Weltkugel auf Messingrollen heran. Sie war aus dunklem Nussbaumholz gezimmert und mit Seeschlangen bemalt, die sich zwischen den Kontinenten krümmten. Irgendwo im Wasser der Ozeane bemerkte ich einen bärtigen Gott. Mit grimmiger Miene stieg er aus den Fluten und hielt eine übergroße Gabel in den Händen, als wollte er fischen gehen. Später, viel später erst, fand ich heraus, dass sich der Globus öffnen ließ. In der Südhalbkugel waren edle Tropfen versteckt, die der Direktor und seine Gattin nur zu besonderen Gelegenheiten enthüllten: Cognac und ein stimmungshebendes Getränk namens Frauengold.

«Wo ist Mutter?»

Der kleine Du sah sich ängstlich um. Zu seiner Erleichterung jedoch entdeckte er sie bald darauf zwischen den vielen anderen Müttern aus Maya Bandar. Sie warteten im Schatten des Banyanbaums, halb aus Neugier, halb aus Sorge, dass ein Wort vielleicht nicht das andere ergeben könnte, zwischen Englisch und Deutsch, Hindi und Bengali, Urdu, Pidgin und der komplexen Grammatik der Kindersprache. Mein Bruder war vier Jahre alt, ich war beinahe zwölf, die übrigen Mädchen und Jungen waren vor sieben, fünf oder drei Jahren auf die Welt gekommen. Manche wussten es nicht so genau, weil ihre Eltern das Datum der Geburt bloß schätzen konnten. Andere Kinder waren noch so klein, dass sie kreuz und quer über den Rasen krabbelten und schrien, doch alle verstummten mit einem Mal, als sich die Mistress zeigte. Sie schritt über die Veranda, halb um ihr Klavier herum, streifte die Sandaletten ab, lief barfuß durchs geschnittene Gras und begrüßte uns mit einem Namaste.

«Namaste, Memsahib.»

Wir Kinder sprachen brav im Chor, zumindest diejenigen von uns, die bereits sprechen konnten. So gut und gewissenhaft hatten uns die Mütter auf den ersten Schultag vorbereitet.

Unsere Lehrerin trat an die Tafel. Sie griff nach einem Kreidestück und stellte sich vor – auf Englisch, der Sprache, die ich von Onkel Kishor kannte.

«*My. Name. Is …*»

So laut und deutlich sie redete, so groß schrieb sie ihren Namen. Ich hörte meinen Magen knurren. Wir Brüder konnten die verschlungenen Buchstaben und Wörter nicht lesen, aber sie erinnerten uns an Reisnudeln.

«Henriette. Carola. Frisch.»

Sie lächelte und rieb sich die Hände.

«Ich weiß, Kinder, das ist ein sehr, sehr langer und schwieriger Name. Darum nennt mich einfach Mistress.»

«Namaste, Mistress», sprachen wir mit vereinter Stimme.

«Wunderbar, und nun verratet mir doch, wie ihr heißt.»

Sie deutete auf eines der Mädchen.

«What. Is. Your. Name?»

«Manju», sagte Manju.

«Sanju», sagte Sanju.

«Lila», sagte Lila.

«Mitra», sagte Mitra.

«Bindhu», sagte Bindhu.

«Nur», sagte Nur.

«Kapur», sagte Kapur.

«Tara», sagte die kleine Tara.

«Omvishnu Nihar Anup Shivaraju Ravi Lakshman Balachandra», sagte ich.

«Excuse me?»

Die Mistress zog ein Gesicht, als hätte sie schlecht geschlafen. Sprach ich zu leise? Oder in der Aufregung zu schnell? Waren meine Schultern zu rund und der Rücken zu krumm? Ich stand auf, hob das Kinn und holte Luft, um meiner Rede mehr Gewicht zu verleihen.

«Omvishnu Nihar Anup Shivaraju Ravi Lakshman Balachandra», wiederholte ich. *«This. Is. My. Name.»*

Von irgendwoher war ein Kichern zu hören.

«Das ist dein Name?»

«Das ist mein Vorname, Mistress.»

Als ich mich umsah und den Blick meiner Mutter suchte, wiegte sie ermutigend den Kopf. Wie stolz sie war. Ihre beiden Elefantenjungen gingen zur Schule, war das zu glauben? In eine echte Schule mit einer richtigen Lehrerin und einer Schiefertafel. Ihre frohe Miene machte mir so viel Mut, sie beflügelte mich geradezu.

Ich nahm die Hand des kleinen Stolperprinzen, richtete ihn auf und wuschelte durch sein Haar. So sah er mehr aus wie mein Bruder und weniger wie ein gestriegeltes Zirkuspferd.

«And. This. Is. You.»

Ich klopfte ihm auf die Schulter, gerade so fest, dass er nicht gleich wieder umfiel.

«Me?», fragte die Mistress.

«You», sagte ich. «Nennen Sie meinen Bruder einfach Du.»

«Und wie rufen dich deine Eltern?»

«Beta.»

«Wie Alpha?»

«Beta, Sohn. Wissen Sie, nach meiner Geburt waren Mutter und Vater sehr müde.»

«Erschöpft meinst du?»

«So geschafft, Memsahib, dass sie sich nicht für einen Namen entscheiden konnten.»

Die Mistress schien zu überlegen.

«Beta, Balachandra», sagte sie zu sich selbst, als drehte und wendete sie meine Namen im Geiste. Einen Moment verharrte sie so, den Kopf gesenkt, ohne sich zu rühren.

Dann sah sie auf.

«Ich weiß, wie wir dich nennen.»

Schon eilte sie auf die Veranda, um sich an den Flügel zu setzen. Ich war zu jung, um zu begreifen, was gerade geschah, lief ihr nach und lauschte gebannt. Umringt von Frauen und Kindern, die sich über die Balustrade lehnten, ließ die Mistress ihre gekrümmten Hände auf die Tasten sinken. Sie schloss die Augen und verschwand in der Musik, als tauchte sie ins Meer. Mal lächelte sie bei sich, mal schob sie die Brauen zusammen, während sie spielte, bis auf ihrer porzellanfarbenen Stirn eine einzelne, pulsierende Ader erschien. Von den Wellen bewegt, fühlte sie jeden Ton und Takt, jedes Hämmerchen auf den vibrierenden Saiten, jeden Terzengang, jeden kühnen Sprung in der Melodie, die sich höher und höher schraubte.

«*Casta Diva*», sagte sie, als der letzte Akkord verklungen war, und schlug die Lider wieder auf. Eine seltsame Stille kehrte auf dem Hügel ein. Die Mistress strich sich eine Strähne aus dem Gesicht.

«Eine Arie wie eine mondbeschienene Nacht. Wer hat schon einmal von Norma gehört, der Hohepriesterin der Druiden?»

Wir starrten bloß und schwiegen.

«Nun, ich schätze, wir sollten wohl erst mal mit dem Abc beginnen, habe ich recht?»

Die Mistress beugte sich von ihrem Klavierhocker zu mir herunter, als wollte sie mir ein Geschenk überreichen.

«Hör zu, Junge, *Beta* oder Balachandra. Weißt du, wer diese wundervolle Musik geschrieben hat? Es war der Vater der romantischen italienischen Oper. Der Schöpfer des *Melodramma Tragico*. Ein junger Mann mit ungeheuer vielen Namen, ganz genauso wie du. Er hieß Vincenzo Salvatore Carmelo Francesco ...» Sie hielt schmunzelnd inne. «Bellini.»

Und so bekam ich meinen Namen. Auch wenn ich nie zuvor von einer Dame namens Norma gehört hatte und keine Vorstellung davon besaß, was eine romantische Oper war. Oder eine Diva. Oder ein Italiener. Und worum sich ein *Melodramma Tragico* dreht, kann ich bis heute nicht erklären.

«Bellini?», sagen manche. «Ist das nicht ein Getränk?»

Andere meinen, der Name sei wohl besser geeignet für einen Hund, einen Zwergpinscher an der Leine einer stöckelnden Lady in den Villenvierteln von Malabar Hill. Aber ich trage ihn mit Stolz. Ein Name ist mehr als nur ein Wort. Er ist Erinnerung, Geschichte. Und außer meinem *Daak Naam*, Bellini, ist mir nichts von Maya Bandar geblieben.

Es gab eine Insel, auf der keine Früchte wuchsen, keine Ananas, keine Limonen, keine Feigen. Noch nicht einmal Zimtäpfel oder saure, birmanische Trauben reiften zwischen ihren Blättern. Sie war klein, und auch der Strand ringsum wirkte eher schmal als breit. Aber die Insel war von Grün bedeckt, so reich, dass man mühelos hinter den dicht belaubten Ästen und Zweigen verschwinden konnte, und für eine gewisse Zeit blieb man dort ganz ungestört. Darum nannten wir sie die Liebesinsel.

An jedem Abend, wenn die Sägen in den Wäldern schwiegen, begann dasselbe Schauspiel. Wir saßen auf dem Hügel und verfolgten es. Zuerst erschien Mahakali. Sie verließ den Dschungel mit leisen Schritten, so leicht ein Elefant nur treten kann. Ungewohnt scheu verharrte sie zwischen den fächelnden Schuppenblättchen der Kasuarinen und blickte suchend umher. Wurde sie beobachtet? Stellte ihr jemand nach? War sie auch sicher allein in der Lagune? Im Dämmerlicht ging sie näher ans Wasser heran, bis die Gischt sie umwehte, und betrachtete das Meer. Sah, wie es sich regte, hörte, wie es zischte, roch das Salz und atmete es mit dem Seewind ein.

War der Elefantin bange zumute? Fürchtete sie die Brandung? Die Barrakudas? Die Haie in den Riffen? Die Krokodile, die sich von den Strömungen treiben ließen, von Insel zu Insel?

Mahakali war eine Dame. Sie legte Wert auf eine angenehme Badetemperatur, und wie ein Mädchen, das einen Zeh ins Wasser streckt, stippte sie den Rüssel in die Wellen, nicht mehr als den kleinen, elegant hervorstehenden Finger an der Rüsselspitze. Erst nach diesem Ritual gab sie ihrem Elefantenherzen einen Stoß und schwamm hinüber auf das Inselchen vor der Küste.

Nun zeigte sich Dalee. Er schlich über den Strand wie durch frisch gefallenen Schnee. «Still!», schien er sich zu sagen, während die Glocke um seinen Hals verräterisch bimmelte. «Bloß keinen Ton!»

«Ist er krank?»

Der kleine Du war voller Sorge um den Großen Grauen, als er ihn das erste Mal so sah.

«Ein bisschen», sagte ich.

Da rannte Dalee los. Als hätte er Anlauf genommen, jagte er ins Meer, um es sprudeln, spritzen und schäumen zu lassen, legte sich auf die Seite, von den Wellen umspült, stand wieder auf und prustete das Wasser aus, das in einer Fontäne auf seinen Buckel prasselte. Der Elefant ging mit watenden Schritten durch die Bucht, stieg schnaubend über die Riffe, tauchte in den tiefen Ozean und trieb davon. Als er die Liebesinsel erreichte, hob er den Rüssel und kündigte sich mit einem Trompeten an. Dann folgte er den Spuren von Mahakali, bis das Dunkel der Bäume ihn verschluckte.

«Um ihr nahe zu sein», sagte Mutter einmal, mehr verriet sie ihren naseweisen Söhnen nicht.

Damals, in jenen fernen Tagen, rieb sich niemand die Augen, wenn er einen Rüssel in den Wellen erblickte. Die schwimmenden Elefanten gehörten zum Leben von Maya Bandar, sie waren unsere Boote und Lastenkähne, unsere Fährleute, Schiffer und Navigatoren. Dalee trug Baumfäller und ihre Beile über das Meer, Fischer und ihre Reusen, Bauern und ihr Süßgras, das sie ihm auf den Buckel schnürten, Bündel für Bündel, bis er kaum mehr von einer tropischen, grünen Insel zu unterscheiden war. Sogar Fässer und Ölpumpen brachte er von einem Ufer zum nächsten, und was war es für ein Erlebnis, wenn die ganze Elefantenherde gemeinsam mit rudernden Beinen durch das Wasser strich.

Vater erzählte gerne von seinen Abenteuern auf See. Von Riesenmuscheln mit ultramarinblauen Lippen, von schwebenden Federsternen im spiegelklaren Meer, von den Schwärmen der großen, dunkel gestreiften Fledermausfische. Sie wagten sich nahe, manchmal leichtsinnig nahe an Dalee heran, stibitzten die Schuppen von seiner Haut und schnappten nach seinen aufsteigenden Luftblasen.

«Glaub mir, Junge», sagte Vater, «wenn du erst mal selbst auf einem Elefanten über den Ozean reitest, dann dreht sich deine Welt und mit ihr die Sonne und der Mond.»

Und so verging kein Tag, an dem ich nicht oben auf dem Hügel saß und Vater und Dalee beobachtete. Wie jemand, der einen Segelflieger steigen sieht und sich wundert, wie es wohl sein mag, so leicht und ohne jeden Laut über die Erde zu gleiten. Ich träumte mich hinaus ins Blauwasser der Andamanensee, bis mein zwölfter Geburtstag kam.

«Santaraa, Santaraa!»

An jenem Morgen war die Stimme meines Vaters in der ganzen Lagune zu hören, vom Meeressaum bis zu den Klippen.

«*Santaraa!*», rief er und legte die Hände zu einem Kreis zusammen. Den Kreis hielt er in die Luft, so hoch, dass er sich in den honigfarbenen Augen des Elefanten spiegelte. Danach bückte sich Vater zu mir herunter.

«Angst?»

Ich wiegte den Kopf und fühlte das Pochen in meiner Brust.

«Gut, Junge. Die Angst ist dein Freund, sie hält dich wach. Aber zeig sie ihm nicht. Niemals, mein Sohn. Egal, wie viel Angst du auch hast, der Elefant darf sie nicht spüren.»

«Wo soll ich sie denn verstecken, Vater?»

«Da gehört sie hin!»

Er legte seine flache Hand auf meinen Bauch.

«Schluck sie herunter und lass sie niemals raus, hörst du? Selbst wenn sie dich zerfrisst.»

Dann gab er mir einen Klaps.

«Rauf mit dir! *Santaraa!*»

Während ich noch versuchte, meine Angst zu verschnüren und dort zu verstecken, wo sie niemand finden würde, nahm Dalee den Vorderfuß hoch. Zögerlich kletterte ich das angewinkelte Elefantenbein hinauf, das über mir schwebte, und schon hob er mich weiter in die Höhe, bis ich sein Ohrläppchen erreichte. Ich hielt mich daran fest, stemmte die Zehen in seine Seite und lief den Großen Grauen wie ein Bergsteiger empor. Seine Haut war warm und weich. Wie oft hatte ich sie mit borstigen Kokosschalen abgerieben? Wie viele Kübel voll Butterschmalz hatte ich auf ihr verteilt? Wie viele tausend Fliegeneier hatte ich in meinem Leben aus ihren Falten und Furchen gefischt? Wenn er auch seine Eigenarten besaß, so war Dalee doch ein guter Geist, ein Brahmane unter den Elefanten, wie ihn die Matanga Lila erwähnt: dem Menschen wohlgesonnen, im Einklang mit der Natur und den anderen Tieren, von großer Vernunft, wenn er über Land geht, und mit kindlichem Vergnügen im Wasser. Ich weiß nicht, wie oft ich bereits in seinem Nacken gesessen hatte, hoch oben, auf dem Thron des Mahuts, wo ich spüren konnte, wie das Blut in seinen Adern pulsierte. Aber noch niemals allein. Nie ohne meinen Vater. Bis zum heutigen Tag.

Papaji reichte mir seinen Elefantenhaken. Er holte zwei große Jutesäcke herbei, knüpfte sie sorgsam an den Riemen, den der Bulle um den Bauch trug, und formte einen letzten Kreis mit den Händen.

«*Santaraa, Santaraa!*», rief er. «Orange, Orange! Und komm erst zurück, wenn die Säcke voll sind, hörst du? Immer der Sonne nach!»

Seine Worte galten nicht mir. Vater sprach mit Dalee, der sein engster Vertrauter war. Zur Orangeninsel sollte er schwimmen, sieben Meilen über das weite, brausende Meer, um Apfelsinen zu pflücken. Und je nachdem, wie man es betrachtete, durfte ich den Elefanten auf der Seereise begleiten.

Als der Große Graue über das Riff der Korallen stieg, blickte ich mich ein letztes Mal um. Sah das Flirren über der Lagune, den Morgenrauch über dem Dorf, den Nebel in den Bergen und das Haus auf dem Hügel. Vater winkte zum Abschied in der Ferne und verschwand hinter den Wellen.

«Auf bald, Maya Bandar», flüsterte ich.

Das Meer war dunkel hinter den Riffen. Dunkel, aber nicht schwarz. Es leuchtete aus seinen Tiefen, als sei der Mond darin aufgegangen, und im Lichtschein glänzten die Schuppen der Makrelen, die Schirme der Quallen und die vielen wirbelnden Wesen, die unter den Elefantenfüßen wie Funken durch den Ozean stieben. Dalee ließ sich treiben, die Augen mal unter, mal über der See. Nach einer Weile begann er, das Wasser zu treten, nahm Kurs auf die Insel und hielt den Rüssel wie einen Schnorchel in die Höhe. Der Elefant schaukelte in den Wellen wie eine Dau im Wind. Eine Zeit lang glaubte ich, er würde versinken, und ich schlang die Arme um sein Haupt.

«He, he! Du weißt doch, ich kann nicht schwimmen!»

Da fing er sich wieder, als hätte der Große Graue eine günstige Bö erwischt, und ehe ich mich's versah, schwebte er schwerelos dahin. Von Zeit zu Zeit gab ich ihm einen Befehl. *«Baen! Baen!»*, rief ich und presste die Zehen hinter sein rechtes Ohr. Dann lenkte er eine Spur nach Backbord. Rief ich *«Daen! Daen!»* und berührte das linke Ohr, ruderte er wiederum nach Steuerbord. Wenn ich jedoch ehrlich zu mir war, musste ich nichts weiter tun als warten, während Dalee die Andamanensee kreuzte, ab und an den Rüssel hob und das Wasser ausblies, bis es im hohen Bogen auf meine Schultern prasselte. Der Elefant kannte den Weg, er war ihn Dutzende Male mit meinem Vater geschwommen, immer der steigenden Sonne entgegen. Und so saß ich auf seinem Rücken, spielte mit den Füßen im Lauf der Strömung, hielt eine Hand hinein und ließ sie wie einen fliegenden Fisch über die Wellen hüpfen. Wer das Meer gesehen hat, dachte ich mir, wer es nur einmal hört, riecht und schmeckt, wird es immer bei sich tragen. Seinen Atem, sein Schweben, seinen Glanz.

Nichts ist so weit und so reich an Leben.

Der Morgen verging, und allmählich färbte sich das Wasser türkis. Es schimmerte, wie ich mir die Gletscher des Himalajas vorstellte, und ich verfolgte den Schatten, den Dalee über den weißen Meeresboden zog. Bald darauf gesellte sich die Silhouette einer kreisenden Seeschwalbe hinzu, Stechrochen segelten durch die seichte und immer seichter werdende See, in der eine Schildkröte nach Schwämmen und Nesseltieren suchte. Als Dalee wieder Sand unter den Füßen spürte und sich prustend aus den Fluten erhob, ließ ich mich von seinem Elfenbein tragen. Ich stand aufrecht auf den Stoßzähnen und machte das Gesicht eines Abenteurers.

Das Wasser rann in Strömen von seiner Haut, als der Elefant das Ufer erreichte. Ich rutschte seinen Rüssel herab und landete im Sand, Muscheln, Salz und knirschende Schneckenhäuser zwischen den Zehen. Es waren die einzigen Spuren an einem makellosen Strand, der einsam und verlassen schien, bis ich die Kugeln entdeckte. Millionen klitzekleiner Kugeln, kaum so groß wie ein Pfefferkorn. Wohin ich auch sah, sie waren überall auf der Insel verstreut, und kniete ich mich hin, um sie zu berühren, zerfielen sie unter meinen Fingern.

Die Kügelchen lagen nicht wahllos herum. Sie reihten sich auf wie Perlen und bildeten Kreise rings um ein blubberndes Loch. In jedem Loch lebte ein Inselbewohner, und wenn ich dasaß und geduldig blieb, schlüpfte er früher oder später heraus. Der Winzling schluckte ein wenig Sand, mischte ihn mit seinem Speichel, spie ihn wieder aus und wickelte ihn zwischen den Scheren auf, bis er fest und rund war. Er legte die Sandkugel vor sich hin und verschnaufte, all das Wickeln hatte ihn wohl geschafft. Dann tat er einen Seitwärtsschritt mit jedem seiner krummen Beine und rollte die nächste Kugel. Auf diese Weise bahnte er sich Kugel für Kugel den Weg. Ob er ahnte, welche kunstvollen Muster er dabei hinterließ?

Auch der Elefant interessierte sich für die Sandkugelkrebse. Ja, es schien sogar, als fühlte er sich von ihnen auf zauberhafte Weise inspiriert. Dalee fuhr mit der Rüsselspitze durch den Sand und zog die Muster nach, von Kugel zu Kugel, geradeso als wollte er die Kunst der Krebse vollenden.

«Gefällt dir das?»

Verwundert sah ich zu ihm auf.

«Das macht dir Freude, nicht wahr?»

Ich erwartete keine Antwort, zu sehr war der Große Graue in sein Schaffen vertieft. Er zeichnete Linie um Linie, Strich um Strich, setzte mal ab, besserte nach, verwischte das Bild wieder und begann von vorn. Aber ein Elefantenrüssel ist nicht für die Kunst gemacht, das sah ich, und auch Dalee musste es erkennen. Was wäre Picasso ohne Pinsel? Freud ohne Füller? Strawinsky ohne Geigenbogen? Ich überlegte, ihm den Haken meines Vaters zu leihen, als Werkzeug, denn jeder Meister braucht sein Instrument. Doch wer kann schon poetisch sein mit einer Waffe in der Hand?

Während sich der Elefant noch weiter daran versuchte, streifte ich durch den Schatten der Uferpalmen. Fand Treibholz und warf es davon, stieß auf eine Seeigelschale und ließ sie wieder fallen, knickte schließlich einen Ast entzwei, lief zurück zu Dalee, und was ich nun erzähle, mag erfunden klingen. Wie eine Lüge. Als wollte sich ein alter Mann bloß wichtigmachen. Aber jedes Wort ist so wahr wie die Geschichte der zwölf Elefanten, die siebenhundert Seemeilen über den Indischen Ozean reisten, um darin zu schwimmen. Ich gab Dalee ein Zeichen, und er hob den Rüssel. Da steckte ich den Zweig hinein, trat einen Schritt zurück und sah verblüfft dabei zu, wie der Große Graue eine Schneckenlinie zeichnete, eine Spirale aus mehreren, gleichlaufenden Windungen.

«Wer bist du?», fragte ich. «Ein malender Elefant?»

Dalee hielt inne und betrachtete sein Werk. Erfüllt von großer Genugtuung, legte er den Ast beiseite und schien sich der Worte meines Vaters zu erinnern.

«Santaraa! Santaraa!»

Mit einem Grollen wandte er sich den Bäumen zu. Der Elefant brach auf, und ich wanderte ihm nach, über Sandhalme und Palmlaub ins Herz der Insel hinein, wo sich die Meeresbrise wie ein leichtes, zuckriges Parfum mit dem Duft von Öl und Blüten mischte. Hin und wieder bückte ich mich und berührte meine Waden, strich mit prüfender Hand über die Haut, wie ich es gewohnt war, wenn ich einen Fuß in die Wildnis setzte. Aber kein Ringelwurm saugte mein Blut, kein Hundertfüßer ritzte mir ins Fleisch, kein armes, zu Tode gejagtes Geschöpf des Dschungels verweste irgendwo im Gehölz, von Tieren angenagt, von Parasiten und Pilzen zersetzt. Ich trat in keinen Dorn. Noch nicht einmal eine Honigbiene wagte sich an mich heran. So einsam die Insel war, so klar und rein lag sie da, rauschend umspült von den Wogen der See. Steine, Sand und Korallen wirkten wie neu erschaffen. Jede Blume war ein Fest, jeder Grashalm saftig und frisch. Selbst die Fliegen, die über die Blätter liefen, waren sauber und wunderschön.

Es wurde heiß, und hinter dem Strandwald, steil von der Sonne beschienen, sah ich ihn leuchten, den Orangenhain. Schwitzend pflückte ich die Apfelsinen, die ich auf Zehenspitzen erreichte, aus den dichten dunkelgrünen Blättern. Dalee drehte sie wie Glühlichter aus den Kronen, hob sie über die Schulter und ließ sie in die beiden Jutesäcke fallen, die er bei sich führte. Wie geschickt er doch war. Der Elefant konnte ein Streichholz mit dem Rüssel greifen, eine Münze in den Schlitz einer Geldbüchse stecken und sogar ein einzelnes Reiskorn auflesen, wenn ihm danach war. Ob er dann und wann auch eine Orange fraß? Oh ja. Der Große Graue liebte Orangen. Besonders schätzte er jedoch die süßeren Früchte, die längst vom Baum gefallen waren und überreif unter den Zweigen lagen. Er nahm sich genug, um Hunger und Durst zu stillen, suchte nach einem Platz im Schatten und schlief zufrieden ein.

Als wir die Insel verließen, schwammen die Säcke auf. Einer trieb auf der Backbordseite des Elefanten, der andere steuerbords, ruhig und gleichmäßig wie ein Floß. Die prall gefüllten Orangenbeutel erschienen mir bequem. Und so wählte ich einen aus, legte mich rücklings hin, verschränkte die Arme hinter dem Kopf und sah in den Himmel, der von Wolkenschleiern gemasert war.

Damals auf dem Ozean drehte sich meine Welt. Und mit ihr die Sonne und der Mond. Alles trat so ein, wie es Vater prophezeit hatte. Die Sterne, die an meinem Himmel leuchteten, fingen an zu wandern und fügten sich am Firmament zu grundlegend neuen Bildern zusammen. Einige davon konnte ich deuten, andere waren Rätsel, deren Lösung im Dunkeln lag. Und während ich so auf dem Elefanten über die Wellen ritt, den Rücken auf den Orangen, den Kopf in den Wolken, kam eine Frage in mir auf, eine Frage von astronomischer Größe. Sie hatte mit der Inselschule zu tun.

Sonntag für Sonntag schlug die Mistress den Gong und versammelte uns Kinder unter dem Banyanbaum. Sie lehrte uns die Zeichen und Zahlen, die Formen und Farben, die Namen der Tiere, die nachts um unsere Hütten schlichen, und der Pflanzen im Dschungel, die Tag für Tag unsere geschundene Haut zerschnitten. Ehe wir wieder ins Dorf gingen, hinab in unser wahres Leben, drehte sie ihren Globus. Ein Schüler durfte nach vorne treten, jeden Sonntag ein anderer, und bremste die große, rotierende Kugel mit dem Finger. So lernten wir den italienischen Stiefel kennen, den stolzen iberischen Stier und das Ohr des Indischen Elefanten.

Als ich an der Reihe war, blieb mein Zeigefinger auf der schneebedeckten Scheibe stehen. Ganz oben auf der Kugel.

«Dies ist der nördlichste Punkt der Erde», sagte die Mistress und rieb sich die Arme, als wäre sie in arktischer Kälte gefangen. «Dort leben die Eisbären. Und hier unten, Bellini, wo die Pinguine wohnen, da liegt der Südpol.»

Willst du das wirklich glauben? Diese Frage stellte ich mir nun auf dem Meer und wurde sie nicht mehr los. Gab es im Universum tatsächlich ein Oben und Unten? Ein fest bestimmtes Nord und Süd? Oder konnte es sein, dass sich die Mistress irrte? Was, wenn es umgekehrt war, wenn der kreisende blaue Lampion, der uns Menschen trägt, in Wahrheit andersherum durch den Kosmos schwebt? Bellini, überlegte ich, dreh den Globus doch einmal auf den Kopf. So betrachtet sind die Eisbären am Südpol zu Hause, und die Pinguine watscheln im arktischen Wind den Nordpol entlang. Der italienische Stiefel verwandelt sich in ein Seepferdchen, der iberische Stier wird zu einer Schnecke und das indische Ohr zu einem Schwan, der seine Schwingen hebt, bereit, über Baum und Berg zu fliegen.

Wer auf einem schwimmenden Elefanten reitet, kommt auf seltsame Gedanken, und er vergisst nur zu leicht die Zeit. Ich wusch mir das Gesicht. Seewasser perlte über meine Schultern, als ich den Kopf wieder aus der Strömung hob, und verflog im Abendschimmer. Die Spitzen der Wellen blitzten wie kleine Spiegel auf dem Meer, und es dauerte, bis sich mein Blick an das rötliche Gleißen gewöhnte.

Ich setzte mich auf, schlug die Beine auf dem treibenden Orangensack übereinander und sah in die Ferne. Wo war Maya Bandar? Sosehr ich auch blinzelte, ich konnte die Lagune nicht erkennen, weder die nebelumhangenen Bäume noch den Feuerrauch über dem Dorf. Wie lange waren wir schon auf See? Eine Stunde? Zwei oder drei?

Und doch kam kein Land in Sicht, noch nicht einmal vage Umrisse an der Linie zwischen Himmel und Meer. Dalee strich durch den offenen Ozean, umgeben von Wellen, und die Sonne sank in meinem Rücken. Heiliger Gott, dachte ich bei mir selbst. Sollte sie nicht vor meinen Augen untergehen? Im Schatten der Gebirge von Mittel-Andaman. So wie sie es immer tat?

«*Baen, baen!*»

Ich kletterte über die Orangen hinweg, setzte mich wieder in den Nacken des Elefanten und presste die Zehen mal hinter sein linkes, mal hinter sein rechtes Ohr.

«*Daen, daen!*»

Doch Dalee hielt stoisch den Kurs. Er schwamm nach Osten, während unsere Heimatinsel zweifelsfrei im Westen lag. Denk nach, Bellini, sagte ich mir, nimm dir Zeit und denk nach. Waren die vergorenen Früchte unter den Orangenbäumen schuld? Hatte der Elefant zu viele von ihnen gefressen? Träumte er deshalb so vor sich hin? Ich lehnte mich weit über seine Stirn hinweg und tätschelte ihm die Wangen.

«He, he, mein Großer! Was ist los, schläfst du? Wach auf! Nun wach schon auf!»

Hörte er mein Rufen nicht? War meine Stimme zu schwach? Na warte, dachte ich und richtete mich auf. Ich stützte die Arme in die Seiten, stand auf den Schultern des Bullen und brüllte: «Aufwachen! Komm schon! Du sollst aufwachen und nach Maya Bandar schwimmen! Los, los, dreh um! Umdrehen! Dreh um und schwimm nach Maya Bandar!»

Da begriff ich, wie dumm ich war. Wie sollte mich der Elefant verstehen? Seine Ohren waren ja unter Wasser.

Und selbst wenn er mich hörte, woher konnte er wissen, was Maya Bandar war? Ein Fischaffe? Ein Affenfisch? Ein Makake unter dem Meer? Wir Dorfbewohner wussten ja selbst nicht, wofür der Name unserer Siedlung stand.

«Nach Hause! Dreh um und bring uns nach Hause!»

Doch wo war Dalee zu Hause? Wo hatte er fünfzig Jahre lang gelebt? Siebenhundert Seemeilen entfernt. Und wer weiß, vielleicht wollte der Elefant ja genau dorthin? Zunächst ostwärts, dann nach Norden, um den Archipel herum, und schließlich einmal durch den ganzen Golf von Bengalen zurück in die indische Heimat.

«Nun dreh schon um! Dreh um!»

Lag es an den prall gefüllten Säcken? Hatten wir es mit der Ernte zu gut gemeint, um Vater zu gefallen? Wog die Last der Apfelsinen, die der Bulle schleppte, zu schwer? Wollte er beidrehen, aber es gelang ihm nicht? Ich knüpfte kurzerhand einen der Beutel auf und sah der Spur nach, die wir hinterließen, hundert leuchtende Orangen hüpften auf dem blauen Meer.

Dalee rührte sich immer noch nicht. Er ruderte bloß dahin, ein sturer, grauköpfiger Fährmann. In meiner Not öffnete ich auch den anderen Jutesack und griff nach einer Frucht. Ich holte aus und schleuderte sie gegen die Stirn des Elefanten.

«Umdrehen! Sofort!»

Ich warf die nächste. Shri Ganesh, der Weise, möge mir verzeihen.

«*Murkh*, nimm das! Wirst du wohl?»

Bald darauf prasselten die Orangen nur so auf den Großen Grauen ein. Doch sie prallten bloß ab und landeten im Ozean.

Da hielt ich mir den Bauch.

«Nein, Junge, nicht», hörte ich meinen Vater sagen. «Zeig sie ihm nicht. Niemals! Der Elefant darf sie nicht bemerken, selbst wenn sie dich von innen zerfrisst.»

Aber die Angst, die ich in mir verbarg, stieg nun mit solcher Macht auf, dass ich sie nicht länger bremsen konnte. Ich schaute mich um, sah in jede Richtung des Himmels. Ob Vater uns suchen würde? Wo sollte er bloß beginnen? Der Ozean war groß. So entsetzlich groß.

«Bitte.»

Ich faltete die Hände und betete.

«Bitte, bitte, mach doch kehrt.»

Aber sosehr ich auch bettelte, es weckte den Elefanten nicht aus seinem sonderbaren Schlaf. Er holte Luft und trat das Wasser, holte Luft, trat das Wasser und ließ nicht nach.

«Vater», flüsterte ich und blickte ins schwindende Licht. «Papaji, verrate mir, was würdest du an meiner Stelle tun?»

Ich wusste die Antwort, ich kannte sie nur allzu gut. Wer nicht hören will, muss fühlen, hätte Vater gesagt, doch der Gedanke daran tat mir in der Seele weh. Tu es, sagte ich mir. Beim Allmächtigen, Bellini, tu es endlich. Du bist jetzt zwölf Jahre alt. Sei ein Mann, ein Elefantenmann, wenigstens ein halber. Ich zog den Haken hervor. Dorthin würde ich die Klinge stoßen, überlegte ich, und zielte auf die kleine, empfindliche Mulde hoch oben auf der Elefantenstirn. Einmal, nur ein einziges Mal, um Dalec zur Vernunft zu bringen.

«Vergib mir», sagte ich und hielt den hölzernen Griff umklammert. «Bitte vergib mir, mein Freund.»

In diesem Augenblick blies der Elefant den Rüssel aus. Wasser rieselte über die Sommersprossen auf seiner

Stirn, die in der Abenddämmerung glänzte, und benetzte die Härchen auf seiner Haut. Fünfzig Jahre, dachte ich mir. Ein halbes Jahrhundert wandelte der Große Graue schon über die Welt. Seine honigfarbenen Augen hatten die ersten Flugzeuge am Himmel gesehen und sich über die neuartigen Motorkutschen gewundert, die eines Tages durch Indien klapperten, ohne Ochsen oder Pferd. Er hatte Dürren erlebt und Regen, der nicht enden wollte. Er hatte meinen Großvater auf dem Rücken getragen, den guten, alten Dadaji. Er war meinem Vater ein Leben lang ein treuer Begleiter gewesen, hatte meine Mutter, meinen Bruder und meine ganze Familie ernährt. Jahr um Jahr um Jahr.

Und wer war ich, ihn zu schlagen?

Da saß ich nun, mit hängenden Schultern. Allein auf dem Elefanten, der schwamm und schwamm, während die Wellen, umso weiter wir trieben, wuchsen und wuchsen.

«Was für ein Mahut bist du, Bellini?»

Ich schimpfte mit mir.

«Ein verdammter, jämmerlicher Witz auf einem Elefantenrücken!»

Verzweifelt von mir selbst nahm ich eine Orange und schleuderte sie davon. Sie flog durch die Luft, platschte irgendwo ins Meer, tauchte für einen kurzen Moment unter, zeigte sich wieder, hüpfte auf und ab in den Wogen wie eine Boje, und mit einem Mal änderte der Elefant den Kurs.

Dalee regte sich. Als wäre er plötzlich aus dem Dämmertraum erwacht, hielt er auf die treibende Apfelsine zu und fraß sie auf. Da warf ich die nächste Frucht, und jetzt ruderte er dieser entgegen. Konnte es wahr sein? Um mich zu vergewissern, schmiss ich noch eine Orange in den Ozean, und wirklich, wieder folgte er ihr, um sie hungrig zu verschlingen.

Ich fühlte mich an die Kunst der Krebse erinnert, die Kugeln im Sand, und wie sie Dalee mit der Rüsselspitze verbunden hatte. Einen Herzschlag später sammelte ich alle geernteten Früchte ein, die mir geblieben waren, holte aus und schleuderte sie eine nach der anderen in die See.

Und Dalee?

Genauso wie er die Sandmuster der Krebse nachgezogen hatte, von Kugel zu Kugel, begann er nun, von Orange zu Orange zu ziehen. Und so warf ich sie nacheinander vor ihm hin, in einem weiten Bogen, einer gekrümmten Linie aus leuchtendem Obst.

Den Göttern sei Dank! Klar zur Wende! Der Elefant ließ sich von den Orangen leiten und schwamm einen Halbkreis im Meer. Er drehte bei! Er drehte tatsächlich bei! Dalee reffte die Segel, wendete vor dem Wind und steuerte auf den Kegel der Abendsonne zu.

Ich lachte so, wie ich noch nie zuvor gelacht hatte.

«Na, mein Freund?», rief ich. «Wohin wolltest du? Zurück in die Arme von Mutter Indien?»

Als wir die Lagune erreichten, war es dunkel. Die Nacht kommt schnell in den Tropen, und auf den Inseln meiner Kindheit bricht sie besonders früh herein. Auf den Andamanen, so weit abgeschieden sie auch liegen, gilt die Indian Standard Time, dieselbe Zeitzone wie in Kalkutta, Delhi und im eintausendfünfhundert Meilen entfernten Bombay. Um vier Uhr morgens krähen die Hähne, um fünf Uhr steht die Sonne über dem Meer. Am frühen Nachmittag erwachen die Fledermäuse in den Kalksteinhöhlen, um sich in die Monddämmerung zu schwingen. Und nicht lange, da schlägt die Stunde der Göttersagen und Legenden, die Menschen sitzen am Feuer beisammen und erzählen sich Geschichten.

In dieser Nacht jedoch war meinem Vater nicht nach Märchen zumute.

«Erzähl mir keine Lügen!»

«Aber Vater, es ist wahr.»

«Du sollst keine Lügen erzählen, Junge. Warum kommst du mit leeren Säcken nach Hause? Sprich!»

«Das habe ich doch gesagt. Wir haben keine Orangen gefunden.»

«Es gab keine Orangen auf der Orangeninsel?»

«Nein, Vater.»

«Nicht eine einzige?»

Ich blieb stumm und überlegte.

«Doch, Vater. Vielleicht gab es ein paar. Aber die wenigen, die an den Orangenbäumen hingen, waren noch grün.»

«Die Orangen waren grün?»

«Ja, Vater.»

«Ganz grün?»

«Ja, Vater.»

«Grün wie Äpfel?»

«Ja, Vater, grün wie Äpfel.»

Was hätte ich ihm erzählen sollen? Die Geschichte von dem Jungen, der die Jutesäcke öffnet, um Dalee mit Orangen zu bewerfen? Der die mühsam geernteten Früchte in die Wellen schleudert, um eine waghalsige Wende zu segeln? Ich fühlte mich schlecht, so furchtbar verlogen und falsch. Aber ein Mahut steht nun mal zu seinem Elefanten. Was immer auch geschieht, er würde ihn um nichts in der Welt verraten. Und so verlor ich kein Wort über die Irrfahrt auf See. Vater sollte den Großen Grauen nicht bestrafen, nein, das hatte Dalee nicht verdient.

«Die Orangen auf der Insel waren grün?»

«Ja, Vater.»

«Und wieso liegt der Strand nicht voller Muscheln, sondern voller reifer Früchte?»

Ich schwieg.

«Erklär's mir! Weshalb erzählen die Fischer, dass eine Orange nach der anderen angespült wird?»

Ich sah Vater bloß an.

«Warum, Junge? Rede mit mir!»

Ehe ich zu einer Erklärung kam, hielt ich mir die Wange. Ich verspürte ein Brennen im Gesicht, jenen kurzen, heißen, jähen Schmerz, den ein Junge meines Alters nur allzu gut kennt. Vater machte böse Brauen. So finster, wie er aus den Augen blickte, wollte er mich wohl bunt und scheckig klatschen mit seiner flachen Hand. Ohrfeige links, Ohrfeige rechts, rot wie eine reife Orange.

«Himmel, Lakshman! Was tust du?», rief Mutter und zog mich beiseite. Sie nahm mich in den Arm, und ich weinte bitterlich in ihre Schulter.

«Der Junge ist gerade zwölf geworden, hast du das vergessen? Du schlägst deinen Sohn an seinem Geburtstag?»

Mutter stillte meine Tränen und reichte mir einen Wasserkrug.

«Vergiss nicht den kleinen Du», sagte sie mit gedämpfter Stimme zu mir und schickte uns Brüder zum Brunnen. Doch während wir im Mondschein über die Lichtung wanderten, hörten wir sie noch immer schimpfen. Jeder Bewohner von Maya Bandar horchte auf, so laut nahm sie unseren Vater ins Gebet: «Schau dich an! Du bist nicht du selbst! Was für ein Mann ist aus dir geworden?»

Vater war ergraut. Sein Gesicht ohne Glanz, seine Wangen knochig und fahl, was selbst der Bart nicht verbergen konnte, der ihm mit den Wochen und Monaten gewachsen war. Sein Haar war dünn wie sein Rumpf, aus dem die Wirbel hervortraten wie die Weidenruten eines geflochtenen Korbs. Sein Blick war tief umschattet, die schwarzen Ränder unter seinen Augen zerfurcht. Und das, obwohl er doch längst nicht mehr in einem lichtlosen Laderaum, sondern Tag für Tag unter freiem Himmel arbeitete, auf der Insel seiner Träume. Dort, wo alles gut werden sollte, besser als daheim.

Manchmal kehrte Vater so müde aus den Wäldern zurück, dass er das Essen vergaß. Seine Kraft reichte bloß, um die Augen zu schließen und in den Schlaf zu sinken, nur um sie wenige Stunden später wieder aufzuschlagen. Mutter hatte recht. Der große, starke Elefantenmann veränderte sich, und wir erkannten ihn kaum wieder.

«Lakshman», sagte sie, «mein Lieber. Seit der Weiße da ist, geht es so. Von der Stunde an, seit er seine klobigen Füße auf die Insel gesetzt hat. Der *Firangi*, dieser Buchhalter mit Stift und Zettel.»

Ging es nach dem Sahib, konnte die Sonne nicht früh genug am Himmel stehen. Etwas Mächtiges trieb ihn aus dem Tropenbett. Nicht nur das Morgenkrähen der Hähne, das Licht auf der Meereslagune oder der dosenförmige Wecker auf dem Nachtkästchen aus Nussbaumholz. Es war eine starke, bewundernswerte, geradezu spirituelle Kraft, die er «Schaffensdrang» nannte. Ein Zwang. Das ständige Streben nach dem großen Sprung nach vorn. Während sich die Zeiger seiner Uhren unermüdlich weiterdrehten, durfte nichts in Maya Bandar stillstehen und so bleiben, wie es war.

Am Ende eines Monats ließ der Direktor die Dorfbewohner in einer langen Reihe antreten: die Fischer, die Flößer, die Bauern, die Jäger, die Tischler und Zimmerer, die Topfrührer, die Baumfäller und die Mahuts. Auch die Elefanten standen mit den Menschen am Meeresufer versammelt. Der Weiße verschränkte die Hände auf dem Rücken seines Jacketts und schritt die Arbeiter einen nach dem anderen ab. Er schien jedes einzelne Gesicht so genau zu studieren, als wollte er es mit Klüpfel und Eisen in Stein hauen. Auch die Züge meines Vaters, seine hohlen Wangen und den matten, aber hoffnungsfrohen Blick.

«Lakshman?»

Der Direktor griff unter sein Revers und schlug das cognacfarbene Büchlein auf.

«Ja, Sir.»

«Ihr Elefant …»

Nun drehte er den Bleistift in den Fingern und wies mit dem blassroten Radiergummi auf Dalee.

«Wie mir scheint, ist der Bursche nicht mehr ganz auf der Höhe. Bringen Sie ihn auf Vordermann, hören Sie?»

«Ja, Sir.»

«Sorgen Sie mir dafür, dass er arbeitsfähig bleibt.»

«Ja, Sir.»

«Nicht dass mir noch mal etwas zu Ohren kommt. Wie Sie wissen, dulde ich keinen Schlendrian.»

«Ja, Sir.»

Vater verbeugte sich vor dem großen weißen Mann, ehe Mister Demello auch nur einen einzigen Satz übersetzt hatte. Als er jedoch erfahren musste, dass «Schlendrian» das genaue Gegenteil von «Schaffensdrang» war, dachte er an die zahllosen kräftezehrenden Stunden in den Wäldern und den kurzen Schlaf der vergangenen Nacht.

Papaji mühte sich, keine allzu bösen Brauen zu machen.

«Gut, gut», sagte der Sahib und nickte in Richtung seines Assistenten, der sich nun daranmachte, den Lohn zu verteilen. Im Namen von P. J. Ray & Co. Ltd. ging er von Mann zu Mann und legte ihnen, je nach Rang und Stufe der Besoldung, ihre Rupien, Annas und Paise in die ausgestreckten Hände, sehr zur Freude meines Vaters. Der Deutsche pflegte pünktlich, schnell und münzgenau zu zahlen. Kein Vergleich zu den Halunken aus der Heimat, die sich an jedem bereicherten, der weder Lohnstreifen noch Banknoten lesen konnte. Vater wog die Taler in der hohlen Hand und fühlte die Scheine, die so angenehm zwischen den Fingern knisterten. Die Hälfte des Geldes würde er, wie gewohnt, nach Hause schicken, gleich mit dem nächsten, dampfenden Schiff, das in die Lagune steuerte. Die andere Hälfte würde er sparen. Was sollte er sonst mit dem Geld anfangen, hier in Maya Bandar, wo es nichts zu kaufen und noch weniger zu besitzen gab.

Gudlak, unser Freund, kam als Letzter an die Reihe. Als er die Hände öffnete, um seinen Lohn zu empfangen, erhob der Direktor die Stimme.

«Moment!», rief er. «Mister Demello, wofür wollen Sie den Mann bezahlen?»

«Sir?»

«Welchen Baum hat er gefällt? Welchen Stamm hat er entrindet? Welchen Arbeitselefanten hat er zum Bade geführt und geschrubbt? Kommen Sie, klären Sie mich auf, welchen wertvollen Beitrag hat diese Person in den vergangenen vier Wochen für unser Unternehmen geleistet?»

Während sich Gudlak den Nacken rieb, schienen dem Angloinder die Worte zu fehlen. Es fiel ihm schwer, eine Antwort auf die Frage zu finden, schließlich fällte Gudlak keine Bäume. Er kämpfte sich auch nicht mit dem Haumesser durch Busch und Strauch. Gudlak zog nicht mit den Mahuts in den Wald, um die Schätze der Tropen zu bergen, er bestellte kein Feld und holte keinen einzigen Fisch an Land. So war es, seit er die Insel betreten hatte, und so blieb es auch in den Wochen danach. «Ich kann nicht», sagte er immerzu und schlug die Augen nieder. «Es tut mir leid, ich kann einfach nicht.» Noch zu frisch war der Verlust seiner Gala, zu tief saß der Schmerz, der jedes Mal aufs Neue wiederkehrte, sobald er einen Elefanten sah. Der Direktor war ein kluger Beobachter, und er lag mit seinem Einwand nicht falsch. Es gab Menschen in Maya Bandar, die nannten Gudlak faul. Manch andere schimpften ihn einen Schmarotzer, weil er keinen Finger zu rühren schien und sich dennoch ohne falsche Bescheidenheit von dem Essen nahm, das unsere Mutter kochte. Für meinen Vater hingegen war er ein Freund, der beste in Maya Bandar. Und obwohl er hin und wieder über ihn stolperte, wenn Gudlak auf der Schwelle unserer Bambushütte schlief, so tat es doch gut, einen Freund zu haben.

«Sehen Sie?», sagte der Sahib. «Nichts hat er geleistet, rein gar nichts, wofür ich ihn entlohnen könnte. Streng genommen sollte der Mann mich bezahlen, er schuldet mir nämlich einen Elefanten.»

Er trat näher an Gudlak heran, der sich verwirrt die Locken kratzte.

«Junger Mann, für wen halten Sie mich? Für einen Zirkusdirektor?»

«Ja, Sir», antwortete Gudlak und wiegte eifrig den Kopf, ahnte er doch nicht, wovon der Weiße sprach.

«Hören Sie, ich wiederhole mich ungern: Schaffen und Streben ist Gottes Gebot; Arbeit ist Leben, Nichtstun der Tod.»

«Sir!»

Mister Demello nahm den Direktor zur Seite, was nur äußerst selten geschah.

«Mit Verlaub, Sir, das ist nicht rechtens.»

«Sch!», machte der Direktor. «Still», flüsterte er und kräuselte die Stirn. Das Wort hörte ich ihn häufiger sagen: «Still, Henriette!», «Still, Mister Demello!». Je höher die Wogen schlugen, umso mehr sehnte sich der Weiße nach Ruhe. Diese Eigenschaft schien zu seiner deutschen Seele zu gehören wie die Arbeitslust, die Zucht und die rätselhafte Schwermut, die ihn manchmal befiel.

«Nicht rechtens, Mister Demello? Sie meinen, weil es nirgendwo im Dorf geschrieben steht?»

Noch am selben Tag wurde ich Zeuge, wie die Hausdiener eine Kiste öffneten, eine Seekiste, die uns Brüdern nicht unbekannt war. Sie holten die große, gelackte Maschine daraus hervor, jenen Apparat mit den Hebeln, Rädchen und Tasten, den ich damals auf dem Schiff für eine Fischwaage gehalten hatte.

«Zum Diktat, bitte!», sagte der Deutsche und wanderte bald darauf gemessenen Schrittes über die gewachsten Dielen. Dabei las er aus seinem Büchlein und sprach einen Text zur Niederschrift vor, Wort für Wort, während sich der Assistent über der Maschine krümmte, als spielte er darauf Klavier.

Nach einiger Zeit hob er die Hände von der Tastatur.

«Sir?»

«Jawohl, Mister Demello?»

«Wenn Sie gestatten, Sir, würde ich gerne meine Bedenken äußern.»

«Nur zu, was liegt Ihnen auf dem Herzen?»

«Sir, ich frage mich, ob die Dorfbewohner Ihre Worte verstehen werden. Sie sind, nun ja, nicht ganz anspruchslos formuliert.»

«Mister Demello, das ist ein scharfsinniger Einwand ...», sagte der Direktor in seltsam beschwingtem Ton. «Aber diese kleinen Leute im Lendentuch müssen meine Worte gar nicht verstehen. Sie müssen sie lediglich befolgen. Unter mir kann jeder nach meiner Fasson glücklich werden.»

Von da an fügte sich der Angloinder und setzte das direktoriale Schreiben fein säuberlich auf. Ab und an klingelte die Maschine, während er darauf tippte. Dann gab er ihr einen gehörigen Schubs und ließ das Missbehagen erahnen, das er unter Jacke, Hemd und Weste verbarg. Mister Demello übertrug die Worte auf Englisch und in die geläufigsten indischen Sprachen, soweit es ihm möglich war. Und kaum war das Papier auf dem Dorfplatz angeschlagen, packte mich jemand.

«Junge!», rief Badshah. «Los! Du kannst doch lesen.»

Der Ranchi hob mich kurzerhand auf eine Teekiste, und ich blickte auf all die Leute herab, die sich um mich scharten. Sie hörten mein Räuspern und sahen mein nachdenkliches Gesicht. Lesen konnte ich die Worte wohl, aber was in aller Welt bedeuteten sie? Ich fasste Mut und trug den Brief des Direktors mit lauter Stimme vor:

1. Im Sinne der Planerfüllung ist jeder Beschäftigte von P. J. Ray & Co. Ltd. dringend angehalten, seine Arbeitsschicht nach bestem Wissen und Gewissen zu nutzen. Von längeren Verweildauern außerhalb der festgelegten Ruhezeiten ist abzusehen. Unnötige Tätigkeitsunterbrechungen werden mit Lohnabzug bestraft.
2. Der kultische Exorzismus von Geistern, Dämonen oder Schreckgestalten, in Sonderheit «Rakshas», die behauptetermaßen unter der Rinde eines zu fällenden Nutzholzbaumes spuken, hat in Übereinkunft mit der Leitungsebene außerhalb der Dienstzeiten zu geschehen, jedoch spätestens am Vorabend der zu erledigenden Kahlschläge.
3. Im bedauerlichen Falle von Forstunfällen oder Tierbissverletzungen ist eine sachverständige Arbeitskraft zu bestimmen, die den Geschädigten notversorgt. Ein zweiter Beschäftigter ermittelt die Schwere der körperlichen

Schädigung und erstattet dem diensthabenden Vorarbeiter unverzüglich Meldung. Bagatellverletzungen sind kein Ausfallgrund, gleich ob physischer oder psychischer Natur.

4. Die Dienstzeiten der Arbeitselefanten werden mit sofortiger Wirkung angepasst – von werktäglich vier Stunden auf fünf Stunden. In Akutphasen wie bei näher rückendem Monsun kann die Arbeitsschicht seitens der Leitung auf sechs oder acht Stunden erhöht werden. Der hierdurch zu erfüllende Mehraufwand wird den Beschäftigten entsprechend den tariflichen Richtlinien händisch zugestellt. Alle zuvor getroffenen Vereinbarungen verlieren auf Weisung des Dienstvorgesetzten unverzüglich ihre Gültigkeit.

5. Das Befestigen von Hühnern auf Elefantenköpfen ist untersagt.

Als ich das Schreiben verlesen hatte, sah ich in leere Gesichter. Keiner sprach, keiner flüsterte, keiner der Dorfbewohner wagte es, die gedankenschwere Stille zu stören. Nur der Narbige erhob die Stimme.

«Wir sollen also mehr arbeiten», sagte er und spuckte aus. «Mehr Holz schlagen, seltener beten, weniger bluten.»

Mit diesen Worten reduzierte er das eng beschriebene Papier auf seinen Kern.

«Wartet nur ab», sagte er. «Bald werden sie uns ein Gefängnis bauen.»

«Weißt du, was ein Zamindar ist?»

Ich saß im Abenddunkel bei den Fremden am Feuer und wiegte zögernd den Kopf, als sie mir die Frage stellten. Ein Zamindar ist reich, so viel wusste ich, reich wie der Mann der Wunder in seinem Marmorpalast.

«Ein Zamindar ist ein Steuerquetscher», sagte der Schimmelige.

«*Shuorer bacchaa!*», fluchte One-Hand-Joe und begann, geräuschvoll zu grunzen. «Ein Sohn eines Schweins, der die Drecksarbeit für die *Firangi* macht.»

«Hör diesen Männern gut zu», sagte der Narbige und stieß mir den Ellenbogen in die Seite. «Bei uns lernst du noch was, Junge. Oder sollte ich dich lieber Bellini nennen?»

Grinsend griff er nach dem Toddy, nahm einen Schluck von dem vergorenen Palmsaft und gab die Flasche weiter.

«Bellini, was für ein hübscher, weißer Name. Ganz ähnlich hat es auch bei uns angefangen, mein Freund, damals in Kala Pani. Jeder bekam zuerst einen *Daak Naam*.»

«Kuli», sagte der Schimmelige.

«Lumpenkopf», sagte One-Hand-Joe.

«Missgeburt», fuhr der Narbige fort. «Dazu haben sie uns eine Haftnummer verpasst. Sie hing an dem Hundehalsband, das wir trugen. Meine lautete 31555.»

«38511», sagte der Schimmelige.

«38360», sagte One-Hand-Joe, «und ein verfluchtes D!»

«D?», fragte ich.

«Manche von uns hatten eine Nummer mit einem D», antwortete der Schimmelige. «D wie *dangerous*.»

«Frauenschänder, Totschläger, Messerschlitzer ...», zählte One-Hand-Joe die Gefährlichsten unter den gefährlichen Sträflingen an seinen fünf verbliebenen Fingern ab.

«Dann ist es also wahr, Onkel? Ihr seid wirklich ...»

Ich brachte das Wort kaum über die Lippen.

«Aber, aber, mein Freund», sagte der Narbige und lachte. «Für wen hältst du uns? Wir sind doch keine Mörder.»

«Wir sind Kämpfer!», rief One-Hand-Joe und hob die Faust. «Kämpfer für die Freiheit sind wir, jawohl!»

Und wieder redeten die Männer wild durcheinander wie in jeder verrauchten Inselnacht.

«Widerständler!»

«Revolutionäre!»

«Wie Subodh Roy, der Sozialist.»

«Wie Veer Savarkar, der Schreiber und Redner.»

«Wie Ganesh, sein armer Bruder.»

«Weggeschlossen wie die schlimmsten Kriminellen.»

«Noch nicht einmal Kleider durften sie tragen.»

«Bloß einen verfluchten Jutesack.»

«Niemand sollte mehr ihre Stimme hören.»

«Die Stimme der Bewegung.»

«Yogendra Shukla ging in den Hungerstreik.»

«Sechsundvierzig Tage lang.»

«Dasselbe versuchte Mohan Kishore, der große Patriot.»

«Ach, Mohan.»

«Einen Schlauch haben sie ihm in den Hals gesteckt.»

«Mit einem Trichter obendrauf.»

«Wollten ihn stopfen wie eine Gans.»

«Bis er an der Milch ersoffen ist.»

«He, Arvind!», sagte der Narbige und schlug dem Schimmeligen auf die Schulter. «Los, erzähl dem Jungen von dem Zamindar aus deinem Dorf. Arvind hier ist unser Gandhi, musst du wissen, der größte Freiheitskämpfer von uns allen. Obwohl er auf ewig ein Milchgesicht bleibt.»

Arvind, der Schimmelige, sah an diesem Abend gar nicht mehr so schimmelig aus. Sein Fleckfieber, das ihm die Rattenflöhe beschert hatten, war abgeklungen, und die brennenden blauen und scharlachroten Pusteln zogen sich langsam zurück. Seine Zähne jedoch wirkten noch immer so faul, als würden sich Würmer darin krümmen. Vielleicht bekam er den Mund deshalb seltener auf als seine Gefährten aus Port Blair. Und nun, wo alle Augen auf ihm ruhten, erschien er mir umso scheuer. Arvind trug das Haar gescheitelt, den lichten Bart gestutzt, und zu seinem kundigen Blick hätte eine Brille gepasst.

«Ich bin aus Lamahi», sagte er leise, «der Geburtsort von Premchand. Kennst du ‹Godan›, die Geschichte von der geschenkten Kuh?»

Seine Worte waren unter den Lauten des Dschungels und dem Knistern des Feuers kaum zu hören.

«Na, jedenfalls hatte ich kein schlechtes Leben», fügte er nach einer Pause hinzu.

«Nicht so bescheiden», sagte der Narbige. «Arvind war Munshi, ein Schreiber mit Tinte, Feder und einem schönen, gebogenen Briefdolch aus Bronze. Vor dem Postamt hat er gehockt, unter dem Niembaum. Junge, das war ein gutes Geschäft!»

«Es gab so einiges zu tun», begann Arvind zu erzählen,

nun mit festerer Stimme. «Jeden Tag setzte ich an die zwölf Briefe auf, zwölf Briefe für die Leute aus Lamahi. Dreizeiler, amtliche Papiere, telegraphische Depeschen, eine Geldsendung, eine Einladung zur Hochzeit, einen Glückwunsch zur Geburt. Manchmal waren es zwanzig Briefe, denn wer konnte schon lesen und schreiben?»

Und so ging das Leben der Dorfbewohner durch seine Feder. Gelegentlich diktierten sie ihm sogar einen Liebesbrief, hingebungsvolle, wenn auch holprige Zeilen an eine Dame des Herzens in der Ferne. Dann griff Arvind schon mal korrigierend in das schriftliche Wohl und Wehe der Menschen ein.

«Erst waren es nur Kleinigkeiten. Ein schiefer Satz, den ich heimlich geraderückte, ein gutes Wort, aus dem ich ein besseres machte. Aber Arvind, sagte ich irgendwann zu mir selbst, warum hilfst du den Leuten aus Lamahi nicht etwas auf die Sprünge? Schreib die Briefe doch gleich ganz in deiner Sprache. Sind wir nicht ein Dorf der Dichter? Der große Premchand wäre stolz auf dich. Und wer weiß, vielleicht werden dann aus guten Beziehungen, aus guten Freunden und guten Familien umso bessere.»

Von nun an übte sich Arvind zügellos in der Kunst der Formulierung. Er feilte mit solcher Lust an Worten und Sätzen, bis sie ihn vollauf zufrieden und glücklich stimmten. Und dennoch musste der Munshi bemerken, wie sich die Mienen der Dorfbewohner mit der Zeit verfinsterten. Die Briefe, um die sie ihn ersuchten, trieften nur so vor Kummer und Zorn. Tag für Tag setzte Arvind zwölf Beschwerdeschreiben auf. Sie alle drehten sich um den Zamindar.

«Er war maßlos. Wir zahlten seine Steuern ja, aber der Zamindar von Lamahi bekam einfach nicht genug. Immer tiefer griff er in unsere Taschen, so lange, bis ich meine eigenen Beschwerden schrieb. Ich wandte mich sogar an den Vizegouverneur, rate mal, was er mir geantwortet hat, der *Firangi*?»

Ich blieb stumm.

«Genau, Junge. Nichts! Kein einziges, verfluchtes Wort. Aber nun verlangte der Zamindar das Doppelte von uns.»

Eines Tages waren die Taschen der Familie leer. Und als Arvinds jüngste Schwester einen Krug auf den Kopf nahm und zum Brunnen ging, kehrte sie nicht mehr zurück. Auch nach einer langen, vor Sorge durchwachten Nacht stand sie nicht vor der Tür.

Am Morgen saß der Munshi wieder unter dem Niembaum vor dem Postamt, und ein Kunde bückte sich zu ihm herab. Er flüsterte: «Der Zamindar, er hat sie.»

Arvind unterbrach seine Erzählung für einen Zug aus der Flasche. Er wischte sich den Mund und fuhr fort.

«‹Ruhig›, sagte mein Vater zu mir. ‹Ruhig Blut, Arvind! Du musst einen kühlen Kopf bewahren, mein Sohn.› Aber was hätte ich denn tun sollen? Noch eine Beschwerde schreiben?»

Arvind suchte den Hof des Zamindars auf und dachte dabei an die Briefe der Leute, ihren Missmut, ihre Bitterkeit und ihren Hass. Als er seine Schwester in dem fürstlichen Säulenpalast entdeckte und sah, was der Zamindar ihr angetan hatte, nahm er sie bei der Hand.

«Lass uns gehen», sagte Arvind.

Da schlug ihn der Reiche nieder und trat mit seinen teuren, handgenähten Juttis auf ihn ein.

«Aber er wusste nicht, dass Arvind den schönen, gebogenen Briefdolch am Gürtel trug», flüsterte der Narbige.

One-Hand-Joe lachte sein Toddylachen.

«Auf seinen Rücken ist er gesprungen, Junge! Hat ihm sauber den Hals durchgesäbelt, unser Schreiberling. Bis der Schädel des Zamindars quer über den glänzenden Marmorboden rollte. Als man den Kerl gefunden hat, war er in Stücke zerhackt, geschlachtet wie ein Huhn.»

Nun schwieg Arvind still. Seine Geschichte war erzählt, und er fügte nichts mehr hinzu, kein Mitleid, keine Scham, kein einziges Wort der Reue. Der Briefeschreiber aus Lamahi starrte mich bloß mit Augen an, die mehr gesehen hatten, als eine Seele verkraften kann.

«Welcher Mensch würde so etwas tun?», fragte ich ihn.

«Junge», antwortete er. «In dieser Stunde war ich kein Mensch.»

Eines Tages bestellte der Direktor einen Arzt. Weder um die Wunden der Waldarbeiter zu vernähen noch um das grausame Knochenbrecherfieber zu lindern, das so manchen plagte, der von fliegenden Tigern heimgesucht worden war.

Doktor Vaidyanathan Krishnamurthy war kein gewöhnlicher Arzt. Er hatte mit Auszeichnung an der Universität von Madras promoviert, ein Stipendium in Washington erhalten und Essays in einem Londoner Wissenschaftsjournal publiziert, das sich sogar in der Dschungelbibliothek der Mistress fand, verwahrt in verschraubten Gläsern. Er war Ehrenmitglied der International Union for the Protection of Nature und symbolischer Wächter der Nilgiri-Berge, wohl weil Krishnamurthy maßgebend dazu beigetragen hatte, einen mörderischen Makhna zu fangen, der den örtlichen Teepflückern des Öfteren längs über die Wirbelsäule wanderte.

Dr. K, wie man ihn nannte, hatte in seiner akademischen Laufbahn achtzehn Elefanten seziert, Kühe und Bullen, die von Wilderern getötet worden waren. Er wühlte sich durch Gedärm und Gebein und stellte dabei fest, dass Indische Elefanten zweihundertzweiundachtzig Knochen und einundsechzig Wirbel besitzen, eine exorbitante Leber, aber keine Gallenblase.

Obwohl Dr. K eine Koryphäe war, nächtigte er für sein Leben gern im Wald. Er rieb sich mit Kot ein, um den wilden Kreaturen näher zu kommen, und hegte eine tiefe, langjährige Freundschaft zu einem findigen Elefantenbullen, den er Inspector General taufte. Nicht zuletzt besaß er eine Schwäche für britische Literatur, vornehmlich für die Gedichte von Lord Byron: «Lache immer, wenn du kannst. Es ist billige Medizin.»

Krishnamurthy war Tierarzt. Und er überquerte den Golf von Bengalen, um Dalee zu untersuchen, jenen Lieblingselefanten, der bei dem Versuch, einen Konzertflügel einen Berg hinaufzuziehen, um Haaresbreite dreißig Mann und zwei Hühner erschlagen hätte.

Dr. K hatte einen äußerst ausführlichen, maschinengeschriebenen Brief des Direktors erhalten. Der «hochbetagte, wankelmütige Dickhäuter», hieß es darin wortgetreu, sei «mutmaßlich eine Gefahr für Leib und Leben».

Eine Gefahr?

In der Nacht vor der Ankunft des Veterinärs hörte ich meinen Vater schimpfen: «Der Elefant soll gefährlich sein? Der größte, stärkste und geübteste Bulle von allen?»

«Sch!», machte Mutter und versuchte, ihn zu beruhigen, «du weckst die Kinder.»

«Ich verrate dir, wer hier eine Gefahr ist!»

Ehe Vater es jedoch lüften konnte, das Geheimnis, das keines mehr war, schlang Mutter die Arme um ihn. Und hätte ich nicht gewusst, dass der stolze Elefantenmann niemals eine Träne vergoss, ich hätte schwören können, ein nasser Fleck schimmerte auf ihrer Schulter.

«Sch», machte sie bloß.

Ich weiß noch, wie enttäuscht wir Kinder waren, als wir Vaidyanathan Krishnamurthy sahen. Das sollte er sein, der berühmte Elefantenarzt? Müsste er nicht Anzug und Krawatte tragen statt der Kniebundhose und des kurzärmligen Hemds? Sollte er nicht größer sein, ja erheblich größer sogar? Und überhaupt, warum hatte der Doktor kaum Haare und trug nur einen lichter werdenden weißen Kranz auf dem Kopf?

Dr. K entpuppte sich als gedrungenes Männlein mit verkniffenem Gesicht. Unter dem Arm hatte er eine Trittleiter, die er lieber selbst an Land brachte, obwohl ihm die Dorfbewohner zahlreich zur Seite sprangen, in der Hand eine speckig glänzende Tasche mit Maulbügelverschluss, an dem der Grünspan nagte. Der Veterinär zog seine Schuhe aus und stapfte barfuß über den belebten Strand, zu fasziniert vom Gegenstand seiner Forschung, um sich mit Begrüßungsritualen aufzuhalten.

Kaum angekommen, verlangte Krishnamurthy nach einem Schemel. Nach einem Klapptisch. Nach einer grünen Kokosnuss. Nach einer Ananas. Nach einem Chronometer. Nach Mikroskop und Deckglas. Nach einer Gabel. Nach einem Schälmesser. Nach einem Suppenlöffel. Nach Honig und hochprozentigem Palmwein. «Aber bitte nicht mehr als die medizinisch notwendige Dosis», sagte er und nahm seinen großen grauen Patienten in Empfang.

Als Vater den Elefanten im Schatten der hohen Bäume zur Visite führte, erwarteten ihn kein Händedruck, keine kleinste Verbeugung und kein Namaste. Der Doktor hatte bloß Augen für Dalee. Schnurstracks bestieg er den Schemel, stellte sich auf die Zehen, suchte den Blick des Bullen und streckte die Arme in die Höhe. Egal, wie groß er sich machte, er blieb dabei klein. In dieser Pose schürzte er die Lippen, blies Luft hindurch und ließ sie lautstark flattern. Während es klang wie ein ausdauerndes Furzen, rollte Vater mit den Augen. Die Leute, die das Geschehen verfolgten, feixten hinter den Büschen, und der kleine Du kratzte sich verwundert den Kopf.

«Geht es dem Doktor gut?», fragte er leise.

Jetzt hockte sich Krishnamurthy ins Laub und kugelte dem Elefanten die Kokosnuss zu. Unter ärztlicher Beobachtung hob Dalee das Bein. Er zerstampfte die grüne, ledrige Faserhülle, zerbrach die Schale unter seinem Fuß, führte sie zum Mund und trank ihren Saft. Früher hätte er die Frucht der Palmen zwischen den Backenzähnen geknackt, aber solcherlei Eskapaden erlaubte sein Kauwerk nicht mehr.

Vater murrte, der Mediziner verschwende seine Zeit. «Nur noch wenige Monde, mein Sohn», sagte er stets, «dann kommen die schwarzen Wolken.» Und ehe der Monsun auf Maya Bandar niederging, galt es, Bäume zu fällen, Wurzeln auszureißen und die Schätze der Tropen ins trockene Flussbett zu ziehen. Wann würde endlich die Untersuchung beginnen? Sollte der Arzt nicht die Ledertasche aufschnappen lassen, um den Elefanten mit Reflexhammer, Kehlkopfspiegel und Stethoskop zu kitzeln?

So oder so würde er nichts finden, dieser Krishnamurthy, dessen war sich Vater gewiss. Nichts außer den Mückenstichen auf der Elefantenhaut, die er täglich mit aufgebrühtem Büffeldung, Erde aus Termitenhügeln und doppelt gefiltertem Terpentingeist behandelte. Das Rückenweh des Großen Grauen, das die Arbeit mit sich brachte, linderte Vater mit Kompressen aus Jutesäcken, eingelegt in Salz und heißem Wasser. Und gegen seine tränenden, trüber werdenden Augen, die stundenlang der Sonne ausgesetzt waren, halfen Spülungen, dreimal am Tag mit einer Lösung aus Tabakblättern.

Der Wunderdoktor griff nach dem Suppenlöffel. Es war der einzige, den Swami Supari besaß. Der Koch, Priester und Heiler betrachtete den Arzt jedoch als Kollegen auf Augenhöhe und erkannte die medizinische Erforderlichkeit des Küchenbestecks. Darum entbehrte er es gern.

Den Löffel in der Hand erhoben, ging Krishnamurthy auf den Elefanten zu. Warte nur, dachte ich, gleich wird er grollen. Gleich schnappt sich Dalee den Suppenlöffel, um den berühmten Doktor gründlich damit zu versohlen und zurück ins Meer zu treiben. Doch der Große Graue, die mutmaßliche Gefahr für Leib und Leben, zeigte nicht die geringste Scheu. Krishnamurthy hielt inne. Er schien dem Allmächtigen dafür zu danken, einem so gewaltigen, gutmütigen und göttlichen Geschöpf unter die Augen treten zu dürfen. Da streckte er dem Elefanten die Zunge heraus.

«Bäh!», rief er. «Bäh! Bäh!»

So laut, als wollte er Dalee verhöhnen. Der Doktor wartete, bis sich der Elefant erstaunt zu ihm herunterbeugte. Er nahm den Löffel und klatschte ihm Palmhonig auf die Wangen. Patsch, patsch! Links und rechts. Jeweils einen Klecks neben das Maul.

«Trinkt er?», fragte Krishnamurthy und klappte die Trittleiter auf, während Dalee eifrig, aber erfolglos versuchte, den Honig von seiner Haut zu lecken. Wie wir wissen, sind Elefanten alles, nur keine Zungenkünstler.

«Ja, Sir», antwortete Vater und wiegte argwöhnisch den Kopf. Die Methoden des Mediziners waren ihm nicht geheuer. «Der Elefant trinkt. Einhundert Seer frisches Wasser, Sir. Zuverlässig jeden Tag.»

«Mhm.»

Krishnamurthy stieg die Leiter hinauf. Er lehnte sich tief

ins offene Maul des Großen Grauen, der noch immer nach dem Honig leckte, besah seinen Gaumen und prüfte sein Gebiss. Dann schälte er die Ananas und gab sie ihm zu fressen. Nicht um Dalee zu belohnen, sondern um aufs Penibelste sein Mahlen und Malmen zu studieren. Während er den Zeiger des Chronometers im Auge behielt, bestimmte der Doktor die mittlere Kaufrequenz. Bei gesunden, adulten Elefanten misst sie siebenundzwanzig Komma acht Schläge in sechzig Sekunden.

«Frisst er?»

«Ja, Sir, er frisst.»

Was für eine Frage, schien sich Vater zu denken.

«Morgens Linsen, Mungbohnen und Fingerhirse», sagte er. «Dazu Elefantenknödel aus Reis, Blättern, Kleie, Melasse, Salz und Gewürzen. In den ersten Knödel beiße ich selbst, Sir, und spucke ihn wieder aus, um den Bullen vor dem bösen Blick zu bewahren. Später am Tag frisst er Süßgras, Früchte und Fischschwanzpalme, und wenn er nicht frisst, gebe ich ihm Ingwer, Pfeffer, Salz, Kreuzkümmel und Königskümmel.»

«Mhm.»

Der Doktor nahm die Gabel. Es war eine gewöhnliche, dreizackige Kuchengabel aus den Besteckschubladen der Deutschen. Wussten sie, was damit geschah? Krishnamurthy trat an den Tisch heran und spießte sie, ohne zu zögern, in eine dampfende Elefantenkugel. Dalee hatte sich nach dem Ananashappen ins Laub erleichtert.

«Frisst er Sand?»

«Nein, Sir.»

«Frisst er Schlamm?»

«Nein, Sir.»

«Frisst er die Borke von den Bäumen?»

«Nein, Sir.»

«Pupst er?»

«Jawohl, Sir, regelmäßig.»

«Mhm», sagte der Doktor und machte sich daran, die Kugel zu zerteilen. Ich hatte die Deutschen hin und wieder beim *afternoon tea* beobachtet. Sie liebten Kuchen, und der Swami nutzte all seine Kräfte, um ihre Gelüste nach Zucker und Sahne mit Sirup und aufgeschlagener Büffelmilch zu stillen. Der Direktor stach immer zuerst die Spitze des Backwerks ab und arbeitete sich in gleichmäßigen Bissen hindurch. Die Mistress verzehrte es lieber Schicht für Schicht. Keiner benutzte die Gabel jedoch wie Krishnamurthy, dessen Verfahrensweise an das Handwerk eines Leichenschneiders erinnerte. Er zerkleinerte die Kugel bis in die letzte Faser, pflückte Pflanzenkerne und halb verdaute Stängel heraus, um sie unter dem Mikroskop zu betrachten.

«Wie viele Elefantenkugeln?»

«Fünfzehn Mal sieben am Tag, Sir. Je drei bis fünf Pfund.»

«Pischi, Pischi?»

«Zehn bis fünfzehn Mal am Tag, Sir. Jeweils einundzwanzig Sekunden lang.»

«Herzschläge?»

«Achtundzwanzig in der Minute.»

«Atem?»

«Zehn Züge im Stehen, fünf im Liegen.»

«Mhm», sagte der Doktor. «Und der Elefant hat eine Schwäche für Hühner?»

«Ja, Sir.»

Nicht selten stöhnte Vater auf, wenn Krishnamurthy seine Fragen stellte. Doch es schien kein «Wer», kein «Was», kein «Wann», kein «Wo» und kein «Wie» zu geben, auf das er nicht vorbereitet gewesen wäre.

«Linksrüssler oder Rechtsrüssler?»

«Rechts, Sir.»

«Reflexe?»

«Tadellos, Sir, alle einhundertundsieben.»

«Arthritis?»

«Ohne größere Beschwerden, Sir.»

«Ist ihm nach dem weiblichen Geschlecht?»

«Gelegentlich, Sir.»

«Könnte er vielleicht schwanger sein?»

«Sir?»

«Nur ein Test. Vergessen Sie's.»

Und so verging der Tag. Während das Licht schräger und immer goldener durch die Blätter fiel, ließ sich der Doktor nicht drängen. Er betastete den Magen des Elefanten, prüfte den Rüssel auf Schwellungen, fühlte die Temperatur an seiner Brust, nahm den Puls unter seinem Kinn, indem er Mittel- und Zeigefinger auf die große Arterie legte, die quer über dem Knochen verlief, zapfte Blut aus einer Vene hinter dem Ohr, zupfte Wangenhaare aus, maß das fünfte Bein, bestimmte die Größe der innen liegenden Hoden.

Als Krishnamurthy das Hirngewicht schätzte, dachte ich an den Meeresritt mit Dalee zurück und daran, wie hundert leuchtende Orangen im Ozean hüpften. Fehlte dem Elefanten etwas? Veränderte sich unser großer grauer Gefährte? War es mehr als nur Träumerei gewesen, als er den Konzertflügel umkippen ließ? Mehr als nur Wut, als er das Pongalfest verwüstete? Mehr als nur Sturheit, als er die Glocke um seinen Hals mit Schlamm verstopfte? Mehr als nur Angst, als er damals, vor der Reise, am Seil über dem Schraubendampfer baumelte, schnaubend und tobend, und das Schiff beinahe zum Kentern brachte? Mehr als nur ein dummes Missgeschick, als er Dadaji in den Oleanderbusch warf?

War Dalee krank?

Ich bemerkte, wie aufgewühlt mein Vater war. Obwohl er dem Wunderdoktor so kühl und ablehnend gegenüberstand, erwartete er sein ärztliches Urteil mit wachsender Ungeduld.

«Und, Sir?»

Vater räusperte sich, als die Sonne unterging.

«Was ist mit dem Elefanten?»

Krishnamurthy klappte die Leiter zusammen, legte das Chronometer in eine Kiste, zog ein Tuch hervor, wischte über Tisch und Schemel. Er schloss den Maulbügel der Tasche und öffnete den Palmwein, jene hochprozentige, medizinisch notwendige Dosis, um die er vor seiner Visite gebeten hatte. Der Doktor setzte das Fläschchen an, leerte es in einem Zug und verkündete seine Diagnose.

«Er ist alt», sagte er.

Maya Bandar war kein Ort, um ein Geheimnis zu hüten. Das Dorf war klein, so klein, dass sich die Wege von Freunden, Nachbarn und Verwandten immerzu kreuzten. Bei der ersten Zusammenkunft des Tages begrüßten sie sich mit einem Namaste, bei der zweiten wiegten sie den Kopf, um auf höfliche Weise ihre Wertschätzung zu zeigen. Beim dritten Aufeinandertreffen führten sie Daumen und Zeigefinger zu einer lobenden, kreisrunden Mudra zusammen: Gut! Großartig! Perfekt! Beim vierten fassten sie sich an die eigenen Ohrläppchen, und sahen sie sich sogar noch ein fünftes Mal wieder, war derjenige Sieger, der dem anderen zuerst auf die Nasenspitze tippte.

Je kleiner das Dorf, umso größer die Neugier der Leute, und so kam es, wie es kommen musste. Kaum war Vaidyanathan Krishnamurthy wieder abgereist samt Tasche, Trittleiter und akademischen Titeln, da ging seine Diagnose auch schon von Mund zu Mund.

«Der Elefant ist alt.»

«Alt?»

«Alt und gebrechlich, sagt der Doktor.»

«Alt und klapprig, sagt der Doktor.»

«Bei allen Göttern, wie viel Zeit bleibt ihm noch?»

«Das ist die Frage.»

«Wenn er umkippt, ist es aus.»

«Ein Elefant, der allein nicht mehr aufstehen kann, ist so gut wie tot.»

«Den stellt niemand wieder auf die Füße.»

«Was, wenn er jemanden unter sich begräbt?»

«Wie meinst du?»

«Na, wenn der Elefant auf dich fällt.»

«Oder auf deine Frau.»

«Das darf nicht sein. Nein, nie und nimmer.»

«Siehst du, der Direktor hat recht.»

«Ich mag den Direktor nicht.»

«Hör zu, niemand kann ihn leiden, aber er hat recht.»

«Recht womit?»

«Dass der Elefant eine Gefahr ist.»

«Er sollte keine Baumstämme mehr tragen.»

«Gott behüte, wenn er sie fallen lässt.»

«Er sollte auch nicht mehr durch den Dschungel streifen.»

«Stell dir vor, er verirrt sich ins Dorf.»

«Der Bulle gehört an die Kette.»

«Ich sage dir, er muss weg.»

«Weg aus Maya Bandar?»

«Weg von der Insel.»

«Ein letztes Gebet und dann fort mit ihm!»

«Und was wird aus Lakshman? Aus seiner Frau und den Söhnen?»

«Was ist dir lieber? Lakshmans Familie oder deine?»

Tatsächlich hatte der Doktor nur diesen einen Satz gesagt: Er ist alt. Das war die Antwort, die er meinem Vater gab. Darüber hinaus verordnete Krishnamurthy regelmäßiges Salzlecken und ein wöchentliches Schlammbad, um die Lebensgeister des Elefanten zu wecken. Alle anderen therapeutischen Empfehlungen, seine ärztlichen Befunde und Prognosen besprach er mit dem Direktor persönlich. Bei gefüllten Kokosbällchen mit Kardamom und frischen grünen Mandeln.

Aus der Unterhaltung auf dem Hügel wurde nichts bekannt außer der Reihenfolge der Speisen und der Musik des schwerhörigen Komponisten, die währenddessen jedes Wort übertönte. Kein Ohr hörte etwas, kein Auge sah etwas, was für Maya Bandar, wie wir wissen, ganz und gar ungewöhnlich war.

Vater ritt weiterhin Morgen für Morgen ins Camp der Holzfäller. Doch er spürte die Blicke der Leute, sie klebten auf seiner Haut wie die Schwüle des Regenwalds und die Ringelwürmer an seinen Waden. Wer Dalee sah, machte einen Bogen. Mancher hielt sogar die Luft an, wenn der Bulle an ihm vorüberging.

«Hüte dich vor dem Hauch des Todes», raunten sie, als wäre der Atem, den Dalee verströmte, giftig und leichenkalt.

«Vater», sagte ich eines Abends im Schein der Dämmerung, während wir den Elefanten mit Kitul fütterten. Er hob den Fuß, stampfte auf die grünen Stämme der Fischschwanzpalme, sachte genug, um nicht das süße Mark herauszupressen, zerteilte sie in Stücke und schob sie mit dem Rüssel in sein Maul.

«Ist es wahr, was sich die Leute erzählen? Ist er zu alt, um zu arbeiten? Zu alt, um zu leben? Zu alt, um sich noch auf den Beinen zu halten?»

«Ach, Junge.»

Während der Elefant geräuschvoll fraß, beugte sich Vater zu mir herunter. Ich sah ihn an und las in seinen Augen. Mein Vater redete nicht gerne darüber, aber mir war aufgefallen, dass er seinen Haken enger am Leib trug als in früheren Zeiten. So war die Klinge rascher bei der Hand, falls er sie brauchte.

«*Beta*, mein Sohn», sagte er. «Es stimmt, der Bulle ist alt.»

Nun fasste er meine Schulter.

«Aber er ist stark. Sieh ihn dir an! Und er bleibt auch stark, wenn wir weiter so gut für ihn sorgen. Du bist ein Elefantenjunge, hörst du? Dein Großvater ist Mahut, dein Vater ist Mahut, und du wirst auch Mahut sein, wer weiß, vielleicht sogar der beste von allen.»

«Dann wird er nicht umfallen?»

Vater seufzte auf.

«Viertausend Jahre, Junge. Wir reiten seit viertausend Jahren auf dem Rücken der Elefanten. Wir leben und sterben mit ihnen, das ist unser Los, das Schicksal unserer Familie. Einmal fällt der stärkste Baum.»

«Die Leute haben also recht.»

Ich schob die Unterlippe vor, kräuselte die Stirn und versuchte, so grimmig zu schauen, wie ich nur konnte.

«Junge!»

Vater machte böse Brauen.

«Denkst du, ein Schlammbad könnte ihm helfen? Oder Salzlecken?»

Er hielt inne. Nach und nach lösten sich seine Züge wieder und wirkten mit einem Mal milde und warm.

«Wenn es nur das wäre. Ich wünschte, es wäre so leicht.»

Während er redete, ließ Vater den Blick über den Dschungel schweifen, der im Abendlicht lag.

«Seine Augen sind meine, Junge, seine Ohren sind meine. Der Elefant ist ich, und ich bin er. Wir sehen dasselbe, wir hören dasselbe, wir fühlen dasselbe tief in unserem Herzen. Er dient mir, und ich diene ihm. Ein ganzes Leben schon. Glaubst du, ich sehe nicht, was mit ihm geschieht?»

Den nächsten Satz sprach Vater leise. Er flüsterte ihn, als sollte Dalee nichts davon erfahren: «Junge, er vergisst.»

«Der Elefant vergisst?»

Vater atmete aus.

«Gesten, Kommandos, Befehle.»

Mit jedem Wort, das ihm von der Zunge ging, schien sich eine Last zu lösen.

«Stimmen und Gesichter, Fährten und Wege, Geräusche und Gerüche. Sie sind plötzlich weg, einfach weg, wie ausgelöscht. Und dann fallen sie dem Elefanten wieder ein. Er vergisst Menschen und Tiere, wenn er sie eine Weile nicht sieht. Alles löst sich auf, hörst du? Der Wald, der Himmel, das Meer. Jede einzelne Erinnerung – wie Würfelzucker in einem Wasserglas.»

Ich räusperte mich und erhob abermals die Stimme.

«Aber Vater, wie kann das sein? Es heißt doch, ein Elefant vergisst nie. Das sagt man doch so, oder nicht?»

«Märchen, Junge. Märchen von Menschen, die nicht wissen, wovon sie sprechen. Die Leute schauen nur, aber sie sehen nicht. Ein Elefant ist ein denkendes Wesen. Und wer denken kann, der vergisst auch.»

«Das heißt ...»

Schweigen erfüllte die Luft. Der Gedanke, der in mir wuchs, schnürte mir die Kehle zu.

«Sei beruhigt, mein Sohn», sagte Vater und klopfte Dalee den Bauch. «Der Elefant wird niemanden unter sich begraben, das verspreche ich dir. Aber es kommt vielleicht der Tag, an dem er uns nicht mehr erkennt.»

Gudlak schlief nicht länger vor unserer Tür. Er nahm nicht mehr von dem Essen, das Mutter kochte. Er tanzte nicht mit uns, wenn es ein Fest zu feiern gab. Er wohnte nicht in seinem Haus aus Lehm, lief nicht über die Lichtung und zog auch nicht um die Bäume. Von dem Tag an, als ihm der Sahib den Lohn verwehrte, war Gudlak ein Geist geworden, und Geister wandeln im Dunkeln.

«Gudlak?», sagte Swami Supari, als Du und ich nach ihm fragten. «Der Nimmersatt? Kinder, wie ich ihn kenne, schleicht er gerade um die Futterküche und greift nach Ananas und Reis.»

Aber nein, dort entdeckten wir ihn nicht. So gerne sich unser Freund auch den Magen füllte, so wenig ertrug er es bekanntlich, einem Elefanten zu begegnen, der ihn an Gala erinnerte.

«Gudlak?», raunte Badshah. «Der faule Hund? Er trinkt das Gift, das Gesöff der Männer aus Port Blair.»

Aber nein, das konnte nicht sein. Nicht nach all der Prügel, die ihm der alte, saufende Chopra verpasst hatte.

«Gudlak?», fragte der Narbige. «Der Schwächling? Er pflückt die Pilze.»

«Welche Pilze, Onkel?»

Der Narbige wollte Gudlak im Süßgras gesehen haben, unten am Wasserlauf, wo die Elefanten tranken, fraßen und schliefen.

«Dort treibt sich euer Gudlak herum. Erst wartet er, bis

die Elefanten verschwinden, dann kriecht er auf Knien durch den Dreck und stopft sich die verfluchten Pilze ins Maul. Schöner Freund, der Scheiße frisst.»

Aber nein, dachte ich bei mir. Nein, nein, nein. Warum sollte Gudlak so etwas tun?

Als mein Vater in der Dunkelheit aus den Wäldern kam, erzählte ich ihm die Geschichte. Da sah er mich verwundert an. Für eine gedankenvolle Weile blieb er stumm.

«Er sammelt die Pilze?»

«Ja, Vater. Die Kaidi haben ihn beobachtet. Die alten Sträflinge, die am Feuer hocken.»

«Gauner! Das sind Lügner und Betrüger, Junge, glaub ihnen kein Wort. Gudlak mag auf keinem Elefanten mehr reiten, aber er ist immer noch ein Mahut, hörst du? Und wer die Pilze pflückt, der ist nicht besser als ein Mistkäfer.»

«Ja, Vater.»

«Hast du mich verstanden?»

«Nicht besser als ein Mistkäfer.»

«Gut, mein Sohn, und nun lass mich schlafen.»

Vater wollte nicht mehr sprechen. Er hatte den lieben langen Tag auf den Elefanten eingeredet, von der ersten Begrüßung im Morgengrauen bis zum letzten *Shubh Raatri* unter nächtlichem Himmel. Geredet und geredet, in der Hoffnung, der Bulle möge auch morgen wieder seine Stimme erkennen.

«Aber Vater», sagte ich und gab keine Ruhe. «Vater, was sind das für Pilze?»

«Zauberpilze.»

«Zauberpilze?»

«Schmutzige Pilze. Lass ja die Finger davon, Junge.»

Es half nichts. Vater war zu müde, um das Geheimnis

der Pilze zu lüften, das seit viertausend Jahren von Mund zu Mund getragen wurde. Von Mahut zu Mahut, von Vater zu Sohn.

Wie wir wissen, lassen weidende Elefanten etwas zurück. Es ist rund und voller Wunder. Vater rieb es sich auf die Haut, um seine Muskeln zu lockern und die Mücken zu vertreiben. Die Menschen dieser Tage nehmen es, um ihre Rosen zu düngen. Manche kochen es auf und wickeln es sich um das Knie, um ihre Arthritis zu heilen, andere inhalieren seine Dämpfe bei Erkältungen oder mischen seine Fasern mit Wacholderbranntwein. Einem ceylonesischen Gelehrten soll es gelungen sein, eine Leuchte mit dem Gas zu erhellen, das die Elefantenkugeln verströmen. Und nicht wenige pressen den Kot zu Papier. Sie nennen es *poo paper* oder *pachyderm paper*, schlagen es hübsch ein und verkaufen es für gutes Geld an die Touristen.

Was aber geschieht, wenn die wundersame Kugel auf dem Waldboden verbleibt? Wenn sie unter dem Blütenkleid einer Kräuselmyrte entschwindet oder in den Schatten eines Riesenfarns rollt? Wenn sie Tag für Tag in der Schwüle des Dschungels brütet wie ein rohes Ei?

Nun, es dauert nicht lange, bis Leben in der Kugel erwacht. Würmer krümmen sich darin, Milben und Maden ziehen ein. Käfer krabbeln aus allen Winkeln des Waldes herbei, brechen Brocken um Brocken heraus, schaffen sie in ihre Höhlen und nähren damit ihre hungrige Brut. Bald wimmelt es nur so von Larven und Lurchen. Horden von Termiten kriechen in die Kugel hinein und graben Tunnel zwischen ihrem Bau und der warmen, gärenden Delikatesse.

Dann beginnt der Zauber. Die weiße Fee erhebt sich aus

dem Exkrement und kommt ans Licht, mit ihren zarten Lamellen, dem Glockenhut, der zierlichen Taille und dem schlanken Fuß. Ist sie nicht eine Schönheit? Die reine Unschuld, so lieblich und weiß?

Als ich klein war, sah ich einmal einen Mungo. Er interessierte sich brennend für die Pilze, die aus den Kugeln der Elefanten wuchsen. Kaum hatte er sie gekostet, bekam er nicht mehr genug von ihnen. Der pelzige Räuber fraß die Zauberpilze mit Stumpf und Stiel, so viele, bis er böse ins Trudeln geriet. Bald fiel er von den Pfoten, stolperte auf den Rücken und drehte sich wirbelnd im Kreis. Der Mungo küsste die weiße Fee, und sie trug ihn auf ihren Flügeln in die Ferne. Weit, weit weg aus dem Wald.

Ob Gudlak um das Geheimnis wusste? Was, wenn er wirklich auf Knien durch das Süßgras kroch, wenn er es riskierte, von einem arglosen Elefantenbein zertrampelt zu werden, nur um nach Pilzen zu suchen?

War Gudlak der weißen Fee gefolgt?

Es kam der Tag, es kam die Nacht. Doch unser Freund kehrte nicht zurück. Nicht in dieser Woche, nicht in der Woche darauf. Und als der Swami schon längst nicht mehr über Gudlak lachte, der Ranchi nicht mehr über Gudlak fluchte und sich der Narbige nicht mehr über Gudlak, den Pilzsammler, das Maul zerriss, da war es Sonntag in Maya Bandar, und die Mistress schlug ihren Gong.

Im Gras unter dem großen Banyanbaum lagen eigenartige Dinge verstreut wie Treibgut, gestrandet auf der Wiese vor dem Haus. Ein Tonbandgerät, das Vogelstimmen spielte, ein Tierschädel, der vermutlich zu einem andamanischen Wildschwein gehörte, und allerlei verkorkte Gläschen mit Käfern, Tagfaltern und Widderchen, deren Flügel sich nicht mehr regten. Noch nicht einmal, wenn wir die Gläser vor unseren Augen drehten, wendeten und kräftig schüttelten. Schwere Bücher türmten sich auf dem Hügel, Lexika, Kompendien und Nachschlagewerke. Sie weckten die Neugier des Rhesusäffchens. Unter unserem Kichern kletterte es den Stapel hinauf und machte es sich dort oben gemütlich.

«*Dracontomelon dao*», sagte die Mistress. Es klang wie ein Zauberspruch, während sie eines der Bücher öffnete und mit den Fingern auf eine schwärzliche Tuschezeichnung wies. Die Malerei zeigte einen Dschungelbaum mit glatter Borke und kleinen, rundlichen Früchten. «Man nennt ihn auch den Drachenapfel, Kinder. Vielleicht, weil er siebzig

Fuß hoch in den Himmel wächst. Siebzig Fuß, ist das zu glauben? Er wird so riesig wie ein Lindwurm.»

«Was ist ein Lindwurm?», fragte Lila.

«Ein Lindwurm ist ...», antwortete die Mistress und stockte. Sie schien zu überlegen.

Wir schwiegen.

«Nun, es ist ein sehr großes Ungeheuer, aber keine Sorge, es ist längst besiegt.»

Ehe wir noch weitere Fragen stellen konnten, schlug unsere Lehrerin die nächste Seite auf und hob erneut die Stimme. *«Scutelleridae»*, sagte sie und tippte diesmal auf einen Waldbewohner, der nicht größer war als ein Fingernagel. Sein klitzekleiner Panzer war mit so feinem Pinsel unter dem Mikroskopspiegel gezeichnet, dass ich selbst die Äderchen darauf erkennen konnte.

«Es sieht aus wie eine Schildkröte!», rief ich. «Eine winzige Schildkröte!»

«Das stimmt, Bellini. Genauer gesagt handelt es sich um eine Schildwanze. Ein erstaunliches Insekt: Wittert es Gefahr, so wechselt es die Farbe.»

Während wir tuschelten, blätterte sie bis zu einer anderen Pflanze weiter. Das rankende Gewächs mit den Blüten, die wie Laternen waren, kannte ich aus dem Dschungel. Vater sagte Leuchterblume dazu, die Mistress nannte es *Ceropegia candelabrum*.

«Erstmalig beschrieben von Carl von Linné», las sie vor, «im Jahre siebzehnhundertdreiundfünfzig.»

Wie sich versteht, wusste keines von uns Kindern, wer dieser Carl war oder dass er aus Schweden kam. Ein dunkles, barbarisches Land, in dem sie Rinder schlachteten, ihr rohes Fleisch zu Bällchen rollten und zusammen mit einem Chutney aus bittersüßen roten Beeren verspeisten. Weder Manju noch Sanju ahnten es noch Lila, Mitra, Bindhu, Nur, Kapur, die kleine Tara, der kleine Du oder ich. Doch daran schien sich die Mistress nicht zu stören. Mit der Zeit, ja mit der Zeit würden ihre jungen, gelehrigen Schüler schon begreifen.

«Die Laternen der Pflanze mögen hübsch sein, Kinder. Aber täuscht euch nicht. Es sind Fallen, raffinierte, heimtückische Insektenfallen. Sie lassen das Licht der Sonne ein, bis es so wirkt, als würden sie wie Lampen strahlen. Das Leuchten lockt Bienen und Schwebfliegen an. Die Tierchen schlüpfen durch kleine Fenster in die Laternen hinein und bleiben so lange darin gefangen, bis sie die Blüten bestäubt haben. Erst danach dürfen sie wieder zurück in die Freiheit. Dann, wenn sie ihre Schuldigkeit getan haben.»

Die Mistress sinnierte für einen Moment.

«Ein goldener Käfig», sagte sie zu sich selbst, presste die Lippen zusammen und schlug das Buch wieder zu. Neben all den naturwissenschaftlichen Schriften, den Präparategläsern, dem Tierschädel und den Tonbändern mit den Stimmen der Vögel gab es noch mehr für uns zu entdecken. Seit der neuerlichen Ankunft der «Maharaja» war der Hügel ein Ort der Kunst geworden.

Die Mistress hatte ostindische Zeichentinte einschiffen lassen, Lampenschwarz aus feinem Ruß, das mit Brunnenwasser angemischt wurde. Noch dazu gab sie eine besondere Bestellung auf: Die Zimmerer von Maya Bandar mögen Staffeleien fertigen, aus Bambusholz – für jeden ihrer Schüler ein eigenes kleines Dreibein mit Kurbel und Schublädchen, um darin Pinsel zu verstauen. Nun, als alles getan war, beobachtete sie stolz, wie wir Mädchen und Jungen das Pflanzenmalen übten und dabei versuchten, unsere Sonntagskleidung nicht allzu sehr mit Tusche zu betropfen.

«Was macht ein Kunstwerk aus?», fragte die Mistress und wandelte mit prüfender Miene um die Kinderstaffeleien herum. Auch das Rhesusäffchen, das auf ihrer Schulter hockte, schaute uns neugierig auf die zeichnenden Finger. «Was unterscheidet ein gutes Bild von einem schlechten? Was braucht ein Maler außer Öl, Leinwand und ein paar Schweineborsten am Ende eines Stocks?»

«Ein Rezept?»

«Ein Rezept? Wofür, Bellini?»

«Für die Farben, Memsahib! Um sie anzumischen!»

«Gut», sagte die Mistress. «Sehr gut, Kochen ist auch eine Kunst, sogar eine ganz besondere, nicht wahr? Aber für die Malerei braucht es schon noch ein bisschen mehr.»

«Eine Jacke?», fragte Sanju. «Falls es mal windig ist?»

«Eine Taschenuhr?», fragte Manju. «So eine, wie sie der Direktor hat, damit der Maler nicht die Zeit verliert?»

«Einen starken Arm?», fragte die kleine Tara.

«Aha», sagte die Mistress und ging vor dem Mädchen in die Knie. «Kindchen, verrätst du mir auch, wozu?»

«Nun ja, Memsahib, der Pinsel wird mir langsam schwer.»

«Ausgezeichnet, Kinder.»

Sie richtete sich langsam wieder auf.

«Das sind alles sehr kluge Gedanken, aber schaut mal her.»

Die Mistress nahm ein weiteres Buch zur Hand. Dieses war meeresgrün, roch ein wenig nach würzigem Harz und trug den Titel «Fibel der zeitgenössischen Kunst». Sie schlug es auf und zeigte es herum.

«Was seht ihr auf diesem Bild?»

«Äpfel», sagte Lila.

«Äpfel», sagte Nur.

«Äpfel», sagte Kapur.

Und bei Shiva, viel mehr wusste ich auch nicht dazu zu sagen. Auf dem glänzenden Farbdruck in der Mitte der Fibel waren Äpfel zu erkennen. Nichts weiter als grüne, rote und gelbe Früchte auf einer Tischdecke in trostlosem Grau. Vier Äpfel lagen auf einem Teller drapiert, fünf daneben und zwei letzte so unglücklich nahe am Bildrand, dass sie für den Kunstbetrachter bedauerlicherweise nur halb zu sehen waren.

«Hat ein Kind die Äpfel gemalt?»

Ich hatte die Frage kaum gestellt, da lachte die Mistress aus unerklärlichen Gründen auf, spitz wie die Andamanenelster.

«Bellini», sagte sie und hielt sich eine sittsame Hand vor den Mund. «Bellini, Bellini, nicht doch, es war Paul Cézanne! Und diese Äpfel haben ihn weltberühmt gemacht.»

«Aber warum, Memsahib? Wer ist dieser Mister Paul?»

«Warum?»

Die Mistress sah mich sprachlos an.

«Bellini, sieh doch hin. Sieh, wie die Farben leuchten. Wie planvoll die Äpfel verteilt liegen. Je länger du sie betrachtest, mein Junge, umso mehr Muster und Formen wirst du in dem Stillleben erkennen, Dreiecke und Kreise. Nur Geduld! Soll ich dir einmal verraten, wie sie deinen Mister Paul in Europa nennen?»

«Wie nennen sie ihn, Memsahib?»

«Den Gott der Malerei.»

Ich erinnere mich noch daran, wie verwundert ich auf das Werk des weltberühmten Meisters blickte. Die göttlichen Äpfel des großen Paul wirkten auf mich genauso plump und laienhaft wie das Gepinsel, das ich gerade selbst auf das Zeichenpapier brachte. Ich schwang unbeholfen den Stock mit den Schweineborsten herum und versuchte, Apfelsinen zu tuschen, schwarze, schwimmende Orangen im Meer. Pflanzenmalerei konnte man es nicht nennen, jedenfalls nicht im klassischen europäischen Sinne, aber eine Apfelsine ist schließlich auch ein Gewächs, dachte ich mir seinerzeit.

«Cézanne hat die Äpfel nicht nur gemalt, wie sie sind, Bellini, oder wie er sie damals vor Augen hatte. Sondern so, wie er sie empfunden hat, tief in seinem Herzen. Das ist ein Unterschied, verstehst du?»

Weil ich nicht verstand, schlug die Mistress das nächste Bild auf, das in der Fibel abgedruckt war. Es entpuppte sich als Porträt, das farbenreiche Konterfei einer weißen Dame mit rotem Hut. Hoch oben, an der Spitze ihrer Kopfbedeckung, heftete eine leuchtend blaue Blüte. Als hätte sich die Dame elegant gemacht, um die Oper zu besuchen und Vincenzo Bellini zu lauschen, meinem berühmten italienischen Bruder. Die Frau war noch jung, und doch erinnerte ihr Gesicht an den alten Kettensträfling aus Port Blair. Jenen Narbigen, der wie zusammengeflickt wirkte. Stirn, Augen, Nase, Wangen und Mundpartie der porträtierten Frau waren ein Wirrwarr aus gelben, grauen und violetten Teilen, krumm und schief verfugt. Die Dame weinte bitterlich in ein Schnupftuch hinein. Schlug ihr das launenhafte europäische Wetter aufs Gemüt? Der Hungerwinter, von dem das Radio einmal erzählt hatte?

«Gelbfieber!», sagte Mitra.

«Die Weiße Pest!», sagte Bindhu.

«Die Pocken!», sagte ich erschrocken.

«Nein, Bellini.»

Die Mistress schmunzelte.

«Picasso. Pablo Diego José Francisco de Paula Juan Nepomuceno María de los Remedios Cipriano de la Santísima Trinidad Ruiz y Picasso.»

«Memsahib», sagte ich und lachte. «Dieser Pablo, er besitzt noch mehr Namen als ich!»

«Richtig, Bellini, und eins kannst du mir glauben: Niemand auf der Welt verkauft sein Öl so teuer wie er. Die Menschen in Europa zahlen jeden Preis für seine Kunst. Millionen!»

Unsere Stimmen wurden leiser und verklangen. Das Geplapper wich dem puren Staunen.

«Das Geheimnis eines großen Künstlers liegt nicht in den Pinseln, Kinder. Nicht in der Leinwand, die er wie ein Maurer grundiert, und auch nicht in dem Motiv, das er wählt. Sein Kopf ist wie die Flamme einer Öllampe, der Maler erhellt jeden Winkel des Wissens. Er muss Forscher und Entdecker sein, Dichter und Philosoph, ein Architekt und Städtebauer. Er liest ein Leben lang in Büchern, streift durch Flora und Fauna und hört nicht auf, die Welt um sich herum zu studieren. Aber all das wird euch nichts nützen, solange es keinen Engel gibt, der eure malenden Hände führt.»

Mit diesem Satz beugte sich die Mistress über meine Schulter und musterte meine Pinselei.

«Einen Engel, Memsahib?»

Ich dachte an die fliegenden Suppenhühner. Jene nackten, blond gelockten Kinder, die auf Flügeln durch das Gemälde der Deutschen schwebten. Seit der Ankunft des Direktors und seiner Frau auf der Insel war einige Zeit vergangen, und inzwischen wusste ich mehr darüber, was es mit den Engeln auf sich hatte. Es waren Gottesboten, Wesen, die still und unerkannt über die Weißen wachten. Eines Tages würden sie selbst zu Engeln werden, hofften sie, und durch den Himmel sausen – sofern sie sich auf Erden immer treu und brav benähmen. Der Gedanke daran war schön, und gleichzeitig stimmte er mich traurig.

«Mein Junge», sagte die Mistress und strich mir über den Kopf. Sie bückte sich zu mir herunter und hob mein Kinn. «Was hast du denn? Nur zu, mal doch weiter.»

Aber ich ließ die Schultern sinken und mit ihnen auch den Zeichenpinsel. Meine Augen glänzten vor zurückgehaltenen Tränen, während ich nach unten blickte. Kein Strich wollte mir gelingen, kein einziger grober Tupfer mit den Schweineborsten. Ich wartete umsonst auf einen Engel, der meine malenden Hände führte. An seiner Stelle erschien mir bloß ein böser Geist, er verwischte Linien, ließ die Tusche ineinanderlaufen und verteilte Kleckse auf dem Papier, dunkel wie die Flecken auf meiner Seele.

«Memsahib», sagte ich mit belegter Stimme. «Glauben Sie, unser Freund hat auch so einen Engel? Einen kleinen, unsichtbaren Beschützer, der gut auf ihn achtet?»

«Euer Freund?»

«Gudlak. Sein Name ist Gudlak, Memsahib. Niemand in Maya Bandar weiß, wo er steckt. Manche meinen, er isst die Pilze, die Elefantenpilze.»

«Gudlak?», hörte ich Mister Demello sagen. Er hatte während des Unterrichts auf der Veranda gesessen und ein dringendes Diktat seines Dienstherrn aufgenommen, mit leisen, metallischen Schlägen an der gelackten Maschine. «Der Witwer?»

Nun blickte auch der Direktor auf, der immerzu im Kreis stolzierte und mit lauter Stimme aus seinem Büchlein las.

«Was ist mit ihm?»

«Sir, die Kinder sagen, er wird vermisst.»

«Vermisst?»

Der Sahib blieb stehen.

«Gudlak, der Taugenichts? Der Faulpelz, Herumtreiber und Hasenfuß?»

Der Deutsche steigerte sich von einem Wort ins nächste. Ich verstand sie nicht, aber wusste doch, wie böse sie waren. Sie zischten nur so aus seiner Gurgel, zappelten ins Gras und wanden sich in ihrer Garstigkeit auf der Wiese, als bräche der gesamte aufgestaute Ärger von Wochen und Monaten mit einem Mal aus ihm heraus. Das Rhesusäffchen kreischte auf, die Diener traten fragend vor das Haus, und der Swami lugte mit hocherhobenen Brauen aus dem Küchenschuppen hervor.

In jener hässlichen Sekunde jedoch, als wir Kinder das Malen vergaßen und die Mistress tief Luft holen sahen, wurde eine Geste von großer Schönheit geboren. Etwas, das niemand auf der Insel je erwartet hätte, am wenigsten wohl Mister Demello, so wie er die Kiefer aufeinanderpresste. Der schimpfende Sahib verstummte in seinem Zorn. Er murrte bei sich und tastete seine Pattentasche nach der Silberdose ab.

«Mister Demello», sagte er und fuhr auf seinem Absatz

herum. Der Direktor sah in die Ferne, hob die Fersen an und senkte sie wieder. «Und wenn es mein schlimmster Feind wäre, es bleibt mir kein Mann im Wald zurück.»

Bald darauf sollte Maya Bandar die emsigsten Vorbereitungen erleben. Unter den Weisungen von Mister Demello schwirrten die Hausburschen wie Honigbienen um den Hügel. Sie füllten Feldflaschen, wuschen knielange Haarsocken, die gegen Blutegel schützten, wachsten Pirschstiefel, dämpften leinene Buschhemden auf und machten sie mückenfest mit Pulver, Salz und Rauch. Sie polierten die Jagdbüchse des Direktors, putzten die Linsen eines Prismenfeldstechers, zogen einen Taschenkompass aus einem Lederetui und wischten eifrig über sein Glas. Sie rafften Haumesser zusammen, sammelten Nackenschutze und Stirnbänder mit Tragstricken, packten Segeltuchtaschen, Bambuskörbe und Transportkisten. Eine mit Feuerhandlaternen, eine mit Schrot und Flintenlaufgeschossen, eine mit Magen-Pfefferminz-Karamellen, Toilettenseife, einem Mundwasser namens Chlorodont, einer blechernen Dose Scho-Ka-Kola und einer Flasche Weinbrand der Marke Imperial.

Ob so viel Ausrüstung wirklich vonnöten war, um einen einzigen verschollenen Mann aus dem Busch zu bergen?

Während des Streifzugs in die Wildnis sollte es dem Sahib und seinen Männern an nichts mangeln, dachte der Angloinder. Wenn er eines von seinem Dienstherrn gelernt hatte, dann die sorgfältige Planung bis ins Detail. Und so ließ er für Swamiji, den er zum Expeditionsmediziner ernannte, eine letzte Kiste präparieren mitsamt Kanülen, chirurgischen Pinzetten, Periston-Infusionsbesteck, Verbandszeug und einem Fläschchen Supracillin, das vermeintlich schneller und verlässlicher wirkte als Penicillin. Wie zu ahnen war, vertraute der Swami jedoch lieber auf seine altbewährten Tinkturen und Zauberknochen.

Badshah rüstete sich auf seine Weise. Ich beobachtete, wie der Ranchi mit einem Jagdmesser in den Dschungel tauchte. Er verschwand darin, bis die Nachtvögel sangen. Erst im Schatten der aufgehenden Sterne kehrte er wieder in unser Dorf zurück, schweißtriefend, keuchend und die Arme bis zu den Ellenbogen in Blut getränkt.

Als der Morgen über Maya Bandar dämmerte und der Nebel wie Dampf aus den Wäldern stieg, strömten Dutzende Helfer auf den Hügel. Sie nahmen die Kisten, Körbe und Wasserkanister auf die Köpfe, hoben Seile, Schaufeln und Proviant auf ihren Rücken, luden sich Bretter, Hämmer und Nägel auf. Unter all den Dingen befand sich auch ein voluminöser Blasebalg aus Leder, Messing und bemaltem Holz. Und so begaben sie sich auf Erkundungsreise, zunächst den Hügel hinab, wo die übrigen Dorfbewohner versammelt standen, und schließlich unter bestärkenden Gesängen hinein ins Grün, das die Siedlung wie ein dicht gewebter Mantel umgab.

Badshah schlug den Weg mit dem Haumesser frei, begleitet von den stärksten Männern, die Maya Bandar kannte. Gemeinsam schleiften sie einen Sack hinter sich her, aus dem dunkles, halbgeronnenes Blut auf den Waldboden tropfte. Der Sahib blieb dem Ranchi dicht auf den Fersen, die Jagdbüchse in der Armbeuge, gefolgt von Mister Demello und seinem ganzen Stolz, einer Kleinbildspiegelreflexkamera, Typ Exakta Varex. Den Fotoapparat hatte ihm die Mistress überlassen, als Dank für den Konzertflügel, der manchmal ihr einziger Vertrauter auf der Insel war. Sie selbst ging an diesem Tag in die Lagune, um zu lesen. Die wilde, kaum zu durchdringende, vor Schmarotzern und Beutegreifern nur so wimmelnde Natur sei nichts für eine Dame, meinten die Männer. Auch ein heranwachsender Junge hatte auf der Expedition nichts verloren, und als ich darum bettelte, dabei zu sein, schlug meine Mutter die Hände zusammen.

«Mein Kind!», rief sie nur. «Mein liebes Kind!»

«Lass ihn gehen», sagte Vater hingegen, der auf die Hiebflächen ritt, um zu arbeiten. «Er ist kein Kind mehr, sondern ein Junge. Und niemand kennt Gudlak besser als er.»

Ganz am Ende des Zugs, hinter Swami Supari und all den Trägern, schlich der Narbige. Wenn er die Wahrheit sprach, was selten geschah, hatte er unseren Freund zuletzt gesehen. Die anderen Sträflinge waren an seiner Seite, Arvind, der Briefeschreiber, und One-Hand-Joe, der meinen Blick suchte, während wir waldwärts zogen. Als sich das Licht unter den Blättern verlor, spürte ich sein Auge auf mir. Er sah mich an, bleckte die Zähne und zischte durch sie hindurch: «Gid-Dig-Gid-Dig-Gid-Dig-Gid-Dig!»

Über dem Wald lag eine ungewohnte Spannung. Wie elektrischer Strom, der dem sehenden Auge verborgen blieb, aber stets mit Haut und Haar zu spüren war, bei jedem Rascheln in den Bäumen, bei jedem Knarren des verflochtenen Wurzelwerks, bei jedem leisen Knirschen unter den sich langsam vorantastenden Stiefeln, Tropenschuhen und bloßen Zehen. Wir horchten tief in die Wildnis hinein, den Blick bei den schwirrenden Fliegenschnäppern und den großen, grünlich schillernden Glanzfruchttauben, die nach Feigen, Beeren und Muskatnüssen pickten. Jeder Windstoß war ein Sturm, jedes Räuspern ein Donnern, jedes mechanische Knipsen der Kleinbildkamera ein Schlag, wenn der Angloinder den Auslöser drückte und fieberhaft Hebel und Rädchen bediente.

Während die Insel um uns herum erwachte, las Badshah in ihren Blättern, Ästen und Zweigen, in geknickten Trieben, in Fressspuren und nachtfrischen Trittsiegeln, in Schnürfährten, Wundfährten und Schweißfährten, Aas und Kot, in all den Mulden und Furchen längs des Wegs zwischen abgerupften, sterbenden Ranken und moderndem Laub. Wir erkundeten das Reich der Pflanzen, jenen Ort, den manche von uns als göttlich, andere als grausam und wieder andere als pures Gold betrachteten, einen Schatz von kaum zu ermessendem Wert, den es zu heben galt.

«Sir! Geben Sie acht, Sir!»

Unter mahnenden Rufen trat der Sahib an einen seltenen Urwaldriesen heran. Nahe genug, dass er zwischen den Brettwurzeln des Baumes wie ein Knabe erschien, klein und voller kindlichem Erstaunen. Er lüftete den Hut und sah hinauf in die Krone.

«Bitte, Sir! Berühren Sie den Upas nicht!»

«Was haben Sie denn, Mister Demello?»

«Sir, glauben Sie mir, der Upas ist ein Giftbaum. Die Samen, die Borke, eine einzige Berührung genügt, und das Herz bleibt Ihnen stehen.»

«So?», sagte der Direktor, während sich sein Mund zu einem Schmunzeln verzog. Er neigte zweifelnd den Kopf.

«Sir, das ist nicht meine Erfindung. Die Männer haben mir davon berichtet, die Flößer aus Port Blair. Sie wollen sogar gesehen haben, wie Vögel tot vom Himmel fielen, nur weil sie über den Upas hinweggeflogen sind.»

«Mein lieber Freund, bis eben habe ich Sie für einen vernunftbegabten Menschen gehalten.»

«Ich bitte Sie. Ich bitte Sie von ganzem Herzen, das Gift des Baumes ist so tödlich, heißt es, dass sie ihre Pfeilspitzen darin tränken.»

«Von wem sprechen Sie?»

«Von den Jarawa, Sir, den Eingeborenen.»

Da ließ der Sahib sein befremdetes Lächeln fallen.

«Jarawa», zischte der Narbige.

«Jarawa», flüsterten die Träger unter ihren schwankenden Kisten und Körben.

«Jarawa», raunte Badshah, das Buschmesser in der Hand erhoben, als hätte der Angloinder soeben einen Fluch gesprochen. Von jetzt an zog die Expedition schweigend voran, Fuß an Fuß in aller Stille, lauschend und spähend durch den langsam aufkommenden tropischen Sommer, der den Archipel in diesen Wochen erfasste und fest umschlungen hielt. Er brachte Pflanzen zum Welken, dörrte die Felder aus, verdarb die aufkeimende Saat und ließ die Luft über dem heißen Boden flimmern.

Der Weideplatz der Elefanten war verwaist. Kein Dalee, keine Mahakali, kein Raja marodierte schnaubend durch das hohe Gras. Der Direktor duldete keine tagelangen Hitzepausen mehr, und so waren die Mahuts in der Morgendämmerung fortgeritten, um Bäume zu bewegen. Schieben, schleppen, stapeln. Schieben, schleppen und stapeln, wie es auf der Insel üblich war, seit ein dampfendes Schiff vor ihrer Küste erschien, voller Menschen, voller Hoffnung und Indischer Elefanten. Nur das Licht erfüllte die Senke am Wasserlauf mit Leben. Es fiel schräg durch das Dach der Blätter und malte leuchtende Flecken auf die Erde. Geradeso als wollten die Götter mit himmlischem Finger auf etwas deuten, das im Süßgras schlief.

«Mister Demello.»

Der Sahib nahm sein Gewehr von der Schulter.

«Wo hat man den Mann zuletzt gesehen?»

«Gleich hier, Sir.»

Der Angloinder deutete auf einige Elefantenkugeln. Sie lagen zwischen den langen, halb abgefressenen, halb flach getrampelten Halmen.

«Die Männer erzählen, er sei auf Händen und Füßen durch das Gras gekrochen. Dabei sind die Halme scharf, Sir, manche von ihnen schneiden wie Hackebeile in die Haut. Sie sagen, Gudlak hätte die Pilze gepflückt, die kleinen weißen Dinger, die aus dem Dung der Elefanten wachsen.»

«Sieh an, ein Sammler. So viel Fleiß hätte ich ihm gar nicht zugetraut.»

«Sir?»

«Mister Demello, mit welcher Art von Pilz haben wir es hier zu tun?»

Der Assistent, der die Expedition so akribisch vorbereitet hatte, zog ein alphabetisches Pflanzenverzeichnis hervor und schlug es auf. Als der Sahib zu lesen begann, die Stirn runzelte, mit dem Finger auf eine Tuschezeichnung tippte und «schmierhütiger Düngerling mit vergänglichem, weißlich anhängendem Velum» sagte, wusste ich wenig damit anzufangen. Auch den Ausdruck «psychotrope Substanzen» hörte ich zum ersten Mal. Aber sein Mienenspiel war kaum zu missdeuten. Aus düsteren Legenden war Wahrheit geworden, aus Vermutungen wurde Gewissheit, während wir weiterzogen und tiefer in den Dschungel drangen. War Gudlak etwas zugestoßen? Hatte ihn die weiße Fee in die Irre geführt? War er bei der Suche im Süßgras einem Tier in die Fänge geraten? Was, wenn unser Freund verwundet war? Wenn er dalag, irgendwo im Wald von Egeln übersät, und schon gar nicht mehr an Hilfe glaubte?

Unter einem Elefantenseilbaum, der in leuchtend gelber Blüte stand, hob Badshah den Arm. Er legte sein Buschmesser nieder und ging in die Hocke, bis sein verlängerter Rücken beinahe die Erde berührte. In dieser froschähnlichen Pose lehnte er sich weit zurück. Der Ranchi stemmte die Füße in den Waldboden und zog mit der Kraft seiner Arme an etwas Schwerem, das aus dem Unterholz ragte. So legte er nach und nach einen Panzer frei, den Knochenpanzer einer Meeresschildkröte.

Er war hohl.

«Ausgefressen wie ein Schweinetrog.»

Der Direktor kniff nachdenklich die Augen zusammen. Totes zu sehen, fiel ihm schwer, das wusste ich. Selbst etwas so Abstraktes wie ein leerer Schildkrötenpanzer schien ihn im Herzen zu bewegen. Wann immer die Boys auf dem Hügel eine tote Maus entdeckten, schafften sie das Tier tunlichst weg, ehe der Weiße darauf stieß.

«Was denken Sie?», sagte der Sahib mit schwankender Stimme zu seinem Verwalter. «Kann das ein Raubtier gewesen sein, womöglich ein Salzwasserkrokodil?»

Weil Mister Demello nicht minder ratlos erschien, suchte er das Zwiegespräch mit Badshah, was kein Leichtes war, denn ein Ranchi spricht nun mal nicht gern.

«Kein Tier», knurrte er nur und wies mit seinen schmutzigen, blutumrandeten Fingernägeln auf die Ritzen und Kerben an der Innenseite des Panzers.

«Messerspuren», flüsterte der Direktor. «Jemand hat das Fleisch herausgekratzt.»

«Oder Hakenspuren?»

Mister Demello stützte eine Hand in die Hüfte.

«Von der Klinge eines Mahuts?»

«Jarawa», hörte ich den Narbigen von irgendwoher sagen.

«Jarawa», raunte es abermals aus Dutzenden Männerkehlen.

«Jarawa», sagte der Ranchi und wiegte bekräftigend den Kopf. Da erhob sich die Stimme des Swamis über der Expedition, hell wie eine Flamme aus der Glut. *«Om gam ganapataye namaha»*, sprach der heilige Mann. Er schloss die Lider und hielt die Hände vor sein Herz. «O allmächtiger Gott der Elefanten und Menschen, O Herr und Meister aller guten Kräfte und Geister, beschütze uns, Shri Ganesh.»

Während wir weiter den Weg durch die Wildnis suchten, begannen meine Gedanken zu schwirren. Gid-Dig-Gid-Dig-Gid-Dig-Gid-Dig, schrillte es mir in den Ohren, und trotz der Fieberschwüle, die uns umgab, erwachte eine eisige Furcht in mir. War Gudlak den Eingeborenen begegnet? Den Zwergmenschen? Den Schwarzgesichtern mit den stinkenden Mäulern? Hatten sie unseren Freund verschleppt, um ihn irgendwo im Dunkel des Dschungels mit den Zähnen zu zerreißen? Sein Fleisch von den Knochen zu nagen? Den Schopf vom Schädel zu ziehen?

«Gudlak!», rief Mister Demello ins Nichts hinein.

«Gudlak!», rief der Swami. «Hörst du uns, Junge?»

«Gudlak!», riefen die Träger und Helfer, und sogar der Sahib stimmte in die Schreie mit ein. Bloß Badshah schritt wortlos weiter, so gleichmütig, als könnte ihn nichts und niemand rühren. Mal hob er den Blick, um nach den Vögeln zu spähen, dann senkte er ihn wieder und las in den Zeichen des Waldes, die für niemand anderen sichtbar waren als ihn selbst. Und so führte er die Expedition an den Rand eines schwarzen, beinahe stehenden Gewässers, tief in die Sümpfe hinein, wo Dunstschleier über dem faulenden Wasser lagen, das träge glucksend durch die Mangroven floss. Unsere Knöchel versanken in Schlick und Schlamm, während die Welt der Lebenden zu enden schien. Schon bald war im Geflecht der Wurzeln und der wirr verschlungenen Salzpflanzen kaum ein Fortkommen mehr, und so nahmen die starken Männer den schweren Sack von der Schulter.

Badshah knüpfte ihn auf und beugte sich mit seinem

Jagdmesser über das Innere, das nun für jeden zum Vorschein kam. Während Mister Demello seine Kleinbildkamera zückte, so entsetzt er auch aus den Augen sah, wandte sich der Direktor ab. Ich hörte ihn würgen und bemerkte, wie er sich wenig später mit der Hand über den Mund fuhr. «*Haramzada!*», rief eine Stimme. «Verfluchter Muselmann!» Zu grausig war das Schauspiel, das sich den Leuten bot. Nur der Silberreiher, der einbeinig am Sumpfufer stand, schien sich weder an der Gesellschaft noch am aufsteigenden Geruch von Verwesung und geronnenem Blut zu stören.

Badshah hatte einen Axishirsch erlegt, abends zuvor, als ich ihn verschwinden sah. Er hatte die Hufe abgehackt, die toten, verloschenen Augen herausgedrückt und den Kadaver sorgsam von jeglichen Organen und Knochen befreit. Dann wusch er ihn im Wasser und vernähte ihn mit Juteschnüren, die Geweihlöcher, das Maul, die Augenhöhlen, das Geschlecht und den Anus. Er flickte all seine Löcher und Lücken zu und versiegelte sie mit Baumpech. Ein einziges Bein ließ er frei. Nun nahm der Ranchi den großen Blasebalg, setzte ihn an das Beinloch, füllte die Tierleiche mit Luft und legte sie in die Sonne. Auf diese Weise sollte sich der tote Körper noch weiter aufblähen, bis er so prall war wie ein Ballon.

In der Zwischenzeit rief Badshah seine Männer. Sie holten Sägen, Holz und Nägel herbei und zimmerten etwas zusammen. Es war eine Kiste, wie sich nach einer guten Stunde zeigte, eine Bretterkiste, lang gezogen wie ein Sarg. Dorthinein, gestützt von einem Kissen, setzten sie den Sahib. Er nahm seine Flinte in die Armbeuge, streckte die Stiefel aus, hielt sich Riechsalz unter die Nase und schwebte schon bald in seinem hölzernen Gefährt auf dem Sumpf. Warum die Kiste nicht versank, wo sie doch so viel Gewicht über Wasser halten musste, den weißen Mann und sein Gewehr?

Der Sarg schwamm auf dem gedunsenen Hirschkadaver wie auf einem Luftsack aus Fleisch und Blut, gezogen von Badshah und den starken Männern, die Bambusseile über den Schultern trugen, gefolgt von den Helfern, dem Koch und den Sträflingen. Sie wateten durch die Mangroven, dicht dem Gefährt hinterher, und trugen all das Gepäck, die vollen Körbe und Segeltaschen auf den Köpfen. Sogar Mister Demello fand sich bis weit über die Knie im brackigen Wasser wieder, Strähnen im Gesicht, Schweiß auf der Stirn, der ehemals frisch gestärkte Kragen beschmutzt und ungebührlich verrutscht.

«He!», rief ihm der Narbige zu. «*Chi-Chi*, sieh dich an! Jetzt bist du also genauso braun wie wir alle.»

Je niedriger die Sonne stand, umso deutlicher spiegelte sich das Gesicht des Sahibs im Trüben, verzerrt wie ein Porträt aus der Hand von Picasso, fleckig wie die gärenden Äpfel von Cézanne, während die Zeit fruchtlos verging – jene Währung, die ihm doch so wertvoll war. Der Weiße mit der Donnerbüchse, der in helles Leinen gewandet über die Sümpfe fuhr, war für manche wie ein König. Andere sahen in ihm nur einen weiteren *Firangi*. Er führte sie wieder dorthin, wo sie hergekommen waren, zurück ins schwarze Wasser.

Weil ich der Jüngste war, der Kleinste noch dazu, und nicht schwimmen konnte, ergriff ich ein Hirschbein und hielt mich daran fest. Und so glitt ich dahin, durch das Gewölbe der Mangroven, das wie ein Tunnel aus Licht und

Schatten war, zwischen Diesseits und Jenseits, zwischen dem Leben und dem unvermeidlichen Tod. Von Schlamm besudelt, von Sandmücken gestochen, von Egeln geplagt und stets von der bangen Frage begleitet, was mir da wohl um die Beine wischte im Brack der Mangroven, dessen Grund kaum zu erahnen war. War es ein Ast? War es ein Tier? Waren es die versunkenen Überreste unseres vermissten Freundes?

Während sich alle Blicke immerzu vorwärtsrichteten, dem Licht entgegen, das jenseits der nebligen Sümpfe schien, ließ ich mich treiben. Ich schaute zurück in den Dschungel und sah sie mit einem Mal zwischen den Blättern stehen. Nur einen Herzschlag lang. Doch das Bild, ich schwöre es, brannte sich mir für alle Zeiten ein. Es waren Frauen und Männer mit hohen Wangenknochen, mit blitzend weißen Zähnen, mit makelloser, dunkler Haut, die für eine Sekunde in den Streuflecken der Sonne glänzte. Ihre Augen waren groß und rund, die Gesichter weich und mit goldenen Mustern bemalt, von der hohen Stirn bis über die vollen Lippen. Statt des Lumpengraus, das mir selbst um die Hüften hing, trugen sie prächtige Lendenschurze und Armbänder aus Federn, Flechten und Blumen. Ihre schlanken Finger hielten Speere, und bei Shiva, sie bewegten sich so geschmeidig, wie es kein Mensch und kein Tier aus Maya Bandar konnte. Wie schön sie waren, dachte ich mir.

Ich sah sie an und sagte kein Wort.

Erst im Abendglühen, als die Zikaden zirpten, stiegen wir aus dem Sumpf. Ein stinkender Zug wandelnder Schatten, gehüllt in Schweigen, grau von getrocknetem Schlamm. Wir hatten Gudlak vergeblich gesucht, keinen Schatz gefunden, keine Trophäe erjagt außer dem Axishirsch, den Badshah im Wald begrub, während der Swami beschwörend dazu betete.

Unser Freund blieb verschwunden und fehlte uns tagein, tagaus. Auch Vater war bisweilen wie vom Wald verschluckt, jetzt, in den Wochen vor dem nahenden Monsun. Morgen für Morgen ging er leise aus dem Haus, während wir Kinder schliefen, und kehrte erst in der Dämmerung aus dem Dschungel zurück, als es schon viel zu spät war, um noch Vater zu sein. Und Dalee? Hin und wieder sahen wir ihn aus den Kasuarinen schleichen, doch der Elefant schwamm nur noch selten hinüber zu Mahakali auf die Liebesinsel. Eher verharrte er allein in der Lagune, starrte auf den Ozean, atmete Wind und Salz und schaute den Wellen zu, wie sie kamen, wie sie gingen.

Es war das Alter, das halbe Jahrhundert voller Arbeit und Mühen, das Dalee so plagte. Es machte ihn launisch und knurrig, schwächte seinen Geist und ließ nicht nur seine Erinnerung schwinden wie einen Film, der verblasst, Bilder und Worte, Figuren und Motive, Farben und Töne, alles rückte in weite Ferne. Es nahm ihm auch sein Leuchten, seine Größe, Schönheit und Pracht.

Vater konnte den Verlauf des Alterns nicht stoppen, nur der Allmächtige hatte dazu die Kraft. Aber es lag durchaus in seiner Hand, den Verfall von Leib und Seele zu verzögern, glaubte er, über Tage, Wochen, Monde, ja vielleicht sogar über mehrere Jahre. «Junge», sagte er, «wir werden dem Elefanten helfen, mit Liebe, Geduld und genügend Vitaminen, mit Melonen, Zimtäpfeln und süßen Limetten, mit reichlich Sauerampfer und frischem Bockshornklee.»

Vater tat, was in seiner Macht stand, um den Großen Grauen zu beleben. War Dalee müde, bat er die Baumfäller um eine Rast, wirkte der Elefant träge, brachte er ihn in Schwung, mit Atemübungen, Bauchmassagen und Bewegungen aus der Lehre des Yoga. Und manchmal, wenn sich der Abend über die Lagune senkte und die Mistress unter dem Licht der Sterne auf ihrem Flügel spielte, führte er Dalee ans Wasser, so konnte er den Melodien lauschen und schlug die Ohren dazu im Takt.

Einmal bekamen wir Besuch. Einer der Boys trat in die Bambushütte, gekleidet in der üblichen weißen Kurta. Auf seinem Kopf schaukelte ein Turban, ganz so, als wäre der Hausbursche gerade dabei, Gläser und Teller aufzutragen.

«Elefantenjunge!», raunte er. «Komm, komm!»

Es war jedoch Sonnabend und nicht Sonntag, das wusste ich, so wahr ich der Sohn meiner Mutter war, die genauso verdutzt aussah wie ich. Und einen Küchengong, der die Kinder der Insel auf den Hügel rief, hatte niemand von uns gehört.

«Kommt mein Bruder mit?»

Ich deutete auf den kleinen Du.

«Nein!»

«Nein?»

«Die Mistress wünscht dich zu sehen. Nur dich!»

«Wieso?»

«*Murkh!* Was weiß denn ich?»

Der Bursche ließ mir nicht mal die Zeit, mir die Haare zu kämmen, zu dringlich schien die Sache des Dieners. Mit schamroten Wangen eilte ich ihm nach, durch das Dorf und immer höher den überwachsenen, blühenden Berghang hinauf. Hatten die Deutschen bemerkt, dass ich sie heimlich beobachtete? Dass ich ihre Mimik und Gesten studierte und gelegentlich, wenn es sich ergab, von ihrem Essen nahm?

«Bellini!», hörte ich eine Stimme. «Zu mir!»

Die Mistress winkte mich heran. Zu meiner Überraschung wartete sie allein unter dem Banyanbaum, allein mit ihrer Staffelei, auf der eine Leinwand stand, frisch geweißt und jungfräulich leer. Keine Manju und kein Sanju hockten im Gras, ich erblickte weder Nur noch Kapur. Zu den rosigen Füßen meiner Lehrerin, die in Sandaletten steckten, fand sich lediglich ein Kästchen, eine helle, furnierte Schatulle mit Schubfächern und Schloss.

«Schau hinein, Junge.»

Meine Hände waren feucht. Bei allen Göttern, ich wollte das Kästchen bloß nicht zerbrechen. Es war offenkundig weit gereist, aus den kühlen Tälern des Abendlands mit seinen schneegekrönten Gipfeln bis hierhin an den Rand der Welt, wo Elefanten mit den Fischen im Ozean schwammen. Langsam und vorsichtig hob ich seinen Deckel an und erschrak, lagen doch Werkzeuge darin verborgen. Glänzende Instrumente aus gebürstetem Metall, wie sie die Ohrenputzer und die Zahnreißer auf den Straßen gebrauchten, Sägen, Messer, Spachtel und noch vielerlei mehr. Auch Tuben und Tinkturen versteckten sich in der Kiste. Gehörten sie dem Swami?

«Erzähl mir von eurer Suche.»

«Memsahib?»

«Bis in die Sümpfe seid ihr gezogen, um den vermissten Mahut zu finden. Ist das wahr?»

Ich wiegte den Kopf.

«Das ist nobel, Bellini, du warst sehr tapfer, hörst du? Was meinst du, willst du mir nicht mehr davon erzählen? Berichte mir doch bitte, wie es dort war. Versuch, jede Einzelheit zu beschreiben.»

Ich sah die Mistress eigentümlich an, einerseits weil ich

mich für wenig tapfer hielt, andererseits weil ich nicht so recht verstand. Was verlangte sie von mir? Und aus welchem Grund? Beherrschte sie die Kunst des Hellsehens? Wusste sie dank einer prophetischen Gabe, was ich insgeheim zwischen den Blättern des Dschungels entdeckt hatte? Lag ihr wirklich daran, mehr über die Expedition zu erfahren, oder hatte sie mich vielleicht nur auf den Hügel gerufen, damit sie mir endlich einmal die Ohrmuscheln und das Gebiss säubern konnte? Mir, dem verlausten Jungen im Wickelrock, der so unabwaschbar nach Elefant roch.

«Nur zu, keine Scheu.»

Also setzte ich mich unter die Luftwurzeln des Baumes und ergriff das Wort, als wäre ich, Bellini, der Lehrer und sie meine junge, wissbegierige Schülerin. Ich erzählte ihr von den Mangroven, die sich über den Menschenzug wölbten, von den Salzpflanzen, vom Reiher, der einbeinig am Ufer des trüben Gewässers stand, von dem schweren Sack, aus dem es triefte und tropfte, vom Axishirsch, von Badshah und der Seelenruhe, mit der er sein makabres Handwerk erledigte. Allein die schwarzen Gesichter mit den großen, runden Augen ließ ich aus.

Während ich noch redete, bemerkte ich, wie die Mistress ein Schublädchen öffnete. Sie holte ein Kohlestück daraus hervor und wog es in der Hand. Wenig später trat sie an die Staffelei heran, kniff die Augen zu Schlitzen zusammen und skizzierte die Umrisse und Schatten ihres Motivs: Nebelschleier über faulendem Wasser, wirr verschlungenes Ufergewächs, den Direktor, ihren Ehegatten, der magenkrank auf seiner Flinte lehnte, und Helfer und Träger, die ihre Stirn in Falten legten. Dort, wo sich die entsetzten Blicke trafen, zeichnete sie den Ranchi und wie er sich gerade mit seinem Messer über den Kadaver beugte. So bildhaft und aus der Fülle des Lebens geschöpft, als hätte sie die Szene selbst gesehen.

«Memsahib?», fragte ich verwirrt.

«Erzähl weiter, Bellini. Nur immer weiter.»

Die Mistress nahm ihre Mischpalette. Sie griff nach einer Zinntube, presste sie ein gutes Stück aus und rührte das dickflüssige, grell leuchtende Innere an. «Chromoxidgrün», sagte sie langsam, Silbe für Silbe, und ich sprach ihr nach. Dann übertupfte sie die Kohlestriche und ließ Blätter auf der Leinwand erscheinen, helle, von der Sonne beschienen, dunkel abgesetzte im Schatten. Sie wählte Umbra und Siena für das Geflecht der Wurzeln, trug Titanweiß auf, um das Federkleid des Reihers zu pinseln, und hob die Tropenjacke des Direktors in ähnlichem Farbton hervor. Sie tupfte die Spiegelungen der Mangrovenbäume ins Wasser, mischte Krapprot und verteilte es wie Fleisch und Blut über dem gespannten Leinen. So hauchte sie dem toten Hirsch wieder Leben ein.

«Wie kann das sein, Memsahib? Waren Sie mit uns im Wald? Ich habe Sie zwischen all den Männern gar nicht gesehen.»

«Ach, Bellini.»

Sie lächelte bei sich.

«Ich kenne den Andamanenwald aus Büchern und Geschichten, mein Junge, aber hindurchgewandert bin ich noch nie. Sag mir, ist es schön dort?»

«Nie? Noch nie in Ihrem Leben?»

Die Mistress nickte stumm.

«Weißt du», sagte sie. «Was unsere Augen sehen, ist eine

Sache. Aber Kunst, Bellini. Kunst ist etwas anderes, verstehst du? Das ist es, was ich euch Kindern erklären wollte. Ein Maler braucht drei Dinge: ein breites Wissen, eine gesunde Vorstellungskraft und etwas, das wichtiger ist als alles andere.»

«Das fliegende Kind, Memsahib? Den Engel, der Ihnen über die Schulter schaut?»

«Nicht mir.»

Ich fühlte ihre Hand auf meinem Hinterkopf.

«Du besitzt diesen Engel. Dich begleitet er durch dein junges Leben. Das habe ich beim Pflanzenmalen bemerkt, neulich in der Sonntagsschule, als du die ersten Tuschestriche auf dem Papier gemacht hast. Du malst gut, Bellini.»

Sie hielt inne.

«Und darum möchte ich dir das Kästchen schenken.»

«Die Kiste?»

Ich sah hinab auf all die fremden Instrumente. Die Palettmesser und Pinsel, die Malbutter, die Farben und das Terpentin.

«Freust du dich nicht?»

«Doch, Memsahib, doch, doch. Es ist nur ...»

Ich stockte und hob schließlich den Blick. «Memsahib, es gibt da jemanden auf dieser Insel, der viel begabter ist als ich selbst.»

Eines Morgens führte ich die Mistress in den Dschungel. Ich weiß noch, wie mein Herz dabei klopfte. Es war in solchem Aufruhr, dass ich glaubte, es würde mir gleich aus dem Mund springen. Unter dem Arm trug ich das Malkästchen und auf dem Rücken eine kleine, leichte Staffelei, während die Vögel in den Wipfeln erwachten. Es war das Ende einer langen Arbeitswoche in Maya Bandar. Vater schlief und überließ mir die Sorge für den Elefanten. Der Direktor war nach Süden verreist, zusammen mit Mister Demello und einigen Männern, um die Sägemühle von Port Blair zu besichtigen. Die Hausburschen spitzten Pfähle an und rammten sie im Schein der aufgehenden Sonne mit gusseisernen Schlägeln ins Gras. Eine Tröpfeldusche sollten sie errichten, mit Holz umzäunt und ringsherum von Betttüchern umspannt. Diese schweißtreibende Pflicht hatte ihnen die Mistress aufgetragen, ehe sie mir heimlich folgte.

Im Wind, der um die Bäume wehte, lag der Duft von Hibiskus und kletternder Vanille. Ruhmeskronen rankten sich in voller Blüte um die Borken, umgeben von Mönchspfeffer und weißen Schicksalssträuchern. Während ich voranschlich und den Blick nach allen Seiten richtete, strich die Mistress über die Spitzen der Gräser. Ich sah, wie sie Indischen Lorbeer zwischen den Fingern rieb, «Mutterzimt» nannte sie ihn, weil er so in den allwissenden Schriften ihrer Bibliothek verzeichnet war. Einmal bückte sie sich zur Erde und las die Flügelsamen der Myrobalane auf, die blass und braun im Laub vergingen. Als sie die Samen jedoch auf ihre Handfläche nahm und mit einem Hauch in die Lüfte schweben ließ, wirbelten sie wie Schmetterlinge davon. Eine Schildwanze kroch über ihre Haut und verfing sich in den blonden Härchen ihres Unterarms. Der Panzer des Insekts schimmerte so metallisch grün, als hätte ihn jemand unter der Lupenleuchte mit Emaille überzogen.

«Bellini», sagte die Mistress und warf mir ein strahlendes Lächeln zu. «Wir müssen diesen Ort malen.»

Wie lange hatte sie sich im Haus auf dem Hügel versteckt, hoch oben über den Dingen? Wie häufig war sie dem gut gemeinten Rat der Männer gefolgt und lieber zum Lesen ans Wasser spaziert, als die Welt zu erkunden, die sich ihr an diesem Morgen eröffnete?

Ich schob Hals und Beine der Staffelei auseinander, zog die Flügelschrauben an und stellte mir Vaters böse Brauen vor. Was würde er mit mir machen, wenn er wüsste, dass ich die weiße Frau allein in die Wildnis begleitete? Was würde der Direktor sagen, wenn er jemals davon erfuhr? Und, beim Allmächtigen, was würden die Jarawa tun, wenn sie uns beide auf der Wanderung ertappten? Mit unsicherer Hand holte ich Pinsel und Zinntuben hervor, breitete eine der Zeichenrollen aus, die die Mistress in einem ledernen Köcher getragen hatte, und sah dabei zu, wie sie zu malen begann, wie sich die Schätze der Natur, die uns umgaben, die Wunderblumen, Koniferen und Nagibäume, nach und nach auf dem Zeichenbogen spiegelten.

Da bemerkte ich ein verdächtiges Blätterrauschen in den Büschen.

«Memsahib», sagte ich leise und zupfte an ihrem Kleid, während sie das weiß grundierte Papier mit Farbe füllte, «hören Sie doch.»

Aber die Mistress war wie taub. Wenn sie malte, entzog sie sich der Wirklichkeit. Es war, als würde sie Geschöpfe, Gegenstände und Landschaften durch eine Linse betrachten, aus einsamer, weit entrückter Ferne. Ich war nicht leichtsinnig geworden. Ich hatte meine Lehrerin nicht allzu tief in den Dschungel gebracht, als plötzlich ein Magengrollen hinter den Bäumen ertönte. Der Geruch von Moschus beschwerte die Luft.

«Memsahib ...»

Ein banger Gedanke stieg in mir auf. «Frauen gehören nicht in den Laderaum», hatte mein Vater damals auf dem Schiff gesagt, «weil Frauen bluten.» Ob auch die Mistress blutete? Konnte das sein? Musste ich sie warnen, oder war es dafür bereits zu spät?

Es war ein weißer Morgen. Die Sonne stieg über dem Wald empor und glänzte, von den Wipfeln und Kronen zerstreut, auf den Blättern, die sich erwartungsvoll spreizten. Ich hob die Hand gegen all das Glitzern und Gleißen ringsum, während ich mit den Worten rang, und beobachtete, wie sich der Große Graue langsam aus dem Dschungel schälte, Linie für Linie, Strich um Strich ließ er seine Umrisse erkennen, einer Kohleskizze gleich, die vor meinen Augen immer mehr Kontur bekam. Ich sah seinen zerfurchten Schädel, die pigmentgefleckte Haut, das unverwechselbare Muster seiner Runzeln und Falten, seine fransigen, übergroß gewachsenen Ohren, deren Ränder sich wölbten. Einen Moment lang war alles still. Dann trat er aus dem Dickicht hervor, teilte Halme und Gräser und stampfte so grollend heran, dass es die Mistress aus ihren Träumen riss.

«Er ist schön», flüsterte sie.

«Schön, Memsahib?»

«Noch schöner, als du ihn beschrieben hast, Bellini.»

Der Elefant kam näher. Sein Rüssel schwebte in der Luft, fuhr mal hierhin, mal dorthin. Ich fischte etwas Gur aus meinem Wickelrock hervor und streckte es Dalee entgegen, aber er mochte nicht einmal daran schnüffeln, gab es doch etwas, das ihn viel mehr faszinierte als ein klebriger Zuckerklumpen.

«Gold», schien sich der Große Graue zu denken und betrachtete die fremde Frau mit demselben Blick, den wir Kinder gehabt hatten, als sie zum ersten Mal ihren weißen Fuß auf die Insel setzte. Schritt für Schritt ging er auf sie zu, so dicht, dass sie seinen süßlichen Atem spürte. Er hob den Rüssel, strich durch ihr gewelltes Haar und schnaubte ihren Hals entlang, während sie Pinsel und Farbpalette sinken ließ. Es war nicht schwer zu erkennen, was mit der Mistress geschah. Wer einem Elefanten begegnet, der begegnet sich selbst, seinen Ängsten, seinen Träumen, seinen innersten Wünschen. Der Mensch sieht sich einer Urgewalt gegenüber, und die vermeintliche Krone der Schöpfung fühlt sich mit einem Mal ganz klein.

Ich reichte dem Bullen ein weiteres, noch größeres Zuckerstück. Es tat gut, ihn wiederzusehen. Der Wald war der Wald, das Meer war das Meer, und Dalee war ganz Dalee an diesem Morgen, so warm und heimelig, wie ich ihn kannte. Endlich gelang es mir, ihn auf andere Gedanken zu bringen. Der Große Graue ließ von der Mistress ab und kaute auf dem Gur herum, so vergnügt wie beschwerlich.

«Ja, er ist schön, Memsahib», sagte ich. «Aber er ist auch alt, schrecklich alt. Der Elefant hat schon vor langer Zeit die letzten Backenzähne bekommen.»

Nun löste sich die Mistress aus ihrer Starre. Sie beugte sich zu mir nach unten und las in meinem Blick, als würde sie in einem ihrer Bücher lesen. Bittere Zeilen standen darin geschrieben, die Geschichte von Vater und Dalee: ein Mahut, der eines Tages so hungrig und verzweifelt war, dass er siebenhundert Seemeilen in die Ferne reiste, allein mit seiner Familie und seinem fünfzig Jahre alten Freund, der schleichend die Erinnerung verlor.

«Das Altern ist wie die Woge im Meer», sagte sie. «Wer sich von ihr tragen lässt, treibt obenauf. Wer sich dagegen aufbäumt, der geht unter.»

«Wie die Woge im Meer?»

Ich mochte das Bild, damals, als Junge. Und heute, wo ich Fische aus dem Ozean fange, nur um sie gottesfürchtig wieder zurück ins Wasser zu werfen, gefällt es mir immer noch.

«Ich wünschte, dieser Satz wäre von mir, Bellini. Eine Dichterin hat ihn geschrieben, eine sehr kluge Frau mit vielen Vornamen: Gertrud Auguste Lina Elsbeth Mathilde ...»

Es schien, als hätte die Mistress noch längst nicht alle Namen aufgezählt, da machte sich Dalee nestelnd an der Staffelei zu schaffen. Er bewegte den Rüssel und fuhr mit tanzender Spitze durch die frisch aufgetragenen Farben, die immer noch feucht auf dem Zeichenpapier glänzten, während das Dreibein kippelte und knarrte.

«*Chhee, Chhee!*», schimpfte ich und schlug den Rüssel weg. «Pfui, pfui! Wirst du wohl aufhören?»

«Lass ihn nur», sagte die Mistress mit ruhiger Stimme.

Sie nahm die Mischpalette, hob sie in die Höhe und hielt sie dem Elefanten, den offenbar die Muse geküsst hatte, bereitwillig hin.

«Maler sollten nicht mit Farben geizen, hörst du? Wenn Picasso einmal das Rot ausgeht, malt er einfach mit Blau weiter. Du sagtest doch, dein Freund sei begabt.»

Und so sahen wir ihm zu, dem Großen Grauen, Ganesh, jenem treuen Gefährten, der meinen Großvater durch Indien getragen hatte und meinen Vater von Kindesbeinen an begleitete. Jenem Bullen, der bis zu diesem Tag noch immer auf seinen *Daak Naam* wartete, den Namen, der sein kosmisches Innen und Außen gebührend beschrieb.

Der Elefant pinselte nicht wie am Strand der Orangeninsel, wo er einen Stock durch den Ufersand zog. Er wischte eher über das Papier, nass auf nass, nahm reichlich Rot, Gelb und Blau, machte großzügige Schwünge und fuhr rundherum in wirbelndem Fluss über den Zeichenbogen, bis Kreise darauf leuchteten. Prächtige Kreise, gemalt von einem namenlosen Meister, der sich nun von seinem Werk entfernte und zufrieden grummelte.

«Ein Künstler.»

Die Mistress legte verwundert die Hand an ihr Kinn.

«Ein großer grauer Künstler», sagte sie, ehe sich die Kreise vor unseren Augen veränderten. Ich beugte mich vor, um das Bild genauer zu betrachten. Auch der Elefant neigte den Kopf. Er schien ebenfalls zu bemerken, was mit seinen Kreisen geschah. Schleichend, in der Hitze der Sonne, liefen die frisch aufgetragenen Farben das Papier herunter, Rot, Gelb und Blau schmolzen dahin wie weicher Käse.

«Nicht zu glauben», flüsterte die Mistress, «verlaufende

Kreise, vergängliche Formen. Weißt du, was *Déjà-vu* bedeutet, Junge?»

Ich zog die Brauen zusammen. Wovon redete sie?

«Zerfließende Uhren, wachsweiche Ziffernblätter. *La persistencia de la memoria*, mein Junge, die Beständigkeit der Erinnerung, Öl auf Leinwand, neunzehnhunderteinunddreißig. Ich sage dir, wie du den Elefanten taufen solltest.»

Voller Erwartung sah ich zu ihr auf.

«Salvador», sprach sie aus voller Brust, «der Retter in der Not. Nein, warte, Junge. Nenn ihn lieber ...»

Sie dachte für eine Sekunde nach. Dann stippte sie den Finger in eine Farbe, strich über eine freie Stelle auf dem Papier und zeichnete einen Schnurrbart. Einen geschwungenen Moustache mit aufragenden, himmelwärts gerichteten Spitzen.

«Dalí.»

Von jenem Morgen an ließ ich ihn so häufig malen, wie es möglich war. «Dalee! Dalee!», rief ich, wenn er seine Kreise zeichnete, und erlebte jedes Mal aufs Neue, wie er die unvergleichliche Wonne des Schaffens genoss. Als wären die beiden größten Glücksfälle, die einem Geschöpf auf Erden passieren konnten, erstens, Elefant zu sein und zweitens, Dalee zu heißen. Wann immer ich ein Zeichenpapier glatt strich, Zinntuben öffnete und Farben anrührte, bis ein körniger Brei entstand, hob er den Rüssel, quietschte vor Vergnügen und fand sich bald darauf voller Flecken, Streifen und Kleckse wieder, vom Kopf bis zu den siebzehn Zehen.

«Schau dich an, Dalee!»

Einmal sprang ich vor lauter Übermut um den Elefanten herum. Lachend nahm ich Kobaltblau, Kadmiumgelb, Zinkgrün und Zinnoberrot, verteilte es auf den Fingern und beschmierte den Großen Grauen ringsum mit dem Maleröl, bis er beinahe so grell gescheckt war wie die Sittiche, die hoch oben in den Wipfeln hockten.

«Na, Dalee? Was meinst du? Soll ich dir noch einen hübschen Schnauzer malen? Los, nimm den Kopf herunter und halt schön still. Mach schon, das wird dir gefallen, Dalee!»

So kam es, dass ich dem Elefanten einen Moustache verpasste, quer über den Rüssel, von einer Elfenbeinwurzel bis zur anderen. Ich stützte die Arme in die Hüften, lehnte mich zurück, streckte den Bauch heraus wie ein Zirkusdirektor und zeigte grinsend meine Zähne. Und der große graue Meister der Manege? Er schien sich dankend vor mir zu verbeugen.

Dalee war Dalee. Und ich, Bellini, war nichts weiter als ein Junge mit funkelnden Augen, der seinen bunt gesprenkelten Gefährten in die Lagune führte. Wie die See schimmerte, wie sie flirrte und glänzte vor Farben, als wir gemeinsam über die Wellen ritten. Blaue, rote, gelbe und grünliche Schlieren lösten sich von seiner Elefantenhaut, marmorierten das Meer, tanzten darin und ließen die phantastischsten Wolkengebilde im Wasser entstehen. Ich vergaß, wie sehr ich Gudlak vermisste, vergaß, wie schwach und ausgezehrt mein Vater war, und vergaß sogar für eine unbeschwerte Weile, dass Dalee vergaß.

Von Zeit zu Zeit experimentierte ich mit der Kunst der Elefantenmalerei. Ich wählte einen Haarpinsel aus, der mir für Dalee geeignet schien, und trug ihn mit den Malutensilien in den Dschungel. Doch der Zeichenstock mit den Schweineborsten wackelte nur lose in seinem Rüssel herum, wenn er ihn führte, und verlor sich beinahe darin. Viel zu dünn war der spitze, fein gedrechselte Griff.

Da kniete ich nieder. Ich las einen Zimtapfel auf, der vom Baum gefallen war, drehte den Pinsel halb in der Hand herum und stieß den Griff mit einem beherzten Ruck in das Fruchtfleisch hinein. Wie sich zeigte, konnte Dalee den von mir erfundenen Apfelpinsel mühelos greifen. Er schwang das Malwerkzeug aus Obst und Holz, und ich schaute dabei zu, wie er tupfte, mit leichtem Druck, wie er pinselte, mit feinem Strich, wie er sich auf dem Zeichenblatt voranarbeitete, von oben nach unten, von hinten nach vorn, ganz nach der Schule der alten Meister. Er schuf sogar Verläufe und verwischte die Konturen, um sie letzten Endes wieder zu schärfen. Nichts an seiner Kunst war verworren, nichts beliebig, ohne Plan. Dalee hatte sein Bild bereits im Kopf, bevor er es auf das Papier brachte, und legte sein ganzes Herz hinein. Er war mehr als nur ein Elefant, wenn er malte, viel mehr als ein Tier, das atmet, frisst und schläft. Hatte er sein Werk jedoch vollendet, verspeiste er den Zimtapfel kurzerhand und ließ den Pinsel fallen.

Nicht immer gelang es mir, die Bedeutung seiner Bilder zu verstehen, was nicht hieß, dass sie keine Bedeutung hatten. War ich ratlos und verwirrt, dann dachte ich an Cézanne, den Gott der Malerei, und wie geduldig er seine Äpfel zeichnete, vom Aufruhr der Geschichte umgeben. An Magritte und seine berühmte Pfeife, die gar keine Pfeife ist, an Renoir, der so gerne tanzende Menschen auf die Leinwand bannte und so schwer an seinem Rheuma litt. Und wie hieß er noch gleich, der feuerrote Außenseiter mit den Sonnenblumen?

«Er sah die Welt wie kein Zweiter und war zum Malen geboren», sagte die Mistress einmal. «Auch wenn ihn zu Lebzeiten niemand verstand.»

Doch die Kunst, die Dalee schuf, wandelte sich mit den Wochen. Von Mal zu Mal wirkten seine Kreise weniger klar, weniger rund, weniger sicher und gleichmäßig gezeichnet als zuvor, und sei es nur um einen Deut. Die schmelzenden Uhren schienen nach und nach ihre Ziffern und Zeiger zu verlieren, während die Zeit auf der Insel verrann.

Eines Tages, als ich im Dschungel nach dem Elefanten suchte, kümmerte er sich nicht um die Malerei. Kaum war ich ihm begegnet, prustete er, machte kehrt und wanderte wie von unsichtbaren Fäden gezogen davon. «Halt, Dalee!», rief ich. «Warte doch!» Aber wie sehr ich auch schrie, er wollte einfach nicht auf mich hören. Und so folgte ich ihm, tiefer in die Wildnis hinein, bis mir ein Hauch von Schweiß und Schwefel um die Nase wehte. Dalee führte mich an einen fremden Ort. Je weiter ich ging, mit leisen, zögerlichen Schritten, umso enger rückten die Bäume zusammen. Äste und Zweige verflochten sich miteinander, schluckten das Licht bis auf einzelne Strahlen und wölbten sich wie ein grüner Baldachin über mich und den Elefanten. Wir stapften durch einen schummrigen Wald aus gleichen Bäumen, gleich stark, gleich hoch und mit immer gleicher Borke. Nach einer Weile begriff ich, dass jeder Stamm, der sich hier in seltsamer Ordnung reihte, zu ein und demselben Banyan gehörte, einem Baum von ungeheuerlicher Größe. Seine glatten grauen Luftwurzeln wuchsen von überallher aus dem Himmel herab, versanken im Boden und streckten sich anderswo wieder steil aus der Erde empor, um das Kronendach zu stützen.

Endlich kam Dalee zum Stehen und schaukelte aus. Er hob den Rüssel, machte ihn lang, schnüffelte zwischen den verschlungenen Ranken, schnaubte und brachte ein tiefes Grollen hervor. «Junge, schau hin!», schien er zu murren, als wollte er mir unbedingt etwas zeigen.

Da beugte ich mich vor, schob die Ranken beiseite, lugte ins Gewirr der herabwuchernden Wurzeln hinein und bemerkte die Gestalt. Sie kauerte im Dunkeln, den bloßen Rücken an die Baumrinde gelehnt, die Beine von sich gestreckt, die knochendürren Arme im Laub.

«Namaste.»

Ich legte die feucht werdenden Hände fest vor der Brust

zusammen. Um mir Mut zu machen, begann ich, meinen Namen zu rezitieren.

«Ich heiße Omvishnu Nihar Anup Shivaraju Ravi Lakshman Balachandra», sagte ich mit brüchiger Stimme. «Du kannst mich Bellini nennen.»

Es war ein Mann, klein gewachsen mit lockigem, wild zerzaustem Haar.

«Und das ist Dalee.»

Verstand der Fremde meine Worte? Hörte er sie überhaupt? Schlief er mit offenen Augen, oder starrte er so vor sich hin, weil er zum ersten Mal einen Elefanten sah? War er von unserer Zusammenkunft genauso überrascht wie ich selbst?

«Der Elefant malt, weißt du? Er malt Kreise, richtige runde Kreise, ist das zu glauben? Ich kann es dir zeigen, Onkel, wenn du willst.»

Ich plapperte und plapperte, aber der Mann gab kein einziges Wort zurück. Seine Wangen waren hohl, seine Lippen salzweiß und spröde, sein Blick verschwommen, als hätte sich Nebel darübergelegt. Seine Haut war dunkel und böse von Stichen übersät, jedoch nicht so schwarz wie die glänzenden Leiber der Menschen aus dem Wald. Er trug weder Speer noch Bogen. Seine Hände, deren Nägel weit über die Finger ragten, waren leer. Und so wagte ich mich näher an ihn heran, bis ich schließlich trotz des Barts sein Gesicht erkannte.

«Mein Freund! Gudlak, mein Freund!»

Der Mund stand ihm offen, genauso wie mir. Einen Gruß brachte er jedoch nicht hervor, weder einen Schrei der Freude noch ein erlöstes Seufzen, als ich ihn in seinem Versteck fand. Wo war sein Bauch geblieben, der prächtige, runde Wanst, den er sich gerne rieb? Schüchtern bückte ich mich zu ihm herab und schob einen Zweig beiseite, damit er mich besser sah.

«Gudlak, ich bin es.»

Ich hielt ihm eine Jambolanapflaume hin, die ich auf dem Weg von den Ästen gepflückt hatte. Aber Gudlak nahm sie nicht an. War er durstig? «Dummkopf!», sagte ich zu mir selbst. «Was denkst du denn, Bellini?» Schon fing ich an zu graben, wühlte ein Loch in die Erde, wartete ungeduldig, bis es sich mit ein wenig Wasser füllte, schöpfte es mit beiden Händen ab und flößte es meinem Freund behutsam ein. Nur nicht hasten, dachte ich, Gott weiß, wann er zuletzt getrunken hat. Sein Gaumen musste sich erst wieder daran gewöhnen.

Da zischte etwas aus seinem Mund. Ich schwöre es bei meiner Mutter, die mich geboren hat. Urplötzlich vom Wasser überrascht, sprang eine Echse daraus hervor, ein kleiner grüner Gecko mit bläulichem Schwanz. Er schoss aus der Mundhöhle, die er bewohnte, und verschwand im Laub.

«Gudlak!»

Ich rüttelte an ihm.

«Steh auf!»

Er war nicht kalt. Die Sonne wärmte seine Haut. Gudlak war auch nicht steif und starr, seine Arme schwangen wie Äste im Wind, während ich ihn bewegte, wieder und wieder, hin und her. Käfer und Schnecken fielen aus seinen Locken. Ihm fehlte ein Finger.

«Hoch mit dir! Aufstehen, fauler Hund!»

Doch wie sehr ich auch an ihm zerrte, wie wüst ich ihn schüttelte und verfluchte, Gudlak regte sich um kein Haar.

Ich sah hoch zu Dalee, Tränen der Wut in den Augen.

«Worauf wartest du? Hilf ihm! So hilf ihm doch! Greif ihm unter die Arme! Es ist Gudlak, hörst du? Gudlak, unser Freund! Hilf ihm auf, du dämlicher, zerstreuter Greis!»

Dalee trat näher. Endlich schien er zu verstehen. Warte nur, Gudlak, dachte ich, warte, gleich wird dich der Elefantenbulle wieder auf die Füße stellen. Wir bringen dich nach Hause, zurück nach Maya Bandar, wo dir Mutter heute Abend eine hübsche Mahlzeit kocht. Sie bekommt deinen Bauch schon wieder groß!

Und während ich betete und hoffte, spürte ich, wie sich ein Rüssel auf meine Schulter legte, warm wie eine tröstende Hand. Alles Weinen, alles Schimpfen und Schreien war ohne Sinn. Dalee wusste längst, wer unter dem Banyan saß und dass ihm nicht mehr zu helfen war.

Die Fischer ließen von ihren Netzen, die Pflanzer zogen von ihren Feldern, die Baumfäller blickten raunend von ihren Äxten und Beilen auf. Vater lief mir entgegen und machte böse Brauen, gefolgt von Badshah und den Mahuts, die mit den Armen wedelten. Die Hausburschen rannten den Hügel hinab. Sogar der Sahib und sein Verwalter eilten heran, um zu sehen, warum ein Elefantenbulle entgegen den Vorschriften ins Dorf kam. Und was er da auf den Schultern trug.

«Was ist mit ihm geschehen?», riefen die Dorfbewohner.
«Wo hast du ihn gefunden, Junge?»
«Wieso fehlt ihm ein Finger?»
«So rede doch!»
«Erzähl schon!»
«Raus damit, Bursche, sprich!»

All ihr Fragen und Drängen, ihr Bohren und Betteln jedoch verhallte ungehört. Wer kann reden, wenn ihm die Stimme fehlt? Wer will denken, wenn er bloß vergessen möchte? Wer soll noch fühlen, wenn seine Sinne wie tot und begraben sind? Ich hockte im Nacken des Elefanten, die Augen mit Tränen gefüllt, und hoch oben auf seinem Rücken, festgeschnürt mit Wurzeln und Lianen, lag unser Freund. Seine Arme waren ausgebreitet, sein Kopf schaukelte hin und her, sein erloschener Blick war in den Wolken, die über die Lagune zogen.

Sie legten ihn auf Bast. Sie wuschen ihn mit Brunnenwasser. Sie bürsteten sein gewelltes Haar, salbten ihn mit Butterschmalz und hüllten ihn in helles Tuch. Als sie seinen Leib am selben Tag ans Meeresufer trugen und ihn dort auf Mangrovenholz betteten, durfte niemand weinen. Noch nicht einmal uns Kindern war es erlaubt, zu klagen, zu jammern und seine Reise mit Geschrei zu stören. Münzen steckten in seinen Fäusten, Blumen bedeckten seinen Körper, der mit dem Kopf nach Süden zeigte, dorthin, wo Yama, der Gott des Todes, wartete. Sein Mund war mit Reis gefüllt, damit er niemals Hunger litt, unser Freund auf seiner letzten Fahrt.

Wer trauerte, versammelte sich am Ozean. Wer weiße Kleider besaß, trug sie am Leib. Wer an das Göttliche glaubte, stand da, mit gefalteten Händen, schlug die Augen nieder und lauschte der Stimme des Swami, die laut und gleichförmig erklang.

«Ich verneige mich vor Vishnu, dem Herrn der Welten. Die Erde ist sein Fuß, die Luft ist seine Seele, der Himmel ist sein Bauch, Sonne und Mond sind seine Augen. Osten, Westen, Nord und Süd sind seine Ohren. Das Reich der Götter ist sein Haupt, das Feuer ist sein Mund, das Meer ist sein Magen.»

Während die Worte ertönten, vom Wind der See und von mantrischen Gesängen getragen, schritt unser Vater um den Leichnam herum. Einmal für Wasser. Einmal für Erde. Einmal für Feuer, Luft und Raum. Vater trug einen Topf in den Händen, aus dem geweihtes Wasser tröpfelte. Es rann aus dem Tongefäß wie die Seele, die den Leichnam verließ.

«Er ist Frieden, er ist die Farbe der Wolken, er nimmt Furcht und Leid. Diesem Gott bringe ich mein Gebet der tausend Namen dar. Vishvam, der das Universum selbst ist, Vishnu, der alles Durchdringende ...»

Ich kniff die Augen zusammen, als der Topf in Scherben ging. Vater warf ihn zu Boden und ließ ihn auf einem Stein zerspringen, der aus dem Sand ragte. Nun trat er näher an das gestapelte Mangrovenholz heran und verharrte dort, wo der Kopf des Verstorbenen ruhte. Er verneigte sich vor ihm und nahm eine brennende Fackel.

«Bhuta Bhavya Bhavat Prabhu, der Herr über Vergangenheit, Gegenwart und Zukunft, Bhutakrit, der Schöpfer aller Kreaturen, Bhutabhrit, der Nährer aller Wesen, Bhaavah, der alles ist, Bhutatma, die Seele des Universums ...»

Wie mir das Herz schlug. Ich wusste so viel über Elefanten, so wenig jedoch über die Welt und nichts, rein gar nichts über das Leben und was geschieht, wenn es den Menschen verlässt. Als Vater die Fackel senkte, stand mir die Sonpur Mela vor Augen, der Basar mit seinen Himmelslaternen, auf dem wir Gudlak begegnet waren. Ich sah den Garten des Glücks voller Sandmalven und Ixorasträuchern, den Tag der Limone und das schicksalhafte Elefantenrennen im wirbelnden Staub, die schwankenden Gassen der schwimmenden Stadt, Gala und wie sie in ihrem Totenkleid über dem Schraubendampfer schwebte.

«Svayambhu, der aus sich selbst Geborene, Shambhu, der Geber aller Freude, Aditya, der Strahlende ...»

Das Feuer loderte auf. Es züngelte höher, schien bald darauf in den Gesichtern der Leute wider, und ich las in ihren Mienen. Versuchte zu erkennen, was sie bei sich dachten, was tief in ihnen gärte und nicht ausgesprochen werden durfte, nicht heute, nicht in der Stunde des letzten Lebewohls. Im Geiste hörte ich ihre Stimmen.

Wir hätten ihm helfen sollen, unserem Freund! Aber wir haben ihn verrückt werden lassen! Wir alle zusammen, die wir hier stehen! Bis er sich einen Finger abgeschnitten hat!

Den Finger haben ihm die Menschenfresser abgebissen! Jarawa, Jarawa! Noch ehe sie ihn getötet haben! Und wartet nur, bald holen sie uns auch!

Der Weiße hat ihn auf dem Gewissen, kein anderer als dieser Schweinesohn in Schlips und Kragen. Wäre er nicht gewesen, ich sage euch, Gudlak hätte nie und nimmer das Dorf verlassen!

«Pushkaraksha, der Lotusäugige, Mahasvana, der mit der Stimme wie Donnerhall, Anadinidhana, der frei ist von Geburt und Tod ...»

Vishnus Namen gingen über alle Lippen, rührten jede Seele, vereinten sich zu einem Fluss, und dieser Lauf aus Jammer, Scham und ungeweinten Tränen strömte in jedes Herz hinein, während das Feuer seine flammenden Arme um den Toten schlang.

«Paapa Nashana, der Zerstörer aller Sünden, Samkhabhrit, der die Muschel bläst, Nandaki, der mit dem Schwert ...»

Vater stand im flackernden Schein, reglos, als könne ihn nichts mehr erwecken. Da bückte er sich und griff nach dem Stein, auf dem er den Tontopf zerschlagen hatte.

«Chakri, der den Diskus trägt, Sharngadhanva, der den Bogen hält, Gadadhara, der mit der Keule ...»

Er stemmte den Stein in die Luft, von Funken umschwirrt, hielt ihn hoch in den Händen und wartete ab.

«Rathangapani, der bereit ist, den Diskus zu schleudern, Akshobhya, der Unbesiegbare, Sarvapraharanayudha, der mit allen Waffen gerüstet ist ...»

Und mit dem tausendsten Götternamen schleuderte er den Stein hinab. Vater zerbrach den Schädel des Toten und setzte seine Seele frei. Dann sah er auf, in den verrauchten Himmel, und bat um Segen für seinen Freund. Mögen sie sich eines Tages wieder vereinen, Gudlak und seine Gala.

Schauen. Schweigen, nichts tun und schauen. Gott weiß, wie lange wir nach all den Geschehnissen auf der Korallenmole hockten, in welcher Woche oder an welchem Tag. Der kleine Du und ich, wir saßen bloß da, allein in der Lagune, und ließen die Beine ins seichte Wasser baumeln. Der Himmel hing lichtlos über der See, so schwer und tief umwölkt wie unser Herz, während wir Kiesel warfen. Einer nach dem anderen trudelten sie auf den Grund, nur um sich im Sand zu verlieren.

Die Salzluft erfrischte unsere Lungen, Gischt benetzte unsere Haut, verflog im Wind mit den Tränen, die wir weinten, und ließ ein Glitzern zurück. Und so wie der Indische Ozean alles mit sich nahm, wenn er ans Ufer brandete, Muscheln und Mollusken, Quarz und Kalk, so spülte er auch die alten, grau verhangenen Gedanken fort und trug neue an den Strand.

«Siehst du das Bläschen?», fragte mein Bruder.

Zunächst war es nur eins, ein einzelnes mit Luft gefülltes Bläschen auf dem Blau der Bucht. Vom Wind bewegt, trieb es dahin wie eine winzige Kuppel aus Glas, und wir verfolgten es mit dem Blick. Da fiel ein Tropfen aus den Wolken, und schon erschien ein zweites Bläschen auf dem Wasser. Als die beiden Blasen vor unseren Augen zersprangen, war die See wieder seidenglatt und schön. Doch dann gingen weitere Tropfen nieder und weitere, zu viele, um sie zu zählen. Wasserringe wanderten über das Meer, wuchsen, wohin wir auch sahen, weiteten sich aus und brachten etliche kleinere Ringe aus ihrer Mitte hervor. Feiner, weißer Dunst sprühte über die Bai, Nass plätscherte herab, Nass spritzte wieder in die Höhe.

Wir liefen zu den Kasuarinen und suchten Unterschlupf im Reich der Pflanzen, aber der Regen rann von jedem Blatt und jeder Blüte. Gurjan, Thitpok und Buddhanuss streckten ihre Äste nach den Tropfen aus, die dichter und immer dichter fielen. Nur nicht der Regenbaum, er rollte seine Fiederblättchen ein und ließ die Tropfen frei hinuntersegeln. So berieselten sie das dankbare immergrüne Gras zu seinen Wurzeln.

Das Wasser gurgelte und gluckste. Es schien aus dem Waldboden zu sprudeln wie aus Quellen, staute sich in den Schlammlöchern, durch die wir sprangen, und floss von den Palmdächern herab, als wir das Dorf erreichten. Frösche hüpften über die Lichtung, Zibetkatzen zischten aus dem Grün, Spitzmäuse und Ratten irrten quiekend umher. Der Regen überschwemmte die Wiese und spülte moorbraun unter den Stelzen der Bambushütte hindurch.

«Rein mit euch Kindern!», rief Mutter. «Schnell, schnell, schnell!» Und während sie uns aus den nassen Kleidern half, entzündete Vater eine Kerze.

Wir saßen schweigend um das Licht herum, das im Tiegel brannte, und hüteten es wie ein Geheimnis. Der große Regen verschlang jedes Wort. Keine Stimme drang mehr aus dem Dorf, kein Geschwätz und kein Gebetsgesang, kein Ziegenmeckern, kein Gackern der Hennen, kein Entenschnattern, kein Äänk-äänk-äänk der Rotköpfe in den Zweigen, kein Pi-pi-wieeh-wieeh der Schlangenweihe über den Sümpfen der Mangroven.

So ging es tagelang. Alles Leben in Maya Bandar war gedämpft vom ewigen Rinnen und Rauschen, vom Tröpfeln und Trommeln, vom Pochen, Peitschen und Prasseln auf dem Blätterdach. Ob die Mistress noch auf ihrem Flügel spielte? Durch den Regen drang kaum ein Ton. Aber wenn sie ihre Finger doch auf die Tasten legte, sei es morgens, während die Diener über die beschlagenen Spiegel wischten, oder abends, während der Swami im regendampfenden Küchenschuppen in den Töpfen rührte, ließ sie ihre Lieder flüsternd erklingen, leise und bedrückt.

Auch unser Vater war tief in Gedanken. Immer wieder trat er vor das Haus und blickte auf. Er betrachtete den Himmel und las in den Wolken, die grau und träge vorüberzogen.

«Schwarz müssen sie sein», sagte er zu sich selbst.

«Wie schwarz denn, Vater?»

«Schwärzer als die dunkelsten Schatten der Bäume.»

Es war der erste tropische Monsun, den wir Kinder erlebten, und er kam wie ein Ungeheuer über die Insel. Seine Winde zerwühlten das Meer, seine Wellen trugen losgerissene Palmwedel und Kokosnüsse über das Riff, zerschlugen sie auf den Uferfelsen und betteten sie wie Opfergaben auf dem Seetang, der sich feucht und verfaulend in der Lagune häufte. Der Sturm heulte in den Felsenriffen, fuhr in der Nacht über uns hinweg, zerrte mit harter Hand an Dach und Giebel, knisterte im Holz und knarrte unheilvoll in den Bambusstreben unserer kleinen, schiefen Hütte, ohne dass seine Kräfte schwinden wollten.

So gingen die Tage des Regens dahin, bis wir Brüder glaubten, alles, was wir liebten, sei verloren und für immer vorbei. Die Sonntagsschule unter dem großen Banyan? Geschlossen. Unser Platz auf dem Hügel zwischen Ginster und Butterbäumen? Fortgewaschen. Die Grube im Wald? Überspült. Die vertrauten Orte unserer Inseljugend, Sanju, Manju und all die anderen Freunde in ihren Häusern, sie schienen mit einem Mal so fern und unerreichbar wie die Sterne. Sogar der Mond und die Sonne verschwanden in den monsunischen Wassern und leuchteten nicht mehr. Land, Luft und See kehrten sich gegen uns, mit aller Wildheit und Gewalt, und während wir Schulter an Schulter im Kerzendunkel kauerten, fanden wir uns regenverdrossen damit ab.

Einmal ging der Himmel auf. Er öffnete sich einen Spalt und leuchtete tiefblau zwischen den Wolken hervor. Was die Götter sahen, als ihr Blick nach so langer Zeit herab auf die Insel fiel, schien ihr Herz mit Freude zu erfüllen. Und so bliesen sie das hässliche Grau beiseite, bis es war, als hätte der Sommer nach Maya Bandar heimgefunden.

Die Winde der Tropen ließen nach, der große Regen verrauschte, die ewige Nacht wurde unverhofft zum Tag, und nicht lange, da hüpften wir Kinder durch die hundert Pfützen auf der Wiese im Wald, inmitten von Laub, Zweigen und Palmblättern, die ringsum von den Dächern herabgeweht worden waren. Die Bäume sogen das Licht auf, das Andamanengrün wirkte reicher, üppiger und satter als je zuvor. Die Lagunenfischer lugten mit blinzelnden, vom Meereslicht gebleichten Augen aus ihren Hütten, während sich die Pflanzer, die gewöhnlich auf den Reisfeldern schwitzten, verwundert auf ihren schwieligen Fußsohlen im Kreise drehten. Wohin sie auch blickten, dampfte es. Der feuchtheiße Dschungel fieberte in der neugeborenen Sonne.

«*Beta!*», rief Vater und schwenkte den Elefantenhaken über dem Kopf. «Komm, mein Sohn! Komm!»

Aber ich tat, als könnte ich seine Stimme nicht hören. Statt brav zu folgen, rannte ich mit Sanju, Lila, Nur, Kapur und dem kleinen Du umher. Immerzu von Wasserlache zu Wasserlache wie Weinbauern nach der Lese, die ihre Trauben mit bloßen purpurroten Füßen stampften und ihren Saft in die Höhe spritzen ließen. Bei allem Freudentaumel, bei allem Jagen und Toben, bei aller plötzlich zurückgewonnenen Freiheit, die wir genossen, entging uns jedoch, dass etwas anders war. Anders als vor dem großen Regen. Kein Vogel sang, kein Käfer brummte, keine Biene schwirrte um die Blumen von Maya Bandar, und keine Fliege surrte in unserem Ohr. Nicht ein einziger Falter hob seine Schwingen, um durch die schwere, erstickende Luft zu flattern. Über dem Ort des Friedens, wie sie ihn nannten, lag eine beklemmende Leere, ein drohendes, unheimliches Nichts.

Pfiffe gellten aus dem Wald, Schreie zerschnitten die Stille, heisere Rufe drangen aus hundert Kehlen. Das Camp der Baumfäller erwachte in der Ferne, wo die Männer johlend ihre Beile schwangen, während die Flößer am Meeresrand zu ihren Staken griffen, um jeden über die Wellen zu rudern, der bei Kräften war. Auch die Mahuts machten sich ans Werk, und mein Vater, der die Geduld verlor, eilte ihnen fluchend nach.

«Junge! Wirst du wohl?»

Erst als die große, bronzene Glocke unter dem Giebeldach des Hauses auf dem Hügel schlug, begriff ich, was geschah. Doch da war Vater längst ins Dickicht der Ranken und Blätter getaucht. Ich rannte ihm nach, mit kurzen, flinken Schritten in der Spur, die er im Lehm hinterließ. Der Weg durch den Dschungel war verwuchert und verwaschen, umgeknickte Bäume lagen im seifigen Laub. Von jeder Pflanze tropfte es herab, und Wasser stand zwischen den Wurzeln wie in Wannen und Becken. Nebelschleier zerstreuten das schwebende Licht der Sonne. Fabelwesen in den grellsten Farben, die mir nie zuvor begegnet waren, kreuzten kriechend und krabbelnd den Pfad, als hätte ihnen der Regen das Leben geschenkt. Ich verirrte mich, suchte nach Fußabdrücken, geriet über den Schlingen einer Würgefeige ins Straucheln und lag wenig später im Matsch, wischte mir den Dreck aus dem Gesicht, sah erschrocken an mir herab, spürte die Ringelwürmer an meinen Waden.

«Hoch!», rief Vater wie aus dem Nichts und stellte mich wieder auf die Füße. «Los, weiter, Junge!»

Und so liefen wir, der Elefantenmann und sein Sohn, begleitet von den leise verhallenden Tropfen im triefenden, regenverwunschenen Wald. Als wir den Weideplatz am Wasserlauf erreichten, raschelte es im Gras. Ein Grollen ertönte, so satt, dass es uns tief in den Magen fuhr und die übermannshohen Halme vor unseren Augen erzittern ließ. Vater streckte sich, spannte die Muskeln an, blies den Brustkorb auf und sprach mit fester, beschwörender Stimme.

«Zeig dich! Zeig dich uns! *Aajaa, aajaa*, komm schon, komm, alter Freund!» Da trat der Große Graue heran, stampfend und schnaubend. Dalee war wie von Moos bewachsen. Grün überzog seinen Buckel, als bäumte sich ein Gebirge über uns auf mit all seinen Wäldern, Wiesen und Höhen.

«Sollen wir Kokosschalen holen, um ihn zu schrubben?»

Mit arglosen, runden Augen sah ich zu meinem Vater auf, doch er brummte bloß und wies auf den Bach, aus dem die Elefanten tranken. Eben war er noch sanft und klar über flache Steine geflossen, nun aber trieben Bläschen auf dem Wasser, winzige, gläserne Kuppeln, die sich rasch vermehrten. Beim Allmächtigen, dachte ich mir, während

Tropfen um Tropfen fiel, er kehrt zurück. Der große Regen kehrt zurück. Schon verschluckte er das Licht und tauchte den Wald in ein stumpfes, schwindendes Blau. Wir stiegen auf den Elefantenrücken, ritten durch den Dschungel, der dämmernd verblasste, und so jäh, wie der Tag gekommen war, wandelte er sich wieder zur Nacht.

Ein scharfer, salziger Wind brauste über die Insel, bewegte die Wipfel, ließ die tausendjährigen Bäume schwanken, schickte hohe und immer höher brandende Wellen an den Strand, umtost von mahlendem Donner in der Ferne. Ich konnte es spüren, etwas Großes, Dunkles, Urmächtiges ballte sich über den Bergen von Mittel-Andaman zusammen. Und als sich das Reich der Pflanzen lichtete, sah ich sie, düster vor einem drohenden Himmel, die schwarzen Wolken.

Im Camp der Baumfäller roch es nach Glut. Fackeln und Feuerbecken brannten im Wind, der sich Böe um Böe wie ein Atem hob und senkte. Rauch umwehte den schattenverhangenen Ort und ließ Mensch und Tier wie Trugbilder erscheinen. Axtschwinger wetzten ihre Schneiden, Antreiber brüllten: «*Chalo, chalo!*», und gaben Speere mit eisernen Spitzen und Haken aus. Die Mahuts rüsteten ihre grauen Gefährten, legten Brustriemen, Geschirr und rasselnde Ketten an, bis Raja, Mahakali und Dalee, mit Bast und Balsaholz gesattelt, wie Kriegselefanten wirkten.

Und so scharten sie sich im Schein der Feuer zusammen. Biharis und Bengalen, Keralesen und Tamilen, Hindus und Moslems, Christen und Sikhs, Buddhisten und Jaina, Brahmanen und Kshatriyas, Vaishyas, Shudras und Dalits. Die Kinder des Dschungels, bereit, in die Schlacht zu ziehen.

«Trupp eins – nach Norden!», rief der Sahib, während Mister Demello mit lauter Stimme übersetzte. «Trupp zwei – nach Nordwesten!»

Der Direktor und sein Verwalter standen da wie General und Offizier. Nun lag es endgültig in ihren Händen, das kleine Indien am Rande der Welt, und sein Schicksal wog schwerer als je zuvor. Seit sie über den Ozean gefahren waren, um auf dieser Insel zu landen, hatten sie jede Woche über die Lagune geblickt, die Wolken studiert und sich nichts weiter ersehnt als diesen Tag. Den Tag der Ernte.

«Trupp drei – westwärts!», hallte es durch den Regen, und Vater wiegte den Kopf. Wir brachen auf, hinein in die sturmtobende Nacht der schwarzen Wolken, der Elefant voraus, über die Zugpfade der gefällten Bäume, und in seinem Rücken Dutzende Männer mit Fackeln, Speeren und dem Mut der Krieger in den Augen. Einer von ihnen war Badshah, der Ranchi, mit seinem Messer. Doch aus dem Dunkel der gewitterschweren Luft schälten sich noch weitere wohlbekannte Gesichter: die drei ehemaligen Gefangenen.

«Sie sind kräftig», sagte Vater, «und sie verstehen sich auf ihr Handwerk, Junge. Wie sollten wir auf sie verzichten?»

Also marschierten sie an unserer Seite, der Narbige, One-Hand-Joe und Arvind, ob er nun ein Mörder war oder nur ein einfacher Briefeschreiber, der den Preis bezahlt hatte, den das Leben verlangte. Diesmal tranken sie nicht, zogen keine Grimassen und zischten auch keine Flüche. Die Männer stimmten ein Lied an, das die Wanderung durch Wind und Regen untermalte. Es erzählte von einem Stern aus Stein, von Hunderten lichtlosen Zellen, vom Verlorensein, von Stiefeltritten im Schatten der Palmen, von

Peitschenhieben und von dem innigen Wunsch, ehe der Morgen kommt, im schwarzen Wasser zu ertrinken.

Nach einer Stunde gelangten wir an den Fluss, der sich durch den Dschungel schlängelte. Da leuchtete der Himmel auf, und für die Sekunde, die vergeht, wenn sich ein Blitz entlädt, sah ich Rosenholz, Ebenholz und Sandelholz, Stamm für Stamm im Flussbett gestapelt. Die höchsten Bäume der Welt, das wertvollste Holz auf Erden, der große, lang gehegte Traum eines Kaufmanns aus Bengalen, den sie den Mann der Wunder nannten.

«Da liegen hundert Lakh und mehr!», sagte Vater. «Ein Fluss voll Gold.»

Landauf, landab loderten Feuer. Dort, wo sich der Strom gabelte, dort, wo er sich schlängelte, wo er sich verengte, wo Klippen spitz aus dem Gewässer ragten und Geröll den Lauf erschwerte. An all diesen Punkten, flackernd erhellt vom Schein der Fackeln, hielten Menschen und Elefanten aus. Kauernd in der Windeskälte, fluchend vor Ungeduld, hungrig und mit nass glänzender Haut wachten sie über den Schatz der Tropen.

Der Fluss umspülte das Holz bereits, doch um die gewaltigen Baumstämme aufzuschwemmen und hinunter in die Meeresbucht zu tragen, war er noch viel zu schwach.

«Warte nur, mein Sohn», sagte Vater und blickte in die schwarzen Wolken.

Wenn es eines gibt, das ich im Leben niemals vergessen werde, dann den Moment, als die Wolken brachen. Die Kraft, die sie entfesselten, den Donnerschlag, den Lichtertanz der gleißenden Blitze, die den Himmel zerschnitten wie Klingen. Das Prasseln des Regens, das Brausen des Sturms, das Prusten der Elefanten, die rauen, abgerissenen Stimmen der Männer, das Knarren und Knarzen der Baumstämme, während sie sich in den Fluten erhoben und flussabwärts trieben wie ein Strom aus Holz. Stunden hatten wir ausgeharrt, und jetzt rollte das Wasser heran, als hätte es einen Damm gesprengt.

Badshah und die drei Männer aus Port Blair lauerten wie Speerfischer am Ufer, die Beine breit, die Knöchel im Schlamm versunken, den Blick auf die Stämme gerichtet, die ächzend und knirschend vorüberwogten, während der Fluss eine Schleife zog. Er rauschte aus den Bergen hinab und wechselte vor ihren Augen den Lauf, geradeso als kletterte er auf umgekehrtem Weg wieder in die Höhe. Sobald sich das Holz in der Biegung verkantete, wenn es sich gefährlich drehte und den Lauf ins Stocken brachte, schlangen sie Kokosseile um ihre Hüften. Sie stiegen die lehmige Böschung hinunter, traten an den reißenden Strom heran und versuchten, die Baumstämme mit den Spitzen und Haken ihrer Speere zu befreien, schiebend, stoßend und zerrend.

Dalee stand mit dem Rücken zum Wasser. Er war der

große graue Fels in der Brandung, der Puppenspieler, der die Männer im Regen an ihren langen, straff gespannten Schnüren hielt. Ihre Seile waren mit seinem Zaumzeug verknüpft und bewegten sich nach den Befehlen meines Vaters. Rief er «*Picche, picche!*», ging der Elefant rückwärts an den Fluss heran und gab mehr Leine. Auf «*Age, age!*» stemmte er sich in den Morast und schritt brüllend voran, um die Männer schleunigst aus dem Weg zu ziehen, ehe sie von den triftenden Stämmen erfasst und hinausgeschwemmt wurden, fort ins schwarze Nichts. Ich war so stolz auf Dalee. Der Elefant hatte kaum gefressen, war erschöpft und triefend nass wie jeder von uns und dabei so voller Eifer, als wüsste er genau um die Bedeutung dieser Stunde. Ohne ihn waren Badshah und die anderen dem Tod geweiht, ohne ihn war das Gold der Andamanen, die Ernte eines ganzen Sommers, verloren. Ohne ihn war der Ausgang unseres Abenteuers mehr als ungewiss.

«Junge, die Kette!», hörte ich Vater schreien, und mein Blick fiel auf den Fluss aus Holz. Obwohl sich die Männer mit ihren Flößerhaken nach Kräften streckten, lag ein Urwaldriese quer. Wie ein Keil klemmte der Baum in der Biegung fest und ragte über dem sprudelnden Wasser auf.

«Hol die Zugkette! Schnell!»

Da sank ich auf die Knie und tastete in der schwarzen, durchweichten Erde, während sich die schwimmenden Stämme übereinanderwälzten. Meine Hände zitterten, die Eisenkette des Elefanten war kalt und schwer. Ich packte sie mit beiden Fäusten, zog sie Stück für Stück aus dem Schlamm, legte sie in Schlingen und schleppte sie mit weißen Fingerknöcheln und gekrümmten Beinen an den Rand des Stroms, der nur mehr ein einziges Splittern und

Bersten war. Als Badshah im Fackelschein nach der Kette griff, erhob sich ein rumorender Wall aus Holz über dem Fluss. Doch der Ranchi ließ nicht den Hauch eines Zögerns erkennen. Von Raunen und regenerstickten Rufen begleitet, balancierte er über die rollenden Bäume, die sich in den Fluten stauten, schlang die Kette um den störrischen, halb aufgerichteten Urwaldriesen und machte sich eilends zurück ans Ufer.

«*Age, age!* Vorwärts, vorwärts!»

Vater presste seine Zehen hinter die weit aufgestellten Elefantenohren, und ich sah, wie Dalee kämpfte. Wie er zog und zerrte, wie er rüttelte und riss an dem Stamm, der den Strom blockierte, während die Männer ihre Speere zwischen die verkanteten Hölzer stießen. Der Große Graue gegen einen grimmenden Fluss, ein einzelnes Geschöpf des Allmächtigen gegen die ganze Gewalt der Elemente. Der Regen trommelte unablässig herab, der Fluss schien zu brodeln, der Bulle grollte und bebte, aber der Baum bewegte sich nicht.

«Rauf mit dir!», rief Vater. Er beugte sich vom Elefanten herunter und streckte den Arm nach mir aus. «Los, Junge, nimm meine Hand! Sie schaffen es nicht allein!»

Einen kräftigen Ruck später saß ich auf dem Thron des Mahuts, oben auf Dalee. «*Ganesh sharanam, sharanam Ganesh*», sprach Vater mit flüsternder Stimme, und ehe ich einen klaren Gedanken fassen konnte, reichte er mir den Elefantenhaken, den er sein Leben lang bei sich getragen hatte. «Möge Ganesh dich beschützen.» Mit diesen Worten schwang er sich vom Rücken des Bullen, nahm einen Speer und kletterte die Böschung hinab, um den Männern am Fluss zu helfen.

Blitze zerrissen die Nacht, Regen stürzte aus den Wolken. «*Aajaa, aajaa*», rief ich, «komm schon, zieh, zieh, nun zieh doch! Zieh!» Aber sosehr sich Dalee auch gegen die Kraft des Wassers stemmte, er kam um keinen Schritt voran. Je mehr ich schrie, umso näher rutschte der Elefant an den malmenden Fluss, während ich hilflos auf seinen Schultern hockte. Gudlak, betete ich und blickte gen Himmel, der sturmdunkel über dem Dschungel hing. O Gudlak, mein Freund, wo auch immer du jetzt bist, ich flehe dich an, schenk uns Kraft. Meinem Vater und dem Großen Grauen, Badshah und den Männern, die sich die Knöchel verstauchen und Wirbel verdrehen, dem Narbigen, dem Schimmeligen und One-Hand-Joe, mag er auch ein Scheusal sein.

«Junge!»

Vaters Stimme schnitt durch den Wind.

«Nimm den Haken!»

Ich hörte seine Worte, sah die Furcht in seinem Gesicht, verstand, was er mir sagte. Bei Shiva, nur noch wenige Fuß, dann hatte Dalee den Rand des Wassers erreicht. Wenn nichts geschah, würde ihn der Baumstamm rücklings in den Abgrund zerren, hinein in den Fluss aus Holz.

«Tu es, mein Sohn! Du musst es tun! Sofort!»

«*Om gam ganapataye namaha*», wisperte ich und hielt den Elefantenhaken in der Faust umschlossen. «*Om gam ganapataye namaha.*»

«Mach schon, Junge!»

Bellini, tu es, sagte ich zu mir selbst. Tu es jetzt! Sei stark wie dein Vater, wie der Vater deines Vaters und der Vater des Vaters deines Vaters. Ich hob den Haken in die Gewitterluft, bereit, die gewaltige, göttliche Kraft des Großen

Grauen zu wecken. Aber warum fühlte sich die Klinge so falsch an, so furchtbar falsch? Dalee sollte doch mir gehorchen und nicht dem Haken in meiner Hand.

«*Haramzada!*», hörte ich ein Fluchen. «Du elender Sohn des Unglücks!»

Es war One-Hand-Joe. Der alte Kettensträfling stapfte die Uferwölbung hinauf und kam wütenden Schrittes auf mich zu. Er packte seinen Speer, stieß ihn dem Elefanten geradewegs zwischen Rumpf und Bein, dorthin, wo er am verletzlichsten war, und tat, was ich nicht tun konnte. Schon heulte Dalee auf. «*Chalo, chalo!*», riefen die Männer am Fluss. «Bewegt euch, los, los!» Sie kappten die Kokosseile um ihre Hüften und rannten beiseite, durch Schlick und Schlamm, während der Boden des Waldes erzitterte, als könnten sie spüren, wie sich der Erdball unter ihren Füßen drehte.

«Zieh, zieh!», brüllte ich und klammerte mich an die Stirn des Elefanten. «Zeig, was du kannst, mein Freund, zieh!»

Dalee ging unter mir in die Knie. Er senkte das Haupt und drückte es zur Brust, bis sich sein Buckel wölbte und die Muskeln hoch oben über den Schultern zusammenballten. Ein Knirschen und Krachen fuhr durch die Finsternis. Der Baumriese brach frei, und mit jedem Fuß, den der Elefant über den Boden schwang, wieder aufsetzte und spreizte, lockerten sich die verkeilten Stämme. Unter dem Triumphgeschrei der Männer kam der Fluss aus Holz wieder in Fahrt.

Ich lachte. Allmächtiger, ich war so voller Glück. Wer würde ihn jetzt noch als Greis beschimpfen, den Großen Grauen? Wer wollte einen weiten, verächtlichen Bogen um ihn machen? Heute, am Tag der Ernte, hatte jeder erlebt, wozu Dalee fähig war, und schon bald, wenn das Flößen getan wäre, würden die Dorfbewohner vom «Wunder von Maya Bandar» reden und ihn mit Reis und Blüten empfangen. Waren es Regentropfen oder Freudentränen auf meinen Wangen? Ich stellte mich auf den Kopf des Elefanten, streckte die Arme in die Höhe, und hätte ich einen Hut besessen, ich hätte ihn jubelnd in die Luft geworfen.

«Vater!», rief ich. «Sieh doch! Wir haben es geschafft!»

Aber er machte böse Brauen.

«Nicht doch, Junge! Halt dich fest!»

Da rieb der Große Graue sein fünftes Bein. Von Zorn erfüllt, der in seinen Augen funkelte, stieß er ein Brüllen aus, wie es die Insel noch nie zuvor gehört hatte. Er bäumte sich auf, schüttelte wild den Schädel, schwang den Rüssel und streckte One-Hand-Joe mit einem Wisch nieder. Ich verlor den Halt, stürzte vom Elefanten herab, landete im Schlamm zu seinen stampfenden Füßen und schlug die Arme über dem Kopf zusammen.

Als ich zu mir kam, halb blind vom Regen, und mir den Dreck aus den Augen rieb, sah ich Papaji. Er beugte sich über mich und reichte mir lächelnd die Hand, von Herzen froh, dass ich noch lebte. In seinem Rücken jedoch zog ein Schatten herauf. Zwei große, geschwungene Stoßzähne glänzten im Licht des Gewitters, einer spitz, der andere wie abgebrochen. Dalee näherte sich meinem Vater. Er grollte und bohrte ihm das Elfenbein mitten ins Fleisch.

Damals überkam mich ein seltsamer Schwindel. Jene Ohnmacht, die der Mensch empfindet, wenn der Mond die Sonne verdunkelt. Wenn alles so tut, als sei es Nacht, wenn es urplötzlich kalt wird und die Fledermäuse in den Höhlen erwachen, wenn die Planeten am Firmament erscheinen und vom Licht des Himmels nicht mehr als ein Strahlenkranz verbleibt.

Ich suchte die Tränen, aber ich konnte nicht weinen, als Vater vor meinen Augen niedersank. Es roch nach seinem Blut. Die Wunde, die er sich mit beiden Händen hielt, dampfte im Regen, während der Elefant still in seinem Rücken verharrte. Er stand bloß da, mit leerem Blick, und wartete auf seine Strafe. Schon stiegen die Männer aus dem Fluss. Auch One-Hand-Joe erhob sich wieder und fasste nach seinem Speer. Sie umzingelten den Bullen und stachen auf ihn ein, bis ich den Anblick nicht mehr ertrug und sich alles um mich herum ins Dunkel kehrte.

Der Direktor wollte Dalee erschießen. Er lud seine Jagdbüchse, fluchte und schien dabei zu vergessen, wie schwer es ihm fiel, etwas Totes zu sehen. Da ergriff Mister Demello das Wort. «Sir, Sie riskieren eine Meuterei!», sprach er in ungewohnt scharfem Ton, und der Sahib konnte dankbar sein für diesen Rat. Was hätte es wohl für die Hindus bedeutet, wenn ein Indischer Elefant, das Symbol für göttliche Größe, kaltblütig ermordet worden wäre, noch dazu von einem Weißen?

Die ehemaligen Gefangenen aus Port Blair wollten Dalee vergiften, heimlich und leise, um die Dorfbewohner glauben zu machen, der alte, unberechenbare Bulle sei an einem schlechten Magen verstorben. Sie stahlen sich in den Wald, fingen eine Andamanenkobra ein, hielten ihren Kopf zwischen Daumen und Zeigefinger und ließen sie in den Hals einer Toddyflasche beißen, um sie zu melken. In dem Gift der Schlange tränkten sie Gur, aber der Elefant beschnupperte den zuckrigen Köder bloß und ließ ihn liegen.

Die Mahuts wollten Dalee vertreiben. Sie jagten ihn mit Peitschenschlägen, Knallkörpern und Feuer durch den Dschungel. Eine lange, von Schreien zerrissene Nacht ging es so, und am Morgen, als sie glaubten, der Große Graue würde sich niemals wieder in die Nähe von Maya Bandar wagen, begegneten sie ihm am Wasserlauf wieder, im Gras, wo Mahakali, Raja und die anderen Elefanten weideten.

Schließlich ketteten sie Dalee an einen Kasuarinenbaum. Dort blieb er von nun an und sah aufs Meer, jenes Meer, das er so liebte.

Vater wälzte sich tagein, tagaus in Fieberträumen, halb wachend, halb schlafend. Zaubersteine, geweihte Knochen und Tinkturen hielten seinen Leib am Leben, während sein Geist unter den beschwörenden Mantras von Swami Supari durch das Reich der Toten wandelte. Wir Brüder knieten im Kerzenlicht an seinem Lager, entzündeten Räucherstäbchen, wechselten seine Bandagen aus Bambusfasern und ließen ihn an einem Leintuch saugen, das wir in Brunnenwasser tränkten, damit er nicht am Durst zugrunde ging. Wir nahmen die Tropfen auf, die leichenkalt von seiner Stirn perlten, und sahen dem Flimmern seiner Augen unter den geschlossenen Lidern zu.

«Schlechter Mahut, toter Mahut», hörte ich Vater sagen, während ich meine Gebete zum Himmel schickte. Konnte er auch nicht reden, so ahnte ich doch, welche Gedanken ihn im Traum bewegten. Hätte Vater den Elefanten schonen sollen, statt ihn durch Wind und Regen zu treiben? Aber wäre er dann nicht bestraft worden, weil er gegen die Regeln des Direktors verstieß? Hätte er One-Hand-Joe bremsen müssen, bevor er den Elefanten mit der Speerspitze stach? Aber wäre Dalee dann nicht in den Fluss gestürzt, weil ich, sein verweichlichter Sohn, versagt hatte? War es falsch, dem Elefanten den Rücken zuzudrehen, um mir die Hand zu reichen? Aber wen hätte die Wut des Bullen wohl dann getroffen?

Einmal flüsterte mir der kleine Du ins Ohr: «Was, wenn Vater nicht mehr aufsteht?»

«Nie wieder? Meinst du das?»

«Ja», sagte er. «Wenn er schläft und schläft. Glaubst du, wir können ihn mal wecken? Vielleicht an meinem Geburtstag? Nur für ganz kurze Zeit?»

Mutter kümmerte sich um das Haus. Sie schnitt ihre Lavendelpflanzen, erntete Früchte, um Saft zu pressen, und umhegte ihre Liebsten noch selbstloser als zuvor. Wie Durga, die Allmutter, schien sie über acht göttliche Arme zu verfügen. Sie tat, was zu tun war, als hätten ihre seegrünen Augen längst kommen sehen, was früher oder später geschehen würde, seit dem Tag, als sie einem Elefantenmann die Hand fürs Leben reichte.

Einmal schnürte sie ein Bündel. Mutter hatte Gulab Jamun gerollt, ihre süßen Teigbällchen, und schlug die Leckereien wie gewohnt in ein pistaziengrünes, dann in ein pflaumenfarbenes Tuch ein. Noch dazu reichte sie mir einen Tontopf mit Rabri, garniert mit Gewürzen und Nüssen.

Das Essen war nicht für mich bestimmt.

«Geh ans Meer, mein Sohn, und bring es ihm», sagte sie. «Worauf wartest du? Er gehört zur Familie.»

An seinem Elfenbein klebte noch Blut. Keiner hatte es abgewaschen. In seinen Wunden nisteten Fliegen. Keiner hatte sie gespült und mit heilenden Kräutern versorgt. Seine Haut war so von Sonne, Salz und Wind zerfurcht wie ein Wüstenboden, keiner hatte den Elefanten an den Fluss geführt, um ihn dort zu baden. Und weil ihn niemand nährte und tränkte, blieben ihm bloß die Blätter, an die er gelangte, die Kokosnüsse der Palmen, die ihm gnädig vor die Füße rollten, und die Rinnsale, die sich durch den Sand der Meeresbucht schlängelten, wenn es dämmerte und mit den Wolken der Abendregen kam.

Als er mich sah, neigte Dalee den Kopf. Er beugte die Knie, zunächst die hinteren, dann die vorderen, und sank in den Schatten des Baumes, an den er gefesselt war. Ich hatte ihn nie so klein erlebt, den Großen Grauen. Er war von einer solchen Traurigkeit, so von Schuld und Schamgefühl umfangen, dass er sich vor mir ergab und mit einem klagenden Laut auf die Seite fallen ließ. Ich hielt mich von ihm fern und umklammerte Vaters Elefantenhaken in der Faust. Zu nahe waren die Erinnerungen an die schwarzen Wolken, an die treibenden Stämme im Sturmgewitter, an das Gesicht von Papaji, während er mir die Hand reichte, und den Stoßzahn, der ihm in den Rücken fuhr wie ein Dolch.

«Dalee», sagte ich, «was hast du getan?»

Ich setzte mich auf einen Ast, der kalkweiß in der Sonne

leuchtete, siebte Sand zwischen den Fingern und studierte den Elefanten. Er schien so friedlich, wie er dort lag, so ergeben und treu. Der Dämon, der ihn brüllen, toben und beinahe töten ließ, war fort. Nach einer Weile erhob sich Dalee, schenkte mir einen wohlwollenden, honigfarbenen Blick und streckte den Rüssel nach mir aus, um mich zu beschnauben. Seine Ohren fächelten im vertrauten Rhythmus der Melodie, die mein Vater so liebte. Als Dalee erkennen musste, dass er mich an seiner Kette nicht erreichte und ich um keinen Schritt näher kam, rollte er mir eine Kokosnuss zu. Doch Dämonen verschwinden nicht, sie wechseln nur den Wirt. Und je länger ich den Elefanten betrachtete, das Gelb in seinen Augen, das Schwarz der Insekten, die ihn umschwirrten, das dunkle, geronnene Rot an der Spitze seines Elfenbeins, umso mächtiger spürte ich das Böse in mir selbst.

«Bastard!», rief ich ihm entgegen. «Die Fliegen sollen dich fressen, Dalee! Totmachen sollen sie dich!»

Ich bewarf den Bullen mit dem Essen, das Mutter für ihn gekocht hatte, spuckte vor ihm aus und wanderte zurück ins Dorf. Kaum war jedoch der neue Tag geboren, reichte sie mir das nächste Bündel und schickte mich wieder in die Lagune. So ging es von nun an Morgen für Morgen. Meine liebe Mutter schnürte ihre Leckereien und gab nicht nach. «Junge», sagte sie und sah mich an. «Tu es für ihn. Tu es für deinen Vater.» Sie wusste, dass ich mich schon fügen würde, wenn die Wut irgendwann der Erkenntnis wich.

Und weil mich niemand besser kannte als meine Mutter, ließ ich das Fluchen früher oder später sein. Ich verbiss mir den Zorn, blinzelte das Brennen aus den Augen, hockte mich schweigend in den Sand und begann, die Nägel des

Großen Grauen zu feilen, machte spitze Finger und fischte die Maden aus seinen Runzeln, schrubbte seine Haut, schöpfte Brunnenwasser und setzte ihm Kübel für Kübel vor.

«Der Elefant ist ich, und ich bin er», hatte Vater einmal gesagt. Also tat ich, was ich am besten konnte.

Vater hätte mich sehen sollen. Den Brei, den ich kochte, die Elefantenknödel, die ich rollte, die Mangos, Bananen und Beeren, die ich sammelte, die Fischschwanzpalmen und den Bambus, den ich in Dutzende Stücke zerteilte und Dalee zu Füßen legte. Ich tat alles genauso, wie ich es gelernt hatte, war Heiler, Futterschneider und Priester zugleich, sprach mit besänftigender Stimme zu den Geistern, die um den Großen Grauen kreisten, biss in den ersten Knödel aus Reis, Melasse und Blättern selbst hinein und spuckte ihn wieder aus, um den Elefanten vor dämonischen Flüchen zu bewahren. Ich prüfte seinen Rüssel auf Schwellungen, fühlte die Wärme an seiner Brust, zählte die Elefantenkugeln, die er fallen ließ, und schaffte sie mit den Händen fort. Ich suchte nach Tamarinde, Gelbwurz und Niem, um seine Wunden zu kurieren, seinen Bauchfluss zu mäßigen und die schmerzenden Wurzeln seiner Stoßzähne zu beruhigen. Ich salbte die Ränder seiner kummervollen Augen und sang ihm Wiegenlieder, wenn er nicht schlafen konnte, während die Sonne sank und seinen Buckel rot, violett und purpurn malte.

Es waren meine dunkelsten Tage und Nächte – ohne Träume, ohne Stern am Himmel, ohne Glauben daran, dass alles noch einmal gut werden könnte. Wie ich mich schämte, wie ich innerlich schrie, wie sehr es mir das Herz zerriss, den zu umsorgen, der meinen Vater so verletzt und verraten hatte. Doch wenn ich mich heute daran erinnere, an den Schmerz, den ich empfand, und all die Tränen, die ich den Elefanten niemals sehen ließ, dann kommen auch sonnige, leuchtende Tage vor meine Augen, Tage der Klarheit und Liebe, und ich bin dankbar dafür, dass ich sie erleben durfte.

Mal wollte Dalee nicht fressen. Ich konnte ihn mit den weichsten Blättern, dem reifsten Obst und dem süßesten Gras locken, das auf der Insel wuchs, der Elefant rührte nichts davon an. Mal schlang er die Früchte und Pflanzen nur so hinunter, bis zum allerletzten Stängel und Stiel, und verlangte gierig nach mehr. Kaum hatte er jedoch die zweite Mahlzeit verspeist, die ich ihm bereitete, forderte er auch schon die nächste ein.

«Dalee!», sagte ich und ertappte mich bei einem Schmunzeln. «Du hast doch gerade erst gegessen, alter Freund!»

Der Große Graue aber starrte mich an, als wüsste er gar nicht, wovon ich sprach. Das Spiel ging so lange, bis er grün wurde, so grün wie einst auf dem Schraubendampfer. Dann rumorte es in seinem Magen auf eine solche Weise, dass ich hinter einen Baumstamm floh und betete. Oder aber sein gewaltiger Magen blieb gefährlich still, und ich massierte ihn mit Händen, Fäusten und Fingerknöcheln.

Nicht selten verlor der Elefant den Mut, gequält von seinen Fesseln, und ich redete ihm gut zu. Er mochte es, wenn ich ihm Geschichten erzählte. Dalee sank in den Sand, der seine Muskeln und Gelenke wärmte, ließ sich auf die Seite fallen, und ich kauerte mich in der Kuhle zwischen seinem Kopf und seinen Schultern zusammen. In einer Hand hielt ich den Stachelstock, in der anderen das unsichtbare Buch, aus dem ich las. Von der ersten Inselnacht, als Dalee seine Bambusglocke mit Schlamm verstopfte, von dem denkwürdigen Tag, als er das große schwarze Ding auf den Hügel zog, von dem Morgen, als Krishnamurthy, der Wunderdoktor, kam und sich im Scherz erkundigte, ob der vergessliche Bulle vielleicht guter Hoffnung sei.

In meiner Erinnerung liegen wir da, Dalee und ich, und lachen. Wie schrecklich dumm wir doch waren! Wie klein die Welt für uns war! Wir lachen aus vollem Herzen, und dann weinen wir zusammen, weil alles so fern, vergessen und vorüber scheint.

«Sei kein Narr, Bellini!», sagen die Leute. «Elefanten haben keine Tränendrüsen, das hast du selbst erzählt. Die Tiere können weder weinen wie wir Menschen, noch lachen sie.»

Aber so ist es mit der Erinnerung nun mal, nicht wahr? Sie schmilzt dahin, sie biegt und dehnt sich, sie ist beständig, und doch gibt es nichts, was bleibt.

Wenn sich die Nacht über die Insel senkte, hörte ich Dalee wimmern, als plagten ihn Reue und Verzweiflung im Schlaf. Hin und wieder brüllte er auf, so herzerschütternd, dass die Vögel erwachten und mit ihnen so mancher Dorfbewohner in den Häusern. Einmal schlich ich ans Meer, nur vom Mondlicht beschienen, und löste seine Ketten. «Aber komm mir ja zurück», flüsterte ich und sah zu, wie er wenig später über das seichte, sandige Ufer stapfte. Dalee jagte dem Schein in der Brandung nach, dem bläulichen Leuchten in den auslaufenden Wellen. Jeder seiner Elefantenfüße rief ein Glitzern hervor, wenn er ihn ins Meerwasser setzte, ein unwirkliches Gleißen und Glühen. Er tauchte den Rüssel in die Fluten, bog ihn über den Kopf und ließ eine Fontäne aus fluoreszierendem Licht auf seinen Buckel sprühen.

Am Morgen war Dalee müde. So lustlos und träge, dass ihn nicht einmal die Jana Gana Mana zum Aufstehen bewegt hätte, die Hymne unserer stolzen indischen Nation.

«Lass sein», schien er zu sagen. «Junge, gib Ruh.»

Der Elefant wurde schwächer, das konnte ich sehen. Trotz aller Mühen traten seine Rippen von Tag zu Tag deutlicher hervor. Seine Haut hing so schlaff von seinem Knochengerüst herunter, als hätte es mich, den Futterschneider, Heiler und Priester, niemals gegeben. Seine Vorderbeine waren von oben bis unten gleich dick, weil er sich kaum mehr bewegen konnte an seiner Kette. Wenn ich Farben und Zeichenpapier für ihn holte, um ihn malen zu lassen, warf er den Pinsel nach einer Weile lustlos in den Sand. Und spielte die Mistress auf ihrem Flügel, der seit dem großen Regen verstimmt und leiernd in der Lagune erklang, dann horchte er gar nicht mehr hin.

«Lass sein», hörte ich den Wind in den Blättern flüstern. «Lass sein», rauschte es in den Wogen, die über den Riffen zusammenschlugen. «Lass sein, Junge», sprachen die uralten Bäume zu mir. «Es ist gut, Bellini, lass sein.»

Es kam der Tag, da wusste ich, dass ich beide verlieren würde, Vater und Dalee. Der eine lag im Fieberschlaf, der andere dämmerte nur so dahin, fahl und von allen Kräften verlassen. Als ich am Krankenlager meines Vaters saß, faltete ich die Hände.

«Wenn es dich gibt», betete ich zum Allmächtigen. «Wenn es dich wirklich gibt, dann bitte ich dich, bitte, bitte hilf.»

Da legte der Swami seine Zaubersteine beiseite. Er ließ die endlos kreisenden Gesänge sein, erhob sich aus dem Lotussitz und trat flüsternd neben mich.

«Junge, du wolltest doch wissen, was Maya Bandar bedeutet.»

«Bandar heißt Affe», antwortete ich und sah verwundert auf. «Und Maya bedeutet Fisch, Onkel, das hast du doch selbst gesagt?»

«Kann schon sein.»

Swami Supari kratzte sich im Nacken.

«Aber es ist nicht wahr.»

«Nicht wahr? Dann hast du gelogen?»

«Aber, aber, Junge.»

Der Koch und Kleriker schaute streng und hob den Finger, mit dem er sowohl kostete als auch segnete.

«Keine Lüge», sagte er. «Bloß Phantasie. Und ist Phantasie nicht die schönste aller Lügen?»

Nun lächelte er.

«Komm, mein Junge. Komm, ich will dir eine Geschichte erzählen.»

Und so folgte ich ihm auf die Lichtung, die in der Abenddämmerung lag. Wir setzten uns gemeinsam unter einen Baum, und ich hörte dem Swami zu.

«Es war einmal ein junger Schüler», begann er. «Der suchte Gott. Also ging er zu seinem Lehrer und fragte ihn. ‹Guruji, verrate mir, wo ist er? Wo kann ich Gott begegnen? Ich will ihn endlich mit eigenen Augen sehen.› Weißt du, Junge, was ihm der Lehrer darauf sagte?»

Ich zuckte die Schultern und schwieg.

«‹Gott schläft im Stein›, antwortete er. ‹Gott atmet in der Pflanze. Gott träumt im Tier und erwacht im Menschen. Gott ist jedes Du und jedes Ich, das auf Erden wandelt. Alles ist Gott, und Gott ist alles.› Als der Schüler das hörte, fühlte er sich leicht, so leicht wie der Wind, der ihm durch die Gewänder fuhr. Wie quälend lang hatte er schon nach Gott gesucht? Nur um zu erkennen, dass Gott nicht irgendwo, sondern überall zu finden war. So erleuchtet ging der Schüler seines Wegs, als ihm plötzlich ein Elefant begegnete.»

«Ein Elefant?»

«Ja, Junge. Ein mächtiger Bulle kam ihm entgegen, und was glaubst du wohl, wie sehr der Elefantenführer auf seinem Rücken schimpfte? ‹Platz da! Los, los, du Dummkopf, mach, dass du wegkommst! Fort mit dir!› All das hörte der Schüler. Er sah, wie der wütende Mahut mit den Händen fuchtelte, und dennoch trat er keinen Schritt zur Seite. Der Elefant ist Gott, überlegte er im Stillen, und ich bin auch Gott. Warum sollte sich Gott, der Allmächtige, also selbst zertrampeln? Da packte ihn der Elefant mit dem Rüssel und warf ihn in den Staub.»

«Gott hat ihn zu Boden geschleudert, Swamiji?»

«Er fegte ihn geradezu davon! Und so kehrte der Schüler beschmutzt und gepeinigt zu seinem Lehrer zurück und erzählte ihm, was geschehen war.»

«Und was antwortete der Guru?»

«‹Ganz recht, du bist Gott›, ließ er ihn wissen. ‹Und auch der Elefant ist Gott. Aber warum hast du nicht auf Gottes weise Stimme gehört, die aus dem Mund des Mahuts zu dir gesprochen hat?›»

Ich sah den Swami fragend an.

«Junge», sagte er und umschloss meine Hand mit seinen krumm gewachsenen heiligen Fingern. «Gott ist Freude und Schmerz. Gott ist Leben und Tod. Gott ist alles Gute und Schlechte, was dir auf Erden widerfährt. Mal steht er dir im Weg, mal wirft er dich in den Staub, mal rührt er dich so zu Tränen, dass du glaubst, es gibt kein Morgen mehr. Aber er verlässt dich nicht, verstehst du? Nie und nimmer. Gott hüllt sich bloß in immer neue Kleider, und was du auch erlebst, mein Sohn, was du siehst und hörst auf deiner Reise, es sind nur die Schleier seiner Maya.»

«Maya?»

Swami Supari wiegte den Kopf.

«Maya», wiederholte er und deutete in den Baum, der uns Schatten spendete. «Die Borke, die Blätter, die Vögel, die auf den Ästen sitzen. Maya ist ein uraltes sanskritisches Wort. Es heißt träumen, es kann magisch bedeuten, nenn es himmlisch, Junge, wenn du willst. Maya ist die absolute Wahrheit, die Einheit des Unendlichen, die Macht der Wunder. Und ich frage dich, mein Junge: Wo in der Welt lohnt es sich noch, auf ein Wunder zu hoffen, wenn nicht in Maya Bandar?»

Das Wunder kam. Es kam mit dem India Postal Service. Gott, der Allmächtige, überbrachte es in Gestalt von Mister Demello, der ins zuckende Kerzenlicht unserer Hütte trat, als ich kaum mehr auf ein himmlisches Zeichen zu hoffen wagte.

«Hier!», sagte er und reichte mir das Papier, das er gefaltet in Händen hielt. Das Schreiben war mit zahlreichen Stempeln bedruckt, rote und blaue Briefmarken klebten auf seinem gelblich schimmernden Rand. Es war weit gereist, von Bengalen über Port Blair bis in die weltabgeschiedene Bucht von Maya Bandar, und sein Absender lautete P. J. Ray & Co. Ltd., 46 Muktaram Babu Street, Kalkutta.

«Ein Brief?»

«So ist es, Junge.»

«Von Mister Ray?»

Er lächelte.

«Die Mistress hat ihm telegraphiert und von seinem Lieblingselefanten erzählt», sagte der Angloinder. «Und dies ist seine Antwort. Nur zu, lies sie deiner Mutter vor.»

```
Hole Ganesh nach Hause.
Mahutfamilie ist mein Gast.
Was ist ein Zoo ohne Elefanten?
Palash Jyoti Ray
```

Ich übersetzte die englischen Worte. Dreimal, mit fester Stimme, um mich zu vergewissern, dass ich jede Zeile richtig verstand. Konnte es wahr sein? War es möglich, was ich da las? Ich blickte auf und sah meine Mutter weinen. Zum ersten Mal, nach allem, was auf der Insel geschehen war, brach es aus ihr heraus, doch ich verstand nicht gleich.

«Mutter», flüsterte ich und schlang meine Arme um sie. «Ich bin auch traurig, genauso wie du.»

«Traurig?», schluchzte sie.

«Ja, Mutter. Sie sperren den Elefanten in einen Zoo!»

«Hast du schon einmal einen Zoo besucht?», fragte Mister Demello.

Ich blickte zu ihm auf.

«Ein Zoo ist keine Strafe, Junge, er ist das Paradies.»

«Das Paradies, Sir?»

«Keine Arbeit, keine Sorgen mehr, nur faulenzen, fressen und schlafen. Das nenne ich ein Leben! Und nun mach, dass du den Elefanten munter bekommst, damit ihr nach Hause fahren könnt. Nach Hause, verstehst du? Je besser es Ganesh geht, umso schneller kommt auch dein Vater wieder auf die Beine, du wirst schon sehen.»

Bis heute weiß ich nicht, wie ernst er seine Worte meinte. Wollte mir der Verwalter bloß das Herz ein wenig leichter machen? Oder glaubte er wirklich, unser Vater würde sich erholen, und zwar so rasch, dass er bald darauf an Bord eines Schiffes gehen könnte?

Nach Hause, wie das klang. *He Bhagwan*, sagte ich mir an jenem Abend, großer Gott, wir kommen wieder nach Hause. Wir würden die klappernde, von Schlangen heimgesuchte Hütte hinter uns lassen und in einem Marmorpalast wohnen oder wenigstens in einem Gesindehaus nahebei. Dalee würde das Paradies erleben, was auch immer es genau war, und die seltene, schneeweiße Giraffe aus dem Privatzoo von Mister Ray könnte sich über die Gesellschaft des Elefanten freuen. Ich würde in einem Garten aufwachsen, einem Garten des Glücks, und wer weiß, vielleicht würden wir einen Baum für Gudlak pflanzen und noch einen zweiten für seine Gala. Ich würde meine Großeltern wiedersehen, wenn sie uns in Kalkutta besuchten, das Haar meiner lieben Großmutter fühlen, das weich wie Lammfell war, und nach dem Eisenstück tasten, das Dadaji unter der Haut trug, seit er in den Oleander gefallen war. Plötzlich hatte ich das Plappern meiner Tante Uma im Ohr und sah meinen Onkel Kishor vor Augen, der mit uns Schafsknöchelchen warf.

Ich legte den Kopf auf die Brust, schwenkte einen Kerzentiegel in der Luft und betete. Für meinen kranken Vater, für die Mistress, die im Laternenschein auf dem Hügel saß und versonnen über die Insel blickte, und für Palash Jyoti Ray.

Gott segne dich, Mann der Wunder.

Maya Bandar schlief bereits, als ich die Hütte verließ und in die Lagune eilte. Die Insel war ganz in Blau getüncht, blau waren die Spitzen des Waldes, blau schimmerten die Klippen über dem Meer, schattenblau war auch der Strand, der vor mir lag.

Während ich lief, löste sich der Mond aus den Ästen und beleuchtete den Archipel. Er schien zwischen den Blättern und Zweigen hindurch, tupfte den Weg mit seinen bleichen Flecken und malte die Welt um mich herum neu. Ich konnte es kaum erwarten, Dalee von der frohen Kunde aus Kalkutta zu erzählen, endlich, nach so langen Tagen und Nächten, freute ich mich wieder auf ihn. Es war an der Zeit, das Leben in ihm zu wecken. Bellini, sagte ich mir, mit Fleiß, Verstand und Gottesfurcht wirst du deinen großen grauen Gefährten schon wieder munter bekommen, seinen Appetit anregen, seinen Magen füllen. Er wäre stark wie eh und je, wenn erst das Schiff käme, der alte Schraubendampfer, und uns nach Hause fuhr.

Nach Hause!

Als ich die Kasuarinen erreichte und ihre Schachtelhalme rascheln hörte, schaute ich mich nach der Silhouette des Elefanten um. Doch zu meiner Verwirrung konnte ich weder seine fächelnden Ohren noch den Rüssel erkennen, der sich freudig schlängelnd nach mir streckte. Kein Grollen fuhr durch die feinen Blätter, keine Fliegen schwirrten um die Borke.

«Dalee! Dalee!»

Die Kette des Bullen war abgerissen, der Baum, an den er gefesselt war, lag entwurzelt da.

«He!», rief ich mit heiserer Stimme und drehte den Kopf nach allen Seiten herum. «He, Dalee! He!»

War der Große Graue in den Dschungel verschwunden? Ins Süßgras getaucht? Zur Liebesinsel geschwommen, wo Mahakali wartete?

Mein Herz klopfte und krampfte sich in mir zusammen. Dann sah ich ihn plötzlich, im Halblicht, das auf die Lagune fiel. Die See schäumte zu seinen Füßen, Gischt umwehte seinen Schädel, die Brandung spritzte unter jedem seiner Schritte in die Höhe. Dalee zog davon, geradewegs in die Flut.

«Halt! Warte, mein Freund! So bleib doch stehen!»

Ich rannte ihm nach, über Kiesel und Sand, lief dem Meer entgegen, hinein in die Wellen, kam dem Elefanten, der ins Wasser stapfte, immer näher, holte ihn ein, griff nach seinem Ohr, schwang mich hoch auf seinen Rücken, Gott weiß, wie es mir gelang – und war fort.

Wie die Woge im Meer

Ich war von tausend Ängsten erfüllt. Ängste, so tief wie das Meer und so rau wie der Wind, der mit jeder Meile schärfer und salziger blies. Dalee hörte kein Schreien, spürte keinen Stoß mit den Zehen, fühlte die Tränen nicht, die seine Haut benetzten, wenn ich das Gesicht in seinen Falten vergrub und weinte. Wohin ich auch blickte, ich sah nichts als Wellen, und was ich auch tat, es brachte den Elefanten um keinen Grad ab von seinem Kurs. Er schwebte bloß dahin, während ich auf seinem Rücken kauerte, der sich in den Fluten hob und senkte.

Wie ich bettelte: «So mach doch kehrt! Schwimm zurück, mein Freund!» Wie ich Dalee bekniete, ich dummer Junge, obwohl doch beide seiner Ohren unter Wasser waren, versunken in unendlicher Stille. Stunde um Stunde redete ich auf ihn ein, erzählte von Indien und seiner Herrlichkeit, vom Mann der Wunder und seinem Palmengarten, vom Paradies, das auf den Elefanten wartete, und von Milch und Honig, bis mir die Worte stockten.

«Nach Hause», sagte ich flüsternd, dann erstarb meine Stimme. Wer sollte uns noch finden, so weit draußen, wo das Meer immer düsterer wurde, wo es schwarz und verschlossen schien, wo sich alles Leben in den Tiefen vor uns verbarg. Der Indische Ozean hatte mir die Großeltern genommen, die Tante und den Onkel. Nun nahm er mir die Mutter, den geliebten Vater, den Bruder, und was mir blieb, war nur der Mond, der einsam über den Himmel wanderte.

Mit den Sternen jedoch, die sich Licht für Licht entzündeten, erwachte auch die See. Ich sah, wie ein Schatten an die Oberfläche kam, groß und erhaben stieg er empor, von keinerlei Geräusch begleitet. Es war ein Teufelsrochen, der seine Schwingen hob, er stob aus dem Wasser, segelte im Flug vorbei und glitt mit majestätischen Schlägen wieder herab. Tausende winziger Tiefseegeschöpfe tauchten aus dem Dunkel hervor und flimmerten vor meinen Augen. Plankton und Krill lockten die Fische herbei, Sardinen in leuchtenden Schwärmen, während Kalmare erschienen und ihre Blitze ausschickten, gejagt von Speerfischen, Tümmlern und Haien. In den Wellen, die sich um den Elefanten kräuselten, pulsierten Rippenquallen, und wo immer meine Füße das Wasser berührten, glühte es auf. Wir trieben durch ein Meer aus lebendem Licht, Dalee und ich, ein Junge und ein alter schwimmender Elefant.

Ich wollte die Nacht zum Tag machen, aushalten bis zum Morgen, aber während mich die Wellen wiegten und die See um meine Beine spielte, stieg allmählich der Schlaf in mir auf wie ein Tropfen im Zuckerwürfel. Langsam hüllte er mich ein und machte mir die Augen schwer. Und so schmiegte ich mich an die Stirn des Großen Grauen, schlang die Arme um seinen Kopf, hakte einen Zeh in die Runzeln seiner Haut und dämmerte dahin.

Ich erwachte im Sand. Wie angespült lag ich da, Salz auf den Lippen, Seerauschen im Ohr, Steinchen und Muschelscherben im zerzausten Haar. Wie lange hatte ich geschlafen? Die Sonne schien mir auf den Rücken und stand so hoch am Himmel, dass sie kaum einen Schatten warf. Ich hob den Kopf, schaute blinzelnd auf und musste mit glasigem Blick erkennen, dass ich allein war, schiffbrüchig an einem leeren Strand. Kein Mensch, kein Elefant, kein Feuerrauch über dem Wald. Alles war einsam und verlassen bis auf einen Krebs, der emsig seine Kugeln rollte.

Ein Krebs?

Zögernd stemmte ich die Hände in den Boden, setzte mich auf und rieb über meine Rippen. Jeder Knochen, jeder Muskel tat weh, während ich ringsum nach etwas Vertrautem suchte. Bellini, beim Allmächtigen, bist du wirklich zu dir gekommen, fragte ich mich, oder träumst du noch? Wenn ich meinen Augen trauen konnte, dann sah ich diese Küste nicht zum ersten Mal. Der Strand war voller Kreise, übersät mit Mandalas aus Meeressand, und die Künstler, die sie geschaffen hatten, krabbelten mir um die Knie.

Dalee! Dalee! Mein Herz schrie auf, aber der Mund blieb stumm, kein Wort kam heraus, so taub war mein Gaumen, so trocken die Kehle. Mühsam richtete ich mich auf und schwankte den Palmen entgegen, Schweiß rann an mir herab und tropfte in den Sand, der unter meinen Sohlen brannte. Ich streifte durch Salzgras und Küstensträucher, tauchte in den Wald und nahm mit jedem Schritt wahr, wie der Duft, dem ich folgte, süßer und verführerischer roch. Als ich den Orangenhain leuchten sah, stürzte ich mich hinein, sank zu Boden, zerbiss die Schalen der zuckrigen Früchte und saugte sie aus. Der erste Durst war jedoch kaum gestillt, da verfinsterte sich mit einem Mal der Himmel. Etwas Großes schob sich vor das Licht, das durch das satte Grün der Zitruspflanzen schien.

«Dalee! Den Göttern sei Dank!»

Ich blickte auf, halb erschrocken, halb von Trost und Erleichterung erfüllt.

«Ich bin es», sagte ich mit schwankender Stimme, und wie dumm war dieser Satz. Wer sollte ich denn sonst sein? Wen hatte Dalee über das Meer getragen? Mit welchem schlafenden Jungen war er in der Nacht durch die Wellen geschwommen? Wen hatte er schließlich von seinem Rücken heruntergehoben und wohlbehalten in den Sand gelegt?

«Hungrig?»

Ich nestelte in den vollen, herabhängenden Ästen, pflückte eine Orange und rollte sie dem Elefanten zu.

«Iss nur, greif zu! Du musst dich stärken für den Weg zurück.»

Doch er ließ mein Geschenk unbeachtet. Weder wollte er mich mit einem wohligen Grummeln begrüßen, noch beschnaubte er meine Haut und mein Haar. Im Blick des Großen Grauen war keine Wärme, nicht die kleinste Freude darüber, dass wir uns auf der Orangeninsel begegneten, die wir beide so liebten. Honiggolden, weit und leer schauten seine Augen auf mich herab, verloren, wie in die Fremde verreist, wo sie nichts und niemanden kannten. War Dalee so verzweifelt wie ich? Fehlte ihm die Gesellschaft der anderen Elefanten aus der Herde? Oder war er bloß von all dem Licht auf der Insel geblendet, weil er sich sonst nur in den dichten Wäldern von Maya Bandar verbarg?

Dalee kam näher und hüllte mich tiefer in seinen Schatten. Ohne Fesseln oder Ketten stand er da, und ich musste an meinen armen schlafenden Vater denken. Der gewaltige Schädel des Bullen wogte über mir hin und her, während sich seine Ohren spreizten wie in der Nacht der schwarzen Wolken.

«Sch, sch!», machte ich und hob beschwichtigend die Hand. «Sachte, mein Freund, ruhig.»

Langsam und vorsichtig neigte ich den Kopf und lugte unter den Bauch des Elefanten. Ein Wimpernschlag genügte, um zu erkennen, was geschah. Dalee ließ das fünfte Bein erscheinen, er schnaubte und begann, mit den beiden hinteren Füßen zu scharren. Sollte ich fliehen? Davonlaufen, solange ich konnte, und beten, dass mich der Große Graue auf seinen fünfzig Jahre alten Beinen nicht zu fassen bekam? Ich spürte seine Wut, sah, wie sie ihn schäumen ließ, hörte den bösen Geist, der aus ihm sprach. Schlechter Mahut, toter Mahut, hallte es in meinem Kopf.

Ich sprang auf und schoss auf Dalee zu, um ihn zu kneifen, genau in die bläuliche Vene zwischen Rumpf und Bein. So wollte ich den Bullen verwirren und ein wenig Zeit gewinnen, doch er ahnte meinen Zug. Ehe ich ihn erreichte, schwang er den Rüssel und peitschte mich nieder, bis mir schwarz vor Augen wurde. Ich schmeckte Blut auf den Lippen und fand mich liegend wieder, rücklings unter den Orangenblättern. Über mir stand der Große Graue. Er bäumte sich auf, rollte den Rüssel ein und senkte die Stirn, bereit, sie auf meine Brust zu pressen.

«Nicht, Dalee, halt! *Ruk, ruk!*»

Da griff ich eine Faust voll Sand, schleuderte sie dem Elefanten entgegen und verschwand in der Wolke aus feinem, niederrieselndem Staub. Bei Gott, ich rannte durch den Orangenhain, über Gras und Schalen, drehte mich nicht nach dem Bullen um, aber ich hörte ihn prusten. Mit stampfenden, schneller werdenden Schritten setzte er mir nach. Ein seltsames Fieber war in ihm entbrannt, brachte sein Blut in Wallung, stärkte seine Muskeln, löste die steifen Gelenke unter der schlaffen Haut, dass die Palmen von seinen Tritten nur so schwankten.

Dalee jagte mich. Wohin ich auch irrte auf der Insel im Meer, an welchem Ort ich mich auch verkroch, er spürte mir nach. Er war der Wind in den Ästen, der Schatten im Wald, das drohende Rascheln und Rauschen im Dunkel der Bäume. Er war das Auge, das mich sah, der Rüssel, der mich witterte, der Stoßzahn, der das Dickicht durchbrach. Er war der schreckliche Oger aus der Matanga Lila, er war Kali, die Köpfe rollen ließ, er war das Rohe, Wilde, Böse, das über das Gute herrschte. Er war Shiva, der Zerstörer, er war Shri Ganesh, er schleuderte sein Elfenbein gen Himmel, um den Mond zu verdunkeln. Dalee hatte sich den Vater geholt, nun verlangte er nach dem Sohn.

Als es Abend wurde, saß ich auf einem Baum. Keine Fackel leuchtete in der Ferne, kein Floß kam über das hohe Meer, kein Schiff dampfte herbei, um mich zu holen, sosehr ich auch darum betete. Ich sah die schwindende Sonne auf dem Wasser leuchten, sie verlosch hinter dem Ozean und tauchte den Wald in ein bleiches, sterbendes Licht. War Dalee von aller Geisteskraft verlassen? Was suchte er an diesem Ort? Hatte er sich blind und taub auf die Orangeninsel verirrt, allein vom Schicksal gelenkt wie treibendes Holz, das mit den Wellen an Land geworfen wird?

Ich hörte ihn wüten, während ich in einer Astgabel kauerte, irgendwo unter dem verschwimmenden Himmel, der immer fahler über den Wipfeln hing. Doch das Trampeln des Elefanten ließ nach, sein Stöhnen und Schnauben wurde schwächer mit den Stunden, und was blieb, war ein Gähnen, das tief und schwer durch die Dunkelheit hallte.

In der Nacht träumte ich von einer Flucht. Ich lief barfuß durch einen brennenden Spiegelsaal. Das Feuer glänzte im geschliffenen Boden, züngelte die Samtvorhänge empor und schien gleißend in den kristallenen Lüstern wider. «Dalee!», hörte ich mich rufen, während ich eine marmorne Wendeltreppe nahm, die sich über zahllose Stufen hinunterwand. Als ich hinaus ins Freie trat, wehte Asche durch die Sprossenfenster und sank über einem prächtigen Garten nieder. Pfauen kreischten in der Feuerluft, Langurenaffen irrten umher, sie schwangen sich aus den lichterloh entflammten Palmen und sprangen über die Mauern des Palasts, gehetzt von einem fauchenden Ozelot, der ein juwelenbesetztes Halsband trug. Auch die weiße Giraffe verließ ihre Umzäunung, gehüllt in Rauch und Funkenwolken. Sie hob den Kopf und stolzierte gleichmütig auf gefleckten Beinen dahin, obwohl ihre Mähne vom Hals bis zum Rücken in hellen Flammen stand.

Im Morgengrauen rieb ich mir die Augen. Meine Wimpern waren verklebt, als ich wieder zu mir kam, mein Haar zu Strähnen verkleistert, meine Haut mit Flecken übersät und hier und da so hell wie mein Wickelrock. Ich linste hinauf in das dichte Laub, unter dem ich geschlafen hatte, und bemerkte, dass ich nicht länger allein war. Über mir in den Zweigen krächzten sie, die heimlichen Pflanzer der Andamanen. Sie nahmen von der Insel und gaben ihr großzügig zurück. Schwärme von Rotköpfen und Blauschwänzen waren nachts über das Meer gekommen und hockten nun Gefieder an Gefieder in den Kronen. Die Sittiche pickten nach Blütensamen, und ihre milchig weißen Spuren aus Urin und unverdauten Resten, die sie überall hinterließen, nährten die immergrüne Pflanzenwelt.

Die See war still. Kein Wind blies, kaum eine Welle ging, und unter dem Baum, der mir Nest und Zuflucht gewesen war, herrschte Schweigen. Hatte sich der Elefant wieder beruhigt? War ihm eingefallen, dass ich nicht sein Feind, sondern sein Freund war? Ich pflückte einige Blätter, rau wie Waschleder, und rieb meine Haut so lange, bis sie nicht mehr juckte. Dann stieg ich die Lianen hinab, die sich um die Borke rankten, und setzte die Zehen ins Gras. Wohin ich auch sah, waren Äste verstreut. Büsche, Sträucher und so mancher Orangenbaum lagen herum, aber der Wirbelsturm, der über die Insel gebraust war, schien vorüber.

Geduckt und leise zog ich voran und mied die Lichtflecken, die den dämmrigen Wald erhellten. Ich las in niedergestampftem Gestrüpp und umgelegten Stämmen, folgte den Schneisen, lugte unter die Farne, suchte nach Elefantenkugeln und fühlte ihre Wärme, ging dem schweren Geruch nach, der den Wald durchströmte, horchte nach Fliegen und dem Luftzug fächelnder Ohren, hielt den Atem an, wenn ich auf knackendes Reisig trat, und kam allmählich dem Ufer näher.

Das Grün lichtete sich und lenkte meinen Blick auf einen Magnolienbaum. Ganz für sich allein stand er da, geradeso als würde er über den Ozean wachen, die Seevögel in der Brise und die Krebse im Sand. Seine Äste waren in voller Blüte, sie wölbten sich über etwas Großes, und ich weiß noch, wie heiß meine Wangen wurden, wie ich die Finger ineinanderkrampfte, wie ich mir wünschte, mehr denn je, mein Vater wäre bei mir. Die Insel verschwamm vor meinen Augen, die Bäume schienen sich über mich zu beugen, der Himmel drehte sich und brach über mir ein.

Es war geschehen. Bei allen Göttern, es war genauso geschehen, wie es die Leute aus dem Dorf vorausgeahnt hatten. Ganesh, der Große Graue, der Gefährte meines Vaters, der die schwersten Stämme aus den Wäldern schleppte und nur schwach wurde, wenn ihn einmal die Muse küsste, er war umgestürzt und lag reglos da, nahe dem Meer, das er so liebte, umgeben von Blütenblättern.

«Dalee.»

Geduckt und leise trat ich aus dem Dunkel des Waldes

und schlich an die Magnolie heran, bis ich schließlich in ihrem Schatten stand.

«O Dalee», sagte ich mit brüchiger Stimme, sank auf die Knie, streckte eine Hand nach ihm aus und strich über die fünfhundertdreiundzwanzig Härchen auf seinem Rücken, während sich meine Augen mit Tränen füllten. Der Elefant hatte sich vergeudet, seine letzten Kräfte auf der sinnlosen Jagd nach einem Jungen gelassen, an den er sich nicht mehr erinnerte. Und so fand ich ihn im Morgenlicht, gefällt wie ein Baum, begraben unter der eigenen Last. Ich, der Elefantenjunge, der versucht hatte, Sohn seines Vaters zu sein, ein Mahut wie sein Großvater und all die anderen Väter in den viertausend Jahren zuvor. Hier sollte unsere Reise enden, hier auf der Insel im Meer, wo es keinen Hunger gab und keinen Durst, keine reißenden Zähne und keinen giftigen Dorn. Hier, an einem himmlischen Ort, wie ihn Vater vor Augen hatte, als man ihm von der Schönheit der Tropen erzählte und ein sorgloses Leben unter Palmen versprach, mit einem Milchbüffel, einer Kuh, einem Ochsen und einem Kalb, Schleifsteinen und Schnakennetzen, dreißig Bigha gerodetem Land, drei Knechten, achtundzwanzig Tafeln fabrikneuem Blechdach, einem guten Paar Schuhe und einer Dose Politur.

Ich schmiegte das verheulte Gesicht in die Runzeln des Elefanten. Wie weich und warm sie waren. Was würden die Männer aus Maya Bandar sagen, wenn sie uns so fänden? Ob sie bereits ihre Feldflaschen füllten? Ob sie Körbe und Expeditionskisten packten mit Fackeln und Flintenschrot und an Bord der «Maharaja» schafften? Ich nahm einen Windzug wahr und dachte mir nichts dabei. Kurz darauf jedoch hörte ich ein gedämpftes Schnauben und spürte mit einem Mal, wie sich der riesige Leib, auf dem ich lag, unter mir bewegte.

«*He Bhagwan!*», rief ich, sprang herab, landete im Sand und wischte mir die nassen Wangen. Der Große Graue, der die Augen öffnete, langsam und träge, als kehrte auf wundersame Weise das Leben in ihn zurück, sollte meine Tränen nicht sehen, nicht in den verräterischen Spiegel meiner Seele blicken und erkennen, wie es um ihn stand.

«Weißt du, wer ich bin, mein Freund?», fragte ich, doch Dalee starrte honigfarben ins Nichts. Er wollte kaum den Rüssel heben, seine Schläfen pulsierten, sein Herz schlug schwer unter seiner Haut, sein Atmen war bloß ein Ringen nach Luft, ein klägliches Schnaufen und Stöhnen, seine Füße scharrten im Sand, während seine Glieder vor Erschöpfung zuckten. Für eine gewisse Zeit versuchte er, sich aus dem Sand zu erheben, dann ergab er sich seiner Schwäche und Gebrechlichkeit.

«Lass sein», schien Dalee zu seufzen. «Lass sein, Junge, es ist gut», krächzten die Sittiche, die aus dem Geäst auf uns niederblickten. «Schau ihn doch an, deinen großen grauen Gefährten. Bist du so dumm? Glaubst du, der Elefant ist auf die Insel gekommen, um zu leben?»

Nichts ließ ich sein. Nichts war gut. Rein gar nichts war gut, solange der Große Graue am Boden lag. Bei meiner Seele, schwor ich mir, ich gebe den Elefanten nicht auf, das war ich ihm, Dalee, und auch meinem lieben Vater schuldig, möge der Allmächtige ihn schützen.

Ich lief ans Meer, stieg in die Palmen, riss die raschelnden Kokoswedel herunter, schleifte sie durch den Sand und schnürte sie mit Bast zusammen. Ich sammelte Orangen, so viele ich tragen konnte, gab Dalee von den reifsten und süßesten Früchten zu fressen, die auf der Insel wuchsen, und massierte seine Muskeln und Gelenke. Ich machte mich groß, holte Luft, ließ die Brust anschwellen und sprach mit lauter Stimme.

«Hoch mit dir!», rief ich dem Elefanten zu, der gefährlich grollte, ächzte und keuchte. Ich war wild entschlossen, zum Kampf bereit und doch viel zu jung, um zu begreifen, was die Stunde geschlagen hatte. Dachte ich wirklich, ich könnte Dalee wieder auf die Beine helfen?

«Junge», hörte ich die Leute aus Maya Bandar raunen, «ein Bulle, der am Boden liegt, ist so gut wie tot.»

Aber ich legte die Hände aufeinander, blickte flehend gen Himmel und hoffte, dass sich der Lauf der Zeit bremsen ließe, dass ich, Bellini, dazu fähig wäre, die Zeiger der schmelzenden Uhren zum Stillstand zu bringen, zu verlangsamen und sogar zurückzudrehen, wenn ich nur betete und es mit ganzem Herzen versuchte.

«*Chalo, chalo!* Auf, auf!»

Ich wurde nicht müde, ließ keine Ruhe. Mochte sich Shri Ganesh kichernd den Bauch halten, mochte sich Shiva auf die blauen Schenkel schlagen, mochten sich all die Götter auch vor Lachen biegen, ich trieb den Großen Grauen an. Ich brüllte, schrie, gab ihm unerbittlich Befehle und sah schließlich, wie er unter meinen Worten zu schaukeln begann. Sein Elefantenleib wälzte sich hin und her, schwerfällig und viel zu schwach, um es wieder in den Stand zu schaffen, das wusste ich. Sobald sich sein Rücken jedoch aus dem Sand löste, und sei es nur um ein Stück, dann schob ich ihm einen Blätterballen unter, einen kleineren, einen größeren und immer mehr.

«Weiter so!», rief ich, während sich die gebundenen Kokoswedel mit dem Auf und Ab wie stützende Kissen unter ihm häuften. Dalee schaukelte sich höher und höher. Er versuchte, das hintere Bein zu heben, das oben lag. Als es ihm endlich gelang, hielt er es in die Luft und bekam auf diese Weise genügend Schwung, um sich halb herumzudrehen, bis er wenig später auf seinen Knien und Ellenbogen saß. Schlagartig warf er den Schädel hoch, streckte den Rüssel steil empor, schwang ihn wie ein großes, gewichtiges Pendel, und es geschah, was nach menschlicher Vernunft nie und nimmer geschehen konnte.

Ich legte den Kopf in den Nacken, schaute aus dem Schatten auf, der mich plötzlich umgab, und sah Stoßzähne, die wie Mondsicheln über mir leuchteten, einen Buckel, von dem Sand niederrieselte, und tiefe, honigfarbene Augen, die meerwärts blickten, dorthin, wo irgendwo unter den Wellen die Seegraswiesen wuchsen.

«Ha!» Ich lachte auf und vergaß für eine Sekunde jedes bittere Gefühl, die Trauer, das Verlorensein und die schreckliche Angst. Der Elefant war wieder auf den Beinen, nach all den Mühen, den Schmerzen und Qualen, mein Gott, konnte das sein?

Aber er war krumm und schief, fahl und eingefallen. Uralt stand er da, wenn ich ihn mit ehrlichem Blick betrachtete. Wie ein großer, grauer, ausgehöhlter Fels, der die Jahrzehnte überdauert und doch fortgewaschen wird, Flut um Flut hinaus in die Ferne.

Dalee schnaufte. Er blies den Sand aus seinem Atemrohr, fächelte die Ohren im Seewind und lauschte dem Ozean. Als hätte er ein Flüstern gehört, ein Wispern in den Wellen, setzte er sich in Gang und wankte mit schweren Schritten dem Wasser entgegen. Jenem Element, in dem er schweben konnte, umschwärmt von silbrig glänzenden Blaumakrelen, umrankt von Gärten aus Seenelken, Gorgonien und Montiporen.

Ich lief ihm nach, zerrte an ihm, wo ich ihn zu fassen bekam, und schrie. Der Elefant war zu mager, viel zu mürbe und abgezehrt für einen Ritt über das Meer, ich musste ihn doch pflegen, umsorgen und wieder zu Kräften bringen. Aber Dalee wollte nur Dalee sein, der Elefant, der im Indischen Ozean spazieren ging, leicht wie eine Seefeder, königlich wie eine Karettschildkröte, von Seepocken gefleckt, von Kaninchenfischen über die Algenfelder begleitet.

«*Murkh!* Willst du wirklich ins Meer?»

Als seine siebzehn Zehen die Brandung erreichten, stellte ich mich dem Elefanten in den Weg.

«Wenn du ins Meer willst, Dalee, musst du an mir vorbei! Dann wirst du mich erschlagen müssen!»

Da blieb der Große Graue vor mir stehen. Er hob den

Rüssel, holte aus, weit genug, um alle Hindernisse zu beseitigen, und ich kniff die Augen zu, bereit, mich dem Schicksal zu ergeben. Doch ich fühlte keinen Schlag, kein Peitschen und Brennen. Dalee griff mit der Rüsselspitze nach einem Korallenstück und zog es zu meinen Füßen durch den feuchten Sand.

Wir werden immer du und ich sein, dachte ich, als ich den Kreis sah, den er für mich malte, ehe das Wasser kam und seine Spuren verwischte. Mag der Geist auch vergessen, das Herz vergisst nie.

Als ich ein Junge war, ließ ich mich auf den Grund des Meeres sinken und faltete die Hände hinter dem Kopf. Ich lag im Seegras wie einer, der in die Sterne schaut, Locken zwischen den Fingern, Halme zwischen den Zehen, und über mir, im Licht, das in den Ozean fiel, schwebte Dalee davon.

An jenem Tag schimmerte das Wasser vor der Insel, als würde der Himmel darin treiben, und Dalee war eine Wolke in den Wellen, so leicht zog er dahin. Als ich eine Hand nach ihm ausstreckte, kam er ein letztes Mal näher und berührte sie mit seinem Fuß. Sand wirbelte wie Schnee auf mich herab oder so, wie ich mir Schneeflocken vorstellte, die ich nur aus Büchern kannte. Und während sich Dalee neigte und nach mir sah, mit seinen honigfarbenen Augen, sagte ich ihm leise Lebewohl.

Die Sonne mäanderte über den Bauch meines Gefährten, der allmählich verschwand, und bemalte ihn mit ihren Strahlen. Alles um mich herum erschien weit und hell, und so lächelte ich und ließ ihn ziehen. Dann löste ich die Steine aus meinem Wickelrock, hob die Arme und tauchte dem Licht entgegen.

Das abenteuerliche Unterfangen von Maya Bandar hat sich wirklich zugetragen. Ein Rodungsunternehmen verschiffte Dutzende Arbeitselefanten von Kalkutta auf die Andamaneninseln – im Bauch eines Dampfers, der im Laufe der Jahre viele Namen und Besitzer hatte. Er wurde als «SS Tingsang» gebaut, als «SS Oriental Phoenix» weiterverkauft und sank schließlich als «SS Rayandaman» vor der Küste von Bengalen. Mit den Indischen Elefanten reisten auch die Mahuts und ihre Familien an den Rand der Welt, zur selben Zeit wie viele tausend Menschen, die in der alten Strafkolonie ein neues Leben begannen.

In den Sechzigerjahren zog sich die Holzfirma von den Inseln zurück. Manche sagen, ihre Lizenz sei ausgelaufen, andere behaupten, sie sei bankrottgegangen.

Was mit den Elefanten geschah? Einige wurden verkauft und fristeten ihr restliches Leben als Tempelelefanten auf dem Festland, wo sie Gläubige mit dem Rüssel segneten und ihre gespendeten Geldscheine sammelten. Die übrigen ließ man frei – an einem Ort, der sich Interview Island nennt. Und so lebt dort bis zum heutigen Tage eine große, wilde Elefantenherde.

Dank

Ich danke Brian Batstone für all die Stunden, in denen wir über Elefanten geredet haben, sein unerschöpfliches Wissen und die Geschichten aus seinem Leben als Tierpfleger und Mahut. Ohne ihn, den Elefantenmann aus dem Zoologischen Garten in Köln, wäre «Dalee» nicht «Dalee». Ich möchte Sophie Nieder danken, meiner klugen Lektorin, und meinem Verleger Gunnar Schmidt, der den Mut hatte, an diesen Roman zu glauben, und ihn mit so viel Eifer, Herz und Freude begleitete, wie es sich ein Autor nur wünschen kann. Ich danke Ranjit Pandey aus Varanasi, dem besten Kundschafter von ganz Indien, Shakuntala Banerjee und Ranajit Sengupta, die mir so manche Tür in Kolkata öffneten, und Dr. Gautam Chakrabarti für seine wertvollen Hinweise und seinen Humor. Ich danke meinen Freunden und meiner gesamten lieben Familie für die Geduld in den Jahren des Reisens und Schreibens. Und natürlich Mister Saw John Aung Thong und seiner Frau Naw Doris für ihre unübertroffene Gastfreundschaft in Maya Bandar.

Weitere Titel

Atlas der unentdeckten Länder

Dalee

Der blaue Lampion

Der vorletzte Samurai

Gang nach Canossa

Geschlossene Gesellschaft

Mit 80 000 Fragen um die Welt